Desnuda ante ti

"... llena de angustia emocional, escenas de amor abrasadoras y un absorbente argumento".

—*Dear Author*

"Me encanta la escritura, la tensión sexual y las complicadas maniobras de los personajes a medida que se reúnen".

—Carly Phillips, autora de éxito del *New York Times*

"Tan ardiente que casi crepita, *Desnuda ante ti* sigue la vida de Eva, la recién llegada a Manhattan, y su erótico romance con el increíblemente elegante Gideon. Además de Danielle Steel y Jackie Collins, este es el amanecer de una nueva Day".

—*Amuse*

"Los personajes secundarios son tan imperfectos como Eva y Gideon, lo cual, para mí, enriquece y hace más real *Desnuda ante ti* que muchos libros contemporáneos que he leído en los últimos tiempos".

—*Romance Junkies*

"Day escribe una fantasía indulgente y muy amena, en una historia poblada por beldades y vividores de la alta sociedad que esconden, tras sus brillantes fachadas, oscuras pasiones y secretos... Llena de sarcásticos dramas de la alta sociedad, personalidades disfuncionales y maravillosas y explícitas escenas de amor, *Desnuda ante ti* es una mirada sensual al lado más oscuro del amor".

—*Shelf Awareness*

"*Desnuda ante ti* recibió muchos elogios en *Goodreads*. ¡La gente se estaba enloqueciendo con él! No me tomó mucho tiempo entender porque... Es un libro absolutamente increíble. ¡No lo podía dejar! ¡El sexo es tan ardiente y la relación tan picante que tenía que saber lo que sucedería a continuación!".

—*Read Our Lips*

continuado . . .

A Touch of Crimson

"Ángeles y demonios, vampiros y licántropos, todos ellos frente a un mundo imaginario ingenioso e intrigante que me atrapó desde la primera página. Equilibrando acción y romance, humor y sensualidad, la narrativa de Sylvia Day nos hechiza. Estoy impaciente por leer más sobre esta liga de sexys y peligrosos ángeles guardianes y el fascinante mundo en que habitan... una novela romántica paranormal que es ¡una fiesta para los amantes!" —Lara Adrian, autora de éxito del *New York Times*

"Rebosa pasión y erotismo. Un ardiente y sexy ángel por el cual morir y una agalluda heroína hacen de esta una lectura muy emocionante".
—Cheyenne McCray, autora de éxito del *New York Times*

"En *A Touch of Crimson*, Sylvia Day teje una maravillosa aventura que combina una narración descarnada y excitante con un elevado lirismo. Adrian es mi tipo favorito de héroe —un ángel alfa decidido a ganar el corazón de su heroína. Este es definitivamente un libro para su estantería".
—Angela Knight, autora de éxito del *New York Times*

"¡Perfecto! Hay tantos niveles, argumentos y tonos de gris en este libro, brillantemente estructurado y escrito... La historia no solo es magnífica, también es uno de los libros más ardientes que he leído este año".
—*Rage, Sex and TeddyBears*

"Te lanza de cabeza a la acción desde la primera página... *A Touch of Crimson* tiene todo lo que yo habría deseado en un libro. Personajes fantásticos, un guapísimo líder... una simpática y terca heroína y un argumento increíble... Está lleno de acción, agudezas y suspenso".
—*All About Me*

"Un apasionante, conmovedor y brillante libro. [Day] combina hábilmente una historia eterna de amor perdido y recuperado. [Es] una novela romántica perfecta, con una construcción excelente de un mundo rico en ángeles, licántropos y vampiros". —*RT Book Reviews* (4 ½ estrellas)

Obras de Sylvia Day en Berkley

Novelas de la serie Crossfire

DESNUDA ANTE TI

REFLEJADA EN TI

Antologías

HOT IN HANDCUFFS
(con Shayla Black y Shiloh Walker)

MEN OUT OF UNIFORM
(con Maya Banks y Karin Tabke)

THE PROMISE OF LOVE
(con Lori Foster, Erin McCarthy, Kathy Love, Jamie Denton y Kate Douglas)

REFLEJADA
EN TI

Sylvia Day

BERKLEY BOOKS, NEW YORK

BERKLEY
Publicado por Penguin Group
Penguin Group (USA) Inc. 375 Hudson Street,
Nueva York, Nueva York 10014, USA

USA • Canadá • Inglaterra • Irlanda • Australia
Nueva Zelanda • India • Sur África • China

Penguin Books Ltd., Registered Offices:
80 Strand, Londres WC2R 0RL, Inglaterra
Este libro es una publicación original de The Berkley Publishing Group.

REFLEJADA EN TI

Copyright © 2012 por Sylvia Day.

Berkley edición de bolsillo en español ISBN: 978-0-451-41983-5

Se ha presentado ante la Biblioteca del Congreso la solicitud registro de catalogación de este libro.

PUBLISHING HISTORY
Berkley edición de bolsillo en inglés / Octubre 2012
Berkley edición de bolsillo en español / Marzo 2013

IMPRESO EN ESTADOS UNIDOS DE AMÉRICA

10   9   8   7   6   5   4   3

Direccion de arte de George Long.
Diseño de carátula de Sarah Oberrender.
Fotografía de la carátula de Edwin Tse.

Este es para Nora Roberts,
una inspiración y alguien verdaderamente ejemplar.

AGRADECIMIENTOS

Estoy muy agradecida con Cindy Hwang y Leslie Gelbman por su apoyo y estímulo y, más importante aún, su amor por la historia de Gideon y Eva. Escribir un libro y venderlo exige pasión. Les agradezco su gran pasión.

Podría escribir un libro sobre todo lo que tengo que agradecerle a mi agente, Kimberly Whalen. La serie Crossfire es un gran esfuerzo multinacional y multiformato, y ella está al tanto de todo. Debido a ello, tengo la libertad para concentrarme en mi parte del trabajo: ¡la escritura! y la amo por eso.

Al lado de Cindy, Leslie, Kim, Claire Pelly y Tom Weldon están sus dinámicos equipos de Penguin y Trident Media Group. Desearía mencionarlos a cada uno pero, realmente, son demasiados. Hay realmente docenas de personas que merecen mi agradecimiento por su duro trabajo y constante entusiasmo. La serie Crossfire está al cuidado de Trident y Penguin a nivel mundial y les agradezco el tiempo que todos ustedes han dedicado a mis libros.

Mis más profundos agradecimientos a la editora Hilary Sares, quien ha tenido un papel decisivo en hacer de la serie Crossfire lo que es. Ella me mantiene a raya.

Muchas gracias a mi publicista, Gregg Sullivan, quien me facilita la vida en muchas formas.

También debo agradecer a todas mis editoriales internacionales (más de tres docenas en el momento en que escribo esto) por acoger a Gideon y Eva en sus países y compartirlos con sus lectores. Todos han sido maravillosos y se los agradezco.

Y, a todos los lectores del mundo que han acogido la historia de Gideon y Eva, ¡muchas gracias! Cuando escribí *Desnuda ante ti* estaba convencida de que solo a mí me gustaría. Estoy muy feliz de que a ustedes también les guste y me acompañen en el viaje de Gideon y Eva. ¡Los caminos duros se recorren mejor en compañía de amigos!

1

AMABA NUEVA YORK con la enardecida pasión que reservaba sólo para una única otra cosa en la vida. La ciudad era un microcosmos de oportunidades del nuevo mundo y tradiciones del viejo. Los conservadores se codeaban con los bohemios. Las excentricidades coexistían con rarezas inestimables. La energía palpitante de la ciudad estimulaba el establecimiento de filiales de empresas internacionales y atraía a gente de todo el mundo.

Y la personificación de toda esa vitalidad, de esa decidida ambición y de ese poder reconocido en el mundo entero, acababa de follarme hasta que alcancé dos orgasmos tan alucinantes que me dio vergüenza.

Cuando me dirigía silenciosamente hacia el enorme vestidor de Gideon Cross, eché un vistazo a la cama, toda deshecha y revuelta, y me estremecí con el recuerdo del placer. Aún tenía el pelo húmedo de la ducha, y no llevaba más ropa que una toalla alrededor del cuerpo. En hora y media tendría que estar en el trabajo, lo cual me dejaba poco margen para la tranquilidad. Claramente, iba a tener que adjudicar un tiempo determinado a la actividad sexual matutina, si no quería andar siempre deprisa y corriendo. Gideon se despertaba dispuesto a conquistar el mundo, y le gustaba empezar esa dominación conmigo.

¿No era afortunada?

Como nos adentrábamos en el mes de julio en Nueva York y la temperatura iba en aumento, decidí ponerme un par de ajustados pantalones de lino natural y una blusa de popelina sin mangas de un tono gris claro que hacía juego con el color de mis ojos. Dado que no se me daban bien los peinados, me recogí el pelo en una sencilla cola de caballo y a continuación me maquillé la cara. Cuando estuve presentable, salí de la habitación.

Ya en el pasillo, oí la voz de Gideon. Me recorrió un ligero escalofrío al darme cuenta de que estaba enfadado, la voz baja y cortante. No se sulfuraba fácilmente... a menos que estuviera enojado conmigo. Yo sí que conseguía que levantara la voz y soltara palabrotas, incluso que se pasara las manos por aquella espléndida melena de pelo negro azabache que le llegaba a los hombros.

Pero, por lo general, Gideon era un ejemplo de contención. ¿Para qué iba a gritar cuando podía conseguir que la gente se echara a temblar con una sola mirada suya o una seca y lacónica palabra?

Lo encontré en la oficina de casa. Estaba de pie, de espaldas a la puerta y con un auricular de Bluetooth en la oreja. Tenía los brazos cruzados y miraba fijamente por el ventanal de su ático de la Quinta Avenida, dando la impresión de ser un hombre muy solitario, un individuo apartado del mundo que lo rodea, pero completamente capaz de dominarlo.

Me quedé apoyada en la jamba de la puerta, empapándome de él. No me cabía duda de que la visión del horizonte que tenía yo era mucho más imponente que la suya. Desde mi lugar estratégico, se le veía superpuesto a aquellos altísimos rascacielos, que eran una presencia igualmente poderosa e impresionante. Él había terminado de ducharse antes de que yo me levantara a rastras de la cama. Aquel cuerpo, seriamente adictivo, iba ahora vestido con dos prendas de un carísimo traje sastre de tres piezas, una de mis reconocidas debilidades. Viéndolo por detrás, se apreciaba claramente la perfección de su trasero y de aquella fornida espalda en camiseta.

En la pared había un inmenso *collage* de fotografías de nosotros como pareja y una muy íntima que él me había sacado mientras dormía. La mayoría eran fotos tomadas por los *paparazzi* que seguían todos sus movimientos. Era Gideon Cross, de Cross Industries, quien, a la ridícula edad de veintiocho años, era uno de los veinticinco hombres más ricos del mundo. Estaba convencida de que poseía una parte importante de Manhattan; segurísima de que era el hombre más sexy del planeta. Y tenía fotos mías en todos los lugares en que trabajaba, como si mirarme a mí pudiera ser tan entretenido como contemplarlo a él.

Se dio la vuelta, girándose con elegancia para atraparme con su gélida mirada azul. Por supuesto que él sabía que yo me encontraba allí, observándole. Saltaban chispas cuando estábamos cerca el uno del otro; había en el aire una sensación de antelación, como el envolvente silencio que preludia el estallido de un trueno. Probablemente había esperado unos instantes antes de volverse hacia mí para darme la oportunidad de echarle un vistazo, ya que sabía que me encantaba mirarle.

Oscuro y Peligroso. Y todo mío.

Dios... Aún no me había acostumbrado al impacto de aquel rostro. De aquellos pómulos esculpidos y aquellas oscuras cejas aladas, los ojos azules de espesas pestañas, y aquellos labios... divinamente perfilados para ser sensuales y pícaros a un tiempo. Me encantaba cuando sonreían con insinuación sexual, y temblaba cuando se tornaban en una línea implacable. Y cuando me posaba aquellos labios en el cuerpo, le deseaba ardientemente.

¡Caray!, qué cosas se te ocurren. Torcí el gesto, recordando lo mucho que me molestaban mis amigas cuando les daba por alabar el estupendo físico de sus novios. Y ahora a mí no dejaba de maravillarme la belleza

de aquel hombre complicado, frustrante, herido y escandalosamente sexy, del que cada día estaba más enamorada.

Mientras nos contemplábamos el uno al otro, él no suavizó el gesto ni dejó de hablar con el pobrecillo del otro extremo de la línea, pero su mirada ya no era de gélida irritación, sino de pasión abrasadora.

Tendría que haberme acostumbrado al cambio que se operaba en él cuando me miraba, pero seguía impactándome de tal manera que me hacía tambalear. Aquella mirada expresaba lo intenso que era su deseo de tirar conmigo —lo cual hacía en cuanto tenía oportunidad—, y también me dejaba entrever la pura e implacable fuerza de su voluntad. Una fuerza y un dominio esenciales caracterizaban todo lo que Gideon hacía en la vida.

—Hasta el sábado a las ocho —terminó; y a continuación se arrancó el auricular y lo dejó en la mesa—. Ven aquí, Eva.

Me estremecí por la forma en que pronunció mi nombre, con aquel tono autoritario con que me decía *Vente, Eva*, cuando me tenía debajo de él... llena de él... desesperada por llegar al orgasmo para él...

—No tenemos tiempo para eso, campeón. —Retrocedí hacia el pasillo, pues era muy débil en lo que a él respectaba.

Casi podía venirme oyendo la suave aspereza de aquella voz serena y educada. Y siempre que me tocaba, yo cedía.

Me fui corriendo a la cocina a preparar el café.

Él murmuró algo entre dientes y vino detrás de mí, alcanzándome enseguida. De repente me vi inmovilizada contra la pared del pasillo por casi un metro y noventa centímetros de ardiente y dura masculinidad.

—Ya sabes lo que pasa cuando corres, ángel. —Gideon me pellizcó el labio inferior con los dientes y luego alivió el pinchazo con la caricia de su lengua—. Que te atrapo.

En mi interior, algo dejó escapar un suspiro de feliz abandono, y mi cuerpo se relajó por el placer de sentirse tan apretado al de él. Lo deseaba constantemente, con tal intensidad que dolía. Lo que sentía era voluptuosidad, pero era mucho más también. Se trataba de algo tan precioso y profundo que hacía que el deseo sexual de Gideon por mí no fuera el detonante que habría sido con otro hombre. Si cualquier otra persona hubiera intentado someterme con el peso de su cuerpo, me habría dado un ataque. Pero nunca había sido un problema con Gideon. Él sabía lo que yo necesitaba y hasta dónde podía llegar.

Se me paró el corazón al vislumbrar su sonrisa.

Me fallaban un poquito las rodillas frente a aquel imponente rostro enmarcado por aquel lustroso pelo negro. Era de lo más elegante y bien educado, si exceptuamos la decadente largura de aquella sedosa cabellera.

Rozó su nariz contra la mía.

—No puedes sonreírme así y marcharte. Dime en qué estabas pensando mientras yo hablaba por teléfono.

Torcí los labios con ironía.

—En lo guapísimo que eres. Es alucinante la cantidad de veces que lo pienso. Ya va siendo hora de que lo supere.

Me puso una mano por detrás del muslo y me apretó aún más contra él, provocándome con un experto meneo de caderas. Era escandalosamente diestro en la cama. Y él lo sabía.

—No pienso permitirlo.

—¿Eh? —Me corría fuego por las venas y mi cuerpo ansiaba el tacto del suyo—. Vaya con don-odio-las-expectativas-exageradas. No me digas que quieres que se te cuelgue otra mujer que te mire embelesada.

—Lo que yo quiero —susurró, rodeándome la barbilla con una mano y frotándome el labio inferior con la yema del pulgar— es que estés tan ocupada pensando en mí que no pienses en nadie más.

Me faltaba el aliento y respiraba entrecortadamente. La ardiente mirada de sus ojos, su tono provocativo, el calor de su cuerpo y el delicioso olor de su piel me habían seducido por completo. Él era mi droga, y yo para nada quería desengancharme.

—Gideon —musité, extasiada.

Con un suave gruñido, apretó su torneada boca contra la mía, quitándome cualquier noción de la hora que era con un tierno y profundo beso... un beso que casi consigue evitar que me diera cuenta de la inseguridad que acababa de revelar.

Hundí los dedos entre su pelo para sujetarlo y le devolví el beso, deslizando la lengua por la suya, acariciándolo. Éramos pareja desde hacía muy poco tiempo, menos de un mes. Y lo que era peor, ninguno de los dos sabía cómo llevar una relación como la que intentábamos construir, una relación en la que nos negamos a fingir que no arrastrábamos serios problemas los dos.

Me rodeó con sus brazos y apretó con gesto posesivo.

—Quería pasar el fin de semana contigo en Florida Keys... sin ropa.

—Humm, suena bien. —Mejor que bien. Por mucho que me encantara ver a Gideon con un traje de tres piezas, lo prefería completamente desnudo. Evité señalar que este fin de semana me era imposible...

—Pero este fin de semana tengo que ocuparme de unos asuntos de trabajo —musitó, moviendo los labios contra los míos.

—Asuntos que aplazas para estar conmigo. —Últimamente salía pronto del trabajo para pasar tiempo conmigo, y yo sabía que tenía que estar saliéndole caro. Mi madre se había casado tres veces, y todos sus esposos eran adinerados y exitosos magnates de una u otra clase. Sabía que el precio de la ambición consistía en trabajar hasta altas horas de la noche.

—Pago a otras personas un generoso salario para poder estar contigo.

Bonita treta, pero al ver un destello de irritación en su mirada, opté por distraerlo.

—Gracias. Vamos a tomar un café antes de que se haga tarde.

Gideon me pasó la lengua por el labio inferior y me soltó.

—Me gustaría despegar mañana hacia las ocho de la tarde. Lleva ropa fresca y ligera. En Arizona el calor es seco.

—¿Qué? —Pestañeé ante aquella espalda que se alejaba y desaparecía en su oficina—. ¿Es en Arizona donde tienes esos negocios?

—Desgraciadamente.

¿Eh?... No tan deprisa. En lugar de arriesgarme a quedarme sin mi café, pospuse la discusión y me dirigí a la cocina. Atravesé el amplio apartamento de Gideon, con su deslumbrante arquitectura de antes de la guerra y sus esbeltas ventanas en arco. El ruido que hacían mis tacones al golpetear alternativamente en el suelo de madera noble quedaba amortiguado por las alfombras Aubusson. Decorado con maderas oscuras y tejidos de colores neutros, aquel lujoso espacio se veía iluminado por preciosos objetos de cristal. A pesar de que su casa hablaba a gritos de dinero, no por ello dejaba de ser cálida y acogedora, un lugar confortable para relajarse y sentirse entre algodones.

Cuando llegué a la cocina, puse un termo individual en la cafetera de una sola taza sin perder un segundo. Gideon apareció con la chaqueta en un brazo y el teléfono móvil en la mano. Coloqué debajo del surtidor otra taza para llevar para él y me dirigí a la nevera por la leche media crema.

—A lo mejor es una suerte, después de todo. —Me volví hacia él y le recordé el asunto de mi compañero de apartamento—. Este fin de semana tengo que hablar con Cary.

Gideon se guardó el teléfono en el bolsillo interior de la chaqueta y a continuación colgó la prenda en el respaldo de una de las sillas de la isla de cocina.

—Vas a venir conmigo, Eva.

Soltando el aire con impaciencia, eché la leche en el café.

—¿Para hacer qué? ¿Para pasarme el día desnuda, esperando a que termines de trabajar y vengas a coger conmigo?

Me sostuvo la mirada mientras tomaba su taza y daba un sorbo al café humeante con demasiada parsimonia.

—¿Vamos a pelearnos?

—¿Vas a ponerte difícil? Ya hemos hablado de esto. Sabes que no puedo dejar a Cary después de lo que pasó anoche. —La maraña de cuerpos que me había encontrado en el salón dio un nuevo significado a la palabra cogidón.

Volví a meter la caja de leche en la nevera y tuve la sensación de sentirme inexorablemente atraída hacia él por la fuerza de su voluntad. Había sido así desde el principio. Cuando se lo proponía, Gideon lograba hacerme *sentir* sus exigencias. Y era muy, muy difícil no hacer caso a esa parte de mí que me rogaba que cediera a todo lo que él quería.

—Tú vas a ocuparte de tus negocios y yo voy a ocuparme de mi mejor amigo, después volveremos a ocuparnos el uno del otro.

—No volveré hasta el domingo por la noche, Eva.

Oh... Noté una punzada en el estómago al oír que estaríamos separados tanto tiempo. La mayoría de las parejas no pasaban juntos todo su tiempo libre, pero nosotros no éramos como la mayoría de la gente. Ambos teníamos traumas, inseguridades y una adicción el uno al otro que requería contacto regular para que los dos funcionáramos adecuadamente. No soportaba estar lejos de él. Ni dos horas pasaban sin que pensara en él.

—A ti también se te hace insoportable —dijo en voz baja, examinándome de aquella manera suya en que lo veía todo—. El domingo los dos estaremos fatal.

Soplé mi café y tomé un pequeño sorbo. Me inquietaba la idea de pasar todo un fin de semana sin él. Y aún menos me gustaba la idea de que él pasara todo ese tiempo lejos de mí. Tenía a su alcance todo un mundo de opciones y posibilidades, mujeres que no estaban tan jodidas como yo y con las que era más fácil relacionarse.

—Ambos sabemos que eso no es precisamente lo más sano, Gideon —conseguí decir pese a todo.

—¿Y eso quién lo dice? Nadie más sabe qué se siente ser nosotros.

Bueno, eso tenía que reconocérselo.

—Tenemos que irnos a trabajar —dije, consciente de que dejar aquel asunto sin resolver nos traería de cabeza todo el día. Lo solucionaríamos más tarde, pero de momento no podíamos hacer nada más.

Apoyó la cadera en el mostrador, cruzó los tobillos y se apalancó obstinadamente.

—Lo que tenemos que hacer es que vengas conmigo.

—Gideon. —Empecé a dar golpecitos con el pie en la baldosa de mármol travertino—. No puedo dejarlo todo por ti. Si me convierto en tu acompañante florero, te aburrirás enseguida. Me cansaría de mí misma. No va a pasarnos nada porque dediquemos un par de días a resolver otros asuntos, aunque no nos apetezca hacerlo.

Nuestras miradas se cruzaron.

—Ocasionas demasiados problemas para ser acompañante florero.

—Quien los causa sabe reconocerlos.

Gideon se enderezó, desprendiendo su turbadora sensualidad y atrapándome al instante con su intensa mirada. Era tan veleidoso como yo.

—Últimamente has estado sometida a mucha presión, Eva. No es ningún secreto que estás en Nueva York. No puedo dejarte aquí mientras yo estoy fuera. Tráete a Cary si es necesario. Así podrán charlar mientras esperas a que termine de trabajar y vuelva para coger contigo.

—¡Ja! —Era consciente de que trataba de aliviar la tensión con sentido del humor, pero también me daba cuenta de que su verdadera objeción a separarse de mí era... *Nathan*. Mi exhermanastro. La pesadilla de mi pasado a la que Gideon parecía tener miedo podía reaparecer en mi presente. Me asustaba admitir que no estaba del todo equivocado. El escudo del anonimato que me había protegido durante años había saltado por los aires al ser tan pública nuestra relación.

Dios... realmente no teníamos tiempo para hablar de *ese* problema, pero yo sabía que Gideon no iba a ceder en ese punto. Era un hombre que reclamaba lo que era suyo, se defendía de sus competidores con despiadada precisión, y nunca permitiría que me ocurriera nada malo. Yo era su lugar seguro, lo cual me convertía en algo excepcional e inestimable para él.

Gideon miró su reloj.

—Es hora de irse, ángel.

Alcanzó su chaqueta, luego me hizo un gesto para que lo precediera por el suntuoso comedor, donde cogí mi bolso y la bolsa en la que llevaba los zapatos planos y algunas otras cosas. Poco después, llegamos a la planta baja en su ascensor privado y nos montamos en el asiento trasero de su todoterreno Bentley negro.

—Hola, Angus —saludé al conductor, quien se tocó el borde de su anticuada gorra de chófer.

—Buenos días, señorita Tramell —respondió, sonriendo. Era un caballero mayor, con un generoso veteado blanco en su pelo rojizo. Me caía bien por muchas razones, y no era la menor de ellas el hecho de que llevara a Gideon en coche desde que éste iba al colegio y se preocupara de verdad por él.

Una rápida ojeada al Rolex que me habían regalado mi madre y mi padrastro me confirmó que llegaría puntual al trabajo... si no encontrábamos ningún atasco. Mientras pensaba esto, Angus se adentró hábilmente en el mar de taxis y automóviles que circulaban por la calle. Después de la contenida tensión del apartamento de Gideon, el ruido de Manhattan me despertó con la misma efectividad que una buena dosis de cafeína. El estruendo de las bocinas y el ruido sordo de los neumáticos sobre las tapas de las alcantarillas me resultaron tonificantes. A ambos lados de la congestionada calle discurrían torrentes de peatones que caminaban a toda prisa, mientras que los rascacielos parecían estirarse hacia el cielo, manteniéndonos a la sombra pese a que el sol estaba cada vez más alto.

¡Cómo me gustaba Nueva York! Me tomaba mi tiempo todos los días para empaparme de aquella ciudad, para dejar que me calara hondo.

Me acomodé en el asiento de piel de atrás, agarré de la mano a Gideon y le di un apretón.

—¿Te sentirías mejor si Cary y yo nos fuéramos de la ciudad durante el fin de semana? ¿Quizá un viaje rápido a Las Vegas?

Gideon frunció el ceño.

—¿Soy una amenaza para Cary? ¿Es ésa la razón por la que ni siquiera te planteas venir a Arizona?

—¿Qué? No, no creo. —Cambié de postura para mirarle de frente—. A veces me lleva toda una noche conseguir que se abra.

—¿No crees? —repitió mi respuesta, haciendo caso omiso de todas las palabras que habían salido de mi boca, salvo las primeras.

—Quizá tiene la impresión de que no puede contar conmigo cuando necesita hablar porque siempre estoy contigo —le aclaré, sujetando mi taza con las dos manos al pasar por encima de una alcantarilla—. Oye, tendrás que superar esos celos. Gideon, cuando digo que Cary es como un hermano para mí, va en serio. No tiene que caerte bien, pero tienes que comprender que él forma parte de mi vida.

—¿Le dices a él lo mismo de mí?

—No hace falta. Ya lo sabe. Estoy tratando de llegar a un arreglo...

—Yo no hago concesiones.

Arqueé las cejas.

—En los negocios, seguro que no. Pero, Gideon, esto es una relación. Implica un dar y...

El bramido de Gideon me cortó en seco.

—En mi avión, en mi hotel, y si sales del edificio, te acompañará un equipo de seguridad.

Aquella repentina y reacia capitulación me quitó el habla durante un minuto largo. Lo bastante largo como para que él enarcara las cejas por encima de aquellos penetrantes ojos azules en una mirada que decía *o lo tomas o lo dejas*.

—¿No te parece que eso es un poco exagerado? —observé—. Estaré con Cary.

—Perdona, pero no puedo confiarle tu seguridad después de lo de anoche. —La postura que adoptó mientras se tomaba su café expresaba con claridad que él daba la conversación por terminada. Ésas eran las opciones que consideraba aceptables.

Me habría enojado de no ser porque comprendía que la arbitrariedad de Gideon estaba motivada por su deseo de protegerme. En mi pasado había terribles secretos de familia, y salir con Gideon había atraído la atención de los medios de comunicación, una atención que podía llevar a Nathan Barker hasta la puerta de mi casa.

Además, controlar todo lo que le rodeaba era parte de la personalidad de Gideon. Venía en el paquete, y yo tenía que asumirlo.

—De acuerdo —respondí—. ¿Qué hotel es el tuyo?

—Tengo varios. Elige el que quieras. —Volvió la cabeza y se puso a mirar por la ventanilla—. Scott te enviará una lista por correo electrónico. Cuando te hayas decidido por uno, díselo para que lo organice todo. Volaremos juntos de ida y vuelta.

Reclinándome contra el asiento, tomé un sorbo de café y me fijé en cómo apoyaba el puño en el muslo. En el reflejo del cristal tintado de la ventanilla, Gideon mostraba un rostro impasible, pero yo notaba su mal humor.

—Gracias —murmuré.

—No me las des. Esto no me hace ninguna gracia, Eva. —Se le contrajo un músculo de la mandíbula—. Tu compañero de piso la caga y yo tengo que pasar el fin de semana sin ti.

No soportaba verlo disgustado, así que le cogí su café y coloqué las dos tazas en los soportes del asiento trasero. Luego me senté a horcajadas en su regazo. Le rodeé el cuello con mis brazos.

—Te agradezco mucho que cedas en esto, Gideon. Significa mucho para mí.

Clavó en mí sus temibles ojos azules.

—Supe que ibas a volverme loco desde el primer momento en que te vi.

Sonreí, recordando cómo nos habíamos conocido.

—¿Despatarrada en el suelo del vestíbulo del Crossfire?

—Antes. Fuera.

Fruncí el ceño.

—¿Fuera de dónde? —pregunté.

—En la acera. —Gideon me agarró de las caderas, apretando de aquella manera suya, tan posesiva y autoritaria que me hizo suspirar por él—. Yo salía para ir a una reunión. Un minuto más tarde, y no te habría visto. Acababa de meterme en el coche cuando apareciste por la esquina.

Me acordaba del Bentley con el motor encendido junto al bordillo aquel día. Estaba tan impresionada con el edificio que no presté atención al elegante vehículo cuando llegué, pero me fijé en él cuando me marché.

—Me fijé en ti nada más verte —dijo con brusquedad—. Se me iban los ojos detrás de ti. Te deseé inmediatamente. Demasiado. Con violencia, casi.

¿Cómo era posible que no supiera que había habido algo más en nuestro primer encuentro de lo que yo creía? Pensaba que habíamos tropezado el uno con el otro de manera accidental. Pero él se iba por todo el día... lo que significaba que había regresado a propósito. Por mí.

—Te detuviste justo al lado del Bentley —continuó—, y echaste la cabeza hacia atrás. Levantaste la vista hacia lo alto del edificio y te imaginé de rodillas, mirándome a mí de la misma manera.

El tono de voz de Gideon hizo que, ruborizada, me revolviera en su regazo.

—¿De qué manera? —susurré, hechizada por el fuego de sus ojos.

—Con entusiasmo. Con un poco de admiración... de intimidación. —Me rodeó el trasero con las manos y me apretó contra él—. No pude evitar seguirte hasta dentro. Y allí estabas, justo donde había deseado que estuvieras, arrodillada justo delante de mí. En aquel momento, se me ocurrieron unas cuantas fantasías de lo que iba a hacer contigo en cuanto te tuviera desnuda.

Tragué saliva, acordándome de que yo tuve una reacción muy parecida hacia él.

—En cuanto puse los ojos en ti, me vi cogiendo, aullando, aferrada a las sábanas.

—Lo vi. —Deslizó las manos por ambos lados de mi columna vertebral—. Y supe que tú también me habías visto a *mí*. Que habías visto cómo soy... por dentro. Que me habías calado completamente.

Y eso fue lo que hizo que me fuera para atrás literalmente. Lo había mirado a los ojos y me había dado cuenta de su férreo autodominio, del alma ensombrecida que tenía. Había visto fuerza, avidez, control, exigencia. En mi fuero interno, había comprendido que me absorbería. Fue un alivio saber que él había sentido la misma conmoción por mi causa.

Gideon me puso las manos en los omóplatos y me acercó aún más a él, hasta que se tocaron nuestras frentes.

—Nadie lo había hecho antes, Eva. Tú eres la única.

Se me puso un nudo en la garganta. En muchos aspectos, Gideon era un hombre duro; sin embargo, podía ser muy dulce conmigo. Casi de modo infantil, algo que me encantaba porque era puro y sin reservas. Si los demás no se molestaban en mirar más allá de su llamativo rostro y su impresionante cuenta corriente, no merecían conocerlo.

—No tenía ni idea. Fuiste tan... frío. No me pareció que te hubiera causado ninguna impresión.

—¿Frío? —dijo en tono burlón—. Ardía por ti. Desde entonces estoy jodido.

—¡Vaya! Gracias.

—Has conseguido que te necesite —bramó—. Ahora no puedo soportar la idea de estar dos días sin ti.

Sosteniéndole la cara con ambas manos, lo besé con dulzura, con labios acariciadores, como pidiendo disculpas.

—Yo también te amo —susurré contra su hermosa boca—. Y tampoco soporto estar lejos de ti.

El beso que me devolvió fue ávido, voraz y, sin embargo, su manera de abrazarme era tierna y reverente. Como si yo fuera lo más preciado. Cuando nos separamos, ambos respirábamos trabajosamente.

—Ni siquiera soy tu tipo —bromeé, intentando levantar el ánimo antes de entrar a trabajar. La preferencia de Gideon por las morenas era algo bien sabido y documentado.

Noté que el Bentley se acercaba a la acera y paraba. Angus salió del coche para darnos un poco de intimidad, dejando el motor en marcha y el aire acondicionado puesto. Miré por la ventanilla y vi el Crossfire a nuestro lado.

—A propósito de lo del tipo... —Gideon había apoyado la cabeza en el respaldo del asiento. Respiró hondo—. Corinne se sorprendió contigo. No eras cómo ella esperaba.

Tensé la mandíbula cuando Gideon mencionó a su exnovia. Aun sabiendo que su relación había sido una cuestión de amistad y soledad para él, no de amor, no pude evitar que las garras de la envidia se me clavaran por dentro. Los celos eran uno de mis defectos más virulentos.

—¿Porque soy rubia?

—Porque... no te pareces a ella.

Se me cortó la respiración. No se me había ocurrido que Corinne hubiera supuesto un modelo para él. Incluso Magdalene Perez —una de las amigas de Gideon a la que le gustaría ser algo más— había dicho que se había dejado largo su pelo castaño para emular a Corinne. Pero no había comprendido la complejidad de esa observación. Dios mío... si eso era cierto, Corinne tenía un tremendo poder sobre Gideon, mucho más de lo que yo podía soportar. El corazón se me aceleró y se me revolvió el estómago. La odiaba de manera irracional. Odiaba que hubiera tenido siquiera un pedazo de él. Odiaba a todas las mujeres que hubieran conocido sus caricias... su lujuria... su increíble cuerpo.

Hice ademán de bajarme de él.

—Eva. —Me sujetó apretándome los muslos—. No sé si tiene razón.

Bajé la mirada hacia donde estaba sujetándome, y verle el anillo de compromiso en el dedo de la mano derecha —mi marca de propiedad— me calmó. Y también la expresión de perplejidad que tenía en la cara cuando se cruzaron nuestras miradas.

—¿No lo sabes?

—Si era así, no fue consciente. No la buscaba a ella en otras mujeres. No sabía que estuviera buscando nada hasta que te vi.

Le pasé las manos por las solapas mientras me embargaba una sensación de alivio. Tal vez no la había buscado conscientemente, pero aunque lo hubiera hecho, yo no podía ser más diferente de Corinne en apariencia y temperamento. Yo era única para él; una mujer distinta a las otras en todos los sentidos. Deseaba que eso fuera suficiente para amortiguar mis celos.

—Tal vez no fuera tanto una preferencia como un modelo. —Alisé su ceño arrugado con la yema de un dedo—. Deberías preguntárselo al doctor Petersen cuando lo veamos esta noche. Ojalá tuviera más respuestas después de tantos años de terapia, pero no las tengo. Hay muchas cosas inexplicables entre nosotros, ¿verdad? Todavía no sé qué has visto en mí para haberte enganchado.

—Es lo que *tú* ves en *mí*, ángel —dijo quedamente, suavizándosele los rasgos—. Que sepas cómo soy por dentro y sigas queriéndome como te quiero yo. Todas las noches me voy a dormir con el temor de que te hayas ido cuando me despierte. O de que te haya ahuyentado... o soñado...

—No. Gideon. —*¡Dios mío!* Me rompía el corazón todos los días. Me hacía pedazos.

—Soy consciente de que yo no te digo lo que siento por ti de la misma manera que tú a mí, pero me tienes, y lo sabes.

—Sé que me amas, Gideon. —Con locura. Desenfrenadamente. De manera obsesiva. Como eran mis sentimientos por él.

—Me tienes atrapado, Eva. —Con la cabeza echada hacia atrás, Gideon me acercó a él para darme el más dulce de los besos, moviendo con delicadeza sus firmes labios por debajo de los míos—. Mataría por ti —susurró—, renunciaría a todo lo que tengo por ti... pero *no* renunciaré a ti. Dos días es mi límite. No me pidas más; no puedo dártelo.

No me tomé sus palabras a la ligera. Su riqueza lo protegía, le daba el poder y el control que le habían sido arrebatados en algún momento de su vida. Había conocido la crueldad y la violación, al igual que yo.

El que creyera que merecía la pena perder la tranquilidad de espíritu con tal de no perderme significaba mucho más que las palabras *te amo*.

—Sólo necesito dos días, campeón, y haré que valgan la pena.

La severidad de su mirada se diluyó y fue sustituida por deseo sexual.

—¡Ah! ¿Estás pensando en apaciguarme con sexo, ángel?

—Sí —reconocí descaradamente—. Con mucho sexo. Después de todo, esa táctica parece funcionar bien contigo.

Sus labios se curvaron, pero en sus ojos había tal intensidad que se me aceleró la respiración. Aquella oscura mirada me recordó —como si pudiera olvidarlo— que Gideon no era un hombre al que se pudiera manejar o dominar.

—¡Ay!, Eva —susurró, arrellanado en el asiento con la depredadora despreocupación de una suave pantera que hábilmente ha atrapado a un ratón en su guarida.

Me atravesó un delicioso escalofrío. Si se trataba de Gideon, estaba más que dispuesta a dejarme devorar.

2

Justo antes de salir del ascensor al vestíbulo de Waters Field & Leaman, la empresa de publicidad en la que trabajaba en la planta vigésima, Gideon me susurró al oído:

—Piensa en mí todo el día.

Le apreté la mano discretamente en la atestada cabina.

—Siempre lo hago.

Él continuó su viaje hasta el último piso, que albergaba la oficina central de Cross Industries. El edificio Crossfire era suyo, una de las muchas propiedades que poseía por toda la ciudad, incluido el complejo de apartamentos en el que vivía yo.

Procuraba no pensar en eso. Mi madre era esposa *trofeo* profesional. Había renunciado al amor de mi padre por un estilo de vida opulento, con el que yo no tenía nada que ver en absoluto. Yo prefería el amor antes que la riqueza sin pensarlo, pero supongo que para mí era fácil decirlo porque tenía dinero —una considerable cartera de valores—

propio. No es que lo hubiera tocado alguna vez. No quería. Había pagado un precio demasiado alto y no imaginaba nada que mereciera semejante coste.

Megumi, la recepcionista, me abrió desde el otro lado la puerta de seguridad acristalada y me saludó con una gran sonrisa. Era una mujer guapa, joven como yo, con una moderna melena de pelo negro brillante que enmarcaba unos bellísimos rasgos asiáticos.

—¡Oye! —dije, deteniéndome junto a su mesa—. ¿Tienes planes para almorzar?

—Ahora sí.

—Estupendo. —Sonreí abierta y genuinamente. Por mucho que quisiera a Cary y disfrutara estando con él, también necesitaba amigas. Cary ya había empezado a crearse una red de conocidos y amigos en nuestra ciudad de adopción, pero yo me había visto absorbida por el torbellino de Gideon casi desde el principio. Prefería pasar todo el tiempo con él, pero sabía que eso no era muy saludable. Las amigas me hablaban con franqueza cuando era necesario, e iba a tener que cultivar esas amistades si de verdad las quería.

Enfilé el largo pasillo hasta mi cubículo. Cuando llegué a mi mesa, metí mi bolso y la bolsa en el cajón inferior y dejé fuera el celular para ponerlo en silencio. Vi que había un mensaje de Cary: «Lo siento, nena».

—Cary Taylor —suspiré—. Te quiero... incluso cuando me haces enojar.

Y últimamente me había hecho enojar soberanamente. A ninguna mujer le apetece llegar a casa y encontrarse con que en el suelo del salón hay una orgia en curso. Y menos cuando se ha peleado con su nuevo novio.

«Guárdame el fin si puedes», le escribí yo.

Hubo una larga pausa y me lo imaginé asimilando mi petición.

«¡Caray! —escribió finalmente—. Debe esperarme una buena paliza.

—Puede que haya algo de eso —mascullé, estremeciéndome al recordar la *orgía*... con la que me encontré. Pero sobre todo pensaba que a Cary y a mí nos hacía falta pasar un buen rato juntos. No llevábamos mucho tiempo viviendo en Manhattan. Era una ciudad nueva para nosotros, un apartamento nuevo, nuevos trabajos y experiencias, nuevos novios para ambos. Estábamos fuera de nuestro elemento y luchando por salir adelante, y como los dos arrastrábamos un considerable equipaje de nuestro pasado, la lucha no se nos estaba dando muy bien. Por lo general nos apoyábamos el uno en el otro para equilibrarnos, pero últimamente no habíamos tenido mucho tiempo para eso. Necesitábamos encontrar tiempo.

«¿Se te antoja un viaje a Las Vegas? ¿Solos tú y yo?».

«¡Seguro que sí!».

«OK... te digo más después».

Al silenciar el teléfono y dejarlo a un lado, posé brevemente la mirada en los dos *collages* de fotos enmarcados que tenía junto al monitor, uno con fotos de mis padres y una de Cary, y el otro lleno de fotos de Gideon y yo. Gideon se había encargado de componer este último para que tuviera un recordatorio de él, de la misma forma que él tenía uno mío encima de su mesa. Como si me hiciera falta...

Me encantaba tener esas imágenes de la gente a la que quería: mi madre, con su mata dorada de rizos y su explosiva sonrisa, su figura curvilínea apenas cubierta por un minúsculo biquini, disfrutando de la Riviera francesa en el yate de mi padrastro; éste, Richard Stanton, con su aspecto regio y distinguido, su pelo plateado complementando de manera un tanto extraña el aspecto de su mucho más joven esposa; y Cary, al que captaron en toda su gloria fotogénica, con su brillante pelo castaño y sus chispeantes ojos verdes, la sonrisa amplia y pícara. Esa extraordinaria cara había empezado a aparecer en revistas por todas partes y pronto adornaría carteleras y paradas de autobús anunciando ropa de Grey Isles.

Miré al otro lado del pasillo y por la pared de cristal que rodeaba la muy pequeña oficina de Mark Garrity y vi que tenía la chaqueta colgada en el respaldo de su silla Aeron, aunque a él no se le veía por ningún sitio. No me sorprendió encontrarlo en la sala de descanso contemplando su taza de café con cara de pocos amigos; él y yo compartíamos una máquina de café.

—Creía que ya podías con ella —dije, refiriéndome a los problemas que tenía con el funcionamiento de la cafetera de una sola taza.

—Y así es, gracias a ti. —Mark alzó la cabeza y me dedicó una encantadora sonrisa un poco torcida. Tenía una reluciente piel oscura, perilla bien recortada y unos dulces ojos marrones. Además de ser agradable a la vista, era un jefe extraordinario, muy dispuesto a enseñarme la profesión de la publicidad y a confiar rápidamente en que no tenía que decirme dos veces cómo hacer algo. Trabajábamos bien juntos, y yo confiaba en que así fuera durante mucho tiempo.

—Prueba esto —dijo, cogiendo una segunda taza de humeante café que esperaba en la encimera. Me la alcanzó y yo la acepté agradecida, dándome cuenta de que había tenido el detalle de añadir crema edulcorante, que era como a mí me gustaba.

Tomé un sorbo con cautela, pues estaba caliente, y el inesperado —y poco grato— sabor me hizo toser.

—¿Qué *es* esto?

—Café con sabor a arándanos.

De repente, era yo la que fruncía el ceño.

—¿Y a quién demonios puede gustarle esto?

—Ah, ¿ves?..., nuestro trabajo consiste en averiguar a quién, y luego vendérselo a ellos. —Levantó su taza para hacer un brindis—. ¡Por nuestro último encargo!

Haciendo un gesto de disgusto, me enderecé y tomé otro sorbo.

ESTABA segura de que aún tenía en la boca el sabor dulzón a arándanos artificiales dos horas después. En el rato de descanso, me puse a buscar en internet al doctor Terrence Lucas, quien claramente había irritado a Gideon cuando los vi juntos durante la cena de la noche anterior. No había terminado de escribir el nombre del doctor en el recuadro de búsqueda cuando sonó el teléfono de mi mesa.

—Oficina de Mark Garrity —respondí—. Eva Tramell al habla.

—¿Dices en serio lo de Las Vegas? —preguntó Cary sin preámbulos.

—Completamente.

Hubo una pausa.

—¿Es ahí donde vas a decirme que te mudas con tu novio multimillonario y que tengo que irme?

—¿Qué? *No.* ¿Estás loco? —Apreté los ojos, comprendiendo la inseguridad de Cary, pero pensando que éramos amigos desde hacía demasiado tiempo como para esa clase de dudas—. Tú y yo estamos amarrados de por vida, y lo sabes.

—¿Y sencillamente te levantaste y decidiste que deberíamos ir a Las Vegas?

—Más o menos. Pensé que podíamos tomarnos unos mojitos junto a la piscina y disfrutar unos días de servicio de habitaciones.

—No sé yo si podré contribuir mucho.

—No te preocupes, paga Gideon. Su avión, su hotel. Sólo la comida y las bebidas corren de nuestra cuenta. —Mentira, ya que había pensado pagarlo yo todo salvo el billete de avión, pero Cary no tenía por qué saberlo.

—¿Y él no viene?

Me eché hacia atrás en la silla y contemplé una de las fotos de Gideon. Ya lo echaba de menos y hacía tan sólo unas dos horas que habíamos estado juntos.

—Tiene asuntos de trabajo en Arizona, así que tomaremos el mismo vuelo tanto a la ida como a la vuelta, pero sólo tú y yo nos quedaremos en Las Vegas. Creo que nos hace falta.

—Sí. —Exhaló ásperamente—. Me vendría bien un cambio de aires y pasar un tiempo disfrutando con mi chica preferida.

—De acuerdo, entonces. Él quiere salir mañana a las ocho de la noche.

—Empezaré con el equipaje. ¿Quieres que prepare tus cosas también?

—¿Lo harías? ¡Sería estupendo! —Cary podría haber sido estilista o *personal shopper*. Tenía mucho talento en lo que a la ropa se refería.

—¿Eva?

—¿Sí?

Suspiró.

—Gracias por aguantar mis estupideces.

—Cállate.

Cuando colgamos, me quedé mirando el teléfono durante un minuto largo, lamentando que Cary fuera tan desgraciado cuando todo en su vida iba tan bien. Experto en sabotearse a sí mismo, no terminaba de creerse que fuera digno de ser feliz.

Cuando volví a centrar la atención en el trabajo, la barra de búsqueda de Google me recordó el interés que tenía yo en el doctor Terry Lucas. En la Web había varios artículos sobre él, con fotografías que cimentaron la comprobación.

Pediatra. Cuarenta y cinco años de edad. Casado desde hacía veinte años. Nerviosa, busqué «Doctor Terrence Lucas y esposa», temblando por dentro ante la idea de ver a una morena de pelo largo y castaño. Respiré aliviada cuando vi que la señora Lucas era una mujer de piel clara con el pelo corto y rojizo.

Pero aquello me dejó con dos interrogantes más. Me había figurado que era una mujer la que había causado los problemas entre los dos hombres.

El hecho era que Gideon y yo realmente no sabíamos mucho el uno del otro. Sabíamos las cosas feas; al menos, él sabía las mías; yo sobre todo había adivinado las suyas a partir de algunas pistas obvias. Después de pasar muchas noches durmiendo en nuestros respectivos apartamentos, conocíamos de cada uno los aspectos básicos de la convivencia. Él había conocido a la mitad de mi familia y yo a toda la suya. Pero no habíamos pasado juntos el tiempo suficiente para tocar muchos de los asuntos periféricos. Y, francamente, creo que no fuimos todo lo comunicativos o inquisitivos que podríamos haber sido, como si temiéramos acumular más porquería sobre nuestra ya de por sí difícil relación.

Estábamos juntos porque éramos adictos el uno al otro. Nunca me había sentido tan embriagada como cuando éramos felices juntos, y sabía que a él le ocurría otro tanto. Nos exigíamos mucho el uno al otro por esos momentos de perfección entre nosotros, pero eran tan endebles que sólo nuestra necedad, nuestra determinación y nuestro amor nos mantenían luchando por ellos.

Basta de volverte loca tú misma.

Revisé el correo electrónico, y vi que había recibido la alerta diaria de Google sobre Gideon Cross. El resumen de vínculos del día llevaba en su mayor parte a fotos de Gideon, de etiqueta sin corbata, y de mí en la cena de beneficencia en el Waldorf-Astoria la noche anterior.

—¡Dios! —No pude evitar acordarme de mi madre cuando me vi en las fotos con aquel vestido de noche color champán de Vera Wang. No sólo por lo mucho que me parecía a mi madre —excepto por el pelo, más largo y liso el mío—, sino también por el megamagnate cuyo brazo adornaba yo.

A Monica Tramell Barker Mitchell Stanton se le daba muy, muy bien ser esposa trofeo. Sabía exactamente lo que se esperaba de ella y cumplía sin falta. Aunque se había divorciado dos veces, en ambos casos fue ella quién tomó la decisión, y a sus exmaridos les dolió perderla. No tenía mal concepto de mi madre, porque ella pagaba con la misma moneda y nunca subestimaba a nadie, pero yo crecí luchando por ser independiente. El derecho a decir «no» era lo más importante para mí.

Minimicé la ventana del correo electrónico y, dejando a un lado mi vida personal, seguí buscando comparaciones de mercado sobre el café afrutado. Coordiné varias reuniones iniciales entre los analistas y Mark y ayudé a Mark a organizar una campaña para un restaurante de cocina sin gluten. Era casi mediodía y empezaba a tener verdadera hambre cuando sonó el teléfono. Respondí con mi saludo habitual.

—¿Eva? —me saludó una voz femenina—. Soy Magdalene. ¿Tienes un minuto?

Me recliné en la silla, alerta. En una ocasión Magdalene y yo compartimos un momento de solidaridad a propósito de la inesperada e indeseada reaparición de Corinne en la vida de Gideon, pero nunca olvidaría la crueldad con que me acogió Magdalene cuando nos conocimos.

—Sólo uno, ¿qué pasa?

Suspiró, luego habló rápidamente, sus palabras fluían como un torrente.

—Anoche estuve sentada a la mesa detrás de Corinne. Oí parte de lo que se decían Gideon y ella durante la cena.

Se me tensó el estómago, preparándome para el golpe emocional. Magdalene sabía cómo aprovecharse de mis inseguridades respecto a Gideon.

—Remover la mierda mientras trabajo es una nueva bajeza —dije fríamente—. No quiero...

—Él no te estaba ignorando.

Me quedé boquiabierta durante unos instantes, pero ella enseguida llenó el silencio.

—Estaba controlándola, Eva. Ella le sugería sitios a los que llevarte en Nueva York, dado que eres nueva en la ciudad, pero lo estaba haciendo jugando al viejo juego de acuérdate-de-cuando-tú-y-yo-fuimos-allí.

—Rememorando el pasado —musité, agradecida por no haber podido oír gran cosa de la conversación que Gideon mantuvo en voz baja con su ex.

—Sí. —Magdalene respiró hondo—. Te marchaste porque creías que te estaba ignorando por ella. Y quiero que sepas que parecía estar pensando en ti, tratando de evitar que Corinne te disgustara.

—¿Y a ti por qué te preocupa?

—¿Quién dice que lo haga? Te debo una, Eva, por cómo me presenté cuando nos conocimos.

Me quedé pensándolo. Exacto, me debía una por la vez en que me tendió una emboscada en el cuarto de baño con su malicioso arrebato de celos. No es que me tragara que fuera su única motivación. Quizá era el mal menor. Quizá quería mantener a sus enemigos cerca.

—OK. Gracias.

No puedo negar que me sentí mejor. Se me había quitado de encima un peso que no me había dado cuenta que llevara.

—Una cosa más —siguió Magdalene—. Salió detrás de ti.

Apreté el auricular. Gideon siempre venía detrás de mí... porque yo siempre salía corriendo. Mi recuperación era tan frágil que había aprendido a protegerme a toda costa. Cuando algo amenazaba mi estabilidad, me deshacía de ello.

—Ha habido otras mujeres en su vida que han probado con esa clase de ultimátum, Eva. Se aburrían o deseaban que les prestara atención o alguna clase de gesto grandilocuente... Así que se marchaban y esperaban que él saliera tras ellas. ¿Sabes lo que hacía él?

—Nada —respondí suavemente, conociendo a mi hombre. Un hombre que no socializaba con las mujeres con las que se acostaba y que no se acostaba con las que sí socializaba. Corinne y yo éramos las únicas excepciones a esa regla, que era otra razón por la que me daban ataques de celos de su ex.

—Nada salvo asegurarse de que Angus las dejara en su casa sin ningún percance —confirmó, haciéndome pensar que ella había intentado esa táctica en algún momento—. Pero cuando tú te marchaste, él no pudo salir detrás de ti con la suficiente rapidez. Y estaba muy alterado cuando se despidió. Parecía... ido.

Porque le había entrado miedo. Cerré los ojos y me pateé mentalmente. Con fuerza.

Gideon me había dicho más de una vez que le aterrorizaba que saliera corriendo, porque no podía soportar la idea de que no volviera. ¿De qué servía que le dijera que no me imaginaba la vida sin él cuando con tanta frecuencia le mostraba todo lo contrario con mis actos? ¿Era de extrañar que no se hubiera abierto a mí respecto a su pasado?

Yo debía dejar de correr. Gideon y yo íbamos a tener que pelear por ello, por *nosotros*, si queríamos alimentar alguna esperanza de que nuestra relación funcionara.

—¿Estoy en deuda contigo yo ahora? —pregunté en tono neutro, mientras devolvía el adiós con la mano a Mark cuando se iba a almorzar.

Magdalene exhaló apresuradamente.

—Gideon y yo nos conocemos desde hace mucho tiempo. Nuestras madres son muy amigas. Tú y yo nos veremos por ahí, Eva, y confío en que encontremos la forma de evitar momentos incómodos.

Aquella mujer se me había acercado para decirme que en cuanto Gideon me «metiera la verga» todo habría «terminado». Y me había venido con esto justo cuando yo me sentía especialmente vulnerable.

—Mira, Magdalene, si tú no haces dramas, todo irá bien. —Y dado que ella estaba siendo tan franca...—: Puedo fastidiar mi relación con Gideon yo solita, de verdad. No necesito ayuda.

Ella se rio por lo bajo.

—Creo que ése fue mi error, fui demasiado cuidadosa y demasiado complaciente. Él debe trabajar en eso contigo. Bueno... se ha terminado mi minuto. Te dejo.

—Que tengas un buen fin de semana —dije, en vez de gracias. Seguía sin fiarme del motivo de su llamada.

—Tú también.

Mientras dejaba el auricular en su soporte, se me fue la mirada a las fotos de Gideon y de mí. De repente me sentí tremendamente acaparadora y posesiva. Él era mío; sin embargo, no podía estar segura de si de un día para otro seguiría siéndolo. Y la idea de que pudiera pertenecer a otra mujer me enloqueció.

Abrí el cajón inferior y saqué mi celular del bolso. Impulsada por la necesidad de que él pensara en mí con la misma fiereza, le escribí un mensaje sobre cuánto deseaba devorarle: «Daría cualquier cosa por mamártela ahora mismo».

Sólo de pensar en él cuando me metía su verga en la boca... en los sonidos salvajes que emitía cuando estaba a punto de correrse...

Me levanté y borré el mensaje en cuanto vi que había salido, luego volví a guardar el teléfono en el bolso. Como era mediodía, cerré todas las ventanas del ordenador y me dirigí a recepción a buscar a Megumi.

—¿Te apetece algo en particular? —me preguntó, poniéndose en pie y dándome la oportunidad de admirar su vestido con cinturón, sin mangas y de color lavanda.

Su pregunta, tan próxima al texto que acababa de escribir, me hizo toser.

—No. Lo que tú quieras. No soy exigente.

Salimos por la puerta acristalada y nos dirigimos a los ascensores.

—Estoy deseando que llegue el fin de semana —dijo Megumi con un quejido al tiempo que apretaba el botón de llamada con un dedo que lucía uña postiza—. Sólo falta un día y medio.

—¿Tienes algún plan interesante?

—Está por ver. —Suspiró y se entremetió el pelo detrás de la oreja—. Cita a ciegas —explicó con pesar.

—Ah. ¿Confías en la persona que te la organizó?

—Mi compañera de apartamento. Más vale que por lo menos el tipo sea físicamente atractivo, porque sé dónde duerme ella por la noche y las revanchas son un asco.

Yo sonreía cuando el ascensor llegó a nuestro piso y nos metimos dentro.

—Bueno, eso aumenta las posibilidades de pasártela bien.

—En realidad no, porque ella lo conoció también en una cita a ciegas. Jura que es un tipo estupendo, pero que es más mi tipo que el suyo.

—Humm.

—Ya lo sé. —Megumi meneó la cabeza y levantó la vista hacia la antigua y decorativa aguja que había sobre las puertas de la cabina y que marcaba los pisos que iban pasando.

—Ya me contarás cómo te va.

—Claro. Deséame suerte.

—¡Por supuesto!

Acabábamos de salir al vestíbulo cuando noté que me vibraba el bolso debajo del brazo. Mientras pasábamos por los torniquetes, saqué el teléfono y se me encogió el estómago al ver el nombre de Gideon. Me estaba llamando, no contestándome con un mensaje erótico.

—Discúlpame —le dije a Megumi antes de contestar.

Ella hizo un gesto despreocupado con la mano.

—Adelante.

—Hola —le saludé alegremente.

—*Eva.*

Di un traspiés al oír cómo pronunció mi nombre. Cuánto prometía la aspereza de aquella voz.

Aflojé el paso y me di cuenta de que me había quedado muda, sólo de oírle decir mi nombre con aquella tensión anhelada, aquel tono incisivo que me decía que deseaba penetrarme más que ninguna otra cosa en el mundo.

Mientras la gente se apresuraba a mi alrededor, entrando y saliendo del edificio, yo me había quedado parada ante el abrumador silencio de mi teléfono. Él me requería de manera callada, casi irresistible. No hacía ningún ruido, ni siquiera le oía respirar, pero notaba su sed. De no ser porque Megumi me esperaba pacientemente, estaría subiendo en el ascensor hasta el último piso para satisfacer su tácita orden de llevar a cabo mi ofrecimiento.

Me estremecí al recordar la vez en que se la había mamado en su oficina, se me hacía la boca agua. Tragué saliva.

—Gideon...

—Reclamabas mi atención... ya la tienes. Quiero oírte decir esas palabras.

Noté que me sonrojaba.

REFLEJADA EN TI · 31

—No puedo. Aquí no. Te llamo luego.

—Acércate a la columna y échate a un lado.

Inquieta, le busqué con la mirada. Luego me di cuenta de que el identificador de llamada le situaba en su oficina. Levanté la vista, buscando las cámaras de seguridad. Inmediatamente, supe que tenía los ojos fijos en mí, ardientes y deseosos. Sentí una oleada de excitación, provocada por su deseo.

—Date prisa, ángel. Tu amiga te espera.

Me fui hacia la columna, con la respiración agitada y audible.

—Dime, Eva. El mensaje que me enviaste me la puso dura. ¿Qué piensas hacer al respecto?

Me llevé una mano a la garganta y miré con impotencia a Megumi, que me observaba con las cejas enarcadas. Alcé un dedo para pedirle un minuto más, luego le di la espalda y susurré.

—Quiero tenerte en la boca.

—¿Para qué? ¿Para jugar conmigo? ¿Para burlarte de mí como lo estás haciendo ahora? —No hablaba con vehemencia, sino con serena severidad.

Era consciente de que debía ser muy cuidadosa cuando Gideon se ponía serio al hablar de sexo.

—No. —Levanté la cara hacia la cúpula tintada del techo que escondía la cámara de seguridad más cercana—. Para hacer que te vengas. Me encanta hacer que te vengas, Gideon.

Él exhaló con brusquedad.

—Un regalo, entonces.

Sólo yo sabía lo que significaba para Gideon ver el acto sexual como un regalo. Anteriormente, para él el sexo se relacionaba con el dolor y la humillación o con la lujuria y la necesidad. Ahora, conmigo, se relacionaba con el placer y el amor.

—Siempre.

—Bien. Porque eres un tesoro para mí, Eva, y valoro mucho lo que hay entre nosotros. E incluso esa impulsiva necesidad de coger el uno con el otro constantemente que tenemos los dos significa mucho para mí, porque es importante.

Me apoyé en la columna, reconociendo que había caído en un viejo y destructivo hábito: aprovechaba la atracción sexual para disminuir mis inseguridades. Si Gideon me deseaba, no podía desear a nadie más. ¿Cómo sabía él siempre lo que tenía yo en la cabeza?

—Sí —musité, cerrando los ojos—. Es importante.

Hubo un tiempo en que recurría al sexo para sentir afecto, confundiendo deseo pasajero con verdadero cariño, que era la razón por la que ahora insistía en tener un cierto tipo de marco amistoso establecido antes de irme a la cama con un hombre. No quería volver a dejar la cama de un amante sintiéndome despreciable y sucia.

Y desde luego no quería degradar lo que compartía con Gideon sólo porque tuviera un miedo irracional a perderle.

Entonces me di cuenta de que estaba confusa. Tuve una sensación de malestar en el estómago, como si fuera a pasar algo terrible.

—Tendrás lo que quieras después del trabajo, ángel. —Su voz se tornó más grave, más ronca—. Mientras tanto, disfruta del almuerzo con tu compañera de trabajo. Estaré pensando en ti. Y en tu boca.

—Te amo, Gideon.

Tuve que respirar hondo varias veces después de colgar para serenarme y volver con Megumi.

—Lo siento.

—¿Todo bien?

—Sí. Todo bien.

—¿Siguen las cosas calientes y cachondas entre Gideon y tú? —Me miró con una ligera sonrisa.

—Humm... —*Ah, sí*—. Sí, eso bien, también. —Y deseé con todas mis fuerzas poder desahogarme. Poder abrir la válvula y hablar de mis abrumadores sentimientos por él. De cómo me consumía pensar en él, de cómo sentirlo en mis manos me volvía loca, de cómo la pasión de su alma torturada se me había clavado como una espada afilada.

Pero no podía. Nunca. Él era demasiado importante, demasiado conocido. Los chismes privados sobre su vida valían una pequeña fortuna. No podía arriesgarme.

—Él sí que está bien —estuvo de acuerdo Megumi—. Muy bien. ¿Lo conocías de antes de empezar a trabajar aquí?

—No, pero supongo que habríamos terminado por conocernos. —Debido a nuestro pasado. Mi madre hacía generosas donaciones a muchas instituciones benéficas que trabajaban contra el maltrato infantil, al igual que Gideon. Era inevitable que nuestros caminos se hubieran cruzado en algún momento. Me preguntaba cómo habría sido ese encuentro: él con una morena despampanante del brazo y yo con Cary. ¿Habríamos tenido la misma reacción visceral a distancia que la que tuvimos de cerca en el vestíbulo del Crossfire?

Me había deseado desde el momento en que me vio en la calle.

—Me lo preguntaba. —Megumi empujó la puerta giratoria del vestíbulo—. He leído que la cosa va en serio entre ustedes dos —siguió diciendo cuando me puse a su lado en la acera—. Por eso pensé que quizá lo conocías de antes.

—No te creas todo lo que lees en los blogs de chismes.

—¿Así que no van en serio?

—Yo no he dicho eso. —A veces íbamos *demasiado* en serio. Dolorosa y tremendamente en serio.

Ella meneó la cabeza.

—Vaya, ya estoy metiéndome donde no me llaman. Lo siento. El chisme es uno de mis vicios. Como también los hombres increíblemente sexys como Gideon Cross. No puedo dejar de preguntarme cómo sería tirar con alguien cuyo cuerpo rezuma sexo por todas partes. Tiene que ser alucinante en la cama.

Sonreí. Estaba bien salir por ahí con otra chica. No es que Cary no supiera apreciar a un tipo bueno también, pero no había nada como las conversaciones femeninas.

—No me oirás quejarme.

—¡Zorra con suerte! —Chocando hombros conmigo para darme a entender que bromeaba, dijo—: ¿Y qué me dices del compañero de apartamento ese que tienes? Por las fotos que he visto, también está buenísimo. ¿Está solo ahora? ¿Me organizas una cita?

Volviendo la cabeza rápidamente, disimulé una mueca. Había aprendido por las malas a no volver a preparar encuentros entre conocidos o amigos y Cary nunca más. Era muy fácil quererlo, lo cual terminaba con muchos corazones rotos porque él no podía corresponder de la misma manera. Cuando las cosas empezaban a ir demasiado bien, Cary las saboteaba.

—No sé si tiene pareja o no. Su vida es un poco... complicada en este momento.

—Bueno, si se presentara la oportunidad, desde luego no me opondría. Sólo lo digo. ¿Te gustan los tacos?

—Me encantan.

—Conozco un sitio un par de calles más allá. Vamos.

LAS cosas iban bien cuando Megumi y yo volvíamos de almorzar. Después de cuarenta minutos de cotilleo, de comernos a los chicos con los ojos y de tres estupendos tacos de carne asada, me sentía fenomenal. Y volvíamos al trabajo con unos diez minutos de antelación, lo cual me alegraba, ya que últimamente no había sido muy puntual, aunque Mark nunca se quejaba.

La ciudad vibraba a nuestro alrededor, gente y taxis apresurándose entre el calor y la humedad crecientes, tratando de aprovechar al máximo las insuficientes horas del día. Observaba a la gente descaradamente, pasando los ojos por todo y por todos.

Hombres con trajes de ejecutivo y mujeres con faldas sueltas y chancletas. Señoras con ropa de alta costura y zapatos de quinientos dólares pasaban tambaleándose junto a humeantes carritos de perritos calientes y vendedores ambulantes que gritaban. La mezcla ecléctica de Nueva York era la gloria para mí y me provocaba un entusiasmo que me hacía sentir más dinámica que en ningún otro sitio en que hubiera vivido.

Nos detuvimos en un semáforo justo enfrente del Crossfire, y la mirada se me fue inmediatamente al Bentley negro parado a la puerta. Seguramente Gideon acababa de volver del almuerzo. No pude evitar imaginarlo sentado en su coche el día en que nos conocimos, mirándome mientras yo asimilaba la imponente belleza del Edificio Crossfire. Sentí un cosquilleo sólo de pensar en ello...

De repente, me quedé helada.

Porque una atractiva mujer morena salió tan campante por las puertas giratorias justo en ese momento, y se detuvo, dándome la oportunidad de echarle un buen vistazo: el ideal de Gideon, tanto si él se había dado cuenta como si no. Una mujer en la que yo le había visto fijarse en cuanto la vio en el salón del Waldorf-Astoria. Una mujer cuyo porte y dominio sobre Gideon despertó en mí las peores inseguridades.

Corinne Giroux parecía un soplo de aire fresco con aquel vestido tubo color crema y unos zapatos de tacón rojo cereza. Se pasó una mano por aquel oscuro pelo que le llegaba hasta la cintura, y que no parecía tan liso como la noche anterior, cuando la había conocido. De hecho, daba la impresión de estar un poco revuelto. Y se frotaba la boca con los dedos, limpiándose el contorno de los labios.

Saqué mi celular, activé la cámara y tomé una foto. Con la aproximación del *zoom*, pude ver por qué se toqueteaba tanto la pintura de labios: la tenía corrida. No, más bien *aplastada*. Como tras un beso apasionado.

Cambió la luz del semáforo. Megumi y yo cruzamos con la multitud, acortando la distancia entre nosotras y la mujer a quien una vez Gideon dio promesa de matrimonio. Angus salió del Bentley y lo rodeó, luego habló brevemente con ella antes de abrirle la puerta trasera. El sentimiento de traición —la de Angus y la de Gideon— era tan intenso que no podía respirar. Me tambaleaba.

—¡Eh! —Megumi me agarró del brazo para sujetarme—. ¿Serás enclenque?, pero si sólo hemos tomado unos margaritas sin alcohol.

Vi cómo el esbelto cuerpo de Corinne entraba en la parte trasera del coche de Gideon con estudiada elegancia. Apreté los puños mientras notaba cómo me invadía la rabia. Entre los ojos nublados por furiosas lágrimas, el Bentley se separó de la acera y desapareció.

3

Cuando megumi y yo entramos en el ascensor, apreté el botón del último piso.

—Volveré en cinco minutos, por si alguien pregunta —le dije al bajarse ella en la planta de Waters Field & Leaman.

—Dale un beso de mi parte, ¿sí? —me pidió, haciendo como que se abanicaba—. Me acaloro sólo de pensar en experimentarlo indirectamente a través de ti.

Conseguí esbozar una sonrisa antes de que se cerraran las puertas y el ascensor continuara subiendo. Cuando alcanzó el final del trayecto, salí a un vestíbulo inequívocamente masculino y decorado con gusto. Unos cestillos colgantes con helechos y azucenas suavizaban las puertas de seguridad de cristal ahumado en cuyo rótulo se leía Cross Industries.

La pelirroja recepcionista de Gideon se mostró más servicial que de costumbre y apretó el botón del portero automático antes de que yo llegara a la puerta. Luego me sonrió de una manera que me encrespó. Siempre había tenido la sensación de que no le caía bien, así que no confié en esa sonrisa ni por un momento. Me puso nerviosa. Aun así, levanté una mano y le dije hola, porque yo no era una perra... a menos que me dieran una buena razón para serlo.

Enfilé el largo pasillo que conducía hasta Gideon, deteniéndome en una amplia segunda zona de recepción que Scott, su secretario, atendía.

Al acercarme, Scott se levantó.

—Hola, Eva —me saludó al tiempo que cogía el teléfono—. Le haré saber que estás aquí.

La pared de cristal que separaba la oficina de Gideon del resto de la planta era, por lo general, transparente, pero podía hacerse opaca con sólo apretar un botón. En aquel momento se encontraba escarchada, lo que acrecentó mi desasosiego.

—¿Está solo?

—Sí, pero...

Fuera lo que fuese, lo que dijo se perdió cuando empujé la puerta de cristal y entré en el territorio de Gideon. Era un espacio inmenso, con tres zonas de estar distintas, cada una de ellas más grande que la oficina entera de Mark, mi jefe. En contraste con la elegante calidez del apartamento de Gideon, su oficina estaba decorada con una fría gama de negros, grises y blancos, salvo por los vistosos colores de las licoreras de cristal que adornaban la pared de detrás de un mostrador.

En dos lados había ventanas de suelo a techo desde donde se dominaba la ciudad. La única pared compacta, enfrente del inmenso escritorio, estaba llena de pantallas planas en las que se veían diferentes canales de noticias de todo el mundo.

Paseé la mirada por la habitación y me fijé en el cojín tirado en el suelo. Junto a él, en la superficie alfombrada, se veían las marcas que delataban dónde se apoyaban las patas del sofá normalmente. Al parecer, algo había hecho que el mueble se desplazara unos milímetros.

Se me aceleró el corazón y se me humedecieron las palmas de las manos. El tremendo desasosiego que había sentido antes se intensificó.

Acababa de fijarme en que estaba abierta la puerta del baño cuando salió Gideon, dejándome sin respiración ante la belleza de su torso desnudo. Tenía el pelo húmedo, como si se hubiera dado una ducha recientemente, y colorados el cuello y la parte superior del pecho, igual que cuando hacía ejercicio físico.

Se quedó paralizado cuando me vio, ensombrecida la mirada durante un instante antes de que su perfecta e implacable máscara volviera sin esfuerzo a su sitio.

—No es un buen momento, Eva —dijo, poniéndose una camisa de vestir que tenía colgada en el respaldo de una banqueta alta de bar... una camisa diferente de la que llevaba a primera hora de aquella mañana—. Llego tarde a una cita.

Apreté mi bolso con fuerza. Al verlo de aquella manera tan íntima, me di cuenta de lo mucho que lo deseaba. Lo quería con locura, lo necesitaba como necesitaba el aire para respirar... lo cual sólo hizo que comprendiera mejor cómo se sentían Magdalene y Corinne y que simpatizara con lo que estarían dispuestas a hacer con tal de apartarlo de mí.

—¿Por qué estás a medio vestir?

Era irremediable. Mi cuerpo respondía instintivamente a la vista del suyo, lo cual hacía que me fuera aún más difícil refrenar mis sublevadas emociones. Su camisa desabrochada y bien planchada dejaba ver la tersura de su piel morena sobre unos abdominales como una tableta de chocolate y unos pectorales perfectamente definidos. Su delicado y oscuro vello del pecho descendía, en una fina línea más oscura, en dirección a una verga en aquel momento encerrada en unos calzoncillos bóxer y unos pantalones. Sólo pensar en la sensación de tenerle dentro de mí me llenaba de dolorosa nostalgia.

—Tenía algo en la camisa. —Empezó a abrocharse, tensándosele los abdominales con sus movimientos al dirigirse hacia la barra del bar, donde vi que lo esperaban sus gemelos—. Debo darme prisa. Si necesitas algo, díselo a Scott, que él se ocupará. O lo haré yo cuando regrese. No tardaré más de dos horas.

—¿Por qué tienes tanta prisa?

No me miró cuando respondió.

—Tuve que hacer hueco para una reunión de última hora.

No me digas.

—Te duchaste esta mañana. —*Después de hacerme el amor durante una hora*—. ¿Por qué te duchaste otra vez?

—¿A qué viene este interrogatorio? —soltó él.

Necesitada de respuestas, fui al baño. La humedad persistente era sofocante. Haciendo caso omiso de la voz interior que me decía que no buscara problemas que no soportaría encontrar, saqué su camisa del cesto de la ropa sucia... y vi que uno de los puños tenía una mancha de labial rojo que parecía sangre. Sentí una punzada de dolor en el pecho.

Dejando caer la prenda en el suelo, di la vuelta y salí, deseando alejarme de Gideon todo lo posible. Antes de que vomitara o empezara a sollozar.

—Eva —dijo bruscamente cuando pasé a su lado a toda prisa—. ¿Qué demonios te pasa?

—Que te jodan, mamón.

—¿Perdona?

Ya tenía la mano en el picaporte cuando él me alcanzó y se puso a jalarme del codo. Me giré y le di una bofetada con la suficiente fuerza como para hacer que volviera la cabeza y a mí me ardiera la palma de la mano.

—Maldita sea —bramó, agarrándome de los brazos y sacudiéndome—. ¡No me pegues!

—¡No me toques! —El tacto de sus manos en la piel desnuda de mis brazos era demasiado.

Retrocedió y se apartó de mí.

—¿Qué puta mosca te picó?

—La vi, Gideon.

—¿Que viste a quién?

—¡A Corinne!

Él frunció el ceño.

—¿De qué estás hablando?

Saqué mi celular y le planté la foto delante de las narices.

—Atrapado.

Gideon aguzó la vista sobre la pantalla, luego relajó el ceño.

—¿Atrapado haciendo qué exactamente? —preguntó muy suavemente.

—Oh, vete al diablo. —Me giré en dirección a la puerta, mientras me guardaba el teléfono en el bolso.

—No pienso explicártelo.

Estampó la mano contra el cristal y mantuvo la puerta cerrada. Encajonándome con su cuerpo, se inclinó y me susurró al oído.

—Sí, claro que vas a explicármelo.

Cerré los ojos con fuerza, pues la postura en la que estábamos me trajo a la memoria ardientes recuerdos de la primera vez que había estado en la oficina de Gideon. Me había inmovilizado de la misma manera, seduciéndome hábilmente, arrastrándonos a un apasionado abrazo en el mismo sofá que hacía poco había presenciado alguna clase de acción lo bastante enérgica como para moverlo de sitio.

—¿No dice una imagen más que mil palabras? —mascullé con los dientes apretados.

—Así que han maltratado a Corinne. ¿Y eso qué tiene que ver conmigo?

—¿Te burlas de mí? Déjame salir.

—No encuentro nada ni remotamente gracioso en todo esto. En realidad, creo que nunca he estado tan molesto con una mujer. Vienes aquí con tus acusaciones a medias y haciéndote la niña buena...

—¡Porque lo *soy!* —Me retorcí y me escabullí por debajo de su brazo, poniendo una distancia muy necesaria entre nosotros. Estar cerca de él dolía demasiado—. ¡Yo nunca te engañaría! Si quisiera coger con otros, primero rompería contigo.

Gideon se apoyó en la puerta y cruzó los brazos. Seguía con la camisa sin meter por dentro de los pantalones y el cuello abierto; le encontraba de lo más sexy y atractivo, lo cual no hizo sino enfurecerme más.

—¿Crees que te engañé? —Su tono era cortante y gélido.

Respiré hondo para superar el dolor de imaginarle con Corinne en el sofá que tenía a mis espaldas.

—Explícame qué hacía ella, con ese aspecto, en el Crossfire. Por qué está así tu oficina. Qué haces tú así.

Dirigió la mirada al sofá, luego al cojín que estaba en el suelo, luego a mí otra vez.

—No sé qué hacía aquí Corinne ni por qué tenía ese aspecto. No he vuelto a verla desde anoche, cuando estabas conmigo.

Anoche parecía haber ocurrido hacía una eternidad, y deseé que no hubiera ocurrido nunca.

—Pero yo no estaba contigo —señalé—. Te miró con ojos tiernos, te dijo que quería presentarte a alguien y me dejaste allí plantada.

—¡Dios! —Le centelleaban los ojos—. ¡Y dale!

Me enjugué con furia una lágrima que me resbalaba por la mejilla. Él rezongó.

—¿Crees que la acompañé porque me dominaban las ganas de estar con ella y de alejarme de ti?

—No lo sé, Gideon. Te deshiciste de *mí*. Tú eres quien tiene que responder.

—Tú te deshiciste de mí primero.

Me quedé boquiabierta.

—¡Mentira!

—¡Es verdad! Te largaste casi al llegar. Tuve que buscarte y, cuando te encontré, resulta que estabas bailando con ese imbécil.

—¡Martin es sobrino de Stanton! Y dado que Richard Stanton es mi padrastro, considero a Martin de la familia.

—No me importa si es cura. Ése quiere engancharte.

—¡Santo Dios! ¡Eso es absurdo! Deja ya de desviar la conversación. Estabas hablando de negocios con tus colegas. Era una situación incómoda. Para ellos y para mí.

—Ése es tu sitio, incómodo o no.

Eché la cabeza hacia atrás como si me hubiera dado una bofetada.

—¿Qué dijiste?

—¿Cómo te sentirías tú si yo te dejara de repente en una fiesta de Waters Field & Leaman porque tú te pusieras a hablar de una campaña? ¿Y luego, cuando te pusieras a buscarme, me encontraras bailando lentamente con Magdalene?

—Yo... —*Dios*. No se me había ocurrido verlo de esa manera.

Gideon parecía tranquilo e imperturbable con su poderoso cuerpo apoyado en la pared, pero yo notaba la ira que palpitaba bajo aquella calmada superficie. Estaba siempre fascinante, pero especialmente cuando hervía de pasión.

—Lo mío es estar a tu lado, apoyarte, y sí, a veces sólo verme bonito de tu brazo. Es un derecho, un deber y un privilegio para mí, Eva, como lo es para ti también.

—Pensé que te hacía un favor quitándome de en medio.

Arqueó una ceja a modo de sarcástica y silenciosa respuesta.

Crucé los brazos sobre el pecho.

—¿Por eso te fuiste con Corinne? ¿Querías castigarme?

—Si quisiera castigarte, Eva, te daría unas nalgadas.

Agucé los ojos.

—*Eso* no sucederá nunca.

—Sé cómo te pones —dijo secamente—. No te quería celosa de Corinne antes de tener la posibilidad de explicarme. Necesitaba unos minutos para asegurarme de que entendiera que tú y yo vamos muy en serio, y lo importante que era para mí que tú disfrutaras de la velada. Ésa es la única razón por la que me aparté con ella.

—Le pediste que no dijera nada sobre ustedes dos, ¿verdad? Le pediste que guardara silencio sobre lo que significa ella para ti. Una lástima que Magdalene lo fastidiara todo.

A lo mejor lo habían planeado Corinne y Magdalene. Aquélla conocía a Gideon lo bastante bien como para prever sus movimientos; le habría resultado fácil hacer planes imaginando la reacción de Gideon a su inesperada presencia en Nueva York.

Y eso arrojaba nueva luz sobre por qué me había llamado Magdalene por la mañana. Corinne y ella estaban hablando en el Waldorf cuando Gideon y yo las vimos. Dos mujeres que querían a un hombre que estaba con otra mujer. No podían hacer nada mientras yo estuviera en el medio, y por esa razón no podía descartar la posibilidad de que estuvieran maquinando algo juntas.

—Quería que te enteraras por mí —dijo con tensión.

Con un gesto de la mano, resté importancia a esa cuestión, más preocupada por lo que estaba sucediendo ahora.

—Vi a Corinne subirse al Bentley, Gideon. Justo antes de subir aquí.

Enarcó la otra ceja a juego con la primera.

—¿Ah, sí?

—Sí. ¿Puedes explicármelo?

—No, no puedo.

La rabia me quemaba por dentro. De pronto no soportaba ni mirarle siquiera.

—Entonces apártate de mi camino, tengo que volver a trabajar.

No se movió.

—Sólo quiero estar seguro de algo antes de que te vayas: ¿crees que cogí con ella?

Me estremeció oírselo decir en voz alta.

—No sé qué creer. Las pruebas...

—Me daría igual que entre las «pruebas» figurase el que nos hubieras encontrado a ella y a mí desnudos en la cama. —Se separó tan deprisa, que me tambaleé hacia atrás por la sorpresa. Se acercó amenazadoramente—. Quiero saber si crees que cogí con ella. Si crees que lo haría. O podría. ¿Lo crees?

Empecé a dar golpecitos con el pie, pero no retrocedí.

—Explícame por qué tenías lápiz labial en la camisa, Gideon.

Tensó la mandíbula.

—No.

—¿Qué? —Su tajante negativa me puso en el disparadero.

—Responde a mi pregunta.

Le miré el rostro detenidamente y vi la máscara que llevaba con otra gente, pero que nunca había llevado conmigo. Alargó la mano hacia mí como para acariciarme la mejilla con la punta de los dedos, pero la retiró en el último momento. En el breve instante en que se apartó bruscamente, oí que le rechinaron los dientes, como si *no* tocarme fuera un esfuerzo. Acongojada, agradecí que no lo hiciera.

—*Necesito* que me lo expliques —susurré, preguntándome si había imaginado el gesto de dolor que le cruzó el rostro. A veces quería creer tanto en algo que inventaba excusas deliberadamente e ignoraba la dolorosa realidad.

—No te he dado ninguna razón para que dudes de mí.

—Me la estás dando ahora, Gideon. —Espiré deprisa, desinflándome. Retrayéndome. Él estaba delante de mí, pero parecía a kilómetros de distancia—. Entiendo que necesitas tiempo para compartir secretos que te son dolorosos. A mí también me ha pasado, saber que necesitaba hablar de lo que me había sucedido y darme cuenta de que aún no estaba preparada. Por eso no he querido forzarte ni meterte prisa. Pero este secreto *me* hace daño, y eso es diferente. ¿Acaso no lo ves?

Maldiciendo entre dientes, me rodeó la cara con manos frías.

—Me tomo la molestia de asegurarme de que no tengas ninguna razón para sentirte celosa, pero cuando te muestras posesiva, me gusta. Quiero que luches por mí. Quiero importarte hasta ese punto. Te quiero loca por mí. Pero la actitud posesiva sin confianza es un infierno. Si no confías en mí, no tenemos nada.

—La confianza debe ser mutua, Gideon.

Respiró hondo.

—¡Maldita sea! No me mires así.

—Trato de entender quién eres. ¿Dónde está el hombre que vino directamente y me dijo que quería coger conmigo? ¿El hombre que no dudó en decirme que le desconcertaba, en el mismo momento en que estaba rompiendo con él? Creía que siempre serías así de claro y sincero. Contaba con ello. Pero ahora... —Moví la cabeza, con un nudo en la garganta que me impedía seguir hablando.

Sus labios eran una severa línea, pero siguió sin despegarlos.

Le cogí de las muñecas y aparté sus manos. Estaba resquebrajándome por dentro, rompiéndome.

—Esta vez no voy a correr, pero puedes hacer que me vaya. Quizá quieras pensar en ello.

Me marché. Gideon no me lo impidió.

PASÉ el resto de la tarde concentrada en el trabajo. A Mark le encantaba devanarse los sesos en voz alta, lo cual era un magnífico ejercicio de aprendizaje para mí, y su modo confiado y amable de tratar con sus clientes era ejemplar. Observé cómo enfocaba dos reuniones con un aire de autoridad que resultaba tranquilizador y nada intimidatorio.

Luego abordamos el análisis de las necesidades de una empresa de juguetes infantiles, centrándonos en los rendimientos de capital así como en nuevas vías de negocio, como la publicidad en blogs de madres. Daba gracias por que el trabajo fuera una distracción de mi vida personal, y estaba deseando irme después a la clase de Krav Maga, y así quemar un poco de aquel desasosiego que me invadía.

Eran las cuatro pasadas cuando sonó el teléfono de mi mesa.

Descolgué inmediatamente, y el corazón me dio un vuelco al oír la voz de Gideon.

—Tenemos que irnos a las cinco —dijo—, para llegar puntuales a la consulta del doctor Petersen.

—Oh. —Se me había olvidado que nuestras sesiones de terapia de pareja eran los jueves a las seis de la tarde. Ésta iba a ser la primera.

De repente me pregunté si no sería también la última.

—Pasaré a buscarte —continuó bruscamente—, cuando sea la hora.

Suspiré; no me veía en condiciones para ello. Estaba dolida e irritable por la pelea que habíamos tenido.

—Siento haberte pegado. No debería haberlo hecho. Lo lamento de verdad.

—Ángel. —Gideon resopló con aspereza—. No me hiciste la única pregunta que importa.

Cerré los ojos. Era irritante la facilidad con que me leía el pensamiento.

—Da igual, eso no cambia el hecho de que te guardas secretos.

—Los secretos son algo que podemos tratar de resolver; el engaño, no.

Me froté el dolor que notaba en la frente.

—En eso tienes razón.

—No hay nadie más que tú, Eva. —El tono de su voz era duro y cortante.

Me estremecí ante la furia latente en sus palabras. Seguía enfadado porque había dudado de él. Bueno, yo también estaba enfadada.

—Estaré lista a las cinco.

Llegó puntual, como siempre. Mientras yo apagaba el ordenador y cogía mis cosas, él habló con Mark sobre cómo iba el trabajo de Kingsman Vodka. Yo observaba a Gideon a hurtadillas. Daba una imagen imponente con aquel cuerpo alto, musculoso pero delgado, vestido con traje oscuro y comportándose de una manera que proyectaba impenetrabilidad, si bien yo lo había visto muy vulnerable.

Estaba enamorada de aquel hombre tierno y profundamente emotivo. Y me disgustaba aquella fachada y que tratara de esconderse de mí.

En aquel momento, giró la cabeza y me sorprendió observándolo. Vi un destello de mi querido Gideon en su tormentosa mirada azul, que dejó entrever brevemente un desamparado anhelo. Pero desapareció enseguida, sustituido por la fría máscara.

—¿Lista?

Era muy evidente que ocultaba algo, y me dolía que hubiera ese abismo entre nosotros. Saber que había cosas que no me confiaba.

Cuando salíamos por recepción, Megumi apoyó la barbilla en una mano y dejó escapar un aparatoso suspiro.

—Está chiflada por ti, Cross —murmuré, mientras salíamos y apretábamos el botón de llamada del ascensor.

—Qué importa —bufó—. ¿Qué sabe de mí?

—Yo llevo todo el día haciéndome la misma pregunta —dije con voz queda.

Esta vez tuve la certeza de que se había estremecido.

EL doctor Lyle Petersen era alto, con un pelo gris bien cuidado y unos ojos azules avispados pero afables. Su oficina estaba decorada con gusto, en tonos neutros, y los muebles eran muy cómodos, algo en lo que me había fijado todas las veces que había ido allí. Me resultaba un poco extraño verle ahora como *mi* terapeuta. En el pasado, él me había recibido como hija de mi madre. Era el loquero de mi madre desde hacía un par de años.

Se sentó en el sillón orejero gris frente al sofá en el que estábamos Gideon y yo. Su perspicaz mirada alternaba entre nosotros, fijándose en que nos habíamos sentado cada uno en un extremo del sofá y en cómo nuestras rígidas posturas revelaban que estábamos a la defensiva. Habíamos hecho el viaje hasta allí de la misma manera.

El doctor Petersen abrió la funda de su tableta y cogió el lápiz electrónico.

—¿Les parece que empecemos por la causa de la tensión que hay entre ustedes? —preguntó.

Esperé unos instantes para darle a Gideon la oportunidad de hablar primero. No me sorprendió mucho que se quedara allí sentado sin decir una palabra.

—Bueno... en las últimas veinticuatro horas he conocido a la novia que no sabía que tuviera Gideon...

—Exnovia —gruñó Gideon.

—... He averiguado que ella es la razón de que sólo tenga citas con morenas...

—No eran citas.

—... y la sorprendí con este aspecto saliendo de su oficina después de almorzar... —Saqué mi teléfono.

—Salía del edificio —intervino Gideon—, no de mi oficina.

Busqué la foto y le pasé el teléfono al doctor Petersen.

—¡Y entrando en *tu* coche, Gideon!

—Angus acaba de decirte antes de que entráramos aquí que la vio allí de pie, la reconoció y simplemente fue amable.

—¡Y qué otra cosa iba a decir! —solté yo—. Es tu chófer desde que eras pequeño. ¡Cómo no te va a guardar las espaldas!

—¡Vaya!, así que ahora se trata de una conspiración.

—¿Qué hacía ahí él entonces? —le cuestioné.

—Llevarme a almorzar.

—¿Adónde? Comprobaré que tú estabas allí y ella no, y pasaremos a otra cosa.

Gideon se quedó boquiabierto.

—Ya te lo dije. Tuve una cita imprevista y no pude ir a almorzar.

—¿Con quién era la cita?

—Con Corinne, no.

—¡Eso no es una respuesta! —Me volví hacía el doctor Petersen, quien, con calma, me devolvió el teléfono—. Cuando subí a su oficina para preguntarle qué demonios pasaba, me lo encontré a medio vestir y recién salido de la ducha, con uno de los sofás movidos y los cojines tirados por el suelo...

—¡Un puto cojín!

—... y la camisa manchada de lápiz labial.

—Hay decenas de oficinas en el Crossfire —dijo Gideon fríamente—. Corinne podría haber estado en cualquiera de ellas.

—¡Ya! —respondí yo arrastrando la palabra, con una voz que destilaba sarcasmo—. Por supuesto.

—¿No la habría llevado yo al hotel?

Tomé una profunda bocanada de aire; me sentí mareada.

—¿Aún tienes esa habitación?

Se le cayó la máscara, y en su rostro vi un destello de pánico. Darme cuenta de que aún tenía el picadero —una habitación de hotel que usaba exclusivamente para coger y un lugar al que *yo* nunca volvería— me impactó como una bofetada y me produjo un intenso dolor en el pecho. Dejé escapar un leve sonido, un apenado gemido que me obligó a cerrar los ojos.

—Vamos a calmarnos un poco —interrumpió el doctor Petersen, garabateando rápidamente—. Me gustaría retroceder un poco. Gideon, ¿por qué no le hablaste a Eva de Corinne?

—Tenía plena intención de hacerlo —respondió Gideon con firmeza.

—Él no me cuenta nada —susurré, buscando un pañuelo de papel en mi bolso para que no se me corriera el rímel por la cara. *¿Por qué seguía manteniendo esa habitación?* La única explicación era que pensaba usarla con alguien que no era yo.

—¿De qué hablan? —preguntó el doctor Petersen, dirigiendo la pregunta a los dos.

—Por lo general, yo me disculpo —musitó Gideon.

El doctor Petersen levantó la vista.

—¿Por qué?

—Por todo. —Se pasó una mano por el pelo.

—¿Tienes la impresión de que Eva es demasiado exigente o de que espera demasiado de ti?

Noté que Gideon me miraba.

—No. Ella no me pide nada.

—Salvo la verdad —le corregí, volviéndome hacia él.

Le centelleaban los ojos, que me abrasaban con el calor.

—Nunca te he mentido.

—¿Te gustaría que te pidiera cosas, Gideon? —inquirió el doctor Petersen.

Gideon frunció el ceño.

—Piénsalo. Volveremos a ello. —El doctor Petersen se dirigió a mí—. Me intriga la foto que tomaste, Eva. Te viste frente a una situación que afectaría profundamente a muchas mujeres...

—No existió ninguna situación —reiteró Gideon fríamente.

—Su percepción de una situación —matizó el doctor Petersen.

—Una percepción ridícula a todas luces, teniendo en cuenta el aspecto físico de nuestra relación.

—De acuerdo. Hablemos de eso. ¿Cuántas veces a la semana mantienen relaciones sexuales? En promedio.

Noté que me acaloraba. Miré a Gideon, que me devolvió la mirada con una sonrisa de complicidad.

—Hmm... —Torcí los labios, compungida—. Muchas.

—¿Diariamente? —El doctor Petersen enarcó las cejas cuando crucé y volví a cruzar las piernas, asintiendo con la cabeza—. ¿Varias veces a diario?

—En promedio —terció Gideon.

Apoyándose la tableta en el regazo, el doctor Petersen cruzó la mirada con Gideon.

—¿Este nivel de actividad sexual es habitual?

—Nada en mi relación con Eva es habitual, doctor.

—¿Con qué frecuencia mantenías relaciones sexuales antes de conocer a Eva?

Gideon tensó la mandíbula y me miró.

—No importa —le dije, al tiempo que reconocía que yo tampoco querría contestar a esa pregunta delante de él.

Gideon me tendió la mano, cubriendo la distancia que había entre nosotros. Yo le puse la mía encima y agradecí el apretón tranquilizador que me dio.

—Dos veces a la semana —dijo con tirantez—. En promedio.

Enseguida se me vino a la cabeza el número de mujeres a que eso ascendía. Cerré con fuerza la mano que tenía libre sobre el regazo.

El doctor Petersen se reclinó hacia atrás.

—Eva ha expresado su preocupación por la infidelidad y la ausencia de comunicación en su relación. ¿Con qué frecuencia se utiliza el sexo para resolver desavenencias?

Gideon enarcó las cejas.

—Antes de que dé por sentado que Eva sufre con las exigencias de mi libido hiperactiva, debe saber que ella toma la iniciativa en el sexo por lo menos con la misma frecuencia que yo. Y de preocuparse alguien por mantener el ritmo, sería yo por el mero hecho de tener anatomía masculina.

El doctor Petersen me miró esperando confirmación.

—La mayoría de las interacciones nos llevan al sexo —reconocí—, incluso las peleas.

—¿Antes o después de que los dos den por resuelto el conflicto?

Suspiré.

—Antes.

El doctor dejó el lápiz electrónico y se puso a teclear. Se me ocurrió que al final acabaría teniendo una novela.

—¿Su relación ha sido tan sexual desde el principio? —preguntó.

Asentí con la cabeza, pese a que él no estaba mirando.

—Sentimos una fuerte atracción mutua.

—Obviamente. —Levantó la vista y nos dedicó una amable sonrisa—. No obstante, me gustaría proponerles la posibilidad de una abstinencia mientras...

—No hay ninguna posibilidad —terció Gideon—. Eso es imposible. Sugiero que nos centremos en lo que *no* funciona sin suprimir una de las pocas cosas que sí lo hacen.

—No estoy seguro de que esté funcionando, Gideon —dijo el doctor Petersen sin alterarse—. No como debería.

—Doctor. —Gideon apoyó un tobillo en la rodilla contraria y se echó hacia atrás, dando la imagen de quien ha tomado una decisión irrevocable—. Sólo muerto podría mantener las manos lejos de ella. Encuentre otra forma de arreglarnos.

—No tengo experiencia en esto de la terapia —dijo Gideon después, cuando estábamos ya en el Bentley camino de casa—. Así que no estoy seguro. ¿Fue tan desastroso como parecía?

—No podría haber ido mejor —respondí yo, desfallecida, apoyando la cabeza en el respaldo y cerrando los ojos. Estaba muy cansada. Demasiado cansada para pensar siquiera en asistir a la clase de Krav Maga de las ocho—. Mataría por una ducha rápida y mi cama.

—Yo aún tengo cosas que hacer.

—Muy bien. —Bostecé—. ¿Qué tal si nos tomamos la noche libre y nos vemos mañana?

Mi sugerencia fue recibida con un espeso silencio. Tras unos instantes, se hizo tan tenso que me llevó a levantar tanto la cabeza como mis pesados párpados para mirarlo.

Tenía los ojos clavados en mí, apretados los labios en una delgada línea que expresaba frustración.

—Me estás rehuyendo.

—No, estoy...

—¡Cómo que no! Me has juzgado y condenado, y ahora me eludes.

—Estoy exhausta, Gideon. Y aguanto sandeces hasta cierto punto. Necesito dormir y...

—Y *yo* te necesito *a ti* —soltó—. ¿Qué voy a tener que hacer para que me creas?

—No creo que estés engañándome, ¿OK? Por muy sospechoso que parezca todo, no logro convencerme a mí misma de que serías capaz. Es tanto secreto lo que empieza a superarme. Yo estoy poniendo toda la carne en el asador, y tú...

—¿Crees que yo no? —Se removió en el asiento, colocando una pierna doblada entre los dos para mirarme cara a cara—. Nunca había luchado tanto por algo en la vida como lo hago por ti.

—No puedes hacer ese esfuerzo por mí. Tienes que hacerlo por ti mismo.

—No me vengas con esas idioteces. No necesitaría trabajar en mis habilidades de relación con nadie más.

Con un tenue gemido, apoyé la mejilla en el asiento y cerré los ojos otra vez.

—Estoy cansada de pelear, Gideon. Sólo quiero un poco de paz y tranquilidad por una noche. Me he sentido mal todo el día.

—¿Estás enferma? —Cambiando de postura, me rodeó la nuca con delicadeza y me puso los labios en la frente—. No parece que tengas fiebre. ¿Tienes el estómago revuelto?

Aspiré hondo, absorbiendo el delicioso aroma de su piel. El deseo de hundir la cara en el hueco de su cuello era casi irresistible.

—No. —Y entonces caí en la cuenta. Emití un gemido.

—¿Qué ocurre? —Me acercó a su regazo, meciéndome—. ¿Qué te pasa? ¿Necesitas un médico?

—Es el periodo —susurré, no queriendo que Angus lo oyera—. Tiene que bajarme un día de éstos. No sé cómo no me he dado cuenta

REFLEJADA EN TI · 55

antes. Ahora entiendo por qué estoy tan cansada y de mal humor; soy muy sensible a las hormonas.

Se quedó callado. Tras unos instantes, incliné la cabeza hacia atrás para verle la cara.

—Eso es nuevo para mí. No es algo que se te presente cuando llevas una vida sexual irregular —reconoció, con gesto compungido.

—Tienes suerte. Vas a experimentar el inconveniente reservado a los hombres con novia o esposa.

—*Sí* que tengo suerte. —Gideon me apartó de las sienes unos mechones de pelo suelto, enmarcado su esculpido rostro por su frondoso cabello—. Y quizá, si de verdad tengo suerte, tú te sientas mejor mañana y vuelva a gustarte de nuevo.

Oh, Dios. Sentí que me dolía el corazón.

—Me gustas, Gideon. Lo único que no me gusta es que te guardes secretos. Terminarán por separarnos.

—No lo permitas —murmuró, recorriéndome las cejas con la yema del dedo—. Confía en mí.

—Haz tú otro tanto conmigo.

Encorvándose hacia mí, apretó sus labios contra los míos.

—¿Es que no lo sabes, ángel? —dijo en voz baja—. No hay nadie en quien confíe más.

Deslizando los brazos por debajo de su chaqueta, lo abracé, empapándome de la calidez de su cuerpo macizo. No podía evitar la preocupación de que estuviéramos empezando a alejarnos el uno del otro.

Gideon aprovechó la situación y hundió la lengua en mi boca, tocando e incitando ligeramente a la mía con aterciopeladas lamidas. Engañosamente pausadas. Busqué un contacto más profundo, necesitada de más. Siempre más, aborreciendo el que, aparte de esto, me ofreciera tan poco de sí mismo.

Gimió dentro de mi boca, un erótico sonido de placer y necesidad que me recorrió entera. Ladeando la cabeza, apretó sus labios bellamente esculpidos contra los míos. Ese beso profundizó aún más, rozándose las lenguas, acelerándose la respiración de ambos.

Tensó el brazo con el que me rodeaba la espalda, acercándome más a él. Flexionó las yemas de los dedos, amansándome aun cuando su beso crecía en intensidad. Me plegué a la caricia, necesitada del consuelo de su roce en mi piel desnuda.

—Gideon... —Por primera vez, la cercanía física no fue suficiente para calmar el desesperado anhelo que me invadía.

—Shh —me tranquilizó—. Estoy aquí. No me voy a ningún sitio.

Cerré los ojos y hundí la cara en su cuello, preguntándome si no seríamos los dos demasiado testarudos y por eso seguiríamos juntos, aunque resultara que sería mejor terminar con aquella relación.

4

ME DESPERTÉ CON un grito que amortiguaba una palma sudorosa sobre mi boca. Un peso aplastante me dejaba sin aire mientras otra mano se movía por debajo de mi camisón, toqueteando y lastimándome. El pánico se apoderó de mí y me sacudí, pataleando frenéticamente.

No... Por favor, no... Ya basta. Otra vez no.

Resollando como un perro, Nathan me separó las piernas. La cosa dura de entre sus piernas hurgaba a ciegas, chocando contra la cara interna de mis muslos. No podía quitármelo de encima. No podía huir.

¡Para! ¡Quítate de encima! No me toques. Oh, Dios... por favor, no me hagas eso... no me hagas daño...

¡Mamá!

Nathan me apretaba con fuerza, aplastándome la cabeza contra la almohada. Cuanto más forcejaba yo, más se excitaba él. Diciéndome entrecortadamente horribles y desagradables palabras al oído, encontró el lugar sensible de entre mis piernas y entró en mí, gruñendo. Me quedé paralizada, atrapada en una espiral de dolor.

Ya verás... —gruñó—... *te gustará una vez dentro... pequeña zorra... te gustará...*

No podía respirar, trémulos los pulmones con los sollozos, los orificios de la nariz tapados con el talón de su mano. Veía puntitos danzando delante de los ojos; me ardía el pecho. Seguí luchando... necesitaba aire... necesitaba aire desesperadamente...

—¡Eva! ¡Despierta!

Abrí los ojos de golpe al oír aquella voz apremiante. Conseguí soltarme de las manos que me sujetaban los bíceps, consiguiendo liberarme. Pugné a zarpazos con las sábanas que me inmovilizaban las piernas... desplomándome...

El tremendo impacto contra el suelo me despertó por completo, y de mi garganta brotó un terrible sonido de dolor.

—¡Por Dios, Eva! ¡Maldita sea, no te hagas daño!

Aspiré grandes bocanadas de aire y me precipité hacia el baño a cuatro patas.

Gideon me cogió y me sujetó contra su pecho.

—*Eva.*

—Arcadas —dije con voz entrecortada, poniéndome una mano en la boca al agitárseme el estómago.

—Ya te tengo —dijo con tono grave, llevándome en brazos con enérgicas zancadas. Me llevó al baño y levantó la tapa del inodoro. Arrodillándose a mi lado, me sujetó el pelo hacia atrás mientras yo vomitaba, acariciándome arriba y abajo la espalda.

—Shh..., ángel —murmuraba una y otra vez—. No pasa nada. Estás a salvo.

Cuando ya no me quedaba nada en el estómago, tiré de la cadena y apoyé la frente, empapada de sudor, en el antebrazo, procurando concentrarme en cualquier cosa menos en los últimos rastros del sueño.

—Nena.

Volví la cabeza y vi a Cary de pie en el umbral del baño, con un ceño que le echaba a perder su hermoso rostro. Estaba completamente vestido con unos jeans sueltos y una camiseta *henley*, lo cual hizo que me diera cuenta de que Gideon también estaba vestido. Se había desprendido del traje con anterioridad, cuando volvimos a mi apartamento, pero no llevaba el pantalón de ejercicio que se había puesto entonces. En su lugar, vestía unos *jeans* y una camiseta negra.

Desorientada por el aspecto de los dos, eché un vistazo a mi reloj y vi que era pasada la medianoche.

—¿Qué están haciendo, chicos?

—Yo acabo de llegar —dijo Cary—. Y me encontré con Cross cuando subía.

Miré a Gideon, cuyo gesto de preocupación no tenía nada que envidiar al de mi compañero de piso.

—¿Saliste?

Gideon me ayudó a ponerme en pie.

—Ya te dije que aún tenía cosas que hacer.

¿Hasta medianoche?

—¿Qué cosas?

—Nada importante.

Me desasí de él y me fui al lavabo a cepillarme los dientes. Otro secreto. ¿Cuántos tenía?

Cary apareció a mi lado, su mirada se cruzó con la mía en el reflejo de mi espejo de aumento.

—Hacía mucho tiempo que no tenías un mal sueño.

Al mirar yo sus preocupados ojos verdes, le dejé ver lo agotada que estaba.

Me dio un apretón en el hombro para tranquilizarme.

—Nos lo tomaremos con calma este fin de semana. Cargaremos las pilas. A los dos nos hace falta. ¿Estarás bien esta noche?

—Me tiene a mí. —Gideon se levantó de su asiento en el borde de la bañera, donde se había quitado las botas.

—Eso no quiere decir que yo no esté aquí. —Cary me dio un beso rápido en la sien—. Grita si me necesitas.

La mirada que me lanzó antes de salir de la habitación lo decía todo... No se sentía muy cómodo con Gideon durmiendo en casa. La verdad era que yo tenía mis reservas también. Pensaba que el recelo que producía ese trastorno del sueño de Gideon estaba contribuyendo en gran medida a mi descontrol emocional. Como Cary me había dicho recientemente, el hombre al que amaba era una bomba de tiempo, y yo dormía con él.

Me enjuagué la boca y volví a poner el cepillo de dientes en su soporte.

—Necesito una ducha.

Había tomado una antes de sufrir el colapso, pero me sentía sucia otra vez. Tenía la piel impregnada de sudor frío y cuando cerraba los ojos, olía a *él*, a Nathan.

Gideon abrió el agua, luego empezó a desnudarse, distrayéndome felizmente con la visión de su magnífico cuerpo macizo. Tenía los músculos duros y bien definidos, era de constitución delgada pero poderosa y elegante.

Dejé la ropa donde cayó al suelo y me deslicé bajo la lluvia de agua caliente con un quejido. Él entró detrás de mí; empezó a cepillarme pelo hacia un lado y me besó en el hombro.

—¿Qué tal estás?

—Mejor. —*Porque estás cerca.*

Me rodeó la cintura con los brazos y dejó escapar una trémula exhalación.

—Yo... ¡Por Dios, Eva! ¿Estabas soñando con Nathan?

Respiré hondo.

—Algún día hablaremos de nuestros sueños, ¿eh?

Inspiró con fuerza, tensando los dedos contra mis caderas.

—Es así, ¿verdad?

—Sí —musité—. Es así.

Estuvimos allí durante un buen rato, rodeados de vapor y secretos, físicamente cercanos pero emocionalmente distantes. Lo detestaba. Sentía unas abrumadoras ganas de llorar y no las reprimí. Me sentaba bien desahogarme. Toda la tensión de aquel largo día parecía abandonarme con los sollozos.

—Ángel... —Gideon se apretó contra mi espalda, rodeándome la cintura con los brazos, sosegándome con el escudo protector de su enorme cuerpo—. No llores... ¡Dios! No puedo soportarlo. Dime qué necesitas, ángel. Dime qué puedo hacer.

—Lávalo —susurré, apoyándome en él, necesitada del consuelo de su tierna actitud posesiva. Entrelazamos los dedos sobre mi estómago—. Límpiame.

—Lo estás.

Tomé aire trémulamente, moviendo la cabeza.

—Escúchame, Eva. Nadie puede tocarte —dijo con fiereza—. Nadie podrá acercarse a ti. Nunca más.

Apreté los dedos sobre los suyos.

—Tendrán que pasar por encima de mí, Eva. Y eso no ocurrirá nunca.

El dolor que me atenazaba la garganta me impedía hablar. La idea de que Gideon hiciera frente a mi pesadilla... de que viera al hombre que me había hecho aquellas cosas... tensaba aún más el gélido nudo que había sentido en el estómago todo el día.

Gideon alcanzó el champú y yo cerré los ojos, tratando de no pensar en nada, excepto en el hombre cuya única preocupación en aquel momento era yo.

Esperaba con ansia el tacto de sus dedos mágicos. Y cuando llegó, tuve que apoyarme en la pared de delante para no perder el equilibrio. Con ambas palmas apretadas contra el frío azulejo, saboreé entre gemidos el tacto de sus dedos masajeándome el cuero cabelludo.

—¿Te gusta? —preguntó, con voz grave y áspera.

—Siempre.

Me entregué por completo a aquella dicha mientras él me lavaba y suavizaba el pelo, temblando ligeramente cuando me pasaba un peine de púa ancha por mis empapados mechones. Lamenté que hubiera terminado y debí de emitir algún sonido de pesar, porque él se inclinó hacia delante.

—Aún no he terminado —me aseguró.

Me llegó el olor de mi gel de baño... entonces...

—Gideon.

Me rendí a la suavidad de sus manos enjabonadas. Me masajeó delicadamente los nódulos de mis hombros, ablandándolos con la presión adecuada de sus pulgares. Luego se empleó a fondo con la espalda... las nalgas... las piernas...

—Me voy a caer... —dije, arrastrando las palabras, ebria de placer.

—Yo te atraparé, ángel. Siempre te atraparé.

El dolor y la humillación de mis recuerdos se evaporaron bajo el reverencial cuidado, desinteresado y paciente, de Gideon. Más que el agua y el jabón, era su tacto el que me liberaba de la pesadilla. Me giré ante su insistencia y contemplé cómo, agachado allí delante, deslizaba las manos por mis pantorrillas, su cuerpo una increíble exhibición de músculo firme y flexible. Rodeándole la mandíbula con las manos, le alcé la cabeza.

—¡Puedes hacerme tanto bien, Gideon...! —le dije quedamente—. No sé cómo podría olvidarlo. Ni por un minuto siquiera.

Hinchó el pecho al tomar una rápida y profunda bocanada de aire. Se enderezó, deslizando las manos por mis muslos, hasta ponerse a mi altura. Apretó sus labios contra los míos, suavemente. Ligeramente.

—Sé que hoy ha sido un día muy jodido. ¡Mierda!... toda la semana. Ha sido muy difícil para mí también.

—Lo sé. —Lo abracé, apretando mi mejilla contra su pecho. Era tan sólido y fuerte... Me encantaba cómo me sentía cuando estaba entre sus brazos.

Notaba su pene grueso y duro entre los dos, y más aún cuando me acurruqué contra él.

—Eva... —carraspeó—. Déjame terminar, ángel.

Le mordisqueé la barbilla y llevé las manos a su perfecto trasero, empujándolo hacia mí.

—¿Por qué no empiezas, mejor?

—Esto no iba encaminado hacia ese fin.

Como si pudiera haber terminado de otra manera cuando estábamos desnudos los dos deslizándonos las manos por todas partes. Gideon podía ponerme la mano en la parte inferior de la espalda mientras caminábamos y me excitaba igual que si me la pusiera entre las piernas.

—Bueno... entonces vuelve a repasar, campeón.

Gideon llevó las manos a ambos lados de mi garganta, con los pulgares bajo la barbilla para empujar hacia arriba. Su ceño fruncido lo delató, y antes de que pudiera decirme por qué no era buena idea que hiciéramos el amor en ese momento, le tomé la verga con ambas manos.

Emitió un gruñido al tiempo que le daba una sacudida en las caderas.

—Eva...

—Sería una pena desperdiciarlo.

—No puedo fastidiarla contigo. —Sus ojos eran oscuros como zafiros—. Si alguna vez te atemorizaras mientras te estoy tocando, me volvería loco.

—Gideon, por favor...

—Yo digo cuándo. —Su voz de mando era inconfundible.

Lo solté automáticamente.

Él retrocedió y se alejó, bajando la mano para empuñarse la verga.

Yo me revolvía nerviosa, sin poder apartar la vista de aquella habilidosa mano y sus largos y elegantes dedos. A medida que la distancia entre nosotros se agrandaba, empecé a suspirar, mi cuerpo respondía a la pérdida del suyo. La cálida languidez que él le había infundido con su roce se convirtió en un fuego lento, como si hubiera preparado una hoguera que hubiera sido atizada de repente.

—¿Ves algo que te guste? —ronroneó, masturbándose.

Asombrada de que se burlara de mí después de haberme rechazado, levanté la vista... y me quedé sin respiración.

Gideon ardía también. No se me ocurría otra palabra para describirlo. Me miraba con los párpados cargados, como si quisiera comerme viva. Se pasó la lengua despacio por la costura de sus labios, como si estuviera saboreándome. Cuando se mordió todo el labio inferior, habría jurado que lo sentí entre mis piernas. Conocía tan bien aquella mirada... lo que venía a continuación... lo fiero que podía ser cuando me deseaba de aquella manera.

Era una mirada que pedía SEXO a gritos. Sexo duro, hondo, interminable, de alucinar. Estaba allí, en el otro extremo de mi ducha, separados los pies, con aquel cuerpo de marcados músculos flexionándose rítmicamente mientras se acariciaba su hermosa verga con unos roces largos y lentos.

Nunca había visto nada tan abiertamente sexual, tan audazmente masculino.

—¡Dios mío! —susurré, fascinada—. ¡Qué caliente eres!

El brillo de sus ojos me decía que era consciente de lo que me estaba haciendo. Deslizó la mano que tenía libre hacia su escalonado abdomen y se apretó el pectoral, dándome envidia.

—¿Podrías venirte mientras me miras?

Entonces caí en la cuenta. Temía tocarme de un modo sexual cuando había pasado tan poco tiempo desde mi pesadilla, temía lo que pudiera ocurrir entre nosotros si me incitaba. Pero estaba dispuesto a montar todo un número para mí —para *inspirarme*—, de manera que pudiera tocarme a mí misma. La oleada de emoción que sentí en ese momento fue tremenda. Gratitud y afecto, deseo y ternura.

—Te amo, Gideon.

Cerró los ojos, apretándolos, como si aquellas palabras fueran demasiado para él. Cuando volvió a abrirlos, la fuerza de su voluntad me produjo un estremecimiento de deseo.

—Demuéstramelo.

Rodeaba con la palma de la mano la ancha cabeza de su verga. Apretó, y el arrebol que le cruzó el rostro me llevó a mí a juntar los muslos con fuerza. Se frotó el círculo plano de un pezón. Una, dos veces. Emitió un áspero sonido de placer que me hizo salivar.

El agua que me daba en la espalda y la nube de vapor que se alzaba entre nosotros no hacía sino añadir erotismo a la imagen que él ofrecía. Aceleró el movimiento de la mano, deslizándola rítmicamente arriba y abajo. Era tan larga y gruesa... Indudablemente viril.

Incapaz de aguantar el dolor de mis pezones endurecidos, me llevé ambas manos a los pechos y apreté.

—Eso es, ángel. Muéstrame lo que te hago.

Hubo un momento en el que me pregunté si podría. No hacía mucho que me había sentido avergonzada al hablar cara a cara con Gideon de mi vibrador.

—Mírame, Eva. —Se cogió las pelotas con una mano y la verga con la otra. Descaradamente, lo cual me excitó más.

—No quiero venirme sin ti. Quiero que me acompañes.

Quería estar igual de excitada para él. Quería que suspirara y se sintiera tan necesitado como me sentía yo. Quería que mi cuerpo —mi *deseo*— se le grabara a fuego en el cerebro como aquella imagen de él quedaría grabada en el mío.

Con los ojos clavados en los suyos, deslicé las manos por mi cuerpo. Observaba sus movimientos... estaba atenta por si lo oía quedarse sin aliento... me servía de sus pistas para saber qué le volvía loco.

De algún modo era tan íntimo como cuando estaba dentro de mí, quizá más, puesto que estábamos separados y expuestos del todo. Completamente desnudos. Nuestro placer se reflejaba en el otro.

Empezó a decirme lo que quería con esa áspera voz de dios del sexo:

—Tírate de los pezones, ángel... Tócate... ¿estás húmeda? Métete los dedos... ¿Notas lo estrecha que estás? Un pequeño cielo, apretado y suave, para mi verga... Eres tan jodidamente guapa... tan sexy. La tengo tan dura que me duele... ¿Ves lo que haces conmigo? Voy a venirme entero para ti...

—Gideon —susurré, masajeándome el clítoris en rápidos círculos con la yema de los dedos, ayudándome con el movimiento de las caderas.

—Estoy ahí contigo —dijo con voz ronca, pelándosela con rápidos y brutales movimientos de la mano en su carrera hacia el orgasmo.

A la primera sacudida de mi vagina, grité, temblándome las piernas. Apoyé una palma contra el cristal de la cabina para no caerme, pues el orgasmo me había dejado sin fuerzas en los músculos. Gideon vino a mí un segundo después, aferrándose a mis caderas de una forma que expresaba avidez y posesión, tensando los dedos con impaciente agitación.

—¡Eva! —bramó, al tiempo que la primera ráfaga de espeso semen se estrellaba en mi vientre—. Puta madre.

Encorvándose sobre mí, me hundió los dientes en esa zona sensible entre el cuello y el hombro, un sencillo asidero que revelaba la crudeza de su placer. Los bramidos que profería retumbaban en mí, entonces se vino con todas sus fuerzas, a borbotones, contra mi estómago.

ERA poco después de las seis de la mañana cuando salí del dormitorio sigilosamente. Llevaba un rato levantada, viendo dormir a Gideon. Era todo un lujo, pues rara vez conseguía despertarme antes que él. Podía contemplarlo sin ninguna preocupación de que se molestara.

Sin hacer ruido recorrí el pasillo hasta llegar al espacio diáfano de la principal zona de estar. Era ridículo que Cary y yo viviéramos en el Upper West Side en un apartamento lo bastante grande como para una familia, pero hacía tiempo que había aprendido a no librar todas las batallas en lo que se refería a discutir con mi madre y mi padrastro sobre mi seguridad. De ninguna manera iban a cambiar de opinión sobre la ubicación o ciertos aspectos de seguridad como un conserje y una zona de recepción, pero podía aprovecharme de mi colaboración en el tipo de vivienda para conseguir que ellos cedieran en otros puntos.

Estaba en la cocina esperando a que se terminara de hacer el café cuando apareció Cary. Estaba increíble con un pantalón de ejercicio gris de la Universidad Estatal de San Diego, el pelo marrón chocolate todo despeinado tras una noche de sueño, y la barba de un día.

—Buenos días, nena —murmuró, plantándome un beso en la sien al pasar.

—Te levantaste temprano.

—Mira quién habla. —Sacó dos tazas del armario, luego la media crema del frigorífico. Me acercó las dos cosas y se me quedó mirando—. ¿Qué tal estás?

—Estoy bien. En serio —insistí ante su escéptica mirada—. Gideon me cuidó.

—OK, ¿pero realmente es tan buena idea si resulta que él es la razón de que estés lo bastante estresada como para tener pesadillas?

Llené dos tazas, añadiendo azúcar a la mía y leche a ambas. Mientras lo hacía, le hablé de Corinne y la cena en el Waldorf, y la discusión que había tenido con Gideon a propósito de la presencia de aquélla en el Crossfire.

Cary permaneció con la cadera apoyada en el mostrador, las piernas cruzadas en los tobillos y un brazo cruzado en el pecho. Daba sorbos a su café.

—Sin más explicaciones, ¿eh?

Negué con la cabeza, sintiendo el peso del silencio de Gideon.

—¿Y a ti? ¿Qué tal te va?

—¿Vas a cambiar de tema?

—No hay nada más que contar. Es una versión parcial.

—¿Alguna vez te detienes a pensar en que quizá siempre tenga secretos?

Frunciendo el ceño, bajé la taza.

—¿A qué te refieres?

—Me refiero a que es el hijo de veintiocho años de un estafador suicida, seguidor del esquema Ponzi, y que casualmente es el propietario de un buen pedazo de Manhattan. —Alzó una ceja desafiante—. Piénsalo. ¿Realmente son cosas que puedan excluirse mutuamente?

Bajando la mirada a mi taza, tomé un sorbo y no le confesé que yo me había preguntado eso mismo una o dos veces. La magnitud de la fortuna y del imperio de Gideon era asombrosa, sobre todo teniendo en cuenta su edad.

—No imagino a Gideon timando a gente, no cuando resulta que es un desafío mayor lograr lo que tiene legítimamente.

—Con todos los secretos que tiene, ¿puedes estar segura de que le conoces lo suficiente como para emitir ese juicio subjetivo?

Pensé en el hombre que había pasado la noche conmigo y me sentí tranquila de lo segura que estaba de mi respuesta... al menos de momento.

—Sí.

—De acuerdo, entonces. —Cary se encogió de hombros—. Ayer hablé con el doctor Travis.

Inmediatamente mis pensamientos dieron un giro cuando mencionó a nuestro terapeuta de San Diego.

—¿Ah, sí?

—Sí. La otra noche la cagué de verdad.

Por la agitada forma en que se apartaba el flequillo de la frente, supe que se refería a la orgía con la que me había encontrado.

—Cross le rompió a Ian la nariz y le partió el labio —dijo, recordándome lo violentamente que había respondido Gideon a la grosera proposición del *amigo* de Cary de que me uniera a ellos—. Ayer vi a Ian y parece como si le hubieran dado en la cara con un ladrillo. Me preguntó quién lo había golpeado, para poder presentar cargos.

—Oh. —Por unos instantes me falló la respiración—. ¡Mierda!

—Lo sé. Multimillonarios más demandas judiciales es igual a *beaucoup* plata. ¿En qué diablos estaba yo pensando? —Cary cerró los ojos y se los frotó—. Le dije que no sabía quién era tu acompañante, que debía de tratarse de algún tipo que te habías ligado y llevado a casa. Cross le atacó por el lado ciego, así que Ian no vio una mierda.

—Las dos chicas que estaban contigo vieron a Gideon perfectamente —repliqué en tono grave.

—Salieron volando por esa puerta —Cary apuntó hacia el otro lado del salón como si la puerta siguiera reverberando por el portazo— como almas que lleva el diablo. No vinieron a urgencias con nosotros, y ninguno de los dos sabemos quiénes son. Si Ian no se las encuentra, no hay problema.

Noté un escalofrío y me froté el estómago, me encontraba mal otra vez.

—Estaré al tanto de la situación —me aseguró—. La noche entera fue una seria llamada de atención, y hablar sobre ella en psicoterapia me dio cierta perspectiva. Después, fui a ver a Trey. Para disculparme.

Oír el nombre de Trey me entristeció. Yo confiaba en que la prometedora relación de Cary con el estudiante de veterinaria funcionase, pero Cary se había encargado de sabotearla. Como siempre.

—¿Qué tal te fue?

Se encogió de hombros otra vez, pero el movimiento fue incómodo.

—Le hice daño la otra noche porque soy un imbécil. Y ayer volví a hacérselo tratando de hacer lo correcto.

—¿Rompiste la relación? —Le tendí una mano y le apreté la suya cuando la colocó sobre la mía.

—Se ha enfriado bastante. Como el hielo. Quiere que sea gay, y no lo soy.

Resultaba doloroso oír que alguien quería que Cary fuera diferente a como era, porque siempre le había pasado lo mismo. Me costaba entender cuál era la razón. Para mí, era maravilloso tal cual.

—Lo siento mucho, Cary.

—Yo también, porque es un tipo estupendo. Sencillamente ahora mismo no estoy preparado para las exigencias de una relación complicada. Tengo mucho trabajo. Aún no soy lo bastante estable como para que me jorobe la cabeza. —Se le fruncieron los labios—. Quizá tú también deberías pensarlo. Acabamos de mudarnos aquí. Los dos aún tenemos cosas que resolver.

Asentí con la cabeza, entendiendo sus razones y sin discrepar, pero decidida a luchar por mi relación con Gideon.

—¿También has hablado con Tatiana?

—No hace falta. —Me pasó un pulgar por los nudillos—. Ella es fácil.

Resoplando, tomé un buen trago del café que se me estaba enfriando.

—No sólo en *ese* sentido —me reprendió, esbozando una pícara sonrisa—. Quiero decir que no espera nada ni exige nada. Mientras me vista bien y llegue al orgasmo al menos tantas veces como yo, todo va bien. Y yo estoy a gusto con ella, y no sólo porque sea capaz de succionar el acerocromo de un parachoques. Es relajante estar con alguien que simplemente quiere divertirse y no provoca estrés.

—Gideon me conoce. Comprende mis problemas e intenta ayudarme con ellos. Él está intentándolo también, Cary. Tampoco es fácil para él.

—¿Crees que Cross echó una cogida de mediodía con su ex? —preguntó sin rodeos.

—No.

—¿Estás segura?

Respiré hondo y tomé un tonificante trago de café.

—Prácticamente —admití—. Creo que él muere por mí. La cosa está de lo más ardiente entre nosotros, ¿sabes? Pero su ex tiene algún poder sobre él. Él dice que es culpabilidad, pero eso no explica su fascinación con las morenas.

—Explica por qué perdiste los estribos y le pegaste; el que ella lo ronde otra vez te reconcome. Pero él sigue sin decirte qué pasa. ¿Te parece bien?

No. Ya lo sabía. Lo detestaba.

—Ayer por la tarde vimos al doctor Petersen.

Cary enarcó las cejas.

—¿Y qué tal fue?

—No nos dijo que echáramos a correr, ni que nos alejáramos el uno del otro rápidamente.

—¿Y si se los dijera? ¿Le harías caso?

—No pienso achicarme esta vez cuando las cosas se pongan difíciles. En serio, Cary —le sostuve la mirada—, ¿realmente he adelantado algo si no soy capaz de hacer frente al oleaje?

—Nena, Cross es un tsunami.

—¡Ja! —Sonreí, incapaz de evitarlo. Cary podía hacerme sonreír entre lágrimas—. Si te digo la verdad, si no soluciono esto con Gideon, dudo que pueda hacerlo con alguien más.

—¡Ahí está tu autoestima de mierda!

—Conoce lo que llevo conmigo.

—Está bien.

Alcé las cejas, sorprendida.

—¿Está bien? —*Demasiado fácil.*

—No me lo trago, pero estoy dispuesto a hacerlo. —Me tomó de la mano—. Vamos, voy a peinarte.

Sonreí, agradecida.

—Eres el mejor.

Chocó su cadera contra la mía.

—Y no dejaré que lo olvides.

5

—Para ser una trampa mortal —dijo Cary—, ésta es muy fardona.

Meneé la cabeza cuando le precedí para entrar en la cabina principal del avión privado de Gideon.

—No vas a morir. Volar es más seguro que conducir.

—¿Y tú no crees que la industria aeronáutica habrá pagado para que se recopilen esas estadísticas?

Al pararme para darle un manotazo en el hombro, paseé la mirada por aquel increíble y opulento interior y me sentí algo más que asombrada. A lo largo de mi vida había visto unos cuantos aviones privados, pero, como siempre, Gideon alcanzaba unas cotas a las que pocos podían permitirse llegar.

La cabina era espaciosa, con un amplio pasillo central. La gama de colores era neutra con detalles marrones y de un azul glacial. A la izquierda había asientos envolventes giratorios con mesas, mientras que a la derecha se veía un sofá modular. Cada silla tenía al lado una consola de entretenimiento de uso individual. Yo sabía que al fondo del avión se encontraría un dormitorio y uno o dos suntuosos baños.

Un auxiliar de vuelo se encargó de mi bolsa de lona y de la de Cary, luego nos indicó que tomáramos asiento en una de las zonas de sillas que tenían mesa.

—El señor Cross llegará en diez minutos —informó—. Mientras tanto, ¿quieren tomar algo?

—Agua para mí, por favor. —Miré mi reloj. Eran las siete y media pasadas.

—Un Bloody Mary —pidió Cary—, si tienen.

El auxiliar sonrió.

—Tenemos de todo.

Cary captó mi mirada.

—¿Qué? No he cenado todavía. El zumo de tomate me mantendrá hasta que comamos, y el alcohol servirá para que el Dramamine me haga efecto antes.

—Yo no he dicho nada —protesté.

Me giré para mirar por la ventana el cielo de la tarde, y enseguida se me vino Gideon al pensamiento, como siempre. Había estado muy tranquilo todo el día, desde el momento en que se despertó. Habíamos hecho el camino al trabajo en silencio, y cuando a las cinco terminó mi jornada, me había llamado sólo para decirme que Angus me llevaría a casa y que luego nos conduciría a Cary y a mí al aeropuerto, donde él se reuniría con nosotros.

En cambio, opté por volver andando a casa, puesto que no había ido al gimnasio la noche anterior ni había tenido tiempo de hacer ejercicio antes del vuelo. Angus me había advertido que a Gideon no le gustaría que me negara a ir en el coche, pese a que lo había hecho educadamente y con una buena razón. Creo que Angus pensó que estaba enfadada con él por llevar en coche a Corinne, y en cierto modo así era. Lamentaba reconocer que, por un lado, deseaba que se sintiera mal por ello. Y por otro, detestaba que pudiera ser tan infame.

Mientras cruzaba Central Park, dando un rodeo por un camino entre árboles altos, me propuse que no iba a ser mezquina por ningún tipo. Ni siquiera por Gideon. No iba a permitir que mi frustración con él impidiera que me la pasara bien en Las Vegas con mi mejor amigo.

A medio camino de casa, me había detenido y dado la vuelta, al reconocer el ático de Gideon en lo alto de la Quinta Avenida. Me pregunté si estaría allí, haciendo la maleta y planificando un fin de semana sin mí. O si seguiría en el trabajo, concluyendo los negocios urgentes de la semana.

—Oh-oh —canturreó Cary, cuando el auxiliar de vuelo regreso con una bandeja con nuestras bebidas—. Tienes esa mirada.

—¿Qué mirada?

—La mirada de estoy-que-echo-humo. —Chocó su vaso alargado y fino contra el mío de agua—. ¿Quieres hablar de ello?

Estaba a punto de responder cuando Gideon entró en el avión. Tenía un aspecto adusto y llevaba un maletín en una mano y una bolsa en la otra. Después de entregarle la bolsa al auxiliar de vuelo, se detuvo junto a mí y a Cary, saludando a mi compañero de piso con un rápido gesto de la cabeza antes de acariciarme la mejilla con el dorso de los dedos. Aquel mero roce me atravesó como una descarga de electricidad. Luego entró en una cabina de la parte trasera y cerró la puerta.

Arrugué el ceño.

—Es tan voluble...

—Y está buenísimo también. Hay que ver lo que hace a ese traje...

La mayoría de los trajes hacían al hombre. Gideon hacía cosas a un traje de tres piezas que deberían haber estado prohibidas.

—No me distraigas con su aspecto —refunfuñé.

—Hazle una mamada. Es un mejorante del humor garantizado.

—Dicho por un hombre.

—¿Esperabas algo diferente? —Cary tomó la botella fría de vidrio que contenía el agua que no había cabido en mi vaso de cristal—. Fíjate en esto.

Me mostró la etiqueta, que llevaba el nombre de Cross Towers and Casino.

—*Eso* sí que es una fanfarronada.

Hice un gesto burlón.

—Es para las ballenas.

—¿Qué?

—Son los grandes apostadores de los casinos. Los jugadores que no pestañean al poner cien de los grandes a una carta. Reciben muchos obsequios para atraerlos: alimentos, suites y viajes de ida y vuelta. El segundo marido de mi madre era un cliente ballena. Ésa fue una de las razones por las que lo dejó.

Me miró meneando la cabeza.

—Las cosas que sabes. ¿Es este un avión de la compañía?

—Uno de cinco —respondió el auxiliar, que regresaba con una bandeja de frutas y queso.

—¡Madre mía! —musitó Cary—. Eso es toda una flota.

Lo miré mientras sacaba del bolsillo una caja de Dramamine y se tragaba las píldoras con su Bloody Mary.

—¿Quieres? —preguntó, dando unos golpecitos al envoltorio que estaba sobre la mesa.

—No, gracias.

—¿Vas a vértelas con Don Buenorro y Voluble?

—No estoy segura. Creo que voy a sacar mi libro electrónico.

Cary asintió con la cabeza.

—Probablemente sea lo mejor para tu salud mental.

Treinta minutos después, Cary roncaba ligeramente en su asiento reclinable, con unos auriculares supresores de ruido en las orejas. Lo observé durante un minuto largo, apreciando esa imagen de él con aspecto tranquilo y relajado, suavizadas con el sueño las finas estrías de alrededor de la boca.

Luego me levanté y fui a la cabina en donde había visto entrar a Gideon antes. Dudé sobre si llamar o no, y, al final, decidí que no. Me había dejado fuera antes; no iba a darle la oportunidad de volver a hacerlo.

Levantó la vista cuando entré, sin mostrar sorpresa ante mi súbita aparición. Estaba sentado a un escritorio, escuchando a una mujer que hablaba con él por videoconferencia. Tenía la chaqueta colgada en el respaldo de la silla y aflojada la corbata. Tras mirarme brevemente, reanudó la conversación.

Empecé a quitarme la ropa.

Lo primero fue la camiseta sin mangas, luego las sandalias y los jeans. La mujer seguía hablando, mencionando «motivos de preocupación» y «discrepancias», pero Gideon tenía los ojos clavados en mí, ardientes y ávidos.

—Volveremos sobre esto por la mañana, Allison —terció, apretando un botón en el teclado que oscureció la pantalla justo antes de que le lanzara el sostén a la cabeza.

—Soy yo la que está con el síndrome premenstrual, pero eres tú quien tiene los cambios de humor.

Tiró del sostén hasta que le cayó en el regazo y se echó hacia atrás en la silla, apoyando los codos en los reposabrazos y juntando los dedos de las manos en forma de torre.

—¿Vas a hacer un *striptease* para que me mejore el humor?

—¡Ja! ¡Qué predecibles son los hombres! Cary me sugirió que te la mamara para que te pusieras contento. No... no te emociones. —Enganché los pulgares en la cinturilla de mis calzones y me balanceé sobre los talones. Tuve que hacer méritos para que me mirara a los ojos y no a los pechos—. Creo que estás en deuda conmigo, campeón. De primera línea. Estoy siendo una novia muy comprensiva, dadas las circunstancias, ¿no te parece?

Arqueó el ceño.

—Me refiero a que me gustaría ver qué harías —continué—, si vinieras a mi casa y vieras a mi exnovio saliendo a la calle mientras se metía la camisa por dentro de los pantalones. Y luego, cuando subieras, encontraras el sofá todo revuelto y a mí recién salida de la ducha.

A Gideon se le tensó la mandíbula.

—A ninguno de los dos nos gustaría ver lo que haría.

—Así que los dos estamos de acuerdo en que he estado formidable bajo circunstancias extraordinarias. —Crucé los brazos sabiendo que de esa manera exhibía los bienes que él amaba—. Dejaste muy claro cómo me castigarías. ¿Qué harías para recompensarme?

—¿Es decisión mía? —preguntó, arrastrando las palabras, pesados los párpados.

Sonreí.

—No.

Dejó mi sostén sobre el teclado y se levantó lentamente, con gracia.

—Entonces, ésa es tu recompensa, cariño. ¿Qué quieres?

—Quiero que dejes de ser un gruñón, para empezar.

—¿Gruñón? —Torció los labios reprimiendo una sonrisa—. Bueno, me desperté sin ti, y ahora tengo que afrontar otras dos mañanas de la misma manera.

Bajé los brazos a ambos lados, me fui hacia él y le puse las palmas en el pecho.

—¿Realmente sólo es eso?

—Eva. —Era un hombre fuerte, físicamente vigoroso, y, sin embargo, me tocaba con tal deferencia...

Bajé la cabeza, consciente de que algo en mi voz me había delatado. Él era muy perspicaz.

Cogiéndome la cara entre sus manos, Gideon me echó la cabeza hacia atrás y me escudriñó.

—Habla conmigo.

—Tengo la impresión de que te estás alejando.

Entre nosotros retumbó un tenue gruñido.

—Tengo muchas cosas en la cabeza. Eso no significa que no piense en ti.

—Lo percibo, Gideon. Hay una distancia entre nosotros que no existía antes.

Deslizó las manos hasta mi cuello, envolviéndolo.

—No hay ninguna distancia. Me tienes agarrado por el cuello, Eva. —Apretó levemente—. ¿No percibes eso?

Respiré bruscamente. La inquietud me aceleró el latido del corazón, una respuesta física al miedo que me venía de dentro y no de Gideon, de quien tenía la certeza de que nunca me haría daño ni me pondría en peligro.

—A veces —dijo con voz ronca, mirándome con abrasadora intensidad—, me cuesta mucho respirar.

Podría haber escapado de no ser por aquellos ojos, que revelaban tanto anhelo y tanta confusión... Estaba haciéndome sentir a mí la misma pérdida de fuerza, la misma sensación de depender de otra persona hasta para respirar.

Así que hice lo contrario de correr. Echando la cabeza hacia atrás, me entregué, y aquel hormigueo de temor desapareció inmediatamente. Me daba cuenta de que Gideon tenía razón sobre mi deseo de cederle el control. Al hacerlo, algo se sosegaba en mi interior, cierta necesidad que no sabía que tuviera.

Hubo una larga pausa en la que sólo se oía su respiración. Notaba cómo luchaba con sus emociones y me preguntaba cuáles serían, qué era lo que lo atormentaba.

Liberó tensión con una profunda exhalación.

—¿Qué necesitas, Eva?

—A ti... por encima de todo.

Deslizó las manos por mis hombros y apretó, luego me acarició a lo largo de los brazos. Entrelazó sus dedos con los míos y apoyó su sien contra la mía.

—¿Qué te pasa a ti con el sexo y los medios de transporte?

—Contigo, en cualquier sitio y momento —le dije, repitiendo un sentir que en una ocasión me expresó él a mí—. Probablemente hasta el próximo fin de semana no estaré lista para zarpar, gracias a mi periodo.

—¡Joder!

—Ésa es la idea.

Alcanzó su chaqueta y, envolviéndome en ella, me condujo fuera de la cabina.

—*¡OH, Dios!* —Me aferré a las sábanas que tenía debajo, arqueando la espalda mientras Gideon me sujetaba las caderas contra la cama y batía la lengua por mi clítoris. Tenía la piel cubierta de una fina capa de sudor, y se me nublaba la vista mientras mi vagina se tensaba preparándose para el orgasmo. El pulso me latía aceleradamente, en armonía con el zumbido constante de los motores del avión.

Ya me había venido dos veces, tanto de ver su oscura cabeza entre mis piernas como por aquella pícara y privilegiada boca. Tenía los calzones destrozados, literalmente hechos jirones por cómo me los agarraba, y él seguía completamente vestido.

—Estoy lista. —Le hundí los dedos en el pelo, notando la humedad en las raíces. El autodominio le pasaba factura. Siempre era muy cuidadoso conmigo, tomándose tiempo para asegurarse de que yo estaba blanda y húmeda antes de llenarme por completo con su grueso y largo miembro.

—Yo decido cuando estás lista.

—Quiero que entres... —De repente el avión tembló, y a continuación bajó, dejándome como en el aire, salvo por la succión de la boca de Gideon. *¡Gideon!*

Me estremecí con otro orgasmo, arqueado mi cuerpo con la necesidad de sentirle dentro de mí. Entre el latido de la sangre en los oídos, oí una voz que anunciaba algo a través del sistema de comunicación, pero no entendí las palabras.

—Estás muy sensible ahora. —Levantando la cabeza, se lamió los labios—. Te estás viniendo como loca.

Jadeé.

—Me vendría con más intensidad si te tuviera dentro.

—Lo tendré en cuenta.

—No importa que termine un poco dolorida —razoné—. Tendré varios días para recuperarme.

Algo centelleó en lo más profundo de su mirada, y se levantó.

—No, Eva.

El aturdimiento posorgásmico se me desvaneció ante la dureza de su voz. Me apoyé en los codos y observé cómo empezaba a desvestirse, con movimientos rápidos y gráciles.

—Yo decido —le recordé.

Rápidamente se quitó el chaleco, la corbata y los gemelos.

—¿De verdad quieres jugar esa carta, ángel? —preguntó con voz demasiado serena.

—Si hace falta...

—Hará falta mucho más para que yo te haga daño deliberadamente. —A continuación se quitó la camisa y los pantalones, más despacio; era un *striptease* mucho más seductor de lo que había sido el mío—. Para nosotros, el dolor y el placer se excluyen mutuamente.

—No me refería a...

—Sé a lo que te referías. —Se enderezó tras bajarse los calzoncillos bóxer, luego se arrodilló a los pies de la cama y se arrastró hacia mí como una hermosa pantera al acecho—. Sufres sin mi verga dentro. Dirás cualquier cosa para que te penetre.

—Sí.

Se cernió sobre mí y el pelo le caía como una oscura cortina alrededor de la cara, proyectando su enorme cuerpo una sombra sobre el mío. Ladeando la cabeza, se acercó a mi boca y, con la punta de la lengua, recorrió la costura de mis labios.

—La deseas. Te sientes vacía sin ella.

—Sí, maldita sea. —Le agarré de las caderas, arqueándome hacia arriba para intentar sentir su cuerpo contra el mío. Nunca me sentía tan cerca de él como cuando hacíamos el amor, y ahora necesitaba aquella cercanía, necesitaba sentir que todo iba bien antes de que pasáramos el fin de semana separados.

Se acomodó entre mis piernas, su pene erecto, duro y ardiente, en contacto con los labios de mi vulva.

—Te duele un poco cuando entro hasta el fondo, y no puede evitarse; tienes un coño apretado y pequeño y te lo lleno por completo. A veces pierdo el control y soy brusco, y no puedo evitarlo tampoco. Pero *nunca* me pidas que te haga daño deliberadamente. No puedo.

—Te deseo —susurré, mientras frotaba descaradamente mi húmeda vulva contra la ardiente largura de su verga.

—Aún no. —Se movió, meneando las caderas para buscar mi hendidura con la ancha cabeza de su pene. Empujó ligeramente, separándome, abriéndome la vulva al tiempo que introducía sólo la punta. Encajó tan ajustadamente que me estremecí; mi cuerpo se resistía—. Aún no estás lista.

—Penétrame. Por Dios... penétrame.

Bajó una mano y me sujetó la cadera, deteniendo mis desenfrenados intentos por elevarme y hacerlo entrar más.

—Estás hinchada.

Intenté que me soltara. Le clavé las uñas en las firmes curvas de su trasero y le empujé hacia mí. Me daba igual que me doliera. Pensaba que si no conseguía que entrara, me volvería loca.

—Vamos, ven aquí.

Gideon deslizó una mano entre mi pelo, agarrándolo para sujetarme donde él quería.

—Mírame.

—¡Gideon!

—*Mírame.*

Me quedé inmóvil ante aquella voz de mando. Levanté la vista hacia él y mi frustración se disolvió mientras contemplaba la lenta y gradual transformación que estaba sufriendo su hermoso rostro.

Se le endurecieron los rasgos, como si estuviera apenado. Un gesto de dolor le crispó el ceño. Separó los labios con un jadeo, empezó a agitársele el pecho, respiraba trabajosamente. Le apareció un tic nervioso en la mandíbula, contrayéndosele el músculo con violencia. La piel le ardía, y me abrasaba. Pero lo que más me fascinó fueron sus penetrantes ojos azules y la inconfundible vulnerabilidad que los empañaba como el humo.

Se me aceleró el pulso en respuesta al cambio que se operaba en él. El colchón se movió al hundir él los pies, su cuerpo preparándose...

—*Eva.* —Le dio una sacudida, y empezó a correrse, derramándoseme encima. Su gruñido de placer reverberó contra mí, inmersa la verga en el repentino charco de semen que tocó fondo dentro de mí—. ¡Oh, Dios!

No dejó de mirarme en ningún momento, mostrándome la cara que normalmente escondía en el hueco de mi cuello. Vi lo que había querido que viera... lo que trataba de explicarme...

Nada se interponía entre nosotros.

Bamboleando las caderas, liquidó el resto del orgasmo, vaciándose dentro de mí, lubricándome para que no hubiera dolor ni resistencia. Me soltó la cadera y dejó que me balanceara hacia arriba; dejó que buscara la presión perfecta sobre mi clítoris para activarme. Con sus ojos aún fijos en los míos, llevó las manos hacia atrás para cogerme las muñecas. Primero uno y luego el otro, me levantó los brazos por encima de la cabeza, conteniéndome.

Prendida al colchón por su agarre, el peso de su cuerpo y su erección sostenida, estaba completamente a su merced. Empezó a empujar, acariciando las temblorosas paredes de mi sexo con toda la venosa longitud de su enorme verga.

—Crossfire —susurró, recordándome mi contraseña.

Gemí cuando mi sexo se tensó con el orgasmo, apretándole, exprimiéndole, ordeñándole con avidez.

—¿Notas eso? —Gideon me pasó la lengua por la oreja, echándome el aliento en húmedos jadeos—. Me tienes agarrado por el cuello y las pelotas. ¿Dónde está la distancia, ángel?

Durante las siguientes tres horas, no hubo ninguna.

LA directora del hotel abrió la puerta doble de nuestra suite y Cary emitió un largo y tenue silbido.

—¡Carajo! —exclamó, agarrándome del codo para entrar en la habitación—. Fíjate qué tamaño tiene. Se podrían hacer volteretas aquí.

Tenía razón, pero tendría que esperar hasta la mañana siguiente para comprobarlo. Aún me temblaban las piernas después de mi iniciación en el Club Mile-High.

Ante nosotros teníamos una deslumbrante vista de la Franja de Las Vegas de noche. Las ventanas eran de suelo a techo, envolviendo un rincón en el que había un piano.

—¿Por qué siempre hay pianos en las suites de los grandes apostadores? —preguntó Cary, levantando la tapa y tecleando una rápida melodía.

Me encogí de hombros y miré hacia la directora, pero ya había salido, moviendo silenciosamente sus tacones de aguja sobre la gruesa alfombra blanca. La suite estaba decorada en lo que yo llamaría la elegancia del Hollywood de los cincuenta. La chimenea de doble cara estaba recubierta de rugosa piedra gris y adornada con una obra de arte que parecía un tapacubos con radios psicodélicos que sobresalían del centro. Los sofás eran verde turquesa con patas de madera tan finas como los tacones de la directora. Todo tenía un aire retro que resultaba glamoroso y acogedor a la vez.

Era demasiado. Yo esperaba una habitación agradable, pero no la suite presidencial. Estaba a punto de rechazarla cuando Cary me obsequió con una enorme sonrisa y los dos pulgares hacia arriba. Como no tuve el valor de negarle aquella dicha, me di por vencida y confié en que no estuviéramos privando a Gideon de una reserva más lucrativa.

—¿Aún quieres una hamburguesa de queso? —le pregunté, alcanzando el menú del servicio de habitaciones que había encima del aparador de detrás del sofá.

—Y una cerveza. Que sean dos.

Cary siguió a la directora hasta un dormitorio que había a la izquierda de la zona de estar, y yo cogí el auricular del antiguo teléfono de disco para encargar la comida.

Treinta minutos después, estaba como nueva tras una ducha rápida, con el pijama ya puesto, y comiendo pollo Alfredo sentada con las piernas cruzadas en la alfombra. Cary estaba dando buena cuenta de su hamburguesa y me miraba con ojos felices desde su sitio, al otro lado de la mesita de centro.

—Nunca comes tantos carbohidratos a estas horas de la noche —apuntó entre bocados.

—Voy a tener el periodo.

—Seguro que el ejercicio que hiciste durante el camino contribuye a ello.

Lo miré entrecerrando los ojos.

—¿Y tú cómo lo sabes? Estabas dormido.

—Razonamiento deductivo, nena. Cuando me quedé dormido, parecías enfadada. Cuando me desperté, parecía que te acababas de fumar un buen porro.

—¿Y qué aspecto tenía Gideon?

—El mismo de siempre... culo firme y sexy a rabiar.

Clavé el tenedor en mis fideos.

—Eso no es justo.

—¿Y a quién le importa? —hizo un gesto a cuanto nos rodeaba—. Fíjate qué alojamiento te ha buscado.

—No necesito un viejo amante rico, Cary.

Él masticó una patata frita.

—¿Has pensado un poco más en lo que *sí* necesitas? Tienes su tiempo, su fantástico cuerpo y acceso a todo lo que posee. No está mal.

—No —admití, retorciendo el tenedor. Sabía por los muchos matrimonios de mi madre con hombres poderosos que tener su tiempo era lo más importante de todo, porque para ellos era realmente lo más valioso de su vida—. No está mal. Pero no es suficiente.

—Esto es vida —manifestó Cary, acostado en una tumbona junto a la piscina. Llevaba un bañador verde claro y gafas oscuras, provocando que un inusual número de mujeres pasearan por nuestro lado de la piscina—. Lo único que hace falta es un mojito. Tengo que beber alcohol para celebrarlo.

Torcí la boca. Estaba tomando el sol en la tumbona de al lado, disfrutando con el calor seco y algún chapuzón que otro. Celebrar cosas era algo habitual para Cary, algo que siempre me había gustado de él.

—¿Y qué celebramos?

—El verano.

—De acuerdo. —Me senté y deslicé las piernas fuera de la tumbona, atándome el pareo en la cadera antes de levantarme. Aún tenía el pelo húmedo del chapuzón que me había dado en la piscina y sujeto en lo alto de la cabeza con una pinza. La sensación de aquel sol abrasador en la piel era agradable, un sensual beso capaz de hacerme sentir menos cohibida a consecuencia de los líquidos que estaba reteniendo... gracias a la regla.

Me dirigí hacia el bar de la piscina, paseando la mirada por las otras tumbonas y sombrillas entre los cristales morados de mis gafas de sol. La zona estaba llena de huéspedes, muchos de los cuales eran lo bastante atractivos como para merecer segundas y terceras miradas. Me llamó la atención una pareja en particular, porque me recordaba a Gideon y a mí. La rubia estaba tendida boca abajo, con el torso apuntalado en los brazos y movía las piernas alegremente. Su muy apetecible moreno estaba tumbado en la silla junto a ella, con la cabeza apoyada en una mano mientras le acariciaba la espalda arriba y abajo con los dedos de la otra.

Ella me pilló mirándola y su sonrisa se desvaneció al instante. No podía verle los ojos tras sus enormes gafas estilo Jackie O., pero sabía que estaba fulminándome con la mirada. Sonreí y aparté la vista, sabiendo lo que era que otra mujer no quitara ojo a su hombre.

Encontré un sitio libre en la barra e hice un gesto al camarero para que me atendiera cuando pudiese. Los nebulizadores del techo me refrescaban la piel y me animaron a sentarme en una banqueta que había quedado libre mientras esperaba.

—¿Qué tomas?

Al volver la cabeza vi al hombre que se había dirigido a mí.

—Todavía nada, pero estoy pensando pedir un mojito.

—Deja que te invite. —Sonrió, mostrando unos dientes blanquísimos pero ligeramente torcidos. Me tendió una mano, movimiento que atrajo mi atención hacia sus bien definidos brazos.

—Daniel.

Le di la mía.

—Eva, encantada de conocerte.

Cruzó los brazos sobre la barra y se apoyó en ella.

—¿Qué te trae a Las Vegas? ¿Negocios o placer?

—Descanso y recreo. ¿Y a ti? —Daniel tenía un interesante tatuaje escrito en un idioma extranjero en su bíceps derecho, y me fijé en él. No era guapo, exactamente, pero se le veía seguro y con aplomo, dos cosas que me parecían más atractivas en un hombre que los meros rasgos físicos.

—Trabajo.

Lancé una mirada a su bañador.

—Me he equivocado de trabajo.

—Vendo...

—Perdón.

Los dos nos volvimos hacia el rostro de la mujer que se había inmiscuido en nuestra conversación. Era una mujer menuda, morena, vestida con una camisa polo oscura que llevaba su nombre bordado —*Sheila*—

además de *Cross Towers and Casino*. El auricular que llevaba en el oído y el cinturón multiusos que lucía en la cintura la delataban como personal de seguridad.

—Señorita Tramell. —Me saludó con un gesto de la cabeza.

Enarqué las cejas.

—¿Sí?

—Hay un camarero que puede llevarle lo que ha pedido a su parasol.

—Estupendo, gracias, pero no me importa esperar aquí.

Como no hice ademán de moverme, Sheila dirigió su atención a Daniel.

—Caballero, si fuera usted tan amable de trasladarse al otro extremo de la barra, el camarero se encargará de que sus siguientes bebidas corran por cuenta de la casa.

Inclinó levemente la cabeza, y luego me dedicó una encantadora sonrisa.

—Estoy bien aquí, gracias.

—Me temo que debo insistir.

—¿Cómo? —Su sonrisa se convirtió en una mueca de disgusto—. ¿Por qué?

Miré parpadeando a Sheila cuando comprendí. *Gideon me tenía vigilada.* Y pensaba que podía controlar lo que hacía de lejos.

Sheila me devolvió la mirada, impasible su rostro.

—La acompañaré hasta su sombrilla, señorita Tramell.

Por un momento, estuve tentada a arruinarle el día, agarrando a Daniel y besándolo hasta dejarlo sin sentido, por ejemplo, más que nada para enviar un mensaje a mi dominante novio, pero conseguí contenerme. Ella sólo estaba haciendo su trabajo. Era su jefe el que necesitaba que le dieran una patada en el culo.

—Lo siento, Daniel —dije, abochornada. Me sentía como un niño al que han regañado y eso *realmente* me fastidió—. Ha sido un placer conocerte.

Él se encogió de hombros.

—Si cambias de opinión...

Notaba la mirada de Sheila en la espalda cuando la precedía hacia mi tumbona. De repente, me encaré con ella.

—Vamos a ver, ¿sólo tiene instrucciones de intervenir cuando me aborda alguien? ¿O tiene una lista de situaciones posibles?

Ella dudó un momento, luego suspiró. No podía imaginarme lo que pensaría de mí, un bombón, una rubia guapa a la que no se podía dejar sola mezclándose con la gente.

—Existe una lista.

—Claro que existe. —Gideon no dejaría nada al azar. Me pregunté cuándo habría elaborado esa lista, si la habría hecho cuando hablé de Las Vegas o si ya la tendría a mano. A lo mejor la había compuesto cuando estaba con otras mujeres. A lo mejor la había redactado para Corinne.

Cuanto más pensaba en ella, más furiosa me ponía.

—¡Es increíble, carajo! —me quejé con Cary cuando ella se apartó discretamente, como si eso fuera suficiente para olvidarme de que andaba por ahí—. Tengo niñera.

—¿Qué?

Le conté lo que había sucedido y vi cómo se le tensaba la mandíbula.

—Eso es de locos, Eva —dijo.

—¡Y una mierda! No pienso tolerarlo. Tiene que aprender que las relaciones no son así. Después de todas esas estupideces que me dijo sobre la confianza. —Me dejé caer en la tumbona—. ¿Cuánto confía en mí, si tiene que contar con alguien que me siga de cerca para espantar a los desconocidos?

—No me gusta nada, Eva. —Se sentó y pasó las piernas a un lado de la silla—. Esto no está bien.

—¿Crees que no lo sé? ¿Y por qué una mujer? No es que tenga nada en contra de mi género y los trabajos duros. Simplemente me pregunto si espera que la chica me siga hasta los servicios o es que no se fía de un tipo para que me vigile.

—¿Lo dices en serio? ¿Y qué haces tomando el sol en lugar de montarle una buena?

Estaba dándole vueltas a una idea que finalmente tomó forma.

—Estoy tramando algo.

—¡Oh! —Torció la boca en una malvada sonrisa—. Cuenta, cuenta.

Tomé mi celular de la pequeña mesa de mosaico situada entre los dos y busqué entre mis contactos hasta dar con Benjamin Clancy, el guardaespaldas personal de mi padrastro.

—Hola, Clancy. Soy Eva —lo salude cuando respondió, nada más sonar el primer tono de llamada.

Cary abrió los ojos de par en par detrás de sus gafas de sol.

—¡Oooh!

Me puse en pie y articulé sin voz: *Me voy arriba.*

Él asintió.

—Todo bien —dije, en respuesta a la pregunta de Clancy. Esperé hasta que entré en el hotel y comprobé que Sheila estaba varios pasos detrás de mí y aún fuera—. Oye, quiero pedirte un favor.

NADA más terminar de hablar con Clancy, recibí una llamada. Sonreí al ver quién era.

—Hola, papá —respondí eufórica.

Él se rio.

—¿Qué tal está mi niña?

—Metiéndome en líos y disfrutando de ello. —Extendí el pareo encima de una silla del comedor y tomé asiento—. ¿Cómo te va?

—Tratando de evitar que haya líos y, en ocasiones, disfrutando de ello.

Victor Reyes era un agente de policía de la ciudad de Oceanside, California, razón por la que había elegido ir a la Universidad de San Diego. Mi madre había atravesado una mala racha con su marido número tres y yo me encontraba en una fase de rebeldía, pasándolo fatal mientras intentaba olvidar lo que Nathan me había hecho durante tanto tiempo.

Salir de la sofocante órbita de mi madre había sido una de las mejores decisiones que había tomado en la vida. El amor callado e inquebrantable que me tenía mi padre, a mí, su única hija, me había cambiado la vida. Él me concedió una libertad muy necesaria —dentro de unos límites bien definidos— y lo dispuso todo para que viera al doctor Travis, lo cual me llevó al inicio del largo viaje de la recuperación y de mi amistad con Cary.

—Te echo de menos —le dije. Quería mucho a mi madre y sé que ella me quería a mí, pero mi relación con ella era inestable, y era tan fácil con mi padre...

—Entonces, a lo mejor te alegras con la noticia que voy a darte. Puedo ir a verte dentro de unas dos semanas, la semana después de la que viene... si no hay problema. No quiero molestar.

—Por favor, papá, tú nunca podrías molestarme. Me encantará verte.

—Será un viaje corto. Tomaré un vuelo nocturno el jueves por la noche y regresaré el domingo por la tarde.

—¡Qué contenta estoy! Pensaré en algo. La pasaremos increíble.

La suave risilla de mi padre me llenó de emoción.

—Voy a verte a ti, no Nueva York. No te vuelvas loca por llevarme a ver monumentos ni nada por el estilo.

—No te preocupes. Me aseguraré de que tengamos tiempo para nosotros. Y conocerás a Gideon. —Imaginarlos juntos me estremecía el estómago.

—¿Gideon Cross? Me dijiste que no había nada.

—Ya. —Arrugué la nariz—. En aquel momento pasábamos una mala racha y creí que habíamos terminado.

Hubo una pausa.

—¿Va en serio?

Guardé un momento de silencio yo también, removiéndome inquieta. A mi padre le habían enseñado a observar; vería enseguida que había tensión, sexual y de otro tipo, entre Gideon y yo.

—Sí. No siempre es fácil. Da mucho trabajo, *yo* doy mucho trabajo, pero los dos nos estamos esforzando.

—¿Te valora, Eva? —La voz de mi padre era brusca y muy, muy seria—. Me da igual el dinero que tenga; tú no tienes nada que demostrarle.

—No es así. —Me quedé mirando cómo retorcía los dedos de mis cuidados pies y me di cuenta de que el encuentro sería más complicado que la sencilla presentación de un padre protector al novio de su hija. Mi padre tenía problemas con los hombres ricos, gracias a mi madre—. Ya verás cuando lo conozcas.

—De acuerdo. —Su voz estaba teñida de escepticismo.

—En serio, papá. —No podía tomarme a mal su inquietud, dado que había sido mi tendencia autodestructiva hacia los chicos que no me convenían la que le había llevado a buscar al doctor Travis. En especial se las había visto con un cantante, para quien yo había sido poco más que una *groupie*, y con un artista del tatuaje a quien mi padre había obligado a detener el coche para encontrarse con que le estaban haciendo una mamada mientras conducía... pero no yo—. Gideon es bueno para mí. Me comprende.

—No iré con ideas preconcebidas, ¿OK? Y te enviaré un correo electrónico con una copia de mi itinerario cuando reserve el vuelo. ¿Cómo va todo lo demás?

—Acabamos de empezar una campaña para un café con sabor a arándanos.

Otra pausa.

—Me tomas el pelo.

Me eché a reír.

—Qué más quisiera yo. Deséanos suerte para que se venda. Te guardaré un poco para que lo pruebes.

—Pensaba que me querías.

—Con todo mi corazón. ¿Qué tal tu vida amorosa? ¿Te fue bien en la cita?

—Bueno... no estuvo mal.

—¿Vas a verla otra vez? —pregunté, resoplando.

—Ése es el plan, de momento.

—Eres una fuente de información, papá.

Volvió a reírse y oí el crujido de su silla favorita al cambiar de postura.

—Realmente no te gustaría saber cosas de la vida amorosa de tu viejo.

—Cierto. —Aunque a veces me preguntaba cómo había sido su relación con mi madre. Él era un latino de los barrios bajos y ella una rubia debutante con el símbolo del dólar en sus ojos azules. Suponía que había habido mucha pasión entre ellos.

Hablamos durante unos minutos más, entusiasmados los dos de volver a vernos. Había confiado en que no nos alejaríamos una vez que terminara la universidad, razón por la que había hecho de la llamada de los sábados una necesidad para seguir en contacto. El que viniera a verme tan pronto aliviaba mi preocupación.

Acababa de colgar cuando entró Cary, con todo el aire del modelo que era.

—¿Sigues maquinando? —preguntó.

Me levanté.

—Todo preparado. Éste era mi padre. Viene a Nueva York en dos semanas.

—¿En serio? Buenísimo. Victor es genial.

Los dos fuimos a la cocina y cogimos dos cervezas del frigorífico. Me había dado cuenta de que la suite estaba provista de una serie de artículos y productos que yo solía tener en casa. Me preguntaba si Gideon era así de observador o si había conseguido la información de otra forma, como mirando recibos. No lo creía capaz. Le costaba reconocer que había límites entre nosotros, y el que me hubiera puesto bajo vigilancia lo había evidenciado.

—¿Cuándo fue la última vez que tus padres estuvieron juntos en el mismo estado? —preguntó Cary, levantando las tapas de las botella con un abridor—. Por no hablar de la misma ciudad.

Ay, Dios.

—No estoy segura. ¿Antes de que yo naciera? —Di un buen trago a la cerveza que me pasó—. No tengo intención de juntarlos.

—Por los grandes planes. —Entrechocó el cuello de ambas botellas—. Por cierto, estaba pensando en echar un acostón rápido con una tipa que conocí en la piscina; pero, en cambio, he subido aquí. Pensé que como ni tú ni yo tenemos nada que hacer, podríamos pasar el día juntos.

—Es un honor —respondí con guasa—. Me disponía a bajar.

—Hace demasiado calor fuera. El sol es bestial.

—El mismo que tenemos en Nueva York, ¿no?

—Sabihonda. —Le brillaban sus ojos verdes—. ¿Qué te parece si recogemos y nos vamos a almorzar por ahí? Invito yo.

—Muy bien. Pero no aseguro que Sheila no quiera apuntarse también.

—Que la jodan, a ella y a su jefe. ¿Qué les pasa a los ricos con eso de controlar?

—Se hacen ricos porque saben controlar.

—Lo que sea. Yo prefiero a los pirados como nosotros... por lo general nos jodemos a nosotros mismos. —Se cruzó un brazo en el pecho y se apoyó en la encimera—. ¿Vas a aguantar esas idioteces?

—Depende.

—¿De qué?

Sonreí y empecé a caminar hacia mi habitación.

—Prepárate. Te lo contaré en la comida.

6

ACABABA DE METER mis cosas en la bolsa para el viaje de vuelta cuando oí el inconfundible sonido de la voz de Gideon en la sala de estar. Por mis venas empezó a fluir una descarga de adrenalina. Gideon aún tenía algo que decir sobre lo que yo había hecho, pese a que habíamos hablado la noche anterior después de que Cary y yo regresáramos de la discoteca y otra vez al despertarme por la mañana.

Fingir ignorancia destroza un poco los nervios. Me preguntaba si Clancy se las habría arreglado para hacer lo que le había pedido, pero, cuando volví a hablar con el guardaespaldas de mi padre, me aseguró que todo iba según lo planeado.

Descalza, me dirigí sin hacer ruido hacia la puerta abierta de mi dormitorio justo cuando Cary salía de la suite. Gideon estaba plantado en el pequeño vestíbulo, con su inescrutable mirada fija en mí, como si esperara que yo apareciera en cualquier momento. Vestía unos jeans holgados y una camiseta negra, y había echado tanto de menos su presencia que me dolieron los ojos.

—Hola, ángel.

Con los dedos de la mano derecha, no dejaba de toquetear, nerviosa, el tejido de mis pantalones negros de yoga.

—Hola, campeón.

Por un momento se le afilaron aquellos labios tan hermosamente delineados.

—¿Tiene algún significado especial esa palabra cariñosa?

—Bueno... sobresales en todo lo que haces. Y es el apodo de un personaje de ficción que me gusta. Me recuerdas a él a veces.

—No estoy seguro de que me agrade que te guste nadie excepto yo, sea de ficción o no.

—Te sobrepondrás.

Moviendo la cabeza, echó a andar hacia mí.

—¿Como me voy a sobreponer al luchador de sumo que me has puesto para que me siga los pasos?

Tuve que morderme los carrillos por dentro para no reírme. Cuando pedí a Clancy que buscara a algún conocido suyo de la zona de Phoenix para que vigilara a Gideon como Sheila me vigilaba a mí, no había especificado mucho sobre el aspecto que debía tener dicho guardián. Sencillamente le pedí que me encontrara a alguien y le proporcioné una lista, relativamente pequeña, de cosas ante las que debía intervenir.

—¿Adónde va Cary?

—Abajo, a jugar con el crédito que he dispuesto para él.

—¿No nos vamos ahora mismo?

Lentamente fue acortando la distancia entre nosotros. El peligro inherente a su forma de acecharme era inconfundible. Se le notaba en la postura y en el brillo de los ojos. Me habría preocupado más si la sinuosidad de su paso no hubiera sido tan descaradamente sexual.

—¿Estás con el periodo?

Asentí con la cabeza.

—Entonces tendré que venirme en tu boca.

Enarqué las cejas.

—¿En serio?

—Ah, sí. —Torció la boca—. No te preocupes, ángel. Primero me ocuparé de ti.

Me embistió, me cogió en brazos, entró a toda prisa en el dormitorio e hizo que los dos cayéramos sobre la cama. Yo grité y su boca estaba sobre la mía; su beso, profundo y voraz. Me vi arrastrada por su fogosidad y por aquella maravillosa sensación del peso de su cuerpo hundiéndome en el colchón. Olía tan bien y su piel era tan cálida...

—Te he echado de menos —gemí, envolviéndole con los brazos y las piernas—. A pesar de que a veces eres francamente irritante.

—Y tú eres la mujer más exasperante y desquiciante que he conocido —masculló Gideon.

—Ya, bueno, me hiciste enfurecer. No soy una posesión. No puedes...

—Sí lo eres. —Me dio un mordisquito en el lóbulo de la oreja, provocándome un dolor punzante que me hizo gritar—. Y sí, puedo.

—Entonces tú también lo eres, y yo también puedo.

—Y lo has demostrado. ¿Tienes idea de lo difícil que es hacer negocios con alguien cuando ese alguien no puede acercarse a ti a menos de un metro de distancia?

Me quedé de piedra, porque la regla del metro de distancia sólo era aplicable a mujeres.

—¿Y por qué iba alguien a acercarse tanto a ti?

—Para señalar áreas de interés en esquemas de diseño extendidos delante de mí y para caber a mi lado dentro del campo visual de una cámara para una teleconferencia, dos cosas que me has puesto muy difíciles. —Levantó la cabeza y me miró—. Yo estaba trabajando; tú, jugando.

—Me da igual. Si es bueno para mí, es bueno para ti. —Pero en mi fuero interno me alegraba de que Gideon hubiera aguantado las inconveniencias, como lo había hecho yo.

Bajando las manos, me agarró por el dorso de los muslos y me separó más las piernas.

—No vas a conseguir un cien por cien de igualdad en esta relación.

—¡Y claro que sí!

Encajó las caderas en el hueco que había hecho. Empezó a balancearse, restregando la gruesa protuberancia de su erección contra mi sexo.

—Te digo que no —repitió, hundiendo las manos en mi pelo para agarrarme y mantenerme quieta.

Meneando las caderas, me frotó mi clítoris hipersensible. La costura de sus jeans rozaba en el lugar apropiado para activar mi siempre hirviente deseo de él. La excitación me repercutía en el flujo menstrual.

—Para. No puedo pensar cuando haces eso.

—No pienses. Tú escucha, Eva. La persona que soy y lo que he creado me convierten en un objetivo. Sabes lo que pasa, porque sabes lo que es vivir en la opulencia y la atención que eso atrae.

—El tipo del bar no era un peligro.

—Eso es discutible.

Noté que empezaba a sublevarme. Era la evidente falta de confianza lo que me molestaba, sobre todo porque él no me confiaba sus secretos, y yo tenía que lidiar con ello.

—Quítate de encima.

—Estoy muy cómodo aquí. —Meneó las caderas, frotándose contra mí.

—Y yo estoy enojada contigo.

—Ya veo. —No dejaba de moverse—. Eso no impedirá que te vengas.

Traté de apartarle empujándole las caderas, pero pesaba demasiado para moverle.

—Cuando estoy enfadada no puedo.

—Demuéstramelo.

Andaba él muy ufano, lo que me encorajinó aún más. Como no podía girar la cabeza, cerré los ojos para no verlo. No le importó. Siguió cimbreándose contra mí. La ropa que mediaba entre nosotros y la ausencia de penetración me hizo más consciente de la elegante fluidez de su cuerpo.

Aquel hombre sabía coger.

Gideon no se dedicaba únicamente a meter y sacar la verga. Se trabajaba a la mujer con ella, probando fricciones, cambiando ángulos y la profundidad de la penetración. Los matices de sus habilidades se perdían cuando yo estaba retorciéndome debajo de él y centrada únicamente en las sensaciones que avivaba en mi cuerpo. Pero ahora los apreciaba todos.

Me resistí contra el placer, pero no pude reprimir un gemido.

—Eso es, ángel —me engatusaba—. ¿Notas lo duro que estoy por ti? ¿Notas lo que me haces?

—No utilices el sexo para castigarme —me quejé, hundiendo los talones en el colchón.

Se quedó quieto durante unos instantes, y entonces empezó a chuparme el cuello, ondulando el cuerpo como si estuviera cogiéndome a través de la ropa.

—No estoy enfadado, ángel.

—Lo que tú digas. Me mangoneas.

—Y tú me estás volviendo loco. ¿Sabes lo que ocurrió cuando me di cuenta de lo que habías hecho?

Le miré desafiante con los ojos achinados.

—¿Qué?

—Que me puse cachondo.

Abrí los ojos desmesuradamente.

—Inoportuna y públicamente. —Me puso una mano en un pecho, acariciándome con el pulgar la punta endurecida del pezón—. Tuve que alargar una reunión ya terminada para esperar a que me bajase. Me excita que me desafíes, Eva. —Su tono de voz era más bajo y áspero, y rezumaba sexo y pecado—. Me entran ganas de cogerte... durante mucho, mucho tiempo.

—¡Dios! —No dejaba de tirar de las caderas hacia arriba, y notaba cómo se me tensaba la vagina con la necesidad del orgasmo.

—Y como no puedo —ronroneó—, voy a hacer que te corras así y luego contemplaré cómo me devuelves el favor con tu boca.

Dejé escapar un quejido, haciéndoseme la boca agua ante la perspectiva de complacerlo de esa manera. Estaba tan en consonancia conmigo cuando hacíamos el amor... El único momento en que realmente se dejaba ir y se centraba en su propio placer era cuando yo me ponía debajo de él.

—Eso es —murmuró—, sigue frotándote el coño contra mí de esa manera. ¡Carajo!, eres tan ardiente...

—Gideon. —Deslizaba las manos sin parar por su flexionada espalda y sus nalgas, mientras mi cuerpo se arqueaba y rotaba contra el suyo. Me vine con un largo e interminable gemido, transformándose la tensión en una oleada de alivio.

Me cubrió la boca con la suya, absorbiendo los sonidos que yo hacía mientras me estremecía debajo de él. Yo le agarré del pelo, besándolo a mi vez.

Gideon hizo que rodáramos los dos de manera que él quedó debajo de mí, llevándose las manos al botón de la bragueta y abriéndosela.

—Ahora, Eva.

Retrocedí a gatas hacia los pies de la cama, tan impaciente por saborearle como lo estaba él por que lo hiciera. En cuanto se bajó los calzoncillos, le cogí el pene entre las manos, pasándole los labios por su amplia corona suavemente.

Gimiendo, Gideon agarró una almohada y se la puso debajo de la cabeza. Cruzamos la mirada y avancé un poco más.

—Sí —susurró, enredándome el pelo con los dedos de la mano derecha—. Chupa deprisa, con fuerza; quiero llegar.

Aspiré su aroma, notando la satinada suavidad de su carne caliente en mi lengua. Entonces le tomé la palabra.

Ahuecando los carrillos, me metí su verga hasta el fondo de la garganta y a continuación tiré de ella hasta la corona. Una y otra vez. Concentrada en la succión y en la velocidad, tan ávida de su orgasmo como lo estaba él, aguijoneada por los desinhibidos sonidos que emitía y por la visión de sus inquietos dedos clavados en el edredón.

Agitaba las caderas rápidamente, guiándome el paso con una mano aferrada a mi pelo.

—¡Oh, Dios! —Me miraba con ojos oscuros y enardecidos—. Me encanta cómo me la chupas. Es como si nunca pudiera saciarme.

Yo no podía. Creía que nunca podría. Su placer significaba mucho para mí, porque era puro y verdadero. Para él, el sexo siempre había sido algo representado y metódico. Conmigo no podía contenerse porque me deseaba con locura. Dos días sin mí y estaba... perdido.

Me ayudé a bombeársela con la mano, notando las gruesas venas por debajo de la piel tersa. Un sonido desgarrado le brotó de la garganta y en la lengua noté algo cálido y salado. Estaba cerca, tenía la cara sonrojada y los labios separados por la respiración entrecortada. El sudor le perlaba la frente. Mi excitación crecía con la suya. Estaba completamente a mi merced, casi sin sentido con la necesidad de llegar al orgasmo, musitando obscenidades sobre lo que iba a hacerme la próxima vez que tirara conmigo.

—Eso es, ángel. Ordéñamela... haz que me venga para ti. —Arqueó el cuello y le estalló el aire de los pulmones—. *¡Carajo!*

Su orgasmo fue como el mío... intenso y brutal. El semen le brotó de la punta de la verga en un chorro espeso y caliente que resultaba difícil de tragar. Masculló mi nombre, levantando las caderas hacia mi atareada boca, tomando de mí todo lo que necesitaba, entregándome todo lo que tenía hasta vaciarse por completo.

Luego se enroscó a mí, ahogándome casi en un abrazo que me inmovilizó contra su pecho agitado. Me tuvo abrazada sin más durante un buen rato. Yo escuché cómo se le iba calmando el furioso latido del corazón y se le normalizaba la respiración.

Finalmente, habló con los labios en mi pelo.

—Lo necesitaba. Gracias.

Sonreí y me acurruqué en él.

—El placer fue mío, campeón.

—Te he echado de menos —dijo en voz baja, apretados sus labios en mi frente—. Muchísimo. Y no sólo por esto.

—Ya lo sé. —Necesitábamos eso (la cercanía física, el roce frenético, la urgencia del orgasmo) para liberar parte de los abrumadores y tormentosos sentimientos que nos invadían cuando estábamos juntos—. La próxima semana viene mi padre a verme.

Se quedó quieto. Levantando la cabeza, me miró con expresión burlona.

—¿Y tienes que decírmelo cuando aún estoy con la verga colgando?

Me eché a reír.

—¿Te atrapé con los pantalones bajados?

—¡Diablos —Me besó con fuerza en la frente, luego se puso boca arriba y se alisó la ropa—. ¿Has pensado ya cómo te gustaría que fuera el primer encuentro? ¿Cena fuera o en casa? ¿La tuya o la mía?

—Cocinaré yo en mi casa. —Me estiré y me desarrugué la camisa.

Él asintió con la cabeza, pero cambiaron las vibraciones. Mi saciado y agradecido amante de hacía un momento se transformó en el hombre de expresión adusta que tanto veía últimamente.

—¿Preferirías algo diferente? —pregunté.

—No. Es un buen plan y lo que yo habría sugerido. Se sentirá a gusto ahí.

—¿Y tú?

—También. —Apoyó la cabeza en una mano y me miró, retirándome el pelo de la frente—. Prefiero no darle con mi dinero en la cara si puedo evitarlo.

Respiré hondo.

—No es por eso. Sencillamente he pensado que estaré más tranquila, en caso de que organice un desastre, en mi cocina que en la tuya.

Pero tienes razón, Gideon. Saldrá bien. En cuanto vea lo que sientes por mí, le parecerá bien que estemos juntos.

—Sólo me importa lo que piense si afecta a tus sentimientos. Si no le caigo bien y eso cambia algo entre nosotros...

—Sólo tú puedes hacer eso.

Me respondió con un cortante gesto de la cabeza, que no ayudó a que me sintiera mejor con respecto a lo que él sentía en ese momento. A muchos hombres les ponía nerviosos conocer a los padres de sus parejas, pero Gideon no era como los demás hombres. Él no perdía la calma. Por lo general. Yo deseaba que mi padre y él estuvieran relajados y tranquilos el uno con el otro, no tensos y a la defensiva.

Cambié de tema.

—¿Solucionaste todo lo que tenías que solucionar en Phoenix?

—Sí. Uno de los directores de proyectos detectó algunas anomalías en la contabilidad, e hizo bien en insistir en que las examinara. No tolero la malversación.

Me estremecí, pensando en el padre de Gideon, que estafó millones de dólares a los inversores y luego se suicidó.

—¿Qué proyecto es?

—Un centro de golf.

—¿Clubs nocturnos, centros de recreo, viviendas de lujo, vodka, casino... con una cadena de gimnasios incluida para mantenerse en forma y disfrutar de la gran vida? —Sabía, por la página web de Cross Industries, que Gideon tenía también una división de *software* y juegos, y una creciente plataforma de redes sociales para jóvenes profesionales—. Eres un dios del placer en más de un sentido.

—¿Dios del placer? —Los ojos le brillaban con ironía—. Gasto toda mi energía adorándote.

—¿Cómo has llegado a ser tan rico? —solté de repente, al venírseme a la cabeza las insinuaciones de Cary sobre cómo Gideon podía haber acumulado tanto siendo tan joven.

—A la gente le gusta divertirse, y está dispuesta a pagar por ese privilegio.

—No me refería a eso. ¿Cómo empezaste Cross Industries? ¿Dónde conseguiste el capital para poner las cosas en marcha?

Su mirada adquirió un brillo inquisitivo.

—¿Tú qué crees?

—No tengo ni idea —respondí con sinceridad.

—*Blackjack.*

Parpadeé.

—¿En las apuestas? ¿Me tomas el pelo?

—No. —Se echó a reír y me estrechó entre sus brazos.

Pero no veía en Gideon a un jugador. Había aprendido, gracias al tercer marido de mi madre, que jugar podía convertirse en una enfermedad muy desagradable e insidiosa que provocaba una absoluta falta de control. Y no me imaginaba que alguien tan dueño de sí mismo como Gideon encontrara ningún atractivo en algo tan dependiente de la suerte y el azar.

Entonces caí.

—Conteo de cartas, eso es lo que haces.

—Cuando jugaba —añadió él—. Ya no. Y los contactos que hice en las mesas de juego fueron tan decisivos como el dinero que gané.

Traté de asimilar aquella información, pugné con ella, luego la dejé pasar por un momento.

—Recuérdame que no juegue a las cartas contigo.

—El *strip poker* podría ser divertido.

—Para ti.

Bajó una mano y me pellizcó el culo.

—Y para ti. Ya sabes cómo me pongo cuando estás desnuda.

Lancé una significativa mirada a mi cuerpo totalmente vestido.

—Y cuando no lo estoy.

Gideon esbozó una deslumbrante e impenitente sonrisa.

—¿Aún juegas?

—Todos los días. Pero sólo en los negocios y contigo.

—¿Conmigo? ¿Con nuestra relación?

Me miró con placidez, con tanta ternura que se me puso un nudo en la garganta.

—Tú eres el mayor riesgo al que me he expuesto nunca. —Apretó sus labios contra los míos—. Y el mayor premio.

CUANDO llegué a trabajar el lunes por la mañana, me sentía como si finalmente todo hubiera vuelto a su ritmo natural pre-Corinne. Gideon y yo tratábamos de amoldarnos a mi periodo, que nunca había sido una contrariedad para ninguno de los dos en relaciones anteriores, pero que lo era en la nuestra porque el sexo era la forma en que me demostraba sus sentimientos. Podía expresar con su cuerpo lo que no sabía comunicar con palabras, y la avidez que yo tenía de él era como demostraba la fe en nosotros, algo que él necesitaba para seguir conectado a mí.

Le decía que lo amaba una y otra vez, y yo era consciente de que lo conmovía que se lo dijera, pero necesitaba la entrega total de mi cuerpo —esa demostración de confianza que él sabía lo mucho que significaba debido a su pasado— para creérselo de verdad.

Como me dijo en una ocasión, había sido objeto de muchos *te amo* a lo largo de los años, pero nunca se los había creído porque no se basaban en la verdad, la confianza y la sinceridad. Esas palabras significaban poco para él, razón por la que se negaba a decírmelas a mí. Procuraba que no se diera cuenta de lo mucho que me hacía sufrir que no me las dijera. Lo veía como un arreglo al que tenía que llegar para estar con él.

—Buenos días, Eva.

Levanté la mirada de la mesa y vi a Mark en mi cubículo. Aquella sonrisa suya, ligeramente torcida, llevaba siempre las de ganar.

—Hola. Estoy lista para empezar cuando quieras.

—Primero, un café. ¿Quieres tú otro?

Cogiendo de la mesa mi taza vacía, me levanté.

—Por supuesto.

Nos dirigimos al cuarto de descanso.

—Parece que te bronceaste —dijo Mark, echándome un vistazo.

—Sí, tomé un poco de sol este fin de semana. Me sentó bien estar tumbada sin hacer nada. En realidad, probablemente ésa es una de las cosas que más me gusta hacer, y punto.

—Te envidio. Steven no puede estar quieto durante mucho tiempo. Siempre quiere arrastrarme a algún sitio para hacer algo.

—Mi compañero de apartamento es igual. No se cansa de ir de un lado a otro.

—Ah, antes de que se me olvide. —Me hizo un gesto para que entrara yo primero en el cuarto—. A Shawna le gustaría hablar contigo. Tiene entradas para un concierto de no sé qué grupo de rock. Creo que quiere saber si te interesan.

Pensé en la atractiva camarera pelirroja que había conocido hacía una semana. Era hermana de Steven, y Steven era el compañero de Mark desde hacía muchos años. Los dos hombres se habían conocido en la universidad y eran pareja desde entonces. Me caía muy bien Steven. Estaba segura de que también me caería bien su hermana.

—¿Te parece bien que trate con ella? —Tenía que preguntárselo, porque era, a efectos prácticos, la cuñada de Mark y Mark era mi jefe.

—Claro que sí. No te preocupes. No tiene nada de raro.

—De acuerdo. —Sonreí, confiando en contar con una amiga más en mi nueva vida en Nueva York—. Gracias.

—Agradécemelo con una taza de café —dijo él, sacando una taza del armario y pasándomela a mí—. Te sale más rico que a mí.

Le lancé una mirada.

—Mi padre utiliza el mismo pretexto.

—Debe de ser verdad, entonces.

—Debe de ser la típica artimaña masculina —repliqué—. ¿Cómo se reparten Steven y tú la tarea de hacer el café?

—De ninguna manera. —Sonrió—. Tenemos un Starbucks en la esquina de nuestra calle.

—Seguro hay una forma de llamar a eso hacer trampas, pero aún no he tomado la suficiente cafeína para pensar en ella. —Le pasé su taza llena de café—. Lo que probablemente significa que no debería compartir la idea que acaba de ocurrírseme.

—Suéltala. Si es realmente mala, te la guardaré de por vida.

—¡Vaya, gracias! —Sujeté mi taza con ambas manos—. ¿Funcionaría comercializar el café de arándanos como té en lugar de café? Ya sabes, un café en taza y platito de té, decorados con motivos *chintz*, y quizá con un *scone* y un poco de nata cremosa al fondo. Ofrécelo como algo para tomar a media tarde, pero con un toque de distinción. Añádele un inglés guapísimo tomándoselo a sorbitos.

Mark frunció los labios mientras lo pensaba.

—Creo que me gusta. Vamos a contárselo a los creativos.

—¿POR qué no me dijiste que te ibas a Las Vegas?

Suspiré para mis adentros cuando oí el tono agudo e irritado de la voz preocupada de mi madre, y me ajusté el auricular del teléfono de mi mesa. Acababa de volver a colocar el trasero en mi silla cuando sonó el teléfono. Me imaginé que si revisaba el buzón de voz, me encontraría con algún que otro mensaje de ella. Cuando se emperraba en algo, no lo soltaba.

—Hola, mamá. Lo siento. Pensaba llamarte a la hora del almuerzo para ponernos al día.

—Me encanta Las Vegas.

—¿Ah, sí? —Yo creía que detestaba cualquier cosa remotamente relacionada con el juego—. No lo sabía.

—Lo sabrías si me lo hubieras preguntado.

En la voz entrecortada de mi madre noté con pesar que estaba dolida.

—Lo siento, mamá —volví a disculparme, habiendo aprendido de pequeña que las disculpas reiteradas daban muy buenos resultados con ella—. Cary y yo necesitábamos pasar tiempo juntos. Pero podemos plantearnos un futuro viaje a Las Vegas, si alguna vez te apetece ir.

—¿No sería divertido? Me gustaría hacer cosas divertidas contigo, Eva.

—A mí también me gustaría. —Los ojos se me fueron a la foto de mi madre y Stanton. Ella era una mujer muy guapa que irradiaba una sensualidad vulnerable a la que los hombres no podían resistirse. La vulnerabilidad era real (mi madre era una persona frágil en muchos sentidos), pero también era una devoradora de hombres. Los hombres no se aprovechaban de mi madre; ella los arrollaba.

—¿Tienes planes para almorzar? Podría hacer una reserva y pasar a buscarte.

—¿Puedo llevar a una compañera? —Cuando entré, Megumi me había abordado para invitarme a almorzar, prometiendo que me haría reír con el relato de su cita a ciegas.

—Oh, me encantaría conocer a la gente con la que trabajas.

Esbocé una sonrisa de genuino afecto. Mi madre me volvía loca, pero, después de todo, su mayor defecto era que me quería demasiado. Combinado con su neurosis, era un defecto exasperante, bien intencionado, eso sí.

—OK. Recógenos a mediodía. Y recuerda que sólo tenemos una hora, así que tendrá que ser cerca y rápido.

—Me encargaré de que así sea. ¡Qué emoción! Hasta luego.

MEGUMI y mi madre se gustaron inmediatamente. Reconocí esa mirada arrobada, tan conocida, en la cara de Megumi cuando se conocieron, porque la había visto muchas veces en mi vida. Monica Stanton era una mujer despampanante, de esa belleza clásica que no podías evitar quedarte mirando porque no podías creer que hubiera alguien tan perfecto. Además, el regio tono violeta del sillón orejero donde había elegido sentarse era un increíble telón de fondo para su pelo rubio y sus ojos azules.

Por su parte, mi madre estaba encantada con el sentido de la moda que tenía Megumi. Mientras que mi vestuario se inclinaba más hacia lo tradicional y ya confeccionado, a Megumi le gustaban las combinaciones y los colores excepcionales, similares a la decoración del moderno café cercano al Rockefeller Center al que nos había llevado mi madre.

Aquel lugar me recordaba a *Alicia en el país de las maravillas*, con sus terciopelos dorados y colores brillantes utilizados en muebles de diseños únicos. El diván en el que se había encaramado Megumi tenía un respaldo exageradamente curvado, mientras que el sillón orejero de mi madre tenía gárgolas por patas.

—Aún no me explicó qué le pasaba a ese tipo —seguía contando Megumi—. Yo no hacía más que mirar, ya te digo. Me refiero a que un tipo tan increíble no debería rebajarse con citas a ciegas.

—Bueno, yo no diría rebajarse —protestó mi madre—. Estoy segura de que se está preguntando cómo pudo tener tanta suerte contigo.

—Gracias. —Megumi me sonrió—. Estaba buenísimo. No tanto como Gideon Cross, pero buenísimo de todas formas.

—Por cierto, ¿cómo está Gideon?

No me tomé a la ligera la pregunta de mi madre. Ella sabía que Gideon estaba al tanto de los abusos que yo había sufrido de niña, y no lo llevaba nada bien. La avergonzaba sobremanera que no supiera lo que ocurría bajo su propio techo, y la culpa que sentía era inmensa, a la vez que totalmente inmerecida. No lo supo porque yo lo oculté. Nathan me había aterrorizado con lo que me haría si alguna vez se lo contaba a alguien. Aun así, a mi madre le preocupaba que Gideon estuviera al corriente. Yo confiaba en que pronto se diera cuenta de que Gideon no le guardaba ningún rencor, como yo tampoco lo hacía.

—Trabajando mucho —respondí—. Ya sabes cómo es esto. Le he robado mucho tiempo desde que empezamos a salir juntos, y creo que le está pasando factura.

—Te lo mereces.

Tomé un buen trago de agua cuando sentí la abrumadora necesidad de contarle que mi padre venía a verme. Sería una gran aliada para convencerle del afecto que Gideon sentía por mí, pero esa era una razón egoísta para mencionarlo. No tenía ni idea de cómo reaccionaría si se enterara de la presencia de Victor en Nueva York, pero era muy posible que la afligiera, y eso nos haría la vida imposible a todos. Por las razones que fueran, ella prefería no mantener ningún contacto con él. No podía ignorar que se las había arreglado para no verle ni hablar con él desde que yo era lo bastante mayor para comunicarme directamente con él.

—Ayer vi una foto de Cary en el lateral de un autobús —dijo.

—¿De veras? —Me puse más derecha—. ¿Dónde?

—En Broadway. En un anuncio de jeans, creo que era.

—Yo vi uno también —intervino Megumi—. No es que me fijara en la ropa que llevaba. Ese hombre es increíblemente *guapo*.

La conversación me hizo sonreír. A mi madre se le daba muy bien admirar a los hombres. Era una de las muchas razones por las que la adoraban; los hacía sentirse bien. Megumi estaba a su altura en lo que a la apreciación masculina se refería.

—Lo reconocen por la calle —añadí yo, contenta de que en este caso estuviéramos hablando de un anuncio publicitario y no de una fotografía indiscreta conmigo en un periódico sensacionalista. A los reporteros de Sociales les parecía muy jugoso que la novia de Gideon Cross viviera con un sexy modelo masculino.

—Por supuesto —dijo mi madre, con un ligero tono de reconvención—. ¿Acaso dudabas que terminaría por ocurrir?

—Confiaba en que así fuera—maticé—. Por él. Es una pena que los modelos masculinos no ganen ni trabajen tanto como las mujeres.

REFLEJADA EN TI · 111

—Aunque estaba segura de que Cary triunfaría de algún modo. Desde el punto de vista emocional, él no podía permitirse que fuera de otra forma. Había aprendido a valorar tanto su físico que no creo que pudiera aceptar el fracaso. Uno de mis mayores temores era que su elección profesional acabara obsesionándolo de maneras que ninguno de los dos podríamos soportar.

Mi madre dio un delicado sorbo a su Pellegrino. El café estaba especializado en opciones de menú con buenas dosis de cacao, pero tenía mucho cuidado de no gastar toda su asignación calórica diaria en una sola comida. Yo no era tan prudente. Había pedido una sopa, y un sándwich mixto, más un postre que iba a suponerme después al menos una hora más en la cinta de correr. Justificaba aquel lujo, recordándome que estaba con la regla, lo que, en mi opinión, daba carta blanca en lo que al chocolate se refería.

—Bueno —Monica sonrió a Megumi—, ¿vas a repetir tu cita a ciegas?

—Eso espero.

—Cariño, ¡no lo dejes al azar!

Mientras mi madre compartía su sabiduría respecto al manejo de los hombres, yo me eché hacia atrás y disfruté del espectáculo. Ella creía firmemente en que todas las mujeres se merecían tener a un hombre rico que las adorara, y por primera vez en una eternidad, no centraba sus esfuerzos casamenteros en mí. Me inquietaba cómo congeniarían mi padre y Gideon, pero sabía que eso no debía preocuparme en absoluto con mi madre. Las dos pensábamos que era el hombre adecuado para mí, aunque por razones diferentes.

—Tu madre es genial —dijo Megumi, cuando Monica se fue al lavabo a retocarse antes de marcharnos—. Y tú eres igual que ella, suerte la tuya. ¿Cómo sería tener una madre mucho más atractiva que tú?

—Tienes que venir con nosotras más veces. Esto funcionó de maravilla —contesté, riéndome.

—Me encantaría.

Cuando llegó el momento de irnos, vi a Clancy con el coche aparcado junto al bordillo y me di cuenta de que quería dar un paseo para bajar el almuerzo antes de volver al trabajo.

—Creo que volveré a pata —les dije—. Comí demasiado. Márchense sin mí.

—Me voy contigo —dijo Megumi—. Me vendrá bien un poco de aire, por caliente que sea. El aire enlatado de la oficina me seca la piel.

—Yo también voy —se apuntó mi madre.

Miré sus delicados tacones con escepticismo, pero, claro, mi madre no llevaba otra cosa que no fueran tacones. Para ella caminar con ese calzado era como hacerlo con zapato plano para mí.

Nos encaminamos al Crossfire al ritmo habitual en Manhattan, que era algo así como un trote decidido y constante. Mientras que sortear obstáculos humanos formaba, por lo general, parte de ese proceso, resultaba mucho menos problemático con mi madre a la cabeza. Los hombres se echaban a un lado respetuosamente para dejarla pasar, luego la seguían con la mirada. Con su sencillo y sexy vestido cruzado azul intenso, tenía un aspecto relajado y refrescante, pese al calor húmedo que hacía.

Acabábamos de doblar la esquina para llegar al Crossfire cuando se detuvo de golpe, provocando que Megumi y yo nos chocáramos con su espalda. Ella dio un traspié hacia delante, tambaleándose, y la agarré del codo justo antes de que estuviera a punto de caerse.

Miré al suelo para ver lo que le había entorpecido, pero, como no vi nada, la miré a ella. Estaba contemplando el Crossfire deslumbrada por completo.

—¡Dios mío, mamá! —La insté a que se apartara del flujo de peatones—. Estás blanca como el papel. ¿Te está afectando el calor? ¿Estás mareada?

—¿Qué? —Se llevó la mano a la garganta. Seguía con los ojos muy abiertos clavados en el Crossfire.

Volví la cabeza para mirar hacia donde ella miraba, tratando de ver lo que ella estuviera viendo.

—¿Qué estás mirando? —preguntó Megumi, escudriñando la calle con el ceño fruncido.

—Señora Stanton. —Clancy, que había aparcado el coche a una distancia prudencial detrás de nosotras, se acercó—. ¿Va todo bien?

—¿Viste...? —empezó a decir, mirándolo de manera inquisitiva.

—¿Qué cosa? —pregunté, mientras él levantaba la cabeza y escrutaba la calle con su adiestrada visión. La intensidad de su concentración me produjo un escalofrío.

—Vamos, las llevo a las tres en el coche lo que queda de camino —dijo en voz baja.

La entrada al Crossfire estaba, literalmente, al otro lado de la calle, pero había algo en el tono de Clancy que no admitía discusión. Nos montamos todos, mi madre en el asiento de delante.

—¿Qué pasó? —preguntó Megumi después de que nos bajáramos y entráramos en el fresco interior del edificio—. Cualquiera diría que tu madre había visto un fantasma.

—No tengo ni idea. —Pero me sentía mal.

Algo había asustado a mi madre. Terminaría por volverme loca si no averiguaba qué era.

7

Caí de espaldas en la colchoneta con tanta fuerza que me quedé sin respiración. Aturdida, parpadeaba mirando al techo, tratando de recuperar el aliento.

De repente apareció la cara de Parker Smith.

—Me estás haciendo perder el tiempo. Si quieres estar aquí, que sea al cien por cien. Y no con la cabeza a miles de kilómetros de distancia.

Agarré la mano que me tendió y, de un tirón, me puso de pie. A nuestro alrededor, Parker tenía unos doce estudiantes más de Krav Maga entrenando duramente. Aquel estudio ubicado en Brooklyn era todo ruido y actividad.

Tenía razón. No podía dejar de pensar en mi madre y en la forma tan extraña en que se había comportado cuando regresábamos al Crossfire después de almorzar.

—Lo siento —musité—. Hay algo que me preocupa.

Se movía como un rayo, agarrándome primero de una rodilla y luego del hombro con trepidantes manotadas.

—¿Crees que el agresor va a esperar a que estés atenta y lista para ir por ti?

Me agaché, obligándome a prestar atención. Parker se agachó también, con los ojos marrones serios y vigilantes. La cabeza afeitada y la piel café con leche que tenía le brillaban bajo la luz de los fluorescentes. El estudio estaba en un almacén reformado, que se había deteriorado tanto por razones económicas como por el ambiente. Mi madre y mi padrastro estaban tan paranoicos que habían pedido a Clancy que me acompañara a las clases. En la actualidad, el barrio estaba experimentando un proceso de revitalización, que en mi opinión era alentador; y en la suya, inquietante.

Parker volvió por mí, pero esta vez conseguí bloquearlo. El contraataque fue vertiginoso, y dejé las preocupaciones para más tarde.

Cuando Gideon vino a verme al cabo de una hora, me encontró en el baño rodeada de velas de vainilla. Se desvistió y decidió acompañarme, aunque, por el pelo húmedo, se diría que ya se había duchado después de hacer ejercicio con su entrenador personal. Lo observé desnudarse, absorta. El juego de los músculos bajo la piel y la gracilidad intrínseca en su forma de moverse me produjeron una deliciosa sensación de contento.

Entró en la profunda bañera oval y se colocó a mis espaldas, deslizando sus largas piernas a cada lado de las mías. Me envolvió con sus brazos y me sorprendió levantándome y echándome hacia atrás, de manera que quedé sentada en su regazo y con las piernas sobre las suyas.

—Apóyate en mí, ángel —murmuró—. Necesito sentirte.

Suspiré de placer, sumiéndome en la dureza de su fornido cuerpo al tiempo que me mecía. Mis doloridos músculos se relajaron con la rendición, ansiosos, como siempre, por hacerse totalmente dúctiles a su tacto. Me encantaban aquellos momentos, cuando el mundo y nuestras reacciones emocionales quedaban muy lejos. Momentos en los que *sentía* el amor que no me declaraba.

—¿Remojando más magulladuras? —preguntó con su mejilla pegada a la mía.

—Culpa mía. Tenía la cabeza en otro sitio.

—¿Pensando en mí? —susurró, mordisqueándome la oreja.

—Ojalá.

Hizo una pausa y cambió de repente.

—Dime qué te preocupa.

Adoraba la facilidad con que me leía el pensamiento, y cómo se acomodaba rápidamente a mi estado de ánimo. Yo procuraba ser tan adaptable con él. Realmente, la flexibilidad era un requisito esencial en una relación entre personas muy dependientes.

Entrelazando mis dedos con los suyos, le conté el extraño comportamiento de mi madre después del almuerzo.

—Casi esperaba darme la vuelta y encontrarme con mi padre o algo así. Me preguntaba... Tienen cámaras de seguridad en la fachada del edificio, ¿verdad?

—Por supuesto. Echaré un vistazo.

—Son unos diez minutos como máximo. Simplemente quiero ver si puedo averiguar lo que sucedió.

—Dalo por hecho.

Eché la cabeza hacia atrás y le besé en la barbilla.

—Gracias.

Él posó los labios en mi hombro.

—Ángel, haría cualquier cosa por ti.

—¿Como hablarme de tu pasado? —Noté que se ponía tenso, y me di de bofetadas mentalmente—. No ahora mismo —y me apresuré a añadir—: pero en algún momento. Dime que lo harás alguna vez.

—Almuerza mañana conmigo. En mi oficina.

—¿Vas a hablarme de ello entonces?

Gideon exhaló con aspereza.

—Eva.

Aparté la cara y me solté, decepcionada con su evasiva. Agarrándome a los bordes de la bañera, me dispuse a salir y a alejarme del hombre que de algún modo me hacía sentir más unida a otro ser humano de lo que nunca me había sentido, pero que también era tremendamente distante. Estar con él volviéndome loca me hacía dudar de las mismas cosas de las que estaba segura momentos antes. Vuelta a empezar.

—Ya acabé —musité, soplando la vela que tenía más cerca. El humo ascendió en espiral y desapareció, tan intangible como lo que me ligaba al hombre que amaba—. Me salgo.

—No. —Me rodeó los pechos con sus manos, sujetándome. El agua salpicaba a nuestro alrededor, tan agitada como lo estaba yo.

—Suéltame, Gideon. —Lo agarré de las muñecas y le aparté las manos.

Él hundió la cara en mi cuello, sujetándome con obstinación.

—Lo haré, ¿OK? Algún día... lo haré.

Me desinflé, sintiéndome menos exultante de lo que esperaba cuando le hice la pregunta y esperaba su respuesta.

—¿Podemos dejarlo por esta noche? —preguntó con brusquedad, aferrándose aún a mí—. ¿Dejarlo todo? Sólo quiero estar contigo, ¿sí? Pedir que nos traigan algo para cenar, ver la tele, dormir abrazado a ti. ¿Es posible?

Dándome cuenta de que pasaba algo serio, me retorcí para mirarle a la cara.

—¿Qué ocurre?

—Sólo quiero pasar tiempo contigo.

Se me saltaban las lágrimas. Había muchas cosas que no me decía... muchas más. Nuestra relación se estaba convirtiendo rápidamente en un campo minado de palabras no dichas y secretos no compartidos.

—Está bien.

—Lo necesito, Eva. Tú y yo, sin dramas. —Me acarició la mejilla con los dedos mojados—. Concédemelo. Por favor. Y dame un beso.

Me di la vuelta, me puse a horcajadas sobre sus caderas y le rodeé la cara con mis manos. Ladeé la cabeza para buscar el ángulo perfecto y apreté mis labios contra los suyos. Empecé despacio, con suavidad, lamiendo y chupando. Le tiré del labio inferior, luego le hice olvidar nuestros problemas pasando juguetonamente mi lengua por la suya.

—Bésame, maldita sea —bramó, poniéndome las manos en la espalda, arrullándome sin descanso—. Bésame como me amas.

—Lo hago —le aseguré, exhalándole las palabras—. No puedo evitarlo.

—Ángel. —Con sus manos en mi pelo mojado, me abrazó como él quería y me besó hasta dejarme sin sentido.

Después de cenar, Gideon trabajó un rato en la cama, apoyado contra la cabecera y con el ordenador portátil sobre un soporte para portátiles. Yo me tumbé boca abajo en la cama, de cara a la televisión mientras agitaba los pies en el aire.

—¿Te sabes todos los diálogos de esa película? —preguntó, intentando desviar mi atención de *Ghostbusters* para que lo mirase. Sólo llevaba puestos unos calzoncillos bóxer negros.

Me encantaba verlo de aquella manera: relajado, cómodo, íntimo. Me preguntaba si Corinne habría visto aquella estampa alguna vez. De ser así, imaginaba su desesperación por volver a verla, porque yo deseaba desesperadamente no perder nunca ese privilegio.

—Es posible —reconocí.

—¿Y tienes que decirlos todos en voz alta?

—¿Tienes algún problema, campeón?

—No. —Las ganas de reír le iluminaron los ojos y le curvaron los labios—. ¿Cuántas veces la has visto?

—Un montón de veces. —Me di la vuelta y me puse a cuatro patas—. ¿Quieres más?

Una ceja oscura se enarcó.

—¿Eres tú el Maestro de las llaves? —ronroneé, avanzando lentamente.

—Ángel, cuando me miras de esa manera, soy lo que tú quieras.

Le miré desde debajo de mis pestañas y dije en un susurro:

—¿Deseas este cuerpo?

Sonriendo, dejó el portátil a un lado.

—En todo momento.

Me puse a horcajadas sobre sus piernas y me agarré a su torso. Le rodeé el cuello con mis brazos.

—Bésame, engendro.

—Eso no era así. ¿Ya no soy el dios del placer? ¿Ahora soy un engendro?

Apreté mi vulva contra la dura protuberancia de su polla y meneé las caderas.

—Tú eres lo que yo quiera que seas, ¿recuerdas?

Gideon se aferró a mis costillas y me echó la cabeza hacia atrás.

—¿Y qué soy?

—Mío. —Le pellizqué el cuello con los dientes—. Todo mío.

No podía respirar. Quise gritar, pero algo me tapaba la nariz... me cubría la boca. El único sonido que pude emitir fue un agudo gemido, las frenéticas llamadas de auxilio atrapadas en mi cabeza.

Quítate de encima. ¡Para! No me toques. Oh, Dios... por favor, no me hagas eso.

¿Dónde estaba mamá? ¡Ma-má!

Nathan me había tapado la boca, estrujándome los labios. El peso de su cuerpo me hundía, aplastándome la cabeza en la almohada. Cuanto más me resistía, más se excitaba él. Jadeando como el animal que era, se abalanzaba sobre mí, una y otra vez... intentando penetrarme. Mis bragas se lo impedían, protegiéndome de aquel dolor desgarrador que había experimentado incontables veces.

Como si me hubiera leído el pensamiento, me bramó al oído: «Aún no has sentido dolor, pero lo harás».

Me quedé inmóvil. Comprenderlo fue como un jarro de agua fría. Yo *conocía* esa voz.

Gideon. ¡No!

La sangre me palpitaba en los oídos. Sentía náuseas. La boca se me llenaba de bilis.

Era peor, mucho peor, cuando la persona que intentaba violarte era alguien en quien confiabas plenamente.

El miedo y la rabia me inundaban. En un momento de claridad, oí las furiosas instrucciones de Parker. Recordé lo esencial.

Agredí al hombre que amaba, al hombre cuyas pesadillas se mezclaban con las mías de la manera más horrible. Ambos éramos supervivientes de abusos sexuales, pero en mis sueños yo seguía siendo una víctima. En los suyos, él se había convertido en agresor, brutalmente decidido a infligir a su agresor el mismo tormento y la misma humillación que él había sufrido.

Clavé mis agarrotados dedos en el cuello de Gideon. Él se encabritó y soltó un exabrupto; se movió, y yo le encajé un rodillazo entre las piernas. Doblándose por la mitad, se apartó de mí. Me levanté de la cama rodando y caí al suelo con un ruido sordo. Levantándome con dificultad, me precipité hacia la puerta que daba al pasillo.

—¡Eva! —gritó con la voz entrecortada, despierto y consciente de lo que casi me había hecho mientras dormía—. ¡Por Dios! *Eva*, ¡espera!

Salí de golpe por la puerta y corrí hacia la sala de estar.

Encontré un rincón oscuro y me hice un ovillo, tratando de recuperar el aliento, resonando mis sollozos por todo el apartamento. Apreté los labios contra las rodillas cuando vi luz en mi dormitorio y no me moví ni hice ningún ruido cuando Gideon entró en la sala después de una eternidad.

—¿Eva? ¡Dios mío! ¿Estás bien? ¿Te hice daño?

El doctor Petersen lo llamó parasomnia sexual atípica, una manifestación del profundo trauma psicológico de Gideon. Yo lo llamaba infierno. Y los dos estábamos sumidos en él.

Me rompía el corazón ver la expresión de su cuerpo. Le pesaba la derrota en su porte por lo general orgulloso, caídos los hombros, agachada la cabeza. Estaba vestido y llevaba su bolsa de noche. Se detuvo en la barra de desayuno. Abrí la boca para hablar; entonces oí un ruido metálico en la piedra de la encimera.

La última vez lo había detenido; lo había hecho quedarse. Esta vez no me veía con fuerzas.

Esta vez quería que se marchara.

El ruido apenas audible de la cerradura de la puerta de la calle reverberó en mí. Algo murió en mi interior. Me invadió el pánico. Lo eché de menos desde el mismo momento en que se marchó. No quería que se quedara. No quería que se marchara.

No sé cuánto tiempo estuve sentada en el rincón hasta que tuve fuerzas para levantarme y caminar hasta el sofá. Me di cuenta vagamente de que empezaba a clarear cuando oí el distante sonido del teléfono móvil de Cary. Poco después, entró corriendo en la sala de estar.

—¡Eva! —Se acercó a mí inmediatamente, agachado delante de mí con las manos en mis rodillas—. ¿Hasta dónde llegó?

Lo miré sin dejar de parpadear.

—¿Qué?

—Cross me llamó. Me dijo que había tenido otra pesadilla.

—No pasó nada. —Noté que me rodaba una lágrima caliente por la mejilla.

—Tu aspecto es de que algo sucedió. Pareces...

Lo agarré de las muñecas cuando se levantó de golpe soltando maldiciones.

—Estoy bien.

—¡Carajo, Eva! Nunca te había visto así. No puedo soportarlo. —Se sentó a mi lado e hizo que me apoyara en su hombro—. ¡Basta ya! ¡Corta con él!

—No puedo tomar esa decisión ahora.

—¿Qué estás esperando? —Volvió a desafiarme con la mirada—. Esperarás demasiado tiempo y luego ya no será otra relación fracasada, sino la que te joderá de por vida.

—Si lo dejo ahora, no tendrá a nadie. No puedo...

—Ése no es tu problema. Eva... Maldita sea. No te corresponde a ti salvarlo.

—Es que... Tú no lo comprendes... —Me abracé a él, hundí la cara en su hombro y lloré—. Él me está salvando a mí.

VOMITÉ cuando encontré las llaves de Gideon de mi apartamento en el mostrador de desayuno. Casi no llegué al fregadero.

Cuando se me vació el estómago, el dolor era tan atroz que no podía ni andar. Me agarré al borde de la encimera, jadeando y sudando, llorando de tal manera que dudaba que pudiera sobrevivir los siguientes cinco minutos, por no hablar del resto del día. Por no hablar del resto de mi vida.

La última vez que Gideon me había devuelto las llaves, nos separamos durante cuatro días. Era imposible no pensar que repetir el gesto significaba una ruptura más permanente. ¿Qué había hecho? ¿Por qué no le había detenido? ¿Por qué no había hablado con él? ¿Por qué no le había obligado a quedarse?

Oí que me había entrado un mensaje en mi celular. Me tambaleé hasta mi bolso y lo saqué, rezando para que fuera Gideon. Ya había hablado con Cary tres veces, pero aún no se había puesto en contacto conmigo.

Cuando vi su nombre en la pantalla, sentí una intensa punzada en el pecho.

«Hoy trabajo desde casa», decía en su mensaje. «Angus te estará esperando a la puerta para llevarte al trabajo».

Volvió a contraérseme el estómago, de miedo. Había sido una semana muy difícil para los dos. Comprendía por qué se había rendido. Pero esa comprensión iba acompañada de un miedo que me reconcomía las entrañas, tan frío e insidioso que se me puso la carne de gallina.

Me temblaban los dedos cuando contesté a su mensaje: «¿Te veré esta noche?».

Hubo una larga pausa, tan larga que estuve a punto de exigirle una respuesta con un sí o un no cuando él me envió lo siguiente: «No cuentes con ello. Tengo cita con el doctor Petersen y mucho trabajo».

Sujeté el teléfono con más fuerza. Tuve que intentarlo tres veces antes de poder teclear: «Quiero verte».

Mi móvil permaneció en silencio durante un tiempo larguísimo. Estaba a punto de coger el teléfono fijo, presa del pánico, cuando contestó: «Veré lo que puedo hacer».

Oh, Dios mío... Casi no podía leer con las lágrimas. Estaba destrozado. «No huyas. Yo no lo hago».

Pasó lo que me pareció una eternidad antes de que contestara: «Deberías».

Después de eso, me planteé llamar al trabajo para decir que estaba enferma, pero no lo hice. No podía. Había pasado por esto demasiadas veces. Sabía que podía volver fácilmente a los viejos hábitos autodestructivos de dolor sordo. Me moriría si perdía a Gideon, pero me moriría de todos modos si me perdía a mí misma.

Tenía que seguir. Sobreponerme. Arreglármelas. Poco a poco.

Así que me subí al asiento trasero del Bentley, donde se me esperaba, y mientras el sombrío rostro de Angus sólo conseguía que me preocupara más, me aislé y puse el piloto automático del instinto de supervivencia que me ayudaría a superar las horas que tenía por delante.

La jornada pasó casi sin darme cuenta. Trabajé mucho y me centré en mi tarea, sirviéndome de ella para no volverme loca, pero no ponía el corazón en ella. Pasé la hora del almuerzo deambulando por ahí, incapaz de soportar la idea de comer o de hablar sobre trivialidades.

Cuando terminé mi turno, salí volando a la clase de Krav Maga, pero me atasqué y presté más o menos la misma atención a los ejercicios que la que había prestado a mi trabajo. Tenía que seguir adelante, incluso aunque estuviera yendo en una dirección que me resultaba insoportable.

—Mejor —dijo Parker, durante un descanso—. Sigues estando en otra parte, pero lo haces mejor que anoche.

Asentí y me enjugué el sudor de la cara con una toalla. Había empezado las clases con Parker únicamente como una alternativa más intensa a mis ejercicios habituales en el gimnasio, pero lo que había ocurrido la noche anterior me había demostrado que la seguridad personal era algo más que un efecto colateral práctico.

Los tatuajes tribales que lucía Parker en los bíceps se flexionaron al llevarse la botella de agua a los labios. Como era zurdo, su sencilla alianza de oro brilló con la luz y me fijé en ella. Recordé que Gideon me había regalado una y lo que me dijo sobre que las X engarzadas en el diamante que rodeaban el oro representaban su «apego» a mí. Me preguntaba si aún pensaría lo mismo; si aún pensaría que merecía la pena intentarlo. Dios sabe que yo sí lo pensaba.

—¿Lista? —preguntó Parker, arrojando la botella vacía al contenedor de reciclaje.

—Vamos.

Sonrió.

—Ahí está.

Parker me dio una paliza, pero no fue porque yo no pusiera de mi parte. Estaba concentrada en todo momento, dando rienda suelta a mi frustración con un bueno y sano ejercicio. Las pocas veces que conseguía ganar espoleaban mi determinación de luchar también por mi inestable relación. Estaba decidida a dedicar tiempo y esfuerzo a estar ahí para Gideon, para ser una persona mejor y más fuerte, de manera que pudiéramos superar nuestros problemas. E iba a decírselo, tanto si quería oírlo como si no.

Cuando se terminó la hora, recogí y me despedí de mis compañeros y a continuación empujé la barra de la puerta de salida y me entregué al aún cálido aire de la tarde. Clancy había llegado ya con el coche hasta la entrada y estaba apoyado en la verja en una postura que sólo un imbécil creería que era espontánea. A pesar del calor, llevaba puesta una chaqueta, que escondía el arma que llevaba colgada en el costado.

—¿Van progresando las cosas? —Se irguió para abrirme la puerta del coche. Desde que le conocía, siempre había tenido el pelo rubio cortado al rape. Eso contribuía a dar la impresión de que era un hombre muy sombrío.

De camino a casa, me pregunté si Gideon habría ido a ver al doctor Petersen o si habría cancelado la cita. Había accedido a la terapia individual sólo por mí. Eso ya no formaba parte de la ecuación, y podría considerar que no había razón para hacer el esfuerzo.

Entré en el sencillo y elegante vestíbulo del edificio de apartamentos de Gideon y me anuncié en recepción. Fue cuando ya me encontraba sola en su ascensor privado cuando los nervios me traicionaron. Me había apuntado en su lista de personas autorizadas semanas antes, un gesto que significaba mucho más para él y para mí que para los demás, porque para Gideon su casa era su santuario, un lugar en el que admitía muy pocas visitas. Yo era la única amante que había recibido ahí y la única persona, aparte de los empleados del hogar, que tenía llave. El día anterior no había dudado de que sería bien recibida, pero hoy...

Salí a un pequeño vestíbulo decorado con azulejos de mármol estilo tablero de ajedrez y un aparador antiguo en el que había un inmenso arreglo floral con lirios de agua blancos. Antes de abrir la puerta, respiré hondo, armándome de valor por si me lo encontraba. La vez anterior que me había atacado mientras estaba dormido le había dejado hecho polvo. No podía dejar de temer lo que la segunda vez le habría provocado. Me aterrorizaba pensar que fuera su parasomnia lo que terminara por separarnos.

Pero en cuanto entré en su apartamento, supe que no estaba en casa.

La energía que latía en aquel espacio cuando él lo ocupaba estaba marcadamente ausente.

Las luces que se activaban con los movimientos se encendieron cuando entré en el amplio salón de estar, y me obligué a ponerme cómoda como si mi sitio estuviera allí. Mi habitación estaba al fondo del pasillo y me fui hasta allí, y me detuve en el umbral para asimilar la extrañeza de ver mi dormitorio reproducido en la casa de Gideon. La copia era asombrosa, desde el color de las paredes, los muebles y los tejidos, pero su existencia era más bien desconcertante.

Gideon la había creado para que fuera mi cámara acorazada, un lugar adonde podía huir cuando necesitara un poco de tranquilidad. Supongo que ahora estaba huyendo, en cierto modo, al utilizarla en lugar de la suya.

Dejé la bolsa de deporte y mi bolso encima de la cama, me duché y me puse una de las camisetas de Cross Industries que Gideon había separado para mí. Traté de no pensar en por qué no estaba en casa. Acababa de servirme una copa de vino y de encender la televisión de la sala de estar cuando sonó mi celular.

—Hola —respondí, sin saber a quién correspondía el número de la llamada no identificada.

—¿Eva? Soy Shawna.

—Ah, hola, Shawna. —Traté de que no se me notara la decepción en la voz.

—Espero que no sea muy tarde para llamar.

Miré a la pantalla del teléfono, fijándome en que eran casi las nueve. Los celos se me mezclaron con la preocupación. ¿Dónde se había metido?

—No te preocupes. Estaba viendo la tele.

—Siento no haber oído tu llamada de anoche. Ya sé que esto es avisar con poca antelación, pero quería saber si te apetecería ir a un concierto de los Six-Ninths el viernes.

—¿Un concierto de qué?

—De los Six-Ninths. ¿No los conoces? Eran *indies* hasta el año pasado. Llevo un tiempo siguiéndolos y enviaron por email la lista con las primeras peticiones, y yo conseguí entradas. El caso es que a todos mis conocidos les gusta el *hip-hop* y el baile pop. No te voy a decir que eres mi último recurso, pero... bueno, eres mi último recurso. Dime que te gusta el rock alternativo.

—Me gusta el rock alternativo. —Sonó un pitido en mi teléfono. Una llamada. Cuando vi que era de Cary, dejé que saltara el buzón de voz. No creía que fuera a estar mucho tiempo hablando con Shawna y podía llamarle después.

—Ya lo sabía yo. —Se rio—. Tengo cuatro entradas si quieres traerte a alguien. ¿Quedamos a las seis? Comemos algo antes. El concierto empieza a las nueve.

Gideon entró justo cuando contesté:

—No faltaré a la cita.

Entró y se quedó en la puerta con la chaqueta colgada de un brazo, el botón superior de la camisa desabrochado y un maletín en la mano. Llevaba puesta la máscara, y no mostró ninguna emoción en absoluto al encontrarme tirada en su sofá, con su camiseta y una copa de vino en su mesa y con su televisión encendida. Me miró de arriba abajo, pero aquellos hermosos ojos ni siquiera pestañearon. De repente me sentí violenta e inoportuna.

—Te llamaré para decirte algo sobre la otra entrada —expliqué a Shawna, sentándome despacio para no mostrar nada—. Gracias por pensar en mí.

—Me alegro mucho de que vengas. Lo vamos a pasar en grande.

Quedamos en hablarnos al día siguiente y colgamos. Mientras tanto, Gideon había dejado el maletín en el suelo y arrojado la chaqueta en el brazo de uno de los sillones dorados que flanqueaban los extremos de la mesa de centro de cristal.

—¿Cuánto tiempo llevas aquí? —preguntó, aflojándose el nudo de la corbata.

REFLEJADA EN TI · 129

Yo me levanté. Tenía las palmas húmedas sólo de pensar en que pudiera echarme.

—No mucho.

—¿Cenaste?

Negué con la cabeza. No había comido mucho en todo el día. Había sobrevivido a la sesión con Parker gracias a un bebida proteica que me había comprado a la hora del almuerzo.

—Pide algo. —Pasó a mi lado camino del pasillo—. Los menús están en el cajón de la cocina, junto a la nevera. Me voy a dar una ducha rápida.

—¿Tú quieres algo? —pregunté a aquella espalda que se alejaba.

No se paró a mirarme.

—Sí, yo tampoco he cenado.

Finalmente me había decidido por una *delicatessen* que presumía de tener una sopa orgánica de tomate y barras de pan recién hechas... —figurándome que mi estómago quizá podría con eso— cuando volvió a sonar mi teléfono.

—Hola, Cary —contesté, deseando que ojalá estuviera en casa en lugar estar a punto de presenciar una dolorosa ruptura.

—Hola, Cross estuvo aquí hace poco, estaba buscándote. Le dije que se fuera al infierno y que se quedara allí.

—Cary —suspiré. No podía culparlo; yo habría hecho lo mismo por él—. Gracias por decírmelo.

—¿Dónde estás?

—En su casa, esperándolo. Acaba de llegar. Probablemente estaré de vuelta en casa más temprano que tarde.

—¿Vas a deshacerte de él?

—Creo que eso está en el orden del día.

Exhaló ruidosamente.

—Sé que no estás preparada, pero es por tu bien. Deberías llamar al doctor Travis cuanto antes. Cuéntaselo. Él te ayudará a poner las cosas en perspectiva.

Tuve que tragar saliva para que me pasara el nudo que tenía en la garganta.

—Yo... Sí. Tal vez.

—¿Estás bien?

—Terminar cara a cara es más digno. Ya es algo.

Gideon me quitó el teléfono de la mano.

—Adiós, Cary —dijo, luego me apagó el teléfono y lo dejó en la mesa. Tenía el pelo húmedo y se había puesto un pantalón de pijama que llevaba caído en las caderas. Verlo me impactó mucho y me recordó todo lo que me disponía a perder, la espera y el deseo con la respiración entrecortada, la comodidad y la intimidad, la efímera sensación de que todo era como tenía que ser y que hacía que todo mereciera la pena.

—¿Con quién quedaste?

—¿Eh? Ah, con Shawna, la cuñada de Mark. Tiene entradas para un concierto el viernes.

—¿Decidiste ya qué quieres cenar?

Afirmé con la cabeza, tirándome del dobladillo de la camiseta, que me llegaba a los muslos, porque me sentía cohibida.

—Sírveme una copa de lo mismo que estés tomando tú. —Me rodeó y cogió el menú que había dejado encima de la mesa—. Pediré yo. ¿Qué quieres?

Me sentí aliviada al tener que acercarme al armario donde estaban las copas.

—Sopa y pan tostado.

Mientras descorchaba una botella de Merlot que había en el mostrador, lo oí llamar a la tienda y hablar con esa voz firme y áspera que tenía y de la que me enamoré desde el primer momento que la oí. Pidió sopa de tomate y tallarines con pollo, lo que me hizo sentir una dolorosa tensión en el pecho. Sin que nadie se lo dijera, había pedido lo que yo quería. Era otra de las muchas serendipias que siempre me habían hecho sentir que estábamos destinados a terminar en el mismo sitio, juntos, si es que conseguíamos llegar ahí.

Le pasé la copa que le había servido y lo observé mientras se tomaba un sorbo. Parecía cansado, y me pregunté si se habría pasado la noche en vela como yo.

Bajó el vaso y se lamió el rastro de vino que lo había quedado en los labios.

—Fui a buscarte a tu casa. Supongo que Cary te lo dijo.

Me toqué ahí donde tenía el profundo dolor en el pecho.

—Siento... todo esto y... —Señalé lo que llevaba puesto—. Maldita sea. No lo planeé para que saliera así.

Se apoyó en el mostrador y cruzó un tobillo sobre el otro.

—Continúa.

—Pensé que estarías en casa. Tendría que haber llamado primero. Puesto que no estabas, tendría que haber esperado a otra ocasión en lugar de ponerme cómoda. —Me froté los ojos, que me escocían—. Estoy... confusa sobre lo que está pasando. No pienso con lucidez.

Expandió el pecho al respirar profundamente.

—Si estás esperando a que yo rompa contigo, ya puedes dejar de esperar.

Me agarré a la isla de la cocina para no caerme. *¿Ya está? ¿Éste es el final?*

—No puedo hacerlo —dijo con voz cansina—. Ni siquiera sabría decir si te dejaré marchar, si ésa es la razón por la que estás aquí.

¿Qué? Fruncí el ceño, perpleja.

—Dejaste la llave en mi casa.

—Quiero que me la devuelvas.

—Gideon. —Cerré los ojos y las lágrimas me resbalaban por las mejillas—. Eres imbécil.

Me di la vuelta y me dirigí a mi dormitorio con un ligero tambaleo que nada tenía que ver con la pequeña cantidad de vino que había bebido.

Casi no había llegado a la puerta de mi habitación cuando él me agarró del codo.

—No entraré ahí contigo —dijo con brusquedad, inclinando la cabeza hacia mi oído—. Te lo prometo. Pero te pido que te quedes y hables conmigo. Escúchame al menos. Has venido hasta aquí...

—Tengo algo para ti. —Me era muy difícil hacer que las palabras me atravesaran la garganta.

Me soltó y me apresuré a coger mi bolso. Cuando lo tuve otra vez de frente, le pregunté:

—¿Estabas rompiendo conmigo cuando me dejaste la llave en la encimera?

Ocupó la entrada. Extendió las manos por encima de los hombros, blancos los nudillos de la fuerza con la que agarraba la jamba, como si estuviera reprimiéndose físicamente para no venir detrás de mí. Aquella postura mostraba su cuerpo maravillosamente, se le definían todos los músculos, permitiendo que la cinturilla fruncida con cordón de sus pantalones le quedara justo encima de los huesos de la cadera. Le deseaba con todas mis fuerzas.

—No estaba pensando con tanta antelación —reconoció—. Sólo quería que estuvieras segura.

Apreté con más fuerza el objeto que tenía en la mano.

—Me hiciste polvo, Gideon. No tienes ni idea de lo que supuso para mí ver la llave allí, del daño que me hizo. Ni idea.

Cerró los ojos e inclinó la cabeza.

—No pensaba con claridad. Creí que hacía bien.

—A la mierda. A la mierda con tu puñetera caballerosidad o lo que coño lo considerases tú. No vuelvas a hacerlo —mi voz se hizo más aguda—. Estoy hablando en serio, más en serio que nunca: si me devuelves las llaves otra vez, habremos terminado. No hay vuelta de hoja, ¿comprendes?

—Yo sí, pero no estoy seguro de que lo comprendas tú.

Solté el aliento temblorosamente. Me aproximé a él.

—Dame la mano.

Tenía la mano izquierda apoyada en la jamba, pero me tendió la derecha.

—Yo nunca te di la llave de mi casa; sencillamente la tomaste. —Sostuve su mano entre las mías y deposité mi regalo en la palma—. Ahora te la estoy dando yo.

Lo solté y retrocedí, observando cómo miraba la reluciente anilla con el monograma a la que estaba unida la llave de mi apartamento. Fue la mejor manera que se me ocurrió de demostrarle que le pertenecía y que yo se la había dado libremente.

Cerró el puño con mi regalo dentro. Después de un ratito, levantó la vista hacia mí y descubrí las lágrimas que le mojaban la cara.

—No —le susurré, completamente. Le cogí la cara entre las manos y con los pulgares le acaricié las mejillas—, por favor, no...

Gideon me levantó la cabeza y apretó sus labios contra los míos.

—No sé cómo alejarme.

—Shh...

—Te haré sufrir. Ya lo estoy haciendo. Tú te mereces algo mejor.

—Calla, Gideon. —Me encaramé a su cintura y le envolví con las piernas para sujetarme.

—Cary me contó cómo estabas... —Comenzó a temblar violentamente—. No ves lo que te estoy haciendo. Estoy destrozándote, Eva.

—Eso no es cierto.

Se arrodilló en el suelo y me estrechó enérgicamente.

—Te he tendido una trampa con esto. Ahora no lo ves, pero lo sabías desde el principio: sabías lo que te haría, pero yo no te dejé escapar.

—No voy a escapar nunca. Tú me has hecho más fuerte y me proporcionaste la razón para intentarlo por todos los medios.

—Dios mío. —Tenía una expresión de angustia en los ojos. Se sentó, estirando las piernas y acercándome más a él—. Estamos jodidos, y yo lo he hecho todo mal. Vamos a matarnos el uno al otro. Nos haremos pedazos mutuamente hasta que no quede nada de nosotros.

—Calla. No quiero oír más tonterías de ésas. ¿Fuiste al doctor Petersen?

Dejó caer la cabeza contra la pared y cerró los ojos.

—Sí, maldita sea.

—¿Le contaste lo de anoche?

—Sí. —Apretó las mandíbulas—. Y dijo las mismas cosas con las que empezó la semana pasada. Que estamos demasiado involucrados y que vamos a ahogarnos recíprocamente. Opina que necesitamos un poco de distancia, relacionarnos platónicamente, dormir separados, y pasar más tiempo con otras personas y menos nosotros solos.

Yo pensé que eso sería lo mejor. Mejor para nuestra salud mental, mejor para nuestras perspectivas.

—Espero que tenga un plan B.

Gideon abrió los ojos y me miró con el ceño fruncido.

—Eso es lo que yo dije. Otra vez.

—Así que estamos jodidos. En todas las relaciones hay problemas.

Gideon dio un bufido.

—En serio —insistí.

—*Vamos* a dormir separados. Eso es ir demasiado lejos.

—¿En camas separadas o en apartamentos distintos?

—Camas. Hasta ahí puedo soportar.

—Está bien. —Suspiré y apoyé la cabeza en su hombro, agradecida por tenerle en mis brazos de nuevo y de que estuviéramos juntos—. Yo puedo cumplirlo. De momento.

A él le costaba trabajo tragar saliva.

—Cuando llegué a casa y te encontré aquí —sus brazos se cerraron a mi alrededor—, creí que Cary mentía respecto a que no estabas, que sólo era que no querías verme. Pensé que estarías fuera... siguiendo adelante con tu vida.

—No es tan fácil prescindir de ti, Gideon. —No podía imaginarme prescindiendo jamás de él. Estaba en mi sangre. Me enderecé para verle la cara.

Se puso la mano en el corazón, la mano de la llave.

—Gracias por esto.

—No la pierdas —le advertí.

—No te arrepientas de habérmela dado. —Puso su frente sobre la mía. Sentí la calidez de su aliento en mi piel y me pareció que había susurrado algo, pero, si lo hizo, no le entendí.

No importaba. Estábamos juntos. Después de un día largo y horroroso, ninguna otra cosa importaba.

8

EL RUIDO QUE hizo la puerta del dormitorio al abrirse terminó con mi intrascendente sueño, aunque fue el delicioso aroma del café lo que me despertó realmente. Me estiré, pero seguí con los ojos cerrados, disfrutando de él por anticipado.

Gideon se sentó en el borde de la cama y empezó a pasarme los dedos por las mejillas.

—¿Qué tal dormiste?

—Te eché de menos. ¿Es para mí ese café que estoy oliendo?

—Sí, si eres buena.

Abrí los ojos de repente.

—¡Pero si te gusta que sea mala!

Aquella sonrisa suya me trastornaba. Llevaba puesto un traje increíblemente sexy y tenía mejor aspecto esa mañana que la noche anterior.

—Me gusta que seas mala sólo *conmigo*. Cuéntame lo del concierto del viernes.

—Toca un grupo que se llama Six-Ninths. Es lo único que sé. ¿Quieres ir?

—No se trata de si yo quiero ir o no. Si tú vas, yo también.

Hice un gesto de perplejidad levantando las cejas.

—¡No me digas! ¿Y qué pasaría si no te hubiera preguntado?

Me cogió la mano y se puso a juguetear delicadamente con mi anillo de compromiso dándole vueltas alrededor del dedo.

—Pues que tú tampoco irías.

—¿Cómo dices? —Me eché el pelo hacia atrás. Al observar la expresión de firmeza que tenía en su atractivo rostro, me incorporé—. Dame ese café. Quiero que la cafeína me cargue las pilas para darte lo que te mereces.

Gideon hizo una mueca y me entregó la taza.

—No me mires así —le dije en tono de advertencia—. Fuera de broma, no me gusta nada oírte decir que no puedo ir a algún sitio.

—Estamos hablando en concreto de un concierto de rock, y no te digo que no vayas, sólo que no puedes ir sin mí. Lamento que no te guste, pero así son las cosas.

—¿Quién ha dicho que vaya a ser rock? Puede que sea música clásica o celta o pop...

—Los Six-Ninths tienen contrato con Vidal Records.

—Ah, ya. —Vidal Records estaba dirigida por Christopher Vidal sénior, el padrastro de Gideon, pero él tenía participación mayoritaria en la empresa. Yo me preguntaba cómo había llegado a tomar parte en el negocio de la familia de su padrastro. Supuse que, cualquiera que hubiera sido la razón, era la misma por la que Christopher junior, su medio hermano, le odiaba profundamente.

—Yo he visto vídeos de sus conciertos *indies* —me explicó con sequedad—, y no voy a permitir que corras riesgos entre semejantes multitudes.

Tomé un buen sorbo de café.

—Lo comprendo, pero no puedes dedicarte a mangonearme.

—¿Que no puedo? Shh... —me puso un dedo en los labios—. No discutas, que no soy ningún tirano. De vez en cuando quizás me surja alguna inquietud, y tú serás lo suficientemente sensata como para aceptarla.

Le aparté la mano de un empujón.

—¿Entendiendo por «sensata» que tengo que hacer lo que tú decidas que es lo mejor?

—Por supuesto

—Eso es una mierda.

Él se puso de pie.

—No vamos a discutir por una situación hipotética. Tú me pediste que fuera contigo al concierto del viernes y te contesté que sí. No hay nada que aclarar.

Dejé la taza de café en la mesilla, eché hacia atrás la ropa con los pies y salí de la cama.

—Gideon, yo necesito poder vivir mi vida, seguir siendo *yo misma* o esto no funcionará.

—También yo necesito ser yo mismo. Y no tengo por qué transigir siempre.

Aquello me llegó al alma. No le faltaba razón: yo tenía derecho a esperar que él me dejara espacio vital, pero él tenía derecho a que se le comprendiese como el hombre que era. Yo tendría que hacer concesiones teniendo en cuenta sus reacciones emocionales.

—¿Y si una noche quiero ir de discotecas con mis amigas?

Me cogió la cara entre las manos y me besó en la frente.

—Puedes llevarte la limusina y limitarte a los locales de mi propiedad.

—¿Para que tu personal de seguridad me espíe?

—Para que te vigile —me corrigió, pasando los labios por encima de mis cejas—. ¿Es eso tan terrible, cielo? ¿Resulta tan imperdonable que me fastidie apartar los ojos de ti?

—No tergiverses las cosas.

Me inclinó la cabeza hacia atrás y me dirigió una mirada resuelta e inflexible.

—Tienes que entender que aunque cojas la limusina y vayas sólo a mis discotecas, yo me volveré loco mientras no vuelvas a casa. Y si a ti te vuelven un poco loca mis precauciones respecto a tu seguridad, ¿no te parece que eso forma parte del «toma y da»?

Solté un gruñido

—¿Cómo consigues que algo desatinado parezca razonable?

—Es un don.

Le agarré con ambas manos su macizo y espléndido culo y apreté.

—Necesito más café para enfrentarme a ese don tuyo, campeón.

SE había convertido en una costumbre que Mark, Steven (su compañero) y yo saliéramos a comer juntos los miércoles. Cuando llegué con Mark al pequeño restaurante italiano que él había elegido y vi a Shawna esperando con Steven, me emocioné de verdad. Mark y yo teníamos una relación muy profesional, pero de algún modo habíamos conseguido que trascendiera a lo personal y significaba mucho para mí.

—Qué envidia me da tu bronceado —me dijo Shawna, que estaba monísima con ropa informal: vaqueros, camiseta sin mangas y un vaporoso fular—, a mí el sol sólo me pone roja y me salen más pecas.

—Pero tienes una melena preciosa de la que presumir —señalé, admirando aquel intenso tono pelirrojo.

Steven se pasó una mano por el pelo, que era exactamente del mismo color que el de su hermana, y sonrió.

—¡Los sacrificios que hay que hacer para estar guapa!

—¡Qué sabrás tú! —Shawna se echó a reír y le dio un empujoncito en el hombro que no consiguió desplazarlo ni un centímetro. Mientras que ella era esbelta como un junco, Steven era grandote y fornido. Sabía por Mark que su compañero se implicaba también manualmente en la empresa de construcción donde trabajaba, lo cual explicaba tanto el tamaño como la aspereza de sus manos.

Entramos en el restaurante y nos acomodaron enseguida gracias a la reserva que había hecho cuando Mark me invitó a comer. Era un local pequeño pero con mucho encanto. La luz entraba a raudales por las enormes cristaleras que iban de suelo a techo, y el aroma de la comida era tan apetitoso que se me hacía la boca agua.

—Estoy deseando que llegue el viernes —dijo Shawna, y sus ojos de un azul suave se iluminaron por el entusiasmo.

—Sí, va a llevarte a *ti* —observó Steven con ironía—, y no a su hermano mayor.

—Esas cosas no te van —replicó ella—, a ti te molestan las aglomeraciones.

—Es cuestión de ir haciéndose sitio.

Shawna dirigió los ojos al techo en un gesto de impaciencia.

—No puedes andar dando codazos por todas partes.

La conversación sobre las aglomeraciones me hizo recordar a Gideon y su vena protectora.

—¿Te importa si llevo al chico con el que salgo —pregunté—, o crees que nos aguaría la fiesta?

—En absoluto. ¿Tiene algún amigo que quiera venir también?

—Shawna. —Era evidente que Mark se había escandalizado y le hablaba en tono de reproche—. ¿Y Doug?

—¿Qué pasa con Doug? No me has dejado terminar. —Se volvió a mí para explicarse—. Doug es mi novio. Está pasando el verano en Sicilia en un curso de cocina. Es chef.

—Qué bien. Me agradan los tipos que saben cocinar.

—Pues sí. —Sonrió, y luego dirigió una mirada fulminante a Mark—. Ya sé que merece la pena conservarlo, así que si tu chico tiene un amigo al que no le importe ocupar el asiento libre sin ninguna posibilidad de ligar, tráelo.

Inmediatamente pensé en Cary y esbocé una sonrisa.

Pero ese mismo día, más tarde, cuando Gideon y yo ya habíamos vuelto a su apartamento, después de pasar un montón de tiempo con nuestros entrenadores personales, cambié de idea. Me levanté del sofá donde había estado intentando, en vano, leer un libro y fui silenciosamente por el pasillo hasta su despacho.

Lo encontré enfrascado en el ordenador, haciendo volar los dedos sobre el teclado. El brillo del monitor y el foco que iluminaba el *collage* de fotos colgado en la pared eran las únicas fuentes de luz, así que quedaba en sombras una gran parte de la habitación. Él estaba sentado en medio de la penumbra, con el torso desnudo, guapísimo y muy dueño de sí mismo. Como siempre cuando trabajaba, se le veía apartado e inalcanzable. Yo experimentaba soledad con sólo mirarle.

La combinación de la distancia física, porque seguía con la regla, y la comprensible decisión de Gideon de que durmiéramos separados, despertaban en mí una profunda inseguridad y me hacían querer aferrarme a él con más empeño y esforzarme para que concentrara su interés en mí.

El hecho de que estuviera trabajando en vez de pasar el tiempo conmigo no debería dolerme (sabía de sobra que tenía muchas cosas que hacer), pero me dolía. Me sentía abandonada y poco querida, lo cual era un indicativo de que estaba recayendo en mis malos hábitos. La sencilla realidad consistía en que Gideon y yo éramos lo mejor y lo peor que nos había ocurrido.

Levantó la vista y me inmovilizó con la mirada. Observé cómo desviaba la atención de su tarea para prestármela a mí.

—¿Te tengo desatendida, ángel? —me preguntó, reclinándose en la silla.

Me sonrojé, deseando que no me adivinase tan bien los pensamientos.

—Siento interrumpirte.

—Lo que tienes que hacer es venir siempre que necesites algo.

—Empujó hacia dentro la balda del teclado, señaló con unos golpecitos el sitio que quedaba vacío en su mesa, justo delante de él, e hizo rodar la silla hacia atrás—. Ven a sentarte aquí.

Un estremecimiento me recorrió todo el cuerpo, y me acerqué a toda prisa, sin molestarme en disimular mi entusiasmo. Me senté sobre la mesa, frente a él, y sonreí abiertamente cuando lo vi adelantar la silla y llenar el espacio entre mis piernas.

Pasó los brazos por encima de mis muslos y me rodeó las caderas, mientras decía:

—Tendría que haberte explicado que estoy tratando de quitarme de encima algunas tareas para que podamos tener libre el fin de semana.

—¿De verdad? —Le pasé los dedos entre el pelo.

—Te quiero toda para mí durante un buen rato. Y de verdad, de verdad que necesito coger contigo durante mucho tiempo. Quizás todo el tiempo. —Cerró los ojos cuando empecé a tocarlo—. Echo de menos estar dentro de ti.

—Tú siempre estás dentro de mí —le susurré.

Su boca se curvó en una sonrisa lenta y pícara, y abrió los ojos.

—Estás haciendo que se me ponga dura.

—¿Y cuál es la novedad?

—Todo.

Fruncí el ceño.

—Ya nos ocuparemos de eso —dijo—. De momento, dime a qué has venido.

Titubeé, todavía concentrada en su críptico comentario.

—Eva. —El tono enérgico que usó me hizo espabilar—. ¿Necesitas algo?

—Un ligue para Shawna. Bueno... no realmente un ligue. Shawna tiene novio, pero está fuera del país. Estaría bien que fuéramos dos parejas.

—¿No quieres pedírselo a Cary?

—En un principio pensé en el, pero Shawna es amiga *mía*. Se me ocurrió que tal vez te gustara traer a alguien que *tú* conozcas. Ya sabes, para igualar fuerzas.

—Está bien, veré quién está libre.

En ese momento me di cuenta de que realmente no esperaba que me hiciera caso.

En mi cara debían de traslucirse algunas de mis cavilaciones, porque me preguntó:

—¿Hay algo más?

—Yo... —¿Cómo podía yo decirle lo que estaba pensando sin quedar como una imbécil—. No, nada.

—Eva —su voz sonó adusta—, dímelo.

—Es una estupidez.

—No te lo estoy pidiendo.

Un hormigueo me recorrió las venas, como me ocurría siempre que él hablaba en aquel tono autoritario.

—Yo creía que hacías vida social sólo por cuestión de negocios y que te tirabas a algunas mujeres ocasionalmente.

Me resultó difícil decir la última parte. Por muy patético que fuera sentir celos de las mujeres de su pasado, no podía evitarlo.

—¿Creías que no tenía amigos? —me preguntó, claramente divertido.

—Nunca me has presentado a ninguno —le contesté con un poco de resentimiento, toqueteando al mismo tiempo el dobladillo de la camiseta.

—¡Ah! —Eso le hizo todavía más gracia, y le brillaban los ojos de la risa—. Tú eres mi secretito sexy. Habrá que preguntarse en qué estaría yo pensando cuando me aseguré de que nos tomaran una foto besándonos en público.

—Bueno. —Se me fueron los ojos hasta el *collage* de la pared, donde podía verse aquella foto, una imagen que había circulado por todos los blogs de chismes durante varios días—. Diciéndolo así...

Gideon soltó una carcajada, y aquel sonido se expandió por mi cuerpo en una cálida ráfaga de placer.

—Te he presentado a unos cuantos amigos cuando hemos salido por ahí.

—Pues yo pensaba que todos a los que había conocido en los acontecimientos a los que hemos asistido eran colegas profesionales.

—Pero guardarte toda para mí no es una mala idea.

Le lancé una rápida mirada y volví a plantear el mismo tema que cuando discutimos si yo iría a Las Vegas en vez de a Phoenix.

—¿Por qué no puedes ser *tú* el que se tumbe desnudo esperando a que se lo tiren?

—¿Y qué tiene eso de divertido?

Lo empujé por los hombros y él me llevó hasta sus rodillas, riendo.

No podía creer que estuviera de tan buen humor y me preguntaba qué se lo habría provocado. Eché una ojeada a la pantalla y lo único que vi fue una hoja de cálculo que me dejó bizca y un correo electrónico a medio escribir. Pero había algo distinto en él. Y me gustaba.

—Sería muy placentero estar tumbado —murmuró, con los labios en mi cuello— y duro para que tú me montaras cuando te apeteciera.

El sexo se me contrajo al visualizar la escena mentalmente.

—Me estás poniendo caliente.

—Muy bien; así me gustas a mí.

—O sea, que si mi fantasía consiste en que tú me proporciones servicios de semental las veinticuatro horas del día...

—A mí me parece la realidad.

Le di un mordisquito en la mandíbula, y él emitió un gruñido.

—¿Quieres sexo duro, ángel?

—Quiero saber qué fantasía tienes tú.

Gideon me colocó perpendicularmente a sus rodillas.

—Tú.

—Más te vale.

Esbozó una sonrisita.

—En un columpio.

—¿Qué?

—Un columpio sexual, Eva. Tu precioso culo en el asiento, los pies en unos estribos, las piernas bien abiertas y tu perfecto coño húmedo y esperándome —empezó a darme tentadores masajes circulares al final de la espalda—, completamente a mi merced, incapaz de hacer nada que no sea recibir todo el semen que yo pueda darte. Te encantaría.

Lo imaginé de pie entre mis piernas, desnudo y reluciente por el sudor, sacando bíceps y pectorales al balancearme, deslizando dentro y fuera de mí su hermosa verga.

—Me quieres indefensa.

—Te quiero preparada. Y no por fuera. Estoy buscando la forma de entrar.

—Gideon...

—Nunca iré más allá de lo que tú puedas soportar —prometió, con un brillo de vehemencia en los ojos visible incluso con la tenue iluminación—, pero te llevaré al límite.

Yo me revolví, a la vez excitada e inquieta ante la idea de darle tanta ventaja.

—¿Por qué?

—Porque tú quieres ser mía y yo quiero poseerte. Ya llegaremos. Metió una mano bajo mi camiseta y me cubrió un pecho; con los dedos tiraba del pezón y lo friccionaba, electrizando todo mi cuerpo.

—¿Has hecho eso antes? —le pregunté ansiosamente—, ¿lo del columpio?

Su expresión se hizo hermética.

—No hagas ese tipo de preguntas.

¡Oh, Dios mío!

—Yo sólo...

Selló mis labios con los suyos y me mordisqueó el inferior. Luego, me introdujo la lengua en la boca, sujetándome justo donde quería tenerme y agarrándome del pelo. El dominio del acto era innegable. El deseo se apoderó de mí, una necesidad de él contra la que no podía luchar y que no me era posible controlar. Gemí, sintiendo un dolor en el pecho de pensar que él invirtiera tanto tiempo y esfuerzo para obtener placer de otra persona.

Gideon puso la mano entre mis piernas y me aprisionó el sexo. Yo di un respingo, sorprendida por la agresión. Emitió un leve sonido tranquilizador y comenzó a acariciarme esa carne tan sensible con la consumada habilidad a la que yo me había hecho adicta.

Interrumpió el beso, me arqueó la espalda con un brazo y así hizo llegar mi busto hasta su boca. Mordió el pezón a través del tejido de algodón; luego, rodeó con los labios el dolorido extremo y succionó con tanta fuerza que repercutió en lo más profundo de mi ser.

Me sentía cercada, y el deseo que me dominaba provocaba cortocircuitos en mi cerebro. Introdujo los dedos bajo el borde de las bragas para llegar al clítoris: el contacto de la carne con la carne, justo lo que yo necesitaba. *Gideon.*

Levantó la cabeza y me miró con oscuros ojos mientras me hacía venirme para él. Grité cuando llegó la oleada de estremecimientos, la liberación de la ansiedad después de varios días de privación, casi demasiada para poder soportarla. Pero él no lo dejó ahí. Siguió acariciándome el sexo hasta que me vine otra vez, hasta que unos violentos espasmos sacudieron mi cuerpo y cerré las piernas con todas mis fuerzas para acabar con aquel embate.

Cuando retiró la mano, me quedé desfallecida, laxa y jadeante. Me encogí pegada a él, con la cara en su garganta y los brazos alrededor del cuello. Parecía que el corazón se me había agrandado. Todo lo que experimentaba por aquel hombre, todo el tormento y el amor, me abrumaban. Me aferré a él, tratando de estar aún más cerca.

—Shh. —Me abrazó bien fuerte, estrechándome hasta que se me hacía difícil respirar—. Lo cuestionas todo y te vuelves loca.

—Esto me disgusta —le susurré—. No debería necesitarte tanto. No es sano.

—Ahí es donde te equivocas —el corazón le latía vigorosamente bajo mi oreja—, y yo asumo la responsabilidad. He tomado las riendas para algunas cosas y te las he dado a ti para otras. Eso te ha dejado confusa y preocupada. Lo siento, ángel. Será más fácil seguir adelante.

Me incliné hacia atrás para verle la cara. Se me cortó la respiración cuando nuestros ojos se encontraron y él me devolvió una mirada impasible. Entonces comprendí la diferencia: él poseía una serenidad inquebrantable, sólida. Eso hizo que algo se asentara dentro de mí también. El ritmo de mi respiración se ralentizó; mi ansiedad disminuyó.

—Eso está mejor. —Me besó en la frente—. Iba a esperar hasta el fin de semana para hablar de esto, pero ahora es un buen momento. Tenemos que llegar a un acuerdo y, una vez establecido, no hay vuelta atrás. ¿Comprendes?

Tragué saliva.

—Lo intento.

—Tú ya sabes cómo soy. Me has visto en los peores momentos. Anoche, dijiste que me querías de todos modos. —Esperó a que yo asintiera—. Y yo la cagué. No confiaba en que tomaras esa decisión por ti misma y debería haberlo hecho. Porque yo he sido demasiado cauto. Eva. Me asusta tu pasado.

La idea de que Nathan indirectamente apartara de mí a Gideon me resultaba tan dolorosa que me encogí todavía más, acercando las rodillas al pecho.

—No le atribuyas ese poder.

—No lo haré, pero tienes que darte cuenta de que hay más de una respuesta para todo. ¿Quién dice que tú me necesitas demasiado? ¿Quién dice que esa necesidad no es sana? Tú no. No eres feliz porque te frenas a ti misma.

—Los hombres no...

—A la mierda con eso. Ninguno de los dos somos típicos. *Y eso está bien.* No hagas caso a la voz que tienes en la cabeza y que te está fastidiando. Confía en mí para saber lo que necesitas, aun cuando creas que estoy equivocado. Y yo confiaré en tu decisión de estar conmigo a pesar de mis defectos. ¿Sí?

Me mordí el labio inferior para disimular el temblor y dije que sí con la cabeza.

—No pareces convencida —me dijo suavemente.

—Tengo miedo de perderme en ti, Gideon. Me asusta verme privada de esa parte de mí que tanto me costó recuperar.

—No permitiré que eso ocurra nunca —me prometió con vehemencia—. Lo que yo quiero para los dos es que nos sintamos seguros. Lo que tú y yo tenemos en común no debería agotarnos de este modo, sino ser la única cosa sólida como una roca con la que ambos podamos contar.

Empezaron a escocerme los ojos por las lágrimas incipientes.

—Yo quiero eso —murmuré—. Me interesa muchísimo.

—Y yo voy a dártelo, ángel. —Gideon inclinó su morena cabeza y rozó sus labios con los míos—. Voy a dárnoslo a los dos. Y tú me lo vas a permitir.

—Parece que las cosas van mejor esta semana —dijo el doctor Petersen cuando llegamos Gideon y yo a nuestra sesión de terapia del jueves por la tarde.

Ésa vez nos sentamos el uno cerca del otro, con las manos enlazadas. Gideon me acariciaba los nudillos con el pulgar, y yo lo miré y sonreí, notando que el contacto me calmaba.

El doctor Petersen quitó la funda protectora de su tableta y se acomodó en el asiento.

—¿Hay algo en particular de lo que quieran hablar?

—El martes fue un día duro —respondí yo sin levantar mucho la voz.

—Me lo imagino. Hablemos, entonces, del lunes. ¿Eva, puedes decirme qué pasó?

Le conté que me desperté en medio de una pesadilla de las mías y me encontré con otra de Gideon. Hice un repaso de aquella noche y del día siguiente.

—¿Así que ahora duermen separados? —preguntó el doctor Petersen.

—Sí.

—Tus pesadillas —levantó los ojos hacia mí—, ¿con cuánta frecuencia se producen?

—Pocas veces. Antes de salir con Gideon, hacía casi dos años que no tenía ninguna. —Lo contemplé mientras dejaba el lápiz electrónico sobre la mesa y se ponía a teclear rápidamente. Tenía una expresión sombría y eso me provocaba ansiedad—. Yo lo amo —solté de repente.

Gideon, a mi lado, se puso tenso.

El doctor Petersen alzó la cabeza y me observó. Echó un vistazo a Gideon, y luego otra vez a mí.

—No tengo ninguna duda. ¿Qué te ha hecho decir eso, Eva?

Me encogí de hombros, un poco violenta y consciente de que Gideon tenía la vista fija en mi perfil.

—Busca su aprobación —dijo Gideon en un tono grave.

Sus palabras me hicieron el efecto de un papel de lija frotado en la piel.

—¿Es eso cierto? —me preguntó el doctor Petersen.

—No.

—¿Cómo que no? —La aspereza en la voz de Gideon era palpable.

—Que no es cierto —sostuve, aunque había necesitado que él lo pronunciara en voz alta para que yo lo comprendiera—. Yo sólo... es la pura verdad. Es lo que siento.

Miré al doctor Petersen.

—Tenemos que hacer que esto funcione. *Vamos* a hacer que esto funcione —recalqué—. Sólo necesito saber que vamos en la misma dirección. Necesito saber que entiende que hay que descartar el fracaso.

—Eva —sonrió, comprensivo—, tú y Gideon tienen mucho en que trabajar, pero por supuesto que no es insuperable.

Suspiré con alivio.

—Lo amo —dije otra vez, con un contundente gesto de la cabeza.

Gideon se puso en pie, apretándome la mano enérgicamente.

—¿Nos disculpa un momento, doctor?

Confusa y un poco inquieta, me levanté y lo seguí hacia la zona de recepción, que estaba vacía. La recepcionista del doctor Petersen ya se había ido a casa, y nosotros éramos los últimos clientes del día. Yo sabía por mi madre que las citas por la tarde eran más caras, así que le agradecía mucho a Gideon que estuviera dispuesto a pagarlas, y no una vez por semana, sino dos.

La puerta se cerró a nuestra espalda, y yo me dirigí a Gideon:

—Te juro que no es...

—Shh. —Me cogió la cara entre las manos y me besó, moviendo la boca sobre la mía suave pero ansiosamente. Sorprendida, no tardé ni un segundo en meter las manos debajo de su chaqueta y abrazarlo por la delgada cintura. Cuando su lengua acarició profundamente el interior de la mía, dejé escapar un leve gemido.

Se apartó y lo miré. Vi al mismo hombre de negocios guapísimo con traje oscuro que había visto el día que lo conocí, pero en sus ojos...

Me escocía la garganta.

La fuerza, la intensidad abrasadora, el deseo, la necesidad. Con las yemas de los dedos me tocaba las sienes, las mejillas, la garganta. Me alzó la mandíbula y presionó mis labios delicadamente con los suyos. No dijo nada, pero no era necesario. Yo había comprendido.

Entrelazamos los dedos y me condujo adentro de nuevo.

9

Pasé a toda prisa las puertas de torniquete del Crossfire y sonreí en cuanto vi a Cary esperándome en el vestíbulo.

—¡Hola, chico! —lo saludé, impresionada por cómo se las arreglaba para que unos jeans gastados y una camiseta con cuello de pico parecieran caros.

—¡Hola, desconocida! —Nos tomamos de la mano y salimos del edificio por la puerta lateral—. Se te ve contenta.

El calor del mediodía me dio de golpe, como si me hubiera chocado contra una barrera.

—¡Uf! Hace un calor infernal. Vamos a picar algo por aquí cerca. ¿Qué tal unos tacos?

—De puta madre.

Lo llevé al pequeño restaurante mexicano que había conocido yo gracias a Megumi, y traté de que no se diera cuenta de lo culpable que me había hecho sentir su saludo. Llevaba unos días sin ir a casa y Gi-

deon estaba preparando un viaje para el fin de semana, lo cual significaba otros cuantos días sin estar con Cary. Fue un alivio que aceptara
quedar conmigo para comer. No quería que pasara mucho tiempo
sin estar en contacto con él y asegurarme de que se encontraba perfectamente.

—¿Algún plan para esta noche? —le pegunté, después de pedir la
comida para los dos.

—Uno de los fotógrafos con los que he trabajado da una fiesta de
cumpleaños. Creo que voy a pasar por allí a ver cómo está la cosa. —Se
balanceaba sobre los tacones mientras esperábamos los tacos y unos
margaritas sin alcohol—. ¿Sigues pensando en ir con la hermana de tu
jefe? ¿Realmente quieres ir con ella?

—Cuñada —lo corregí—, y tiene entradas para un concierto. Me
dijo que yo era su último recurso, pero, aunque no fuera así, creo que lo
pasaremos bien. Nunca he oído hablar del grupo, así que sólo espero
que no sea una mierda.

—¿Qué grupo es?

—Los Six-Ninths. ¿Los conoces?

Abrió los ojos como platos.

—¿Los Six-Ninths? ¿En serio? Son muy buenos. Te van a gustar.

Cogí las bebidas de la barra y dejé la bandeja con los platos para que
la llevara él.

—Tú los conoces y Shawna es muy fan de ellos. ¿Dónde habré
estado yo?

—Debajo de Cross y su paquete. ¿Va a ir contigo?

—Sí. —Me apresuré a tomar una mesa cuando vi que dos hombres
de negocios se levantaban para salir. No le dije a Cary nada de la opo-
sición de Gideon a que fuera sin él. Sabía que no le gustaría, y me sorprendía a mí misma lo fácilmente que yo había cedido. Normalmente
Cary y yo coincidíamos en cosas como ésa.

—No me imagino a Cross disfrutando del rock alternativo. —Cary se sentó enfrente de mí—. ¿Sabe lo mucho que te gusta *a ti?* ¿Y especialmente los músicos que lo tocan?

Le saqué la lengua.

—No puedo creer que salgas ahora con eso. Es agua pasada.

—¿Y qué? Brett estaba buenísimo. ¿No piensas nunca en él?

—Con vergüenza. —Tomé un taco de carne asada—. Así que procuro no hacerlo.

—Era un buen tipo —dijo Cary antes de darle un enorme sorbetón a un aguanieve con sabor a margarita.

—No digo que no lo fuera, pero no era adecuado para mí. —Sólo de pensar en aquella etapa de mi vida quería que me tragase la tierra. Brett Kline estaba buenísimo y tenía una voz que me ponía húmeda cuando la oía, pero también fue uno de los principales errores de mi sórdida vida amorosa anterior—. Cambiando de tema... ¿Has hablado con Trey últimamente?

La sonrisa de Cary se desvaneció.

—Esta mañana.

Esperé pacientemente. Por fin, dio un suspiro.

—Lo echo de menos. Echo de menos hablar con él. Es condenadamente inteligente, ¿sabes? Igual que tú. Vendrá conmigo a la fiesta de esta noche.

—¿Cómo amigo o como pareja?

—Qué buenos están estos tacos. —Le dio un mordisco a uno de ellos antes de contestar—. Se supone que vamos como amigos, pero tú bien sabes que probablemente lo fastidiaré todo y me lo tiraré. Le pedí que nos reuniéramos allí y después volver a casa desde allí para que no estemos tan solos, pero siempre podemos coger en el cuarto de baño o en un puñetero armario de mantenimiento. Yo no tengo fuerza de voluntad y él no sabe decirme que no.

Su tono de abatimiento me dolió en el alma.

—Sé cómo son esas cosas —le recordé delicadamente. Así había sido

yo una vez. Estaba tan desesperada por sentirme ligada a alguien... —.
¿Por qué no... ya sabes... haces algo al respecto antes? Tal vez sirva de
algo.

En su atractiva cara se dibujó una sonrisa lenta e irónica.

—¿Me lo puedes grabar en el contestador automático?

Le tiré mi servilleta, toda arrugada. Él la recogió, riéndose.

—Mira que puedes ser mojigata algunas veces. Me encanta.

—A mí me encantas *tú*, y quiero que seas feliz.

Se llevó mi mano a los labios y la besó en el dorso.

—En ello estoy, nena.

—Aquí me tienes si me necesitas, aunque no pare en casa.

—Ya lo sé. Me dio un apretón en la mano antes de soltarla.

—La semana que viene voy a andar mucho por allí. Tengo que preparar las cosas para la visita de mi padre. —Mordí un taco y organicé
un pequeño zapateado, entusiasmada con lo delicioso que estaba—.
Quería pedirte que el viernes, como yo tengo que trabajar, si tú estás en
casa, que te ocupes de él. Haré una abundante provisión de la comida
que le gusta y le dejaré algunos planos de la ciudad, pero...

—Tranquila —Cary guiñó el ojo a una rubia muy mona que pasó—,
estará en buenas manos.

—¿Quieres venir con nosotros a algún espectáculo cuando él esté
aquí?

—Eva, cariño, yo siempre me apunto a salir contigo. Sólo tienes que
decirme dónde y cuándo para estar lo más libre posible.

—¡Ah! —mastiqué y tragué rápidamente—, me dijo mamá que el
otro día vio esa jeta tuya tan bonita en el lateral de un autobús.

Cary sonrió.

—Lo sé. Me mandó una foto que tomó con el teléfono. Increíble,
¿verdad?

—Mucho. Tenemos que celebrarlo —dije, robándole la frase que le
caracterizaba.

—¡Venga!

❦

—¡GUAU! —Shawna se detuvo en la acera del complejo de apartamentos donde vivía, en Brooklyn, mirando boquiabierta la limusina que esperaba en la calle—. Tiraron la casa por la ventana.

—Yo no —repliqué discretamente mientras examinaba la ropa que Shawna llevaba puesta: ajustados *shorts* de color rojo y camiseta con estratégicos cortes y el nombre Six-Ninths impreso en ella. Iba con su brillante melena alta y cardada y tenía los labios pintados a juego con los *shorts*. Estaba guapísima y lista para ir de fiesta, y yo me sentí justificada en la elección de ropa que había hecho: falda plisada supercorta de cuero negro, camiseta blanca elástica, sin mangas, y unas Doc Martens de dieciséis agujeros de color cereza.

Gideon, que estaba de espaldas a nosotros hablando con Angus, se dio la vuelta, y yo me quedé tan estupefacta como cuando lo vi después de ducharse y cambiarse. Llevaba jeans negros holgados, una sencilla camiseta negra y fuertes botas negras; no sé cómo, pero aquella combinación tan austera e informal lo hacía muy sexy, y me daban ganas de tirármelo. Con traje se veía Oscuro y Peligroso, pero más todavía cuando se preparaba para un concierto de rock. Parecía más joven, y tan apuesto que se te ponían los dientes largos.

—¡Carajo!, dime que es para mí —me susurró Shawna, sujetándome la muñeca como unas tenazas.

—Oye, tú tienes el tuyo. Éste es mío —y decirlo me produjo una gran excitación. Mío para exigir, para tocar, para besar. Y, luego, para coger hasta el agotamiento. *Oh, sí...*

Ella se echó a reír cuando me vio balancearme de puntillas ante aquella perspectiva.

—Bueno, me calmaré para hacer las presentaciones.

Hice los honores y esperé a que ella entrase antes en la limusina. Estaba a punto de subir tras ella cuando sentí la mano de Gideon debajo de la falda apretándome el trasero. Se pegó a mi espalda y me dijo al oído:

—Oye, ángel, asegúrate de que estoy yo detrás de ti cuando te inclines hacia delante o tendré que darte unos azotes en ese culo tan bonito que tienes.

Volví la cabeza y apoyé la mejilla contra la suya.

—Ya no tengo la regla.

Él lanzó un gruñido a la vez que me pellizcaba las caderas con las yemas de los dedos.

—¿Por qué no me lo dijiste antes?

—Demora de la gratificación, campeón —le contesté, usando una frase con la que él me había atormentado una vez. Cuando me dejé caer en el asiento al lado de Shawna, seguía riéndome de la palabrota que había soltado Gideon.

Angus se sentó al volante, nos pusimos en marcha y abrimos una botella de Armand de Brignac por el camino. Cuando llegamos a Tableau One, un nuevo restaurante de fusión con una serie de platos de comida saludable y del que salía hasta la calle una música muy potente, la combinación del champaña y la ardiente mirada de Gideon a la longitud casi indecente de la falda hacía que me sintiera mareada.

Shawna se inclinó hacia delante en el asiento y miraba con los ojos muy abiertos a través de las ventanillas tintadas.

—Doug intentó reservar aquí antes de marcharse, pero la lista de espera es de dos meses. Puedes presentarte sin más, pero a veces hay que esperar varias horas y no hay garantía de que llegues a sentarte.

La puerta de la limusina se abrió y Angus la ayudó a salir primero a ella y luego a mí. Gideon se unió a nosotras y me cogió del brazo como si fuéramos vestidos de gala y no para asistir a un concierto de rock. En cuanto entramos tuvimos escolta; el gerente era tan cordial y tan efusivo, que yo miré a Gideon y le pregunté sólo moviendo los labios: *¿Uno de los tuyos?*

—Sí, soy socio.

Di un suspiro, resignada a lo inevitable.

—¿Tu amigo va a reunirse con nosotros para cenar?

Gideon asintió con un gesto de la cabeza.

—Ya está aquí.

Le seguí la mirada hasta un hombre bien parecido con jeans azules y camiseta de los Six-Ninths. Estaban fotografiándole con dos mujeres muy guapas a cada lado, y él le brindaba una amplia sonrisa a la persona que sostenía una cámara de un *smartphone*. Saludó a Gideon con la mano y se excusó.

—¡Oh, Dios mío! —Shawna se puso a dar brincos—. ¡Es Arnoldo Ricci! Este restaurante es suyo ¡y tiene un programa en la Food Network!

Gideon me soltó para darse un apretón de manos con Arnoldo y efectuar el ritual de las palmaditas en la espalda típico entre hombres que son buenos amigos.

—Arnoldo, te presento a mi novia, Eva Tramell.

Le tendí la mano, Arnoldo la cogió, me acercó más a él y me besó directamente en la boca.

—Atrás —le espetó Gideon, poniéndome detrás de él.

Arnoldo sonrió, y en sus ojos oscuros podía verse un destello de humor.

—¿Y quién es esta fantástica criatura? —preguntó, volviéndose hacia Shawna y llevándose su mano a los labios.

—Shawna, él será tu acompañante, Arnoldo Ricci, *si* consigue sobrevivir a la cena. —Gideon le dirigió a su amigo una mirada de advertencia—. Arnoldo, Shawna Ellison.

Ella irradiaba entusiasmo.

—Mi novio es un gran admirador tuyo; y yo también. Un día preparó lasaña con tu receta y estaba PA-RA-MO-RIR-SE.

—Gideon me dijo que ahora está en Sicilia —la voz de Arnoldo tenía un acento encantador—. Espero que puedas ir a hacerle una visita.

Miré fijamente a Gideon, con la certeza de que yo no le había dado tanta información sobre el novio de Shawna. Él me devolvió la mirada con una expresión de fingida inocencia y una sonrisita burlona casi imperceptible.

Meneé la cabeza, exasperada, pero no podía negar que aquélla iba a ser una noche que Shawna nunca olvidaría.

La hora siguiente pasó volando en una nebulosa de excelente comida y vino selecto. Yo estaba zampándome un extraordinario *zabaione* con frambuesas cuando pillé a Arnoldo observándome con una sonrisa de oreja a oreja.

—*Bellissima* —dijo, galante—. Siempre es un gozo ver a una mujer con buen apetito.

Me sonrojé, con un poco de vergüenza. No podía evitarlo; me encantaba la comida.

Gideon extendió un brazo por el respaldo de mi silla y se puso a juguetear con el pelo de mi nuca. Con la otra mano se llevó un vaso de vino tinto a la boca y, cuando se pasó la lengua por los labios, *supe* que él en realidad quería saborearme a mí. El aire que había entre nosotros estaba impregnándose de su deseo. Yo había sentido su influjo durante toda la cena.

Metí la mano debajo de la mesa, le sujeté la verga por encima de los pantalones y apreté. Pasó de semidura a pétrea en un instante, pero él no dio ninguna señal visible de su excitación.

No pude evitar tomarlo como un desafío.

Comencé a acariciársela con los dedos en toda su extensión y rigidez, procurando que los movimientos fueran lentos y cuidadosos para que los demás no los notaran. Con gran regodeo por mi parte, Gideon continuó la conversación sin ningún problema y sin cambiar de expresión. Su autocontrol me provocaba, me hacía más atrevida. Busqué los botones de la bragueta, estimulada por la idea de liberar aquel miembro y tocarlo piel con piel.

Gideon tomó otro sorbo pausadamente y luego dejó el vaso en la mesa.

—Sólo tú, Arnoldo —respondió secamente a algo que su amigo había dicho.

Me agarró por la muñeca justo cuando iba a desabrochar el primer botón y se llevó mi mano a los labios, haciendo que su gesto pareciese una espontánea demostración de afecto. El súbito mordisco que me dio en un dedo me pilló por sorpresa y me hizo jadear.

Arnoldo sonrió; era esa sonrisa de complicidad y un poco burlona que un soltero le dirige a otro al que lo ha pescado una mujer. Dijo algo en italiano, y Gideon le contestó, con una pronunciación fluida y sexy y un tono irónico. Arnoldo echó hacia atrás su morena cabeza y soltó una carcajada.

Me removí en mi asiento. Me encantaba ver así a Gideon, relajado y divirtiéndose.

Él miró mi plato de postre vacío y después a mí.

—¿Lista para marcharnos?

—Sí, sí. —Estaba deseando ver cómo discurría el resto de la noche y cuántas facetas más de Gideon descubriría. Porque yo amaba al hombre que era en aquel momento tanto como al poderoso empresario con traje, al amante dominante en la cama, al niño destrozado que no podía esconder las lágrimas y al tierno compañero que me abrazaba cuando lloraba yo.

Gideon era muy complejo, todavía un gran misterio para mí; apenas había escarbado en la superficie de su personalidad. Pero nada me detenía para seguir profundizando.

—¡Son buenos estos chicos! —gritó Shawna cuando el grupo telonero se lanzaba a la quinta canción.

Nosotros nos habíamos levantado de los asientos después de la tercera, abriéndonos paso entre la agitada masa de espectadores hasta la barrera que separaba la zona de butacas de la zona más cercana al escenario. Gideon me rodeó con sus brazos, resguardándome así por ambos lados, y puso las manos en la barrera. El público hacía presión a nuestro alrededor, empujando todo el mundo hacia delante, pero yo estaba protegida por su cuerpo, igual que Shawna, junto a nosotros, lo estaba por el de Arnoldo.

Tenía la seguridad de que Gideon podría haber conseguido unos asientos muchísimo mejores, pero yo no tuve que decirle nada de cómo Shawna había conseguido las entradas sólo para las fans, y el hecho de que *nos* hubiera invitado *ella* significaba que no teníamos alternativa. Me encantó que lo comprendiera y que se dejase llevar por la corriente.

Giré la cabeza para mirarlo.

—¿Este grupo tiene también contrato con Vidal?

—No, pero me gustan.

Que Gideon estuviera disfrutando del concierto me animaba mucho. Levanté los brazos y di gritos, impulsada por la energía de la multitud y el ritmo de la música, y bailé dentro del contorno de sus brazos, empapada de sudor y con la sangre circulando impetuosamente.

Cuando el grupo telonero terminó, los tramoyistas se pusieron manos a la obra inmediatamente desmontando el equipo de los primeros y montando el de los Six-Ninths. Agradecida por aquella noche, por la alegría, por el gustazo de desmadrarme con el hombre que amaba, me volví y eché los brazos al cuello de Gideon, apretando mis labios contra los suyos.

Él me levantó en vilo y me hizo poner las piernas alrededor de su cintura, besándome violentamente. Estaba duro y me estrechaba incitándome a frotarme contra él. La gente que nos rodeaba silbaba y abucheaba, diciéndonos cosas como «búsquense una habitación» o «cógetela, hombre», pero a mí me traía sin cuidado y lo mismo a Gideon, que parecía dejarse llevar tanto como yo por aquel arrebato sensual. Con una mano en mi trasero me restregaba contra su erección mientras que con la otra me agarraba del pelo, sujetándome dónde le convenía, a la vez que me besaba como si no pudiese parar, como si se muriera por mi sabor.

Nuestras bocas abiertas se recorrían con urgencia la una a la otra. Introducía la lengua en movimientos rápidos y profundos, cogiéndome en la boca, haciéndole el amor. Yo lo bebía, lo lamía y lo paladeaba, gimiendo ante su insaciable avidez. Él me succionaba la lengua, deslizando el círculo de sus labios a lo largo de ella. Aquello era demasiado. Yo estaba toda húmeda y ansiosa por su verga, casi desesperada por la necesidad de sentirla llenándome.

—Vas a hacer que me venga —murmuró, y estiró mi labio inferior con sus dientes.

Yo estaba tan fundida con él y su fogosidad que apenas me di cuenta de que los Six-Ninths habían empezado. Fue en el momento en que entró el vocalista cuando volví a la realidad.

Me puse rígida, y mi mente trató de abrirse camino entre la nebulosa de la pasión para procesar lo que estaba oyendo. Yo conocía aquella canción. Abrí los ojos cuando Gideon se echó hacia atrás. Por encima de sus hombros vi carteles escritos a mano que la gente sostenía en el aire.

¡Brett Kline es Mío!, ¡Cógeme, Brett!, y mi favorito: ¡¡¡BRETT, me lo montaría contigo COMO UNA LOCA!!!

Carajo. No podía ser.

Seguro que Cary lo sabía. Lo sabía y no me había advertido. Probablemente pensó que me parecería gracioso si me enteraba por casualidad en vez de a través de él.

Aflojé las piernas en las caderas de Gideon y él me dejó en el suelo, protegiéndome de los frenéticos fans con el escudo de su cuerpo. Volví la cara hacia el escenario y sentí un tremendo hormigueo en el estómago. No me cabía duda, Brett Kline estaba al micrófono, derramando aquella voz profunda, poderosa, endemoniadamente sexy, sobre los miles de personas que habían ido a verlo en acción. Llevaba el pelo corto, de punta y teñido de platino en los extremos. Había vestido su esbelto cuerpo con pantalones cargo color aceituna y una camiseta negra sin mangas. Era imposible verlo desde donde yo me encontraba, pero yo sabía que tenía los ojos de un brillante verde esmeralda y un atractivo rostro de facciones marcadas, y que su impactante sonrisa dejaba ver un hoyuelo que volvía locas a las mujeres.

Hice un esfuerzo por apartar los ojos de él y miré a los otros miembros del grupo. Los reconocí a todos. Tiempo atrás, en San Diego, no se llamaban Six-Ninths, sino Captive Soul y yo me peguntaba qué les habría llevado a cambiarse de nombre.

—Son muy buenos, ¿verdad? —me dijo Gideon con la boca en mi oreja para que pudiera oírle. Tenía una mano apoyada en la barrera y la otra alrededor de mi cintura, manteniéndome bien pegada a él mientras se movía al ritmo de la música. La combinación de su cuerpo con la voz de Brett producía un efecto perturbador en mi ya soliviantado apetito sexual.

Cerré los ojos, concentrándome en el hombre que tenía detrás y en la especial sensación que siempre había experimentado al oír cantar a Brett. La música vibraba en mis venas y me traía recuerdos, unos buenos y otros malos. Me agitaba entre los brazos de Gideon, invadida por la excitación. Era plenamente consciente de su deseo, que emanaba de él como oleadas de calor que se infiltraban en mí y me hacían desearle hasta tal punto que la distancia física entre nosotros me resultaba dolorosa.

Le tomé la mano que había dejado a la altura de mi estómago y la llevé más abajo.

—Eva... —la pasión le ponía la voz ronca. Yo había estado provocándolo toda la noche, desde que le dije que mi menstruación había terminado, pasando por el «trabajo manual» bajo la mesa del restaurante, hasta el ardiente beso del intermedio.

Él me tocó un muslo y apretó.

—Preparada.

Apoyé el pie izquierdo en la parte de abajo de la barrera, dejé reposar la cabeza en su hombro y un instante después ya había metido él la mano debajo de la falda y, con la respiración agitada, me lamía el contorno de la oreja. Lo oí, y lo sentí, dar un gemido al descubrir lo húmeda que estaba.

Una canción se mezclaba con la otra. Gideon me frotaba en la entrepierna, encima de los *culottes*, primero con movimientos circulares y luego verticales. Mis caderas se movían al ritmo de sus caricias, mis entrañas se contraían, le presionaba con el culo la protuberancia de su erección. Iba a correrme allí mismo, al lado de un montón de personas, porque eso conseguía Gideon. Así de locamente me excitaba. Nada importaba cuando ponía las manos en mi carne y toda su atención se concentraba en mí.

—Eso es, ángel. —Separó las bragas con los dedos y me penetró con dos de ellos—. Voy a follarte este coño maravilloso durante días y días.

Con todos aquellos cuerpos apretujándonos, la música retumbando, y la intimidad garantizada solamente por la distracción de la gente, Gideon hundió más los dedos en mi más que húmedo sexo y los dejó allí. Aquella penetración constante y estática me puso desenfrenada. Empecé a mover las caderas en torno a su mano, esforzándome por conseguir el orgasmo que tanto necesitaba.

La canción acabó y las luces se apagaron. Sumida en la oscuridad, la multitud gritaba. Los espectadores iban cargándose de densa expectación hasta que el rasgueo de las guitarras la contuvo. Estallaron los gritos, y las luces de los encendedores empezaron a parpadear, convirtiendo aquel mar de personas en miles de luciérnagas.

Un foco iluminó el escenario, mostrando a Brett sentado en un taburete, sin camiseta y brillante de sudor. Tenía el torso firme y bien definido y los abdominales marcando cada músculo. Ajustó la altura del soporte del micrófono, bajándola un poco, y los *piercings* de sus pezones refulgieron con los movimientos. Las mujeres del público chillaron, incluida Shawna, que se puso a saltar y dio un silbido ensordecedor.

Lo veía del todo. Sentado, con los pies apoyados en los travesaños del taburete y sus musculosos brazos cubiertos de tatuajes negros y grises, Brett estaba tremendamente sexy y daban ganas de tirárselo. Durante seis meses, casi cuatro años atrás, yo me había humillado para tenerlo desnudo siempre que podía, así de encaprichada y desesperada

me encontraba yo por sentirme querida y aceptaba cualquier migaja que
me arrojara.

Gideon comenzó a deslizar los dedos hacia dentro y hacia fuera.
Entró el batería. Brett se puso a cantar una canción que yo no había
oído nunca, con un tono bajo y conmovedor, y la letra clara como el
cristal. Tenía la voz de un ángel caído. Fascinante. Seductora. Y una
cara y un cuerpo apropiados para reforzar la tentación.

Chica rubia. Ahí estás tú.
Yo canto a la multitud, la música suena fuerte.
Estoy viviendo mi sueño, en la cresta de la ola,
pero te veo ahí, con la luz del sol en el pelo,
estoy dispuesto a marchar, desesperado por volar.
Chica rubia. Ahí estás tú.
Bailando para la multitud, la música suena fuerte.
Te quiero tanto que no puedo mirar a otro lado.
Luego, te pondrás de rodillas. Me suplicarás. Por favor.
Y luego te irás, sólo conozco tu cuerpo.

Chica rubia, ¿adónde te has ido?
Ya no estás ahí, con la luz del sol en el pelo.
Yo podía tenerte en el bar o en mi coche, en el asiento de atrás,
pero nunca tuve tu corazón. Estoy deshecho.
Me pondré de rodillas y te suplicaré. Por favor.

Por favor, no te vayas. Hay tantas cosas que quiero saber de ti.
Eva, por favor. Estoy arrodillado.

Chica rubia, ¿adónde te has ido?
Yo canto a la multitud, la música suena fuerte.
Y tú no estás ahí, con la luz del sol en el pelo.
Eva, por favor. Estoy arrodillado.

El foco se apagó. Todavía pasó un buen rato hasta que la música se desvaneció. Volvieron a encenderse las luces y resonó batería. Las llamas dejaron de parpadear y la gente se volvió loca.

Pero yo estaba perdida entre el estruendo que llegaba a mis oídos, la opresión en el pecho y la confusión que me hacía tambalearme.

—Esa canción —murmuró Gideon junto a mi oreja, mientras seguía cogiéndome con los dedos enérgicamente—, me hace pensar en ti.

Puso la palma de la mano en el clítoris y masajeó: tuve un orgasmo clamoroso. Caían lágrimas de mis ojos. Lloré con vehemencia, temblando entre sus brazos. Me agarré a la barrera que tenía delante y dejé que me desbordara aquel placer imparable.

CUANDO terminó el espectáculo, lo único en que podía pensar era en conseguir un teléfono y llamar a Cary. Mientras esperábamos a que la gente fuera saliendo, me apoyé pesadamente en Gideon, buscando ayuda en la fuerza de sus brazos, que seguían rodeándome.

—¿Estás bien? —me preguntó, acariciándome la espalda de arriba abajo.

—Sí, muy bien —mentí. La verdad era que no sabía cómo me sentía. No debería importarme que Brett hubiera escrito una canción en la que diera a entender una versión diferente de lo que tuvimos. Yo estaba enamorada de otra persona.

—Yo también quiero irme —murmuró—. Me muero por estar dentro de ti, ángel. Casi no puedo pensar con claridad.

Metí las manos en los bolsillos traseros de sus pantalones.

—Pues vámonos.

—Yo tengo acceso a los bastidores. —Me besó la punta de la nariz cuando levanté la cabeza para mirarle—. No tenemos que decírselo a ellos, si prefieres salir de aquí.

Me quedé pensándolo durante un rato. Al fin y al cabo, la noche había sido, y seguía siendo, estupenda gracias a Gideon. Pero sabía que luego iba a arrepentirme si le negaba a Shawna y Arnoldo, que era fan también de Six-Ninths, algo que recordarían el resto de su vida. Y yo mentiría si dijera que no me apetecía echarle un ojo de cerca a Brett. No quería que él me viera a mí, pero yo quería verlo a él.

—No. Que vengan ellos también.

Gideon me cogió de la mano y habló con nuestros amigos, cuyo entusiasmo me proporcionó el pretexto de decirles que lo hacía sólo por ellos. Nos dirigimos hacia el escenario y nos desviamos hacia un lateral, donde Gideon conversó con un tipo enorme encargado de la seguridad. Mientras el hombre hablaba por el micrófono de sus auriculares, Gideon sacó el teléfono móvil y le dijo a Angus que llevara la limusina a la parte de atrás. Durante ese tiempo, se cruzaron nuestras miradas. La intensidad de la suya y la promesa de placer que sugería me dejaron sin aliento.

—Tu chico es lo máximo —dijo Shawna, dirigiendo a Gideon una mirada cercana a la veneración. No era una mirada depredadora, simplemente admirativa—; esta noche es increíble. Estoy en deuda contigo.

Y me dio un fuerte abrazo.

—Gracias.

Yo también la abracé a ella.

—Gracias por invitarme.

Un hombre alto, larguirucho, con mechones azules en el pelo y unas gafas muy elegantes de montura negra, se acercó a nosotros.

—Señor Cross —saludó a Gideon tendiéndole la mano—, no sabía que vendría usted esta noche.

Gideon le estrechó la mano.

—No se lo dije —respondió con soltura, y alargó el otro brazo hasta mí para hacerme avanzar un poco y presentarme a Robert Phillips, el mánager de los Six-Ninths. Después, presentó a Shawna y Arnoldo, y nos llevaron a todos entre bastidores, donde había mucha actividad y merodeaban los seguidores.

De pronto yo no quería ni ver a Brett. Resultaba fácil olvidar cómo habían sido las cosas entre nosotros mientras lo oía cantar. Resultaba fácil *querer* olvidar después de oír la canción que él había escrito. Pero aquella etapa de mi pasado era algo de lo que no estaba orgullosa precisamente.

—Los grupos están aquí dentro —decía Robert señalando una puerta abierta por donde salían sonidos musicales y risas estridentes—. Les encantará conocerlo.

Me paré de repente y Gideon se detuvo y me miró con el ceño fruncido.

Me puse de puntillas y le susurré:

—No tengo ningún interés en conocerlos. Si no te importa, voy al cuarto de baño más cercano y luego a la limusina.

—¿Puedes esperar unos minutos y me voy contigo?

—No te preocupes, que no va a pasarme nada.

Me tocó la frente.

—¿Te encuentras bien? Pareces sofocada.

—Estoy estupendamente. Ya lo verás en cuanto lleguemos a casa.

Aquello funcionó. Relajó la expresión y esbozó una sonrisa.

—Me daré prisa con esto —Miró a Robert Phillips e hizo un gesto a Arnoldo y Shawna—. ¿Puede acompañarlos ahí dentro? Vuelvo en un minuto.

—Gideon, de verdad que no... —protesté.

—Voy contigo.

Yo conocía aquel tono, así que lo dejé que anduviera a mi lado los pocos metros que nos separaban del baño.

—Puedo ir sola, campeón.

—Te esperaré.

—Entonces nunca vamos a salir de aquí. Vete a tus cosas, que no va a pasarme nada.

Me miró con expresión paciente.

—Eva, no voy a dejarte sola.

—Yo sé arreglármelas, en serio. Se sale por allí. —Señalé el corredor que llevaba hasta unas puertas abiertas, con un rótulo encendido encima donde decía «salida». Los técnicos ya estaban sacando los equipos—. Angus está ahí fuera, ¿no?

Gideon se apoyó contra la pared y cruzó los brazos.

Levanté las manos.

—OK. Está bien. Lo que tú digas.

—Estás aprendiendo, ángel —dijo con una sonrisa.

Refunfuñando por lo bajo, entré en el baño e hice mis necesidades. Cuando estaba lavándome las manos, me miré al espejo y sentí vergüenza. Tenía los ojos como un mapache de tanto que había sudado, con las pupilas oscuras y dilatadas.

¿Qué verá ese hombre en ti? Me decía a mí misma con cierta sorna, pensando en el impresionante aspecto que conservaba Gideon. Con todo lo excitado y sudoroso que había estado él también, no tenía en absoluto mal aspecto, mientras que a mí se me veía empapada y exhausta. Pero, más que en mi exterior, pensaba en mis defectos personales. No podía escapar de ellos, y menos mientras Brett se encontrara en el mismo edificio que nosotros.

Me froté los ojos con un trozo de papel humedecido para quitarme las manchas negras y salí otra vez al pasillo. Gideon esperaba muy cerca, hablando con Robert, o, más propiamente, escuchándole. Era evidente que el mánager estaba emocionado por algo.

Gideon me vio e hizo un ademán con la mano indicándome que esperase un poquito, pero no quise arriesgarme. Yo le señalé a él la salida, me di la vuelta y fui en aquella dirección antes de que pudiera detenerme. Pasé de prisa por delante de la habitación verde, aunque pude echar un vistazo dentro y distinguí a Shawna riéndose y con una cerveza en la mano. La sala estaba de bote en bote y había mucho bullicio. Ella parecía estar pasándosela en grande.

Me escapé con un suspiro de alivio, sintiéndome diez veces más ligera que un momento antes. Divisé a Angus de pie, cerca de la limusina de Gideon, al otro extremo de la línea de autobuses. Le hice señas con la mano y enfilé hacia él.

Analizando cómo había ido la noche, me sentía fascinada por lo desinhibido que se había mostrado Gideon. No se parecía en nada al hombre que había usado una jerga de fusiones y adquisiciones para conseguir llevarme a la cama.

Estaba deseando tenerlo desnudo.

Una llama que se encendió en la oscuridad, a mi derecha, me pilló de sorpresa. Me detuve de repente y descubrí a Brett Kline acercando una cerilla al cigarrillo que sostenía entre los labios. Como estaba entre las sombras al lado de la salida, la luz temblorosa del fósforo le acariciaba la cara y me hizo retroceder en el tiempo durante un rato.

Brett levantó los ojos, me miró largamente y se quedó helado. Nos observamos el uno al otro. Mi corazón palpitaba como loco, en una mezcla de temor y emoción. De pronto dijo una palabrota y sacudió la cerilla, porque se había quemado los dedos.

Eché a andar, esforzándome por llevar un paso tranquilo mientras iba derechito hacia Angus y la limusina.

—¡Eh!, espera —me gritó Brett—. Oí sus pasos, que se acercaban al trote, y empecé a soltar adrenalina. Un técnico llevaba una carretilla muy cargada y yo corrí a ponerme detrás de él y esconderme entre dos autobuses. Apoyé la palma de la mano en el lateral de uno de ellos, con un compartimento de carga abierto a cada lado. Me oculté en la oscuridad, sintiéndome cobarde, pero sabiendo que no tenía nada que decirle a Brett. Ya no era la chica que él había conocido.

Lo vi pasar a toda prisa. Decidí esperar, darle tiempo para mirar y darse por vencido. Era consciente de que el tiempo corría y de que Gideon saldría enseguida a buscarme.

—Eva...

Me estremecí al oír mi nombre. Volví la cabeza y encontré a Brett acercándose desde el otro lado. Mientras yo miraba a la derecha, él apareció por la izquierda.

—*Eres* tú —dijo ásperamente. Tiró el cigarrillo al suelo y lo aplastó con la bota.

Me oí a mí misma diciendo algo rutinario.

—Deberías dejarlo.

—¿Así que sigues diciéndome eso? —Se aproximó con prudencia—. ¿Estuviste en el concierto?

Asentí con la cabeza Me aparté del autobús y retrocedí.

—Fue magnífico. Tocan realmente bien. Me alegro por ti.

Él daba un paso adelante por cada uno que yo daba hacia atrás.

—He esperado siempre encontrarte así, en algún concierto. Se me ocurrían un montón de ideas sobre qué pasaría si por fin te veía en alguno.

No supe qué contestar. La tensión entre nosotros era tan fuerte que podía masticarse.

Y la atracción seguía allí.

No era nada como lo que sentía por Gideon. Nada más que una mera sombra de aquello, pero estaba allí de todas maneras.

Me replegué hasta el espacio abierto, donde había más movimiento y pululaba un montón de gente.

—¿Por qué corres? —me preguntó. A la luz de la farola de un aparcamiento, lo vi con toda claridad. Estaba todavía más guapo que antes.

—Es que no puedo... —tragué saliva—. No hay nada qué decir.

—Tonterías. —La intensidad de su mirada me producía cierta turbación. —Dejaste de venir. Sin decir ni una palabra, sencillamente dejaste de aparecer. ¿Por qué?

Me froté el estómago porque sentía un nudo en él. ¿Qué podía decirle? *¿Por fin maduré un poco y decidí que merecía algo mejor que ser una de las muchas tipas que te cogías en el cubículo de algún baño entre una actuación y otra?*

—¿Por qué, Eva? Había algo entre nosotros y desapareciste sin más.

Giré la cabeza en busca de Gideon o Angus. Ninguno de los dos estaba a la vista. La limusina esperaba sola. Hacía ya mucho tiempo.

Brett se abalanzó y me agarró por los brazos. Me sorprendió y me asustó un poco aquel movimiento súbito y agresivo. Si no hubiéramos estado tan cerca de otras personas, tal vez me hubiera dado pánico.

REFLEJADA EN TI · 173

—Me debes una explicación —soltó.

—No es...

Entonces me besó. Tenía los labios suavísimos y los estampó contra los míos. Cuando me di cuenta de lo que estaba pasando, ya me había sujetado los brazos con más fuerza y no podía moverme ni apartarle.

Y, durante un breve lapso de tiempo, no quería.

Incluso le devolví el beso, porque la atracción seguía todavía allí, y porque pensar que podía haber sido algo más que un ligue sexual pasajero aplacaba un malestar interior que yo tenía. Brett me sabía a tabaco, olía seductoramente a macho trabajador, y había tomado mi boca con toda la pasión de un espíritu creativo. Me resultaba familiar en muchos sentidos muy íntimos.

Pero, al fin y al cabo, no importaba que él me impresionara todavía. No importaba que hubiéramos tenido una historia, por muy dolorosa que me hubiera resultado a mí. No importaba que me sintiera halagada y afectada por las letras que había escrito; que después de seis meses viéndolo pasárasela bien con otras mujeres mientras tiraba conmigo en cualquier parte donde hubiera una puerta que cerrara, fuera en *mí* en quien pensara cuando seducía desde el escenario a mujeres que se lo pedían a gritos.

Nada de eso importaba porque yo estaba locamente enamorada de Gideon Cross, y él era lo que yo necesitaba.

Me zafé de Brett de un tirón...

... y vi a Gideon lanzándose a la desesperada para embestir contra Brett, derribándolo.

10

El impacto hizo que me tambaleara. Los dos hombres cayeron sobre el asfalto con un terrible golpe sordo. Se oyó el grito de una mujer. Yo no podía hacer nada. Me quedé inmóvil y en silencio mientras en mi interior se retorcían distintas emociones en una maraña frenética.

Gideon agarró a Brett por el cuello y lo aporreó en las costillas con una incesante serie de puñetazos. Actuaba como una máquina, silenciosa e imparable. Brett lanzaba bufidos con cada uno de los brutales impactos y trataba de soltarse.

—¡Cross! *Dio mio*.

Me puse a llorar cuando apareció Arnoldo. Dando un brinco agarró a Gideon, pero cayó hacia atrás cuando Brett dio un tirón y los dos hombres se revolcaron por el suelo.

Los compañeros del grupo de Brett se abrieron camino entre la multitud cada vez más numerosa que había delante de los autobuses, dispuestos a armar una riña... hasta que vieron con *quién* estaba peleándose Brett. El hombre adinerado que estaba detrás de su casa de discos.

—¡Kline, eres un imbécil! —Darrin, el batería, le agarraba del pelo con las manos—. ¿Qué demonios estás haciendo?

Brett se soltó, se puso de pie dando tumbos y atacó a Gideon lanzándolo contra un lateral del autobús. Gideon se agarró las manos y golpeó a Brett en la espalda como si fuera un palo, haciendo que éste se apartara tambaleándose. Aprovechándose de eso, Gideon arremetió con un gancho seguido de un rápido puñetazo en la barriga. Brett se dio la vuelta y sus potentes bíceps se inflaron al apretar los puños para asestar un golpe, pero Gideon se agachó con flexibilidad y contraatacó con otro gancho que hizo que Brett echara la cabeza hacia atrás.

Dios mío.

Gideon no hacía ruido alguno, ni cuando daba puñetazos ni cuando Brett acertó con un golpe directo sobre su mandíbula. La silenciosa intensidad de su furia era escalofriante. Pude sentir la rabia que emanaba de él, la vi en sus ojos, pero él seguía sereno y actuaba de forma sorprendentemente metódica. En cierto modo, había desconectado, retrocediendo hasta un lugar donde podía observar de manera objetiva cómo su cuerpo provocaba un grave daño a otra persona.

Yo había provocado aquello. Había convertido a aquel hombre cálido y perversamente juguetón que me había hechizado durante toda la velada en aquel púgil frío y criminal que tenía delante de mí.

—Señorita Tramell —Angus me agarró del codo.

Lo miré con desesperación.

—Tienes que detenerlo.

—Por favor, vuelva a la limusina.

—¿Qué? —Miré por encima de él y vi que salía sangre de la nariz de Brett. Nadie lo estaba impidiendo—. ¿Estás loco?

—Tenemos que llevar a casa a la señorita Ellison. Es su invitada. Debe ocuparse de ella.

Brett se tambaleó y cuando Gideon hizo un amago de lanzarse hacia un lado, Brett embistió con su otro puño sobre el hombro de Gideon, lanzándolo unos cuantos pasos hacia atrás.

Yo agarré a Angus de los brazos.

—¿Qué te pasa? ¡Páralos!

Sus ojos azul claro se ablandaron.

—Él sabe cuándo parar, Eva.

—¡No digas estupideces!

Miró por encima de mí.

—Señor Ricci, si hace el favor.

Lo siguiente que sé es que iba colgada sobre el hombro de Arnoldo y que éste me llevaba a la limusina. Levantando la cabeza, vi que el círculo de mirones se cerraba al salir yo impidiéndome ver. Grité de frustración y di puñetazos sobre la espalda de Arnoldo, pero ni se inmutó. Subió a la parte trasera de la limusina conmigo y cuando Shawna entró un momento después, Angus cerró la puerta como si todo aquello fuese jodidamente normal.

—¿Qué demonios estás haciendo? —le espeté a Arnoldo mientras me levantaba para agarrar la manilla de la puerta y la limusina se ponía suavemente en marcha. Por mucho que lo intenté, no se abrió y no pude quitarle el seguro—. ¡Se trata de tu amigo! ¿Vas a dejarlo así?

—Es tu novio. —El tono neutro y calmado de la voz de Arnoldo me llegó a lo más profundo—. Y eres *tú* la que lo está dejando ahí.

Me desplomé sobre el asiento con el estómago revuelto y las palmas de las manos húmedas. *Gideon...*

—Tú eres la Eva de la canción «Rubia», ¿verdad? —preguntó Shawna en voz baja desde su asiento de enfrente.

Arnoldo dio un respingo, sorprendido ante aquella conexión.

—Me pregunto si Gideon... —Suspiró—. Por supuesto que lo sabe.

—¡Fue hace mucho tiempo! —dije defendiéndome.

—Al parecer, no lo suficiente —puntualizó.

Desesperada por poder ver a Gideon, no podía quedarme quieta en el asiento. Movía nerviosamente los pies y mi cuerpo luchaba contra aquella inquietud con tanta intensidad que sentía como si quisiera salirme de él.

Le había hecho daño al hombre al que amaba y, con él, a otro hombre que no había hecho nada más que ser él mismo. Y no tenía ninguna excusa para ello. Echando la vista hacia atrás, no tenía ni idea de qué era lo que me había pasado. ¿Por qué no me había apartado antes? ¿Por qué le había devuelto el beso a Brett?

¿Y qué iba a hacer Gideon al respecto?

La idea de que pudiera romper conmigo me hacía sentir un pánico insoportable. Estaba muy preocupada. ¿Le había hecho daño? Dios mío... pensar que Gideon estuviera sufriendo me corroía como el ácido. ¿Se había metido en un lío? Había sido él quien había atacado a Brett. Las palmas de las manos se me humedecieron al recordar que Cary había dicho que su amigo también quería presentar cargos por agresión.

La vida de Gideon se había descontrolado... por mi culpa. En algún momento se daría cuenta de que no merecía la pena esforzarse tanto por mí.

Miré a Shawna, que a su vez miraba por la ventanilla pensativa. Yo había echado a perder su estupenda noche. Y la de Arnoldo también.

—Lo siento —susurré abatida—. Lo he fastidiado todo.

Me miró, se encogió de hombros y, a continuación, me dedicó una amable sonrisa que hizo que la garganta me quemara por dentro.

—No es para tanto. La pasé en grande. Espero que las cosas salgan lo mejor posible.

Lo mejor para mí era Gideon. ¿Lo había echado a perder? ¿Había tirado a la basura lo más importante que había en mi vida por una extraña e inexplicable locura temporal?

Seguía sintiendo la boca de Brett sobre la mía. Me restregué los labios, deseando poder borrar la última media hora de mi vida con la misma facilidad.

Mi ansiedad hizo que me pareciera una eternidad hasta que llegamos a casa de Shawna. Me bajé y le di un abrazo en la acera, delante de su edificio de apartamentos.

—Lo siento —dije de nuevo, tanto por lo que había pasado antes como por lo de ahora, porque estaba deseando ver a Gideon, dondequiera que estuviera, y temía que se me notara la impaciencia. No estaba segura de poder perdonar nunca a Angus ni a Arnoldo por haberme sacado de allí en aquel momento y del modo en que lo hicieron.

Arnoldo le dio un abrazo a Shawna y le dijo que ella y Doug tenían una reserva permanente en Tableau One para cuando quisieran. Mis sentimientos hacia él se suavizaron. Había cuidado bien de ella toda la noche.

Volvimos a subir a la limusina y partimos hacia el restaurante. Yo me acurruqué en un rincón oscuro del asiento y lloré en silencio, incapaz de contener el torrente de desesperación que me inundaba.

Cuando llegamos al restaurante hice uso de mi camiseta para secarme la cara. Arnoldo me detuvo cuando iba a salir.

—Sé dulce con él —me reprendió mirándome fijamente a los ojos—. Nunca lo he visto con nadie como lo veo contigo. No sé si eres digna de él, pero sí que puedes hacerlo feliz. Lo he visto con mis propios ojos. Hazlo o vete. Pero no lo marees.

El nudo que tenía en la garganta me impedía hablar, así que asentí, esperando que pudiera ver en mis ojos lo mucho que Gideon significaba para mí. *Todo.*

Arnoldo desapareció en el interior del restaurante. Antes de que Angus cerrara la puerta, yo me deslicé hacia delante en el asiento.

—¿Dónde está? Necesito verlo. Por favor.

—Llamó. —La expresión de Angus era amable, lo cual hizo que empezara a llorar otra vez—. La llevaré con él ahora.

—¿Está bien?

—No lo sé.

Me eché en el asiento encontrándome mal físicamente. Apenas

presté atención a dónde nos dirigíamos, pues lo único en lo que podía pensar era en que necesitaba explicarme. Necesitaba decirle a Gideon que lo amaba, que nunca lo dejaría si todavía quería tenerme, que era el único hombre al que deseaba, el único que hacía que mi sangre ardiera.

Finalmente, el coche aminoró la marcha, miré por la ventanilla y me di cuenta de que habíamos regresado al auditorio. Mientras yo miraba por la ventanilla buscándolo, la puerta que había detrás de mí se abrió, sobresaltándome. Me di la vuelta y vi que Gideon entraba y se colocaba en el asiento en frente del mío.

Me tambaleé hacia él.

—Gideon...

—No. —Su voz me fustigó con rabia, haciendo que yo retrocediera y cayera hacia atrás. La limusina se puso en marcha, sacudiéndome.

Llorando, vi cómo se servía un vaso de licor de ámbar y se lo bebía. Esperé en el suelo del coche y con el estómago revuelto por el miedo y la pena. Volvió a llenarse el vaso antes de cerrar el bar y recostarse en su asiento. Quería saber si Brett estaba bien o malherido. Quería saber cómo estaba Gideon, si se había herido o si se encontraba bien. Pero no podía. No sabía si él malinterpretaría esas preguntas y supondría que cualquier muestra de preocupación por Brett significaba más de lo que era en realidad.

Su rostro permanecía impasible y su mirada era dura como el zafiro.

—¿Qué significa él para ti?

Me quité las lágrimas que caían en torrente por mi cara.

—Un error.

—¿Entonces o ahora?

—Las dos cosas.

Retorció los labios con expresión desdeñosa.

—¿Siempre besas así a tus errores?

El pecho me subía y bajaba mientras yo trataba de contener las ganas de llorar. Negué con la cabeza con fuerza.

—¿Lo deseas? —me preguntó con tono severo, antes de volver a beber.

—No —susurré—. Yo sólo te deseo a ti. Te amo a ti, Gideon. Tanto que duele.

Cerró los ojos y echó la cabeza hacia atrás. Aproveché la oportunidad para arrastrarme hacia él. Necesitaba, al menos, salvar la distancia física que había entre los dos.

—¿Te viniste por mí cuando tenía mis dedos dentro de ti, Eva? ¿O por su maldita canción?

Oh, Dios mío... ¿Cómo podía dudarlo?

Yo le había hecho dudar. Había sido yo.

—Por ti. Tú eres el único que puede hacerme eso. Hacerme olvidar dónde estoy, de tal forma que no me importa quién está alrededor ni qué está pasando con tal de que me estés tocando.

—¿No es eso lo que pasó cuando te besó? —Gideon abrió los ojos y me miró fijamente—. Ha tenido la verga dentro de ti. Te ha cogido... se ha venido dentro de ti.

Me encogí ante el terrible resentimiento que había en su tono, su despiadado rencor. Sabía bien cómo se sentía. Sabía muy bien que las imaginaciones podían herir y arañar hasta sentir que te estás volviendo loca. En mi imaginación, él y Corinne habían cogido docenas de veces mientras yo miraba con furia y celos enfermizos.

De repente, él se incorporó y se echó hacia delante para acariciarme los labios con su dedo pulgar.

—Ha tenido tu boca.

Cogí su vaso y me bebí lo que quedaba en él, sintiendo asco por su sabor fuerte y la aguda quemazón. Me armé de valor y me lo tragué. El estómago se me agitó a modo de protesta. El calor del alcohol se extendió hacia fuera desde mis tripas.

Gideon se dejó caer en su asiento, con el brazo extendido hacia mi cara. Yo sabía que seguía viéndome besando a Brett. Sabía que eso le empezaba a corroer la mente.

Dejé caer el vaso en el suelo, me levanté entre sus piernas y hurgué en su cremallera.

Me agarró los dedos con fuerza pero mantuvo los ojos escondidos bajo su antebrazo.

—¿Qué diablos estás haciendo?

—Vente en mi boca —le supliqué—. Límpiala.

Hubo una larga pausa. Se quedó allí sentado, completamente inmóvil a excepción del fuerte movimiento de su pecho.

—Por favor, Gideon.

Murmurando una maldición, me soltó dejando caer la mano a un lado.

—Hazlo.

Me abalancé sobre él y el pulso se me aceleró al pensar que podría cambiar de idea y rechazarme... que pudiera decidir que había terminado conmigo. La única ayuda que me ofreció fue una momentánea elevación de su cadera para que yo pudiera bajarle los jeans y los calzoncillos.

Entonces, su gran y hermosa verga apareció entre mis manos. Mi boca. Gemía al saborearlo, al sentir el calor y la suavidad satinada de su piel, al olerlo. Acaricié con mi mejilla su ingle y sus pelotas, deseando tener su aroma por todo mi cuerpo, marcándome como suya. Mi lengua recorrió las gruesas venas que recorrían toda su longitud, lamiéndolo de arriba abajo.

Oí que hacía rechinar sus dientes cuando empecé a chuparlo succionándolo con fuerza, con gemidos de disculpa y absoluta felicidad vibrando en mi garganta. Me rompía el corazón que permaneciera tan callado, mi ruidoso amante que siempre me decía cochinadas, que siempre me decía lo que quería y lo que necesitaba... lo bien que se sentía cuando hacíamos el amor. Se estaba conteniendo, negándome la satisfacción de saber que le estaba dando placer.

Bombeando aquella gruesa raíz con mi puño, lo ordeñaba mientras chupaba su lujosa corona, atrayendo su líquido preseminal hasta la punta, donde yo podría lamerlo con rápidos revoloteos de mi lengua. Juntó los muslos y su respiración se convirtió en fuertes jadeos. Sentí cómo se retorcía con el cuerpo en tensión y yo me volví loca, cogiéndole la verga con las dos manos y forzando tanto mi boca que me dolía la mandíbula. Estiró la espalda y levantó la cabeza del asiento dejándola caer cuando el primer chorro denso explotó en mi boca.

Gimoteé mientras su sabor ponía en marcha mis sentidos haciendo que ansiara más. Tragué de manera convulsiva y mis manos tiraban de su pene acariciándolo para sacarle más de su rico y cremoso semen y hacer que cayera en mi lengua. Su cuerpo tembló durante un largo rato al venirse, llenando mi boca hasta que se derramó por las comisuras de mis labios. No emitió sonido alguno, permaneciendo tan silencioso como había estado durante la pelea.

Habría estado chupándosela durante horas. Quise hacerlo, pero colocó las manos sobre mis hombros y me apartó. Levanté los ojos hacia su rostro desgarradoramente hermoso y vi que los ojos le brillaban en aquella semioscuridad. Me rozó los labios con el pulgar, embadurnándolos con su semen.

—Rodéame con tu coño apretado —me ordenó con voz quebrada—. Tengo más para ti.

Temblorosa y asustada por su severa lejanía, me zafé de los *culottes* que llevaba puestos.

—Quítatelo todo, menos las botas.

Hice lo que dijo, acelerando mi cuerpo al oír su orden. Haría lo que él quisiera. Le demostraría que era suya y sólo suya. Pero para compensar, él me necesitaba para saber que yo lo amaba. Me desabroché la falda y me la quité, después me saqué la camiseta por la cabeza y la lancé sobre el asiento de enfrente. Luego me quité el sostén.

Cuando me senté a horcajadas sobre él, Gideon me agarró de la cadera y levantó la vista hacia mí.

—¿Estás húmeda?

—Sí.

—Te pone caliente chuparme la verga.

Los pezones se me endurecieron. El modo directo y burdo con el que hablaba de sexo también me ponía cachonda.

—Siempre.

—¿Por qué lo besaste?

Aquel repentino cambio de conversación me pilló de sorpresa. El labio inferior me empezó a temblar.

—No lo sé.

Me soltó y levantó los brazos por encima de sus hombros para agarrarse con las dos manos al reposacabezas. Sus bíceps se hincharon con aquella pose. Ver aquello me excitó, como todo lo que tenía que ver con él. Quería ver su cuerpo desnudo brillando de sudor, sus abdominales endureciéndose y flexionándose mientras movía su verga dentro de mí.

Me lamí los labios saboreándolo.

—Quítate la camisa.

Entrecerró los ojos.

—Esto no es para ti.

Me quedé petrificada y el corazón se me aceleró dentro del pecho. Estaba utilizando el sexo en mi contra. En la limusina, donde habíamos hecho el amor por primera vez, en la misma posición en que lo había tenido por primera vez.

—Me estás castigando.

—Te lo mereces.

No me importaba que tuviese razón. Si yo me lo merecía, él también.

Me agarré a la parte superior del respaldo para no perder el equilibrio y enrosqué los dedos de la otra mano sobre su verga. Seguía teniéndola dura, seguía vibrándole. Un músculo de su cuello se retorció cuando yo lo acaricié para prepararlo. Coloqué su ancho capullo entre los labios de mi coño y me restregué hacia arriba y hacia abajo, cubriéndolo con la marea resbaladiza de mi deseo.

Mis ojos seguían posados en los suyos. Lo miraba mientras nos iba provocando a los dos, buscando cualquier indicio del amante apasionado al que adoraba. No estaba allí. Un extraño furioso me devolvía la mirada, desafiándome, mofándose de mí con su indiferencia.

Dejé que se introdujera en mí el primer centímetro, abriéndome.

Después bajé la cadera y solté un grito cuando me penetró bien hondo y me ensanchó de una forma casi insoportable.

—Dios. Joder —dijo pronunciando cada sílaba con una sacudida—. Maldita sea.

Aquel estallido incontrolado suyo me animó. Clavando las piernas en el asiento, coloqué las manos a ambos lados de su cuerpo y me levanté, separándome de él, con mi sexo apretándolo con fuerza. Bajé, deslizándome con más facilidad, ahora que él estaba también húmedo por mí. Cuando mis nalgas golpearon sus muslos vi que sus músculos estaban duros como una piedra y que su cuerpo abandonaba aquella mentira. No era indiferente.

Volví a levantarme, despacio, haciendo que los dos sintiéramos cada matiz de aquella deliciosa fricción. Cuando bajé, traté de mostrarme tan estoica como él, pero la sensación de plenitud, aquella conexión tan caliente, era demasiado exquisita como para contenerse. Gemí y él se movió nerviosamente, formando con la cadera un delicioso círculo antes de poder quedarse quieto.

—Cómo me gusta sentirte —susurré acariciando su embravecida verga con mi sexo ansioso y dolorido—. Eres lo único que necesito, Gideon. Lo único que quiero. Estás hecho para mí.

—Se te había olvidado —dijo con los nudillos blancos de apretar el respaldo del asiento.

Me pregunté si simplemente se estaba sujetando o si se estaba conteniendo físicamente para no agarrarme.

—Nunca. No podría olvidarlo nunca. Formas parte de mí.

—Dime por qué lo besaste.

—No lo sé. —Apoyé mi frente húmeda contra la suya, sintiendo que las lágrimas me abrasaban dentro de los ojos—. Dios mío, Gideon, te juro que no lo sé.

—Entonces, cállate y haz que me venga.

Si me hubiese dado una bofetada no podría haberme asustado más. Me incorporé y me separé de él.

—Vete a la mierda.

—Ya lo estás entendiendo.

Las lágrimas empezaron a correr por mi rostro.

—No me trates como a una puta.

—Eva. —Hablaba en voz baja y áspera, con tono de advertencia, pero sus ojos eran oscuros y desolados. Llenos de un dolor igual al mío—. Si quieres parar, ya sabes lo que tienes que decir.

Crossfire. Con una sola palabra pondría fin de una forma inequívoca e irrefutable a aquella agonía. Pero no podía utilizarla ahora. El simple hecho de que él hubiera mencionado mi palabra de seguridad demostraba que me estaba poniendo a prueba, que me estaba provocando. Tenía un plan y si yo abandonaba ahora, nunca sabría cuál era.

Extendí los brazos hacia atrás y coloqué las manos sobre sus rodillas. Arqueé la espalda y arrastré mi sexo húmedo a lo largo de toda su verga rígida y, a continuación, bajé del todo. Ajusté el ángulo, me levanté y volví a bajar, jadeando mientras lo sentía dentro de mí. Enfadado o no, mi cuerpo adoraba al suyo. Me encantaba sentirlo, aquella percepción de idoneidad que había allí a pesar de la rabia y el dolor.

Su respiración propulsaba sus pulmones con cada zambullida de mis caderas. Su cuerpo estaba caliente, muy caliente, irradiaba calor como un horno. Moví las caderas arriba y abajo. Tomando el placer que él se negaba a darme. Mis muslos, mis nalgas, mi vientre y todo mi ser se tensaban con cada impulso, apretándolo desde abajo hasta la punta. Se relajaban cuando bajaba, dejando que se hundiera bien dentro.

Lo follé con todo mi ser, machacándome contra su verga. Soltó bufidos entre sus dientes apretados. Después, se vino con fuerza, lanzando chorros dentro de mí con tanta violencia que sentí cada ráfaga abrasadora de semen como una estocada desesperada. Grité, encantada de sentir aquello, buscando un orgasmo que me destrozara. Me agarraba con tanta fuerza que mi cuerpo estaba deseando liberarse después de haberle dado placer dos veces.

Pero se movió, agarrándome por la cintura e impidiendo que yo me moviera, manteniéndose dentro de mí mientras me llenaba. Ahogué un grito cuando me di cuenta de que lo que él hacía era evitar deliberadamente que yo me viniera.

—Dime por qué, Eva.

—¡No lo sé! —exclamé, tratando de empujar mis caderas contra él, golpeándole los hombros con mis puños cuando me apretó aún más.

Manteniéndome clavada a su pelvis e invadida por su verga, Gideon se puso de pie y todo cambió. Se salió de mí, me dio la vuelta para que no lo mirara, después me inclinó por el borde del asiento con mis rodillas sobre el suelo. Con una mano en la parte inferior de la espalda, impidiendo que me levantara, colocó la palma de la otra sobre mi sexo y lo acarició, masajeando su semen en el interior de mi coño. Lo esparció, cubriéndome con él. Mis caderas daban vueltas en círculo, buscando esa presión pequeña y perfecta que haría que me viniera.

Él me la negaba. Deliberadamente.

Las caricias sobre mi clítoris y la anhelosa tensión dentro de mi coño vacío me estaban volviendo loca y mi cuerpo ansiaba liberarse. Me metió dos dedos y hundí las uñas en el cuero negro del asiento. Me cogió con los dedos sin prisas, deslizándolos despacio hacia dentro y hacia fuera, manteniéndome al borde.

—Gideon —gemí, mientras los tejidos sensibles de mi interior se ondulaban ávidamente alrededor de sus dedos. Estaba envuelta en sudor y apenas podía respirar. Empecé a rezar para que el coche se detuviera, para que llegáramos a nuestro destino, aguantando la respiración ante la desesperada expectativa de la huida. Pero la limusina no se detuvo. Siguió avanzando más y más, y yo tenía el cuerpo tan sujeto que no podía levantarme para ver dónde estábamos.

Él se plegó sobre mi espalda con la verga descansando sobre la costura de mi culo.

—Dime por qué, Eva —canturreó en mi oído—. Sabías que yo iba detrás de ti... que te iba a ver...

Apreté los ojos y las manos hasta convertirlas en puños.

—No-lo-sé. ¡Mierda! ¡No tengo ni puta idea!

Sacó los dedos y, entonces, metió su verga dentro de mí. Mi sexo se contrajo espasmódicamente alrededor de su deliciosa dureza, succionándolo hacia el interior. Oí cómo su respiración se convertía en un gemido sordo y, a continuación, empezó a cogerme.

Grité de placer y todo mi cuerpo se estremeció de gusto mientras me cogía hasta el fondo, mientras la ancha cabeza de su hermoso pene me frotaba y tiraba de mis tiernos y sobreestimulados nervios. La presión era cada vez más intensa y se preparaba como si fuera una tormenta.

—Sí —jadeé, estirándome mientras esperaba el final.

Se salió ante el primer apretón de mi sexo, dejándome de nuevo colgada del precipicio. Grité llena de frustración, tratando de levantarme y apartarme de aquel amante que se había convertido en la fuente de un tormento insoportable.

—Dime por qué, Eva —susurró en mi oído como si fuese el mismo diablo—. ¿Estás pensando en él ahora? ¿Desearías que fuese su verga la que está dentro de ti? ¿Desearías que fuera su verga la que se está cogiendo tu perfecto coñito?

Volví a gritar.

—¡Te odio! Eres un sádico y egoísta hijo de...

Volvió a meterse dentro de mí, inundándome, golpeando rítmicamente mi tembloroso interior.

Incapaz de aguantarlo un minuto más, traté de llevarme los dedos al clítoris porque sabía que una simple caricia haría que me viniera de una forma violenta.

—No —Gideon me agarró las muñecas y me sostuvo las manos contra el asiento, con sus muslos entre los míos, manteniendo mis piernas abiertas para poder hundirse más adentro. Una y otra vez. El ritmo de sus embistes firme e incesante.

Yo me revolvía, gritaba, me volvía loca. Podía hacer que me viniera solamente con su verga, provocándome un intenso orgasmo vaginal si simplemente me montara desde el ángulo perfecto y frotara su grueso capullo una y otra vez sobre el punto donde yo necesitaba que lo hiciera, un lugar cualquiera de mi interior que él conocía de manera instintiva cada vez que me cogía.

—Te odio —dije entre sollozos mientras unas lágrimas de frustración mojaban mi rostro y el asiento que estaba debajo de mi mejilla.

Inclinándose sobre mí, jadeó en mi oído.

—Dime por qué, Eva.

La furia se desató en mi interior y salió a borbotones.

—¡Porque te lo merecías! ¡Porque tenías que saber qué es lo que se siente! ¡Lo mucho que duele, cabrón egoísta!

Se quedó quieto. Sentí cómo su respiración salía de él entrecortadamente. Sentía un zumbido en los oídos, tan fuerte que al principio imaginé que deliraba al oír su voz suavizada y llena de ternura.

—Ángel. —Acarició mi hombro con sus labios y sus manos me soltaron las muñecas deslizándose hasta cubrir con ellas mis pesados pechos—. Mi testarudo y hermoso ángel. Por fin has dicho la verdad.

Gideon me levantó y me puso derecha. Agotada, dejé caer la cabeza sobre su hombro y mis lágrimas empezaron a caer sobre su pecho. No me quedaban fuerzas para seguir luchando y apenas fui capaz de gimotear cuando apretó uno de mis doloridos pezones entre sus dedos y bajó la otra mano hasta mis piernas abiertas. Su cadera empezó a embestir y su verga bombeó hacia arriba dentro de mí mientras pellizcaba los labios de mi sexo alrededor de mi palpitante clítoris y los frotaba.

Me corrí con un grito ronco pronunciando su nombre y mi cuerpo entero se convulsionó con violentos temblores mientras el alivio estallaba en todo mi cuerpo. El orgasmo duró una eternidad y Gideon permaneció infatigable, extendiendo mi placer con las perfectas estocadas que con tanta desesperación había ansiado yo antes.

Cuando por fin me dejé caer en sus brazos, resollando y empapada en sudor, él me levantó con cuidado para salirse de mí y me tumbó sobre el asiento. Destrozada, me cubrí la cara con las manos, incapaz de detenerlo cuando me abrió las piernas y puso su boca sobre mí. Estaba empapada de su semen y no le importó, dando lengüetazos y chupando mi clítoris hasta que me vine otra vez. Y otra.

Arqueé la espalda con cada orgasmo y la respiración salía de mis pulmones con un susurro. Perdí la cuenta de cuántos orgasmos tuve después de que empezaran a interponerse unos sobre otros subiendo y bajando como la marea. Traté de separarme, pero él se estiró y se quitó la camisa, subiéndose encima de mí con una rodilla sobre el asiento y la otra pierna extendida hasta el suelo. Puso las manos sobre la ventanilla que había sobre mi cabeza, exponiendo su cuerpo de la misma forma que antes se había negado a hacerlo.

Lo empujé.

—¡Ya está! No puedo más.

—Lo sé. —Sus abdominales se endurecieron cuando se deslizó dentro de mí, con los ojos sobre mi rostro mientras empujaba con cuidado entre los tejidos hinchados—. Sólo quiero estar dentro de ti.

Mi cuello se arqueó cuando entró más adentro y de mí se escapó un pequeño sonido al sentir *taaaanto* placer. Por muy agotada y sobreestimulada que estuviera, seguía ansiando poseerlo y que él me poseyera. Sabía que siempre lo desearía.

Bajó la cabeza y presionó los labios contra mi frente.

—Tú eres lo único que quiero, Eva. No hay nadie más. Y nunca la habrá.

—Gideon. —Él sabía, aunque yo no, que la noche se había echado a perder por culpa de *mis* celos y mi profunda necesidad de hacer que sintiera lo mismo.

Me besó con ternura, con veneración, borrando el recuerdo de los labios de cualquier otro sobre los míos.

—ÁNGEL. —La voz de Gideon sonó áspera y cálida en mi oído—. Despierta.

Solté un gemido, apretando los ojos y enterrando la cara aún más bajo su cuello.

—Déjame, obseso sexual.

Su risa silenciosa me sacudió. Me besó con fuerza en la frente y se revolvió para salir de debajo de mí.

—Hemos llegado.

Entreabrí un ojo y lo vi poniéndose de nuevo la camisa. No se había quitado los jeans en ningún momento. Me di cuenta de que había salido el sol. Me incorporé en el asiento y miré por la ventanilla, ahogando un grito cuando vi el mar. Habíamos parado en una ocasión para echar gasolina pero no había sido capaz de ubicarme ni imaginar dónde estábamos. Gideon no quiso contestarme cuando se lo pregunté, y sólo dijo que se trataba de una sorpresa.

—¿Dónde estamos? —pregunté en voz baja, estremecida al ver el sol sobre el agua. Tenía que estar bien entrada la mañana. Quizá fuese mediodía.

—Carolina del Norte. Levanta los brazos.

Obedecí de forma automática y él me metió la camiseta por la cabeza.

—Necesito mi sostén —murmuré cuando volví a verlo.

—Aquí no hay nadie que vaya a verte más que yo y vamos directos a la bañera.

Volví a mirar el edificio erosionado y cubierto de guijarros junto al que estábamos aparcados. Tenía al menos tres plantas con terrazas y balcones en la fachada y en los laterales y una curiosa puerta sencilla en la parte de atrás. Se levantaba sobre unos pilotes en la orilla del mar, tan cerca del agua que supe que la marea debía subir justo por debajo de ella.

—¿Durante cuánto rato hemos estado viajando?

—Casi diez horas. —Gideon me subió la falda por las piernas y me puse de pie para que pudiera colocarla en su sitio y subirle la cremallera—. Vamos.

Él salió primero y, después, extendió la mano para que yo me agarrara a ella. La brisa fresca y salada me dio en la cara despertándome. El cadencioso oleaje del océano me hizo conectar con el momento y el lugar donde nos encontrábamos. No veía a Angus por ningún lado, lo cual era un alivio, puesto que yo era muy consciente de que me faltaba la ropa interior.

—¿Ha estado Angus conduciendo toda la noche?

—Nos intercambiamos cuando paramos a echar gasolina.

Miré a Gideon y el corazón se me paró al ver la forma tan tierna y embrujada con que me miraba. Tenía la sombra de una magulladura en la mandíbula y extendí la mano para tocársela, sintiendo un dolor en el pecho cuando acarició con la nariz la palma de mi mano.

—¿Te duele en algún otro sitio? —le pregunté emocionalmente desnuda tras la larga noche que habíamos pasado.

Él me agarró de la muñeca y atrajo mi mano abriéndola por encima de su corazón.

—Aquí.

Mi amor... También había sido duro para él.

—Lo siento mucho.

—Yo también. —Me besó las yemas de los dedos y, después, entrelazó nuestras manos y me condujo al interior de la casa.

La puerta estaba abierta y entró directamente. Había una cesta de malla de alambre sobre una consola justo detrás de la puerta con una botella de vino y dos copas anudadas con un lazo. Cuando Gideon giró el cerrojo con un firme chasquido, cogí el sobre de bienvenida y lo abrí. Sobre la palma de mi mano cayó una llave.

—No vamos a necesitar eso. —Cogió la llave y la dejó sobre la consola—. Durante los próximos dos días, vamos a ser ermitaños los dos.

Un zumbido de placer me invadió por dentro, seguido de algo más que asombro por el hecho de que un hombre como Gideon Cross pudiera disfrutar tanto de mi compañía como para no necesitar a nadie más.

—Vamos —dijo tirando de mí escaleras arriba—. Nos ocuparemos del vino después.

—Sí. Primero café.

Me fijé en la decoración de la casa. Era rústica por fuera pero moderna por dentro. Las paredes tenían un zócalo de madera y estaban pintadas de un luminoso color blanco con montones de fotografías de conchas de mar en blanco y negro. Los muebles eran todos blancos y la mayoría de los accesorios eran de cristal y metal. Habría quedado austero de no ser por la hermosa vista del océano, el color de las alfombras que cubrían los suelos de madera y la colección de libros de tapa dura que llenaban las estanterías empotradas.

Cuando llegamos a la planta superior, sentí un aleteo de felicidad. El dormitorio principal era un espacio completamente abierto tan sólo roto por dos columnas. Ramos de rosas blancas, tulipanes blancos y lirios de agua blancos cubrían casi todas las superficies planas y había incluso algunas en el suelo de alguna zona estratégica. La cama era enorme y estaba vestida con satén blanco, lo que me recordó a una suite nupcial, impresión que quedó reafirmada por la fotografía en blanco y negro de un vaporoso pañuelo o velo que levantaba el viento y que colgaba por encima del cabecero.

Miré a Gideon.

—¿Has estado aquí antes?

Alargó la mano y soltó mi cola de caballo ahora torcida.

—No. ¿Qué motivos iba a tener para venir?

Exacto. No llevaba a mujeres a ningún sitio aparte de su picadero en el hotel, el cual, al parecer, seguía conservando. Mis ojos se cerraron de cansancio cuando me pasó los dedos por los mechones sueltos de mi pelo. Yo no tenía fuerzas ni para enfadarme por eso.

—Quítate la ropa, cielo. Voy a preparar el baño.

Retrocedió. Abrí los ojos y lo agarré de la camisa. No sabía qué decir. Simplemente no quería dejar que se fuera.

Él debió entenderlo.

—No me voy a ninguna parte, Eva. —Gideon colocó las manos sobre mi mandíbula y me miró fijamente a los ojos, mostrándome la intensidad y el rayo láser que me había atrapado desde la primera vez—. Si lo quisieras a él, para mí no sería suficiente dejarte marchar. Te quiero demasiado. Quiero que estés conmigo, en mi vida, en mi cama. Si puedo conseguir eso, lo demás no importa. No soy demasiado orgulloso a la hora de tomar lo que puedo tener.

Me dejé caer hacia él, atraída por su obsesiva e insaciable necesidad de mí, lo cual reflejaba lo mucho que yo lo necesitaba. Cerré la mano sobre el algodón de su camisa.

—Ángel —susurró mientras bajaba la cabeza para apretar su mejilla contra la mía—. Tú tampoco puedes dejarme marchar.

Me cogió en brazos y me llevó con él al baño.

11

ECHÉ LA CABEZA hacia atrás con los ojos cerrados y la espalda apoyada sobre el pecho de Gideon, escuchando el sonido del agua mientras deslizaba lentamente las manos por mi cuerpo en la bañera con patas.

Me había lavado el pelo y, después, el cuerpo, acicalándome con mimo. Sabía que estaba compensándome por la noche anterior y el modo en que hizo que me enfrentara a la verdad. Una verdad que él conocía de sobra, pero que necesitaba que yo también viera.

¿Cómo es que me conocía tan bien... mejor de lo que me conocía yo misma?

—Háblame de él —murmuró pasando los brazos alrededor de mi cintura.

Respiré hondo. Había estado esperando que me preguntara por Brett. Yo también conocía bien a Gideon.

—Primero dime si está bien.

Hubo una pausa antes de que contestara.

—No tiene ningún daño irreparable. ¿Te importaría que lo tuviera?

—Claro que sí. —Oí cómo rechinaban sus dientes.

—Quiero que me hables de ustedes dos —me pidió con tono serio.

—No.

—Eva...

—No utilices ese tono conmigo, Gideon. Estoy cansada de ser un libro abierto para ti mientras tú te guardas todos tus secretos. —Eché la cabeza a un lado para apretar mi mejilla contra la suya mojada—. Si lo único que consigo tener de ti es tu cuerpo, lo aceptaré. Pero no puedo darte nada más a cambio.

—Quieres decir que *no* quieres. Seamos...

—*No puedo.* —Me separé de él, girándome para poder mirarlo a la cara—. ¡Mira lo que esto está haciendo conmigo! Anoche te hice *daño*. A propósito. Sin tan siquiera darme cuenta de ello, porque el rencor me corroe aun cuando me convenzo de que puedo vivir con todo lo que no me cuentas.

Se incorporó y abrió los brazos.

—¡Estoy completamente abierto para ti, Eva! Haces que suene como si no me conocieras... como si lo único que tuviéramos fuera sexo... cuando tú me conoces mejor que ninguna otra persona.

—Hablemos de las cosas que *no* conozco. ¿Por qué eres propietario de un porcentaje tan grande de Vidal Records? ¿Por qué odias la casa de tu familia? ¿Por qué estás enemistado con tus padres? ¿Qué hay entre tú y el doctor Terrence Lucas? ¿Adónde fuiste la otra noche cuando tuve aquella pesadilla? ¿Qué hay detrás de las tuyas? ¿Por qué...?

—¡Basta! —exclamó bruscamente pasándose las manos por el pelo mojado.

Yo me calmé, observando y esperando mientras él claramente luchaba consigo mismo.

—Ya deberías saber que puedes contármelo todo —le dije en voz baja.

—¿De verdad? —me miró fijamente—. ¿No has tenido ya que pasar por alto suficientes cosas? ¿Cuánta mierda tengo que echarte encima hasta que salgas corriendo?

Coloqué los brazos sobre el borde de la bañera, eché la cabeza hacia atrás y cerré los ojos.

—Muy bien. Entonces, sólo tiraremos y nos quejaremos ante un terapeuta una vez por semana. Me alegra saberlo.

—Me la cogí —soltó de pronto—. Ahí lo tienes. ¿Te sientes mejor?

Me levanté tan rápido que el agua se derramó por el filo de la bañera. Sentí un calambre en el estómago.

—¿Te cogiste a Corinne?

—No, maldita sea. —Tenía el rostro encendido—. A la mujer de Lucas.

—Ah... —Recordé la foto de ella que había visto cuando busqué en Google.

—Es pelirroja —dije sin convicción.

—Mi atracción por Anne estaba completamente basada en su relación con Lucas.

Fruncí el ceño confundida.

—Entonces, ¿las cosas entre tú y Lucas iban mal *antes* de que te acostaras con su mujer? ¿O fue ése el motivo?

Gideon apoyó el codo en el borde de la bañera y se frotó la cara.

—Él me alejó de mi familia. Yo le devolví el favor.

—¿Destrozaste su matrimonio?

—La destrocé *a ella* —dijo con un fuerte suspiro—. Se acercó a mí en una gala benéfica para recaudar fondos. Yo la ignoré hasta que supe quién era. Sabía que haría polvo a Lucas si se enteraba de que me la había tirado. Se presentó la oportunidad, así que la aproveché. Se suponía que sólo iba a ser una vez, pero Anne se puso en contacto conmigo al día siguiente. Como a él le haría más daño saber que no había tenido suficiente, dejé que continuara. Cuando estuvo dispuesta a dejarlo por mí, la envié de vuelta con su marido.

Me quedé mirándolo, notando su desafiante bochorno. Lo volvería a hacer, pero sentía vergüenza por lo que había hecho.

—¡Di algo! —exclamó.

—¿Creía ella que la amabas?

—No. Carajo. Soy un desgraciado por haberme metido con la mujer de otro, pero no le prometí nada. Estaba jodiendo a Lucas a través de ella. No esperaba que se convirtiera en un daño colateral. De haberlo sabido, no habría permitido que llegáramos tan lejos.

—Gideon —suspiré negando con la cabeza.

—¿Qué? —Casi tenía los nervios de punta y se mostraba inquieto y ansioso—. ¿Por qué dijiste mi nombre de esa forma?

—Porque, para ser un hombre tan inteligente, te comportaste de forma ridícula y torpe. ¿Te acostabas con ella habitualmente y no esperabas que se enamorara de ti?

—Dios mío. —Dejó caer la cabeza hacia atrás con un gruñido—. Otra vez no.

Entonces, se incorporó de repente.

—Mira, ¿sabes una cosa? Sigue pensando que soy un regalo de Dios para las mujeres, ángel. Es mejor para mí que creas que soy lo mejor que puedes conseguir.

Le salpiqué agua. La facilidad con que rechazaba su atractivo era otra cosa en la que me veía reflejada en él. Conocíamos nuestras cualidades y jugábamos nuestros mejores atributos. Pero no sabíamos ver lo que nos hacía lo suficientemente únicos como para que alguien nos quisiera de verdad.

Gideon se movió hacia delante y me agarró de las manos.

—Ahora cuéntame qué demonios tuviste con Brett Kline.

—Tú no me has contado qué hizo el doctor Lucas para enojarte.

—Sí lo hice.

—No con detalle —alegué.

—Te toca a ti desembuchar. Adelante.

Tardé un largo rato en conseguir que me salieran las palabras. Ningún hombre quería a una exputa como novia. Pero Gideon esperó pacientemente. Obstinadamente. Yo sabía que no iba a permitir que me saliera de la bañera hasta que le hablara de Brett.

—Yo no era más que un acostón cómodo para Brett —confesé sin más, deseando acabar con aquello—. Y lo permití... Hice todo lo posible porque fuera así... porque en esa época de mi vida el sexo era la única forma que conocía de sentirme querida.

—Escribió una canción de amor sobre ti, Eva.

Aparté la mirada.

—La realidad no habría servido para ninguna balada, ¿no crees?

—¿Tú lo querías?

—Yo... no. —Miré a Gideon cuando soltó un fuerte suspiro, como si hubiese estado conteniendo la respiración—. Me volvían loca él y su forma de cantar, pero era algo absolutamente superficial. Nunca llegué a conocerlo de verdad.

Vi que todo su cuerpo se relajó.

—Fue parte de una... fase. ¿Es eso?

Asentí y traté de soltar mis manos de las suyas, deseando deshacerme de mi sensación de vergüenza. No culpaba a Brett ni a ninguno de los tipos que habían pasado por mi vida en aquella época. No podía culpar a nadie más que a mí misma.

—Ven aquí. —Gideon me agarró por la cintura y me acercó a él, apoyándome otra vez sobre su pecho. Su abrazo era la sensación más maravillosa del mundo. Acariciaba con sus manos toda mi espalda, tranquilizándome—. No voy a mentirte. Quiero moler a palos a cualquier hombre que te haya tenido. Más vale que los mantengas alejados de mí. Pero nada de lo que haya en tu pasado puede cambiar lo que siento por ti. Y Dios sabe que no soy ningún santo.

—Ojalá pudiera hacer que todo eso desapareciera —susurré—. No me gusta recordar la chica que era entonces.

Apoyó el mentón en lo alto de mi cabeza.

—Te entiendo. Por mucho que me duchara después de haber estado con Anne, nunca era suficiente para sentirme limpio.

Apreté los brazos alrededor de su cintura, mostrándole consuelo y aprobación. Y, a cambio, aceptando agradecida lo que éramos los dos.

LA bata de seda blanca que encontré colgada en el armario era preciosa. Estaba revestida con un magnífico tejido de felpa y tenía bordados de hilo de plata en los puños. Me encantaba, lo cual era bueno puesto que, al parecer, se trataba de la única prenda de ropa que había para mí en toda la casa.

Vi que Gideon se ponía unos pantalones de pijama de seda negra y se ataba el cordón.

—¿Por qué tú tienes ropa y yo una bata?

Levantó los ojos hacia mí a través de un mechón de pelo negro que le caía por encima de la frente.

—¿Porque fui yo quien organizó todo?

—Malo.

—Simplemente me hace más fácil estar a la altura de tu insaciable apetito sexual.

—¿Mi insaciable apetito? —Fui al baño para quitarme la toalla de la cabeza—. Recuerdo claramente que anoche te supliqué que me dejaras tranquila. ¿O fue esta mañana, después de pasar toda la noche sin dormir?

Vino hasta la puerta detrás de mí.

—Esta noche vas a tener que suplicármelo otra vez. Voy a preparar café.

En el espejo, vi que se giraba y advertí el cardenal oscuro que tenía en un costado. Estaba en la parte inferior de su espalda, donde no había tenido oportunidad de verlo antes.

Me di la vuelta.

REFLEJADA EN TI · 201

—¡Gideon! Estás herido. Deja que lo vea.

—Estoy bien. —Ya había bajado la mitad de las escaleras antes de que pudiera detenerlo—. No tardes mucho.

Me invadió un sentimiento de culpa y sentí un espantoso deseo de llorar. La mano me temblaba mientras me pasaba un cepillo por la cabeza. Habían equipado el baño con mis habituales artículos de tocador, demostrando una vez más lo considerado y atento que era Gideon, lo que no hacía más que subrayar mis carencias. Estaba convirtiendo su vida en un infierno. Después de todo lo que él había sufrido, lo último que necesitaba era tener que ocuparse de mis problemas.

Bajé las escaleras hasta la primera planta y me sentí incapaz de ir con Gideon a la cocina. Necesitaba un minuto para calmarme y poner una cara sonriente. No quería echarle a perder también el fin de semana.

Salí por la puerta de cristal que conducía a la terraza. Sentí de inmediato el fragor del oleaje y el agua salada pulverizando mi cuerpo. El dobladillo de mi bata se ondulaba suavemente con la brisa del mar, refrescándome de una forma que me pareció estimulante.

Respiré hondo, me agarré a la barandilla y cerré los ojos, tratando de encontrar la paz que necesitaba para evitar que Gideon se preocupara. Mi problema era yo misma y no quería molestarlo con algo que él no podía cambiar. Sólo yo podía hacer de mí una persona más fuerte y tenía que hacerlo si quería hacerlo feliz y ofrecerle la seguridad que tan desesperadamente buscaba en mí.

La puerta se abrió detrás de mí y respiré hondo antes de girarme con una sonrisa. Gideon salió con dos tazas humeantes en una mano; una de ellas con café solo y la otra con media crema. Sabía que estaría completamente a mi gusto y delicioso porque Gideon sabía exactamente lo que me gustaba. No porque yo se lo hubiese dicho, sino porque prestaba atención a todo lo que me concernía.

—No sigas machacándote —ordenó con tono severo mientras colocaba las tazas sobre la barandilla.

Dejé escapar un suspiro. Por supuesto, no podía ocultarle mi estado de ánimo con una simple sonrisa. Veía a través de mí.

Agarró mi cara entre sus manos y me miró.

—Ya pasó. Olvídalo.

Extendí los brazos y pasé los dedos por donde había visto la magulladura.

—Tenía que ocurrir —dijo con sequedad—. No. Calla y escúchame. Creía entender lo que sentías con respecto a Corinne y, francamente, pensaba que simplemente no lo llevabas bien. Pero no tenía ni idea. He sido un idiota egoísta.

—*No* lo llevo bien. La odio con toda mi alma. No puedo pensar en ella sin ponerme de mal humor.

—Lo entiendo ahora. Antes no. —Retorció la boca con expresión de arrepentimiento—. A veces, hace falta que ocurra algo drástico para hacerme despertar. Por suerte, siempre se te ha dado muy bien llamar mi atención.

—No trates de quitarle importancia a esto, Gideon. Podrías haber terminado gravemente herido por mi culpa.

Me agarró por la cintura cuando iba a darme la vuelta.

—Terminé gravemente herido por ti al verte en los brazos de otro, besándolo. —Sus ojos se volvieron abrasadores y oscuros—. Me destrozó, Eva. Me partió en dos y me desangró. Le golpeé como una forma de autodefensa.

—Oh, Dios mío —susurré, devastada por aquella brutal sinceridad—. Gideon.

—Estoy indignado conmigo mismo por no haber sido más comprensivo con lo de Corinne. Si un beso puede hacer que me sienta así... —Me envolvió con fuerza entre sus brazos, con un brazo alrededor de mi cintura y con el otro sobre mi espalda para agarrarme la parte posterior de la cabeza, apresándome.

—Si alguna vez me engañaras, me moriría —dijo con voz ronca.

Giré la cabeza y apreté los labios contra su cuello.

—Ese estúpido beso no significó nada. Menos que nada.

Me agarró el pelo y echó mi cabeza hacia atrás.

—No entiendes lo que tus besos significan para mí, Eva. Tú simplemente los das como si fuera una tontería...

Gideon bajó la cabeza y selló su boca con la mía. Empezó suavemente, de una forma dulce y provocadora, acariciando con su lengua mi labio inferior. Abrí la boca y asomé la lengua para tocar la suya. Inclinó la cabeza y lamió el interior de mi boca. Con lametones rápidos y profundos que despertaron un deseo dormido.

Levanté los brazos y deslicé los dedos por su cabello mojado, poniéndome de puntillas para besarlo más dentro. Sus labios se movían contra los míos, y se volvían más húmedos y calientes. Nos estábamos comiendo el uno al otro, de un modo cada vez más feroz hasta que empezamos a coger con la boca, copulando apasionadamente con labios, lenguas y pequeños mordiscos. Yo jadeaba de deseo por él y movía mis labios por encima de los suyos, mientras de mi garganta salían sonidos de deseo.

Sus besos eran regalos. Me besaba con todo su ser, con fuerza, pasión, deseo y amor. No se guardaba nada, lo daba todo, lo ponía todo al descubierto.

La tensión se marcó en su poderoso contorno y su dura piel de satén se fue calentando de una forma febril. Sumergía la lengua en mi boca enredándola con la mía y su respiración rápida se mezclaba con la mía inundándome los pulmones. Mis sentidos se empaparon de él, de su sabor, de su olor, y la mente me daba vueltas mientras yo ladeaba la cabeza tratando de saborearlo aún más. Quería lamerlo más adentro, chuparlo con fuerza. Devorarlo.

Lo deseaba demasiado.

Sus manos recorrían mi espalda temblorosas e inquietas. Gimió y mi sexo respondió apretándose. Tirando del cinturón de mi bata, lo soltó y ésta se abrió. Agarró mi cintura desnuda. Me mordió el labio inferior hundiendo los dientes en él mientras lo acariciaba con la lengua. Yo gimoteé deseando más, sintiendo que mi boca se hinchaba y se volvía más sensible.

Por muy cerca que estuviésemos, nunca era suficiente.

Gideon me agarró las nalgas y me atrajo con fuerza hacia él, y su erección era como un acero caliente que me abrasaba el vientre a través de la fina seda de sus pantalones. Me soltó el labio y volvió a entrar en mi boca, llenándome con el sabor de su deseo mientras su lengua se convertía en un látigo de terciopelo de un placer atormentador.

Una fuerte sacudida lo hizo estremecerse y soltó un gruñido mientras movía la cadera en círculo. Apretó los dedos sobre mi culo y su gemido hizo que mis labios vibraran. Sentí cómo su verga daba sacudidas entre los dos y cómo un calor abrasador se extendía por mi piel. Se corrió con un fuerte gemido, empapando la seda que había entre los dos.

Yo solté un grito, enternecida y dolorida, completamente excitada al ver que podía hacer que perdiera el control de esa forma simplemente con besarlo.

Me soltó y sus pulmones se movían pesadamente.

—Tus besos son *míos*.

—Sí. *Gideon*... —Estaba conmocionada, me sentía desnuda y expuesta tras el momento más erótico de mi vida.

Él se puso de rodillas y me metió la lengua hasta que estallé en un orgasmo.

Nos duchamos y pasamos durmiendo toda la mañana. Me sentía de maravilla al dormir con él de nuevo, con la cabeza apoyada en su pecho, el brazo envolviendo su vientre duro como una piedra y las piernas enredadas entre las suyas.

Cuando nos despertamos poco después de la una de la tarde, yo estaba hambrienta. Bajamos a la cocina juntos y descubrí que me gustaba aquel espacio de apariencia tan moderna y austera. Las puertas de los armarios de cristal aguado hacían buena pareja con el granito y el suelo de madera oscura. Y lo que era aún mejor, la despensa estaba totalmente equipada. No había necesidad de salir de la casa para nada.

Fuimos a lo fácil y preparamos bocadillos, nos los llevamos a la sala de estar y nos los comimos con las piernas entrelazadas sobre el sofá, uno frente a otro.

Llevaba la mitad cuando sorprendí a Gideon mirándome con una sonrisa.

—¿Qué? —pregunté mientras daba un mordisco.

—Arnoldo tiene razón. Es divertido verte comer.

—Cállate.

Su sonrisa se volvió más amplia. Parecía tan despreocupado y feliz que sentí una punzada en el corazón.

—¿Cómo encontraste este lugar? —le pregunté—. ¿O fue Scott quien lo encontró?

—Fui yo. —Se metió una papa frita en la boca y se lamió la sal de los labios, lo que me pareció de lo más erótico—. Quería llevarte a alguna isla donde nadie pudiera molestarnos. Esto se le parece mucho, sin tener que perder tiempo en el viaje. En principio, había pensado que viniéramos en avión.

Seguí comiendo pensativa, recordando el largo viaje hasta allí. Pese a que podría haber sido una locura, había algo excitante en la idea de que hubiera tenido que reorganizar nuestro programa simplemente para cogerme hasta la extenuación durante horas, utilizando la necesidad que yo tenía de él para enfrentarme a una verdad que había bloqueado. Imaginé toda la frustración y la rabia que debían haber impulsado sus planes... con el pensamiento centrado en liberar toda aquella furiosa pasión sobre mi indefenso y voluntarioso cuerpo...

—Estás poniendo esa mirada de cógeme —observó—. Y me llamas a mí obseso sexual.

—Perdona.

—No es que me queje.

Rebobiné mis pensamientos hasta un momento anterior de la noche.

—Ya no le gusto a Arnoldo.

Me miró arqueando una de sus oscuras cejas.

—¿Estás poniendo esa cara de cógeme mientras piensas en Arnoldo? ¿También a él voy a tener que darle una paliza?

—No, hombre. Lo dije para que no pensáramos en el sexo y porque necesitaba decírtelo.

Se encogió de hombros.

—Hablaré con él.

—Creo que debería ser *yo* quien lo hiciera, por si sirve de algo.

Gideon me estudió con sus ojos increíblemente azules.

—¿Qué le vas a decir?

—Que tiene razón. Que no te merezco y que la cagué. Pero que estoy locamente enamorada de ti y que me gustaría tener la oportunidad de demostrarles a los dos que puedo ser lo que necesitas.

—Ángel, si te necesitara más, no podría vivir. —Se llevó mi mano a los labios para besarme en las yemas de los dedos—. Y no me importa lo que piensen los demás. Tenemos nuestro propio ritmo y para nosotros funciona.

—¿Para ti funciona? —Tomé mi botella de té helado de la mesita y di un trago—. Sé que te agota. ¿Piensas alguna vez que es demasiado duro o doloroso?

—Eres consciente de lo sugerente que suena eso, ¿verdad?

—Ay, Dios mío —me reí—. Eres terrible.

Sus ojos brillaron divertidos.

—Eso no es lo que sueles decir.

Negué con la cabeza y continué comiendo.

—Ángel, prefiero discutir contigo que reírme con nadie más.

¡Dios mío! Tardé un minuto en poder tragarme el último bocado que había en mi boca.

—Sabes... que te amo con locura.

Sonrió.

—Sí, lo sé.

❦

Tras recoger lo que habíamos ensuciado con el almuerzo, lancé el estropajo al fregadero.

—Tengo que hacer la llamada de los sábados a mi padre.

Gideon negó con la cabeza.

—Imposible. Tendrás que esperar al lunes.

—¿Qué? ¿Por qué?

Me atrapó contra el mostrador agarrándose al filo conmigo en medio.

—No hay teléfonos.

—¿En serio? ¿Y tu teléfono móvil? —Yo había dejado el mío en casa antes de que fuéramos al concierto, sabiendo que no tenía sitio para guardarlo y que no tenía intención de utilizarlo de todos modos.

—Va en la limusina camino de Nueva York. Tampoco hay internet. Mandé que se llevaran el módem y los teléfonos antes de que llegáramos.

Me quedé sin habla. Con todas las responsabilidades y compromisos que tenía, quedarse incomunicado durante el fin de semana era.... increíble.

—Vaya. ¿Cuándo fue la última vez que desapareciste así de la faz de la tierra?

—Pues... nunca.

—Debe haber al menos media docena de personas aterradas por no poder consultarte nada.

Levantó los hombros con despreocupación.

—Se las ingeniarán.

El placer me invadió.

—Te tengo todo para mí.

—Absolutamente. —Su boca adoptó una sonrisa maliciosa—. ¿Qué vas a hacer conmigo, ángel?

Le devolví la sonrisa, extasiada de felicidad.

—Seguro que se me ocurre algo.

⌇

FUIMOS a dar un paseo por la playa.

Me remangué unos pantalones de pijama de Gideon y me puse mi camiseta blanca sin mangas, que quedaba indecente porque mi sostén iba camino de Nueva York junto con el teléfono móvil de Gideon.

—Morí y estoy en el cielo —dijo, mirándome el pecho mientras caminábamos por la orilla—, donde se hacen realidad todos los sueños y fantasías eróticas de mi adolescencia, y todo es para mí.

Golpeé su hombro con el mío.

—¿Cómo puedes pasar de ser irresistiblemente romántico a grosero en el espacio de una hora?

—Es otro de mis muchos talentos. —Su mirada volvió a aterrizar en las puntas prominentes de mis pezones, que estaban duros por la exposición a la brisa del mar. Me apretó la mano y soltó un exagerado suspiro de felicidad—. En el cielo con mi ángel. No se puede estar mejor.

Tuve que asentir. La playa era preciosa, temperamental y agreste, y me recordaba mucho al hombre cuya mano agarraba. El sonido del oleaje y los graznidos de las gaviotas me invadían con una auténtica sensación de felicidad. El agua estaba fría bajo mis pies mojados y el viento me azotaba el pelo sobre la cara. Hacía mucho tiempo que no me sentía tan bien y le estaba agradecida a Gideon por habernos regalado ese tiempo apartados para disfrutar el uno del otro. Éramos perfectos cuando estábamos juntos y solos.

—Te gusta esto —apuntó.

—Siempre me ha encantado estar cerca del agua. El segundo marido de mi madre tenía una casa en un lago. Recuerdo pasear por la orilla con ella como ahora y pensar que algún día me compraría algo cerca del agua.

Me soltó la mano y, en su lugar, me pasó el brazo por los hombros.

—Pues hagámoslo. ¿Qué tal este sitio? ¿Te gusta?

Lo miré, amando los ojos que el viento dejaba entrever a través de su pelo.

—¿Está en venta?

Tiró hacia la playa que teníamos frente a nosotros.

—Todo está en venta por un precio adecuado.

—¿A *ti* te gusta?

—El interior es un poco frío con tanto blanco, aunque el dormitorio principal me encanta como está. Podríamos cambiar el resto. Hacerlo más nuestro.

—Nuestro —repetí, preguntándome qué sería eso. Me encantaba su apartamento con esa elegancia del Viejo Mundo. Y creo que se sentía cómodo en mi casa, que era más moderna. Combinando las dos...—. Un paso muy grande eso de comprar una casa juntos.

—Un paso inevitable —me corrigió—. Dijiste que la separación del doctor Petersen no es una opción.

—Sí, es verdad. —Caminamos un poco más en silencio. Traté de saber qué sentía ante el hecho de que Gideon quisiera que hubiese un nexo más tangible entre los dos. También me pregunté por qué había elegido una propiedad conjunta como el modo de conseguirlo—. Entonces, supongo que a ti también te gusta esto.

—Me gusta la playa. —Se apartó el pelo de la cara—. Tengo una fotografía con mi padre construyendo un castillo de arena en una playa.

Fue un milagro que no me tambaleara. Gideon daba muy poca información de forma voluntaria sobre su pasado y, cuando lo hacía, casi se trataba de un hecho trascendental.

—Me gustaría verla.

—La tiene mi madre. —Dimos unos cuantos pasos más antes de que dijera—: Se la pediré para que la veas.

—Iré contigo. —Aún no me había dicho por qué, pero sí me había contado una vez que la casa de los Vidal suponía para él una pesadilla. Sospeché que cualquiera que fuese el origen de su parasomnia habría tenido lugar allí.

El pecho de Gideon se hinchó al respirar hondo.

—Puedo pedir que me la envíen por correo.

—De acuerdo. —Giré la cabeza para besar sus magullados nudillos, que descansaban en mi hombro—. Pero mi oferta sigue en pie.

—¿Qué te pareció mi madre? —preguntó de repente.

—Es muy guapa. Muy elegante. Refinada. —Lo observé y vi el cabello negro de Elizabeth Vidal y sus impresionantes ojos azules—. También parece quererte mucho. Lo vi en sus ojos cuando te miraba.

Él continuó con la vista al frente.

—No me quiso lo suficiente.

De inmediato, me quedé sin respiración. Como no sabía qué era lo que le provocaba unas pesadillas tan tormentosas, me había estado preguntando si quizá ella lo habría querido demasiado. Fue un alivio saber que no era el caso. Ya era bastante espantoso saber que su padre se había suicidado. Que su madre lo hubiese traicionado también podría ser más de lo que él pudiera superar nunca.

—¿Cuánto es suficiente, Gideon?

Apretó la mandíbula. Su pecho se ensanchó al respirar.

—No me creyó.

Me paré en seco y me di la vuelta para mirarlo.

—¿Le contaste lo que te había pasado? ¿Se lo contaste y no te creyó?

Miró por encima de mi cabeza.

—Ya no importa. Hace mucho tiempo.

—Una mierda. Sí importa. Importa mucho. —Me sentía furiosa por él. Furiosa porque una madre no hubiese cumplido con su deber de estar del lado de su hijo. Furiosa porque ese niño había sido Gideon—. Apuesto a que, además, duele muchísimo.

Bajó sus ojos hasta mi cara.

—Mírate, enfadada y molesta. No debería haber dicho nada.

—Deberías haberlo dicho antes.

La tensión de sus hombros se relajó y su boca se curvó con arrepentimiento.

—No te he contado nada.

—Gideon...

—Y por supuesto que me crees, ángel. Has dormido en una cama conmigo.

Tomé su cara entre mis manos y lo miré fijamente a los ojos.

—Te. Creo.

Su rostro se contrajo de dolor durante una fracción de segundo, antes de tomarme y darme un tierno abrazo.

—Eva.

Me agarré con las piernas a su cintura y lo abracé.

—Te creo.

Cuando regresamos a la casa, Gideon entró en la cocina para abrir una botella de vino mientras yo examinaba con detenimiento las estanterías de la sala de estar, sonriendo al encontrarme el primer libro de la serie de la que le había hablado, de la que había adoptado su apodo, campeón.

Nos tumbamos en el sofá y me puse a leerle mientras él jugaba distraídamente con mi pelo. Estaba pensativo tras nuestro paseo y, al parecer, su mente se encontraba lejos de mí. No me molestó. Nos habíamos dado el uno al otro mucho en que pensar durante los últimos dos días.

Cuando subió la marea, el agua quedó justo por debajo de la casa, produciendo un sonido alucinante y una visión aún más asombrosa. Salimos a la terraza y vimos cómo bajaba y subía, convirtiendo la casa en una isla entre las olas.

—Vamos a preparar galletas —dije mientras me inclinaba por la barandilla con Gideon abrazado a mi espalda—. En esa chimenea exterior que hay ahí.

Enganchó sus dientes al lóbulo de mi oreja.

—Quiero lamer chocolate líquido en tu cuerpo.

Sí, por favor...

Me reí.

—¿No quema eso?

—No, si lo hago bien.

Me giré para mirarle a la cara y él me levantó y me sentó en la ancha barandilla. Después, se abrió paso entre mis piernas y me abrazó por la cintura. Había una maravillosa paz que acompañaba aquel atardecer y los dos nos hundimos en ella. Le pasé las manos por el pelo, justo como lo hacía la brisa de la noche.

—¿Has hablado con Ireland? —le pregunté al acordarme de su hermanastra, que era tan guapa como su madre. La conocí en la fiesta de Vidal Records y enseguida tuve claro que estaba deseando hablar un poco con su hermano mayor o tener noticias de él.

—No.

—¿Qué te parece si la invitamos a cenar cuando venga mi padre a la ciudad?

Gideon inclinó la cabeza hacia un lado mientras me miraba.

—¿Quieres que invite a una niña de diecisiete años a cenar conmigo y con tu padre?

—No. Quiero que tu familia conozca a la mía.

—Se va a aburrir.

—¿Cómo lo sabes? —lo desafié—. En cualquier caso, creo que tu hermana te adora como si fueses un héroe. Estoy segura de que con tal de que le prestes atención, tendrá suficiente.

—Eva. —Dejó escapar un suspiro de clara exasperación—. Sé realista. No tengo ni la más remota idea de cómo entretener a una adolescente.

—Ireland no es una chica cualquiera. Es...

—¡Me da igual lo que sea!

Entonces, se me ocurrió.

—Le tienes miedo.

—Por favor. —Se mofó.

—Es verdad. Te da miedo. —Y dudé si tendría algo que ver con la edad de su hermana o con el hecho de que se tratara de una chica.

—¿A ti qué te pasa? —se quejó—. Te ha dado por Ireland. Déjala en paz.

—Es la única familia que tienes, Gideon. —Y estaba dispuesta a mantener lo dicho. Su hermanastro Christopher era un imbécil y su madre no se merecía tenerlo en su vida.

—¡Te tengo a *ti!*

—Cariño. —Suspiré y lo envolví con mis piernas—. Sí, me tienes a mí. Pero en tu vida hay espacio para más personas que te quieren.

—Ella no me quiere —murmuró—. No me conoce.

—Creo que en eso te equivocas, pero, de no ser así, te querría si te conociera.

—Ya basta. Volvamos a la cuestión de las galletas.

Traté de sostenerle la mirada, pero fue imposible. Cuando él consideraba que un tema estaba zanjado, no había manera de continuarlo. Así que tendría que dar un rodeo.

—¿Quieres que hablemos de galletas, campeón? —Me pasé la lengua por el labio inferior—. ¿De todo ese chocolate pegajoso en nuestros dedos?

Gideon entrecerró los ojos.

Pasé los dedos por sus hombros y los bajé por el pecho.

—Quizá me deje convencer para que me untes todo el cuerpo con ese chocolate. También podrías convencerme para que unte el tuyo.

Arqueó la ceja.

—¿Intentas hacerme chantaje otra vez con el sexo?

—¿Dije eso? —Parpadeé inocentemente—. Yo creo que no.

—Lo insinuaste. Así que vamos a ser claros. —Hablaba con voz peligrosamente baja y me miraba con sus ojos oscuros mientras deslizaba la mano por debajo de mi camiseta y me agarraba el pecho desnudo—. Invitaré a Ireland a cenar con tu padre porque te hace feliz y a mí eso me hace feliz.

—Gracias —dije con la respiración entrecortada, pues había empezado a tirar de mi pezón de forma rítmica haciéndome gemir de placer.

—Voy a hacer todo lo que quiera con el chocolate fundido y tu cuerpo porque eso me dará placer a mí y te lo dará a ti. Yo diré cuándo y cómo. Repítelo.

—Tú dirás... —Ahogué un grito cuando su boca envolvió mi otro pezón por encima del algodón elástico—. Oh, Dios.

Me dio un mordisco.

—Dilo.

Todo mi cuerpo se tensó, respondiendo rápidamente a su tono autoritario.

—Tú dirás cuándo y cómo.

—Hay cosas con las que puedes regatear, ángel, pero tu cuerpo y tu sexo no son negociables.

Le agarré del pelo como una reacción instintiva a su forma incesante y deliciosa de chupar mi sensible pezón. Ya no quería intentar comprender por qué quería que fuera él quien tuviese el control. Simplemente era así.

—¿Con qué más voy a negociar? Lo tienes todo.

—Tu tiempo y atención son dos cosas con las que me puedes influir. Haré lo que sea por ellas.

Sentí un escalofrío.

—Me pones húmeda —susurré.

Gideon se separó de la barandilla y me llevó con él.

—Porque así es como quiero que estés.

12

GIDEON Y YO regresamos a Manhattan justo antes de la medianoche del domingo. Habíamos pasado la noche anterior durmiendo separados, pero la mayor parte del día juntos en la cama del dormitorio, besándonos y acariciándonos. Riendo y susurrando.

Por un acuerdo tácito no hablamos de nada doloroso durante el resto del tiempo que estuvimos fuera. No quisimos encender la televisión ni la radio porque no nos parecía bien compartir nuestro tiempo con nadie más. Volvimos a pasear por la playa. Hicimos el amor despacio y durante un largo rato en la terraza de la tercera planta. Jugamos a las cartas y él me ganó en todas las manos. Recargamos pilas y nos recordamos el uno al otro que merecía la pena luchar por lo que habíamos descubierto en nosotros.

Fue el día más perfecto de mi vida.

Regresamos a mi apartamento al volver a la ciudad. Gideon abrió la puerta con la llave que yo le había regalado y entramos al espacio oscuro lo más silenciosamente que pudimos para no despertar a Cary. Gideon me dio las buenas noches con uno de sus besos que quitan el aliento, se dirigió al cuarto de invitados y yo me metí en mi solitaria cama sin él. Echándolo de menos. Me pregunté cuánto tiempo estaríamos durmiendo separados. ¿Meses? ¿Años?

No quería pensar en ello, así que cerré los ojos y empecé a dejarme llevar.

La luz se encendió.

—Eva. Levántate. —Gideon entró en la habitación, fue directo a mi vestidor y se puso a rebuscar entre mi ropa.

Yo lo miré parpadeando, y me di cuenta de que se había puesto unos pantalones y una camisa.

—¿Qué pasa?

—Es Cary —contestó con tono serio—. Está en el hospital.

UN taxi nos esperaba en la acera cuando salimos de mi edificio. Gideon me dejó pasar y, después, se colocó a mi lado.

El taxi parecía avanzar muy despacio. Todo parecía moverse despacio. Me agarré a la manga de Gideon.

—¿Qué pasó?

—Lo agredieron el viernes por la noche.

—¿Cómo lo sabes?

—Tu madre y Stanton dejaron mensajes en mi celular.

—¿Mi madre...? —Lo miré confundida—. ¿Por qué no me...?

No, no podía llamarme. No me llevé el teléfono. La culpa y la preocupación me invadieron, haciendo que me costara respirar.

—Eva. —Me pasó un brazo por encima de los hombros, instándome a que apoyara la cabeza contra él—. No te preocupes hasta que sepamos algo más.

—Han pasado días, Gideon. Y no he estado con él.

Las lágrimas caían por mi rostro y no podía parar, incluso después de llegar al hospital. Apenas me fijé en el exterior del edificio, pues mi atención estaba embotada por la enorme ansiedad que me recorría el cuerpo. Di las gracias a Dios por tener a Gideon, que se mostraba calmado y se encargaba de todo. Un bedel nos dio el número de la habitación de Cary, pero ahí terminó toda su ayuda. Gideon hizo unas cuantas llamadas en plena noche para conseguir que me dejaran ver a Cary, pese a que no eran horas de visitas. Gideon había sido en ocasiones un generoso benefactor y eso no era algo que se pudiera descartar ni olvidar con facilidad.

Cuando entré en la habitación de Cary y lo vi, el corazón se me hizo añicos y las piernas me empezaron a temblar. Gideon impidió que cayera al suelo. El hombre al que yo consideraba mi hermano, el mejor amigo que había tenido y jamás tendría, yacía en silencio e inmóvil en la cama. Tenía la cabeza vendada y los ojos amoratados. Por uno de sus brazos se introducían vías intravenosas y el otro lo tenía escayolado. De no haber sabido quién era, no lo habría reconocido.

Había flores por todos lados, ramos alegres y coloridos. Había también globos y unas cuantas tarjetas. Supe que algunas serían de mi madre y de Stanton, quienes por cierto, también se estaban ocupando de los cuidados de Cary.

Nosotros éramos su familia. Y todos habían estado allí con él excepto yo.

Gideon me acercó a la cama rodeando mi cintura con brazo firme para sostenerme. Yo sollozaba con densas y abrasadoras lágrimas. Aquello era lo único que yo podía hacer para permanecer en silencio.

Aun así, Cary debió oírme o notar mi presencia. Sus párpados se agitaron y, después, se abrieron. Tenía sus preciosos ojos verdes inyectados en sangre y con la mirada perdida. Tardó un rato en encontrarme. Cuando lo hizo, parpadeó unas cuantas veces y, entonces, las lágrimas empezaron a rodar por sus sienes.

—Cary. —Me abalancé sobre él y deslicé la mano entre la suya—. Estoy aquí.

Él me apretó con tanta fuerza que me dolió.

—Eva.

—Siento haber tardado tanto. No tenía el teléfono. No tenía ni idea. Habría venido de haberlo sabido.

—Está bien. Ahora sí estás aquí. —Trató de tragar saliva—. Dios... me duele todo.

—Voy a buscar a una enfermera —dijo Gideon, pasando la mano por mi espalda antes de salir en silencio de la habitación.

Vi una pequeña jarra y un vaso con una pajita en la mesa con ruedas.

—¿Tienes sed?

—Mucha.

—¿Te puedo incorporar? ¿O no? —Tenía miedo de hacer algo que le causara dolor.

—Sí.

Utilizando el mando que había junto a su mano, levanté la parte superior de la cama para que estuviese recostado. Después, le llevé la pajita a los labios y vi cómo bebía con avidez.

Dejó escapar un suspiro.

—Qué alegría volver a verte, nena.

—¿Qué demonios pasó? —Dejé el vaso vacío en la mesa y volví a agarrarle la mano.

—Ni puta idea. —Su voz sonaba débil, casi como un susurro—. Saltó sobre mí con un bate.

—¿Con *un bate?* —Sólo con pensarlo me puse enferma. Qué brutalidad. Qué violencia...—. ¿Fue un loco?

—Claro que sí —contestó con brusquedad, y una línea de dolor se cruzó entre sus cejas.

Yo di un paso atrás.

—Lo siento.

—No. No lo sientas. Mierda. Estoy... —Cerró los ojos—. Estoy agotado.

Justo entonces entró la enfermera vestida con una bata con dibujos de depresores de lenguas y estetoscopios. Era joven y guapa, de pelo oscuro y ojos endrinos. Revisó el estado de Cary, le tomó el pulso y, a continuación, apretó un botón que colgaba de la barandilla protectora.

—Puedes administrártelo tú mismo cada media hora para el dolor —le dijo—. Simplemente, pulsa este botón. No dispensará la dosis si no ha pasado el tiempo suficiente, así que no tendrás que preocuparte por si lo pulsas demasiado a menudo.

—Una sola vez ya es demasiado —murmuró mientras me miraba.

Comprendí su renuencia. Tenía una personalidad adictiva. Había pasado por una corta fase de yonqui antes de que yo consiguiera hacer que entrara en razón.

Pero era un alivio ver que las arrugas de dolor que había en su frente se suavizaban y que su respiración adoptaba un ritmo más profundo.

La enfermera me miró.

—Tiene que descansar. Vuelva durante las horas de visita.

Cary me miró con desesperación.

—No te vayas.

—No se va a ir a ningún sitio —dijo Gideon entrando de nuevo en la habitación—. He dado orden de que traigan una cama esta noche.

No creí que fuese posible querer a Gideon más de lo que ya lo quería, pero, de algún modo, siempre terminaba encontrando el modo de demostrar que me equivocaba.

La enfermera sonrió a Gideon con timidez.

—Cary va a necesitar más agua —le dije mientras ella apartaba con desgana la mirada de mi novio para mirarme a mí.

Cogió la jarra y salió de la habitación.

Gideon se acercó a la cama y le habló a Cary.

—Cuéntame qué pasó.

Cary suspiró.

—Trey y yo salimos el viernes, pero él tuvo que retirarse temprano. Yo lo acompañé a tomar un taxi, pero era imposible hacerlo en la puerta de la discoteca, así que fuimos hasta otra calle. Él se acababa de ir cuando me golpearon en la parte posterior de la cabeza. Me tiró al suelo y me aporreó unas cuantas veces. No tuve ocasión de poder defenderme.

Las manos empezaron a temblarme y Cary me acarició suavemente con el dedo pulgar.

—Oye —murmuró—. Es una lección. No meteré la verga en la persona equivocada.

—¿Qué?

Vi que los ojos de Cary se cerraban y, un momento después, era evidente que estaba durmiendo. Miré a Gideon con desesperación al otro lado de la cama.

—Me informaré de todo —dijo—. Sal conmigo un momento.

Lo seguí, volviendo en repetidas ocasiones la mirada hacia Cary. Cuando cerramos la puerta al salir, le dije:

—Dios mío, Gideon, tiene un aspecto horrible.

—Le dieron una buena paliza —dijo con tono serio—. Tiene una fractura en el cráneo, una seria conmoción cerebral, tres costillas astilladas y un brazo roto.

Era terriblemente doloroso escuchar aquella lista de lesiones.

—No entiendo por qué iba alguien a querer hacerle esto.

Me atrajo hacia él y presionó los labios contra mi frente.

—El médico me ha dicho que es posible que dejen que Cary se vaya dentro de uno o dos días, así que voy a organizar la asistencia a domicilio. Diré también en tu trabajo que no vas a ir.

—Hay que decírselo al representante de Cary.

—Yo me encargo.

—Gracias. —Lo abracé con fuerza—. ¿Qué haría yo sin ti?

—Eso nunca lo sabrás.

MI madre me despertó a las nueve de la mañana siguiente, entrando inquieta en la habitación de Cary en cuanto dieron comienzo las horas de visita. Me sacó al pasillo, llamando la atención de todos los que estaban cerca. Era temprano, pero estaba impresionante con sus llamativos zapatos de Louboutin de suela roja y con su vestido de tubo de color marfil sin mangas.

—¡Eva, no puedo creer que hayas pasado todo el fin de semana sin el teléfono móvil! ¿En qué estabas pensando? ¿Y si había alguna emergencia?

—*Hubo* una emergencia.

—¡Exacto! —Levantó una mano, pues con el otro brazo tenía agarrado el primero por debajo—. Nadie podía ponerse en contacto contigo ni con Gideon. Dejó un mensaje diciendo que te llevaba fuera el fin de semana pero nadie sabía dónde estaban. ¡No puedo creer que haya sido tan irresponsable! ¿En qué estaba pensando?

—Gracias por haberte ocupado de Cary —la interrumpí, puesto que se estaba enrollando y repitiéndose—. Significa mucho para mí.

—Bueno, por supuesto. —Mi madre se tranquilizó—. Nosotros también lo queremos, ya lo sabes. Esto me tiene destrozada.

El labio inferior le temblaba y buscó en el bolso su pañuelo, siempre a mano.

—¿Está investigándolo la policía? —le pregunté.

—Sí, por supuesto, pero no sé si sacarán algo en claro. —Se tocó ligeramente los rabillos de los ojos—. Yo quiero mucho a Cary, pero es un golfo. Dudo que pueda recordar a todas las mujeres y hombres con los que ha estado. ¿Te acuerdas de la subasta benéfica a la que asististe con Gideon? ¿En la que te compré ese sensacional vestido rojo?

—Sí. —Nunca podría olvidarla. Fue la noche en la que Gideon y yo hicimos el amor por primera vez.

—Estoy segura de que Cary se lio con una rubia con la que estuvo bailando esa noche... ¡mientras estaban allí! Desaparecieron y, cuando regresaron... En fin, sé reconocer a un hombre satisfecho. Me sorprendería que él supiera siquiera el nombre de ella.

Recordé lo que Cary había dicho antes de quedarse dormido.

—¿Crees que este ataque está relacionado con alguien con quien se haya acostado?

Mi madre me miró pestañeando, como si de pronto recordara que yo no sabía nada.

—Le dijeron a Cary que mantuviera las manos lejos de ella... quienquiera que sea esa ella. Los detectives van a venir hoy para tratar de sacarle algunos nombres.

—Dios mío. —Me restregué los ojos ansiando con todas mis fuerzas poder lavarme la cara y, aún más, tomarme una taza de café—. Tienen que hablar con Tatiana Cherlin.

—¿Quién es ésa?

—Una chica con la que Cary se ha estado viendo. Creo que estaría encantada con algo así. El novio de Cary los encontró juntos y ella se quedó tan tranquila. Le encantó ser la causa del drama.

Me rasqué la nuca y entonces me di cuenta de que el cosquilleo que sentía era por otro motivo completamente distinto. Miré hacia atrás y vi que Gideon se acercaba, y sus largas piernas acortaban la distancia que nos separaba con aquel paso acompasado. Vestido con traje para ir a trabajar, con una gran taza de café en una mano y un pequeño bolso negro en la otra. Él era exactamente lo que necesitaba en ese preciso momento.

—Perdóname. —Me acerqué a Gideon y me lancé directa a sus brazos.

—Hola. —Me saludó con los labios sobre mi cabello—. ¿Cómo lo llevas?

—Es horrible. Y absurdo. —Los ojos me ardían—. No necesitaba otro desastre en su vida. Ya ha tenido más que suficiente.

—Tú también. Y estás sufriendo con él.

—Y tú conmigo. —Me puse de puntillas y lo besé en la mandíbula. Después, me retiré—. Gracias.

Me dio el café.

—Te traje algunas cosas. Una muda de ropa, tu teléfono y tu tableta electrónica y cosas de aseo.

Sabía que tanta consideración por su parte le pasaría factura, literalmente. Tras un fin de semana fuera tendría que abrirse paso entre una pequeña montaña de trabajo valorada en millones de dólares en lugar de andar por ahí ocupándose de mí.

—Dios. Te amo.

—¡Eva! —La exclamación de sorpresa de mi madre hizo que me estremeciera. Ella era partidaria de reservar los te amos hasta la noche de bodas.

—Lo siento, mamá. No pude evitarlo.

Gideon me pasó por el cuello los dedos calientes por el café.

—Gideon —empezó a decir mi madre acercándose hasta ponerse justo a nuestro lado—, deberías saber que no puedes llevarte a Eva de viaje sin contar con ningún medio de pedir ayuda. Sé que lo sabes.

Claramente se estaba refiriendo a mi pasado. Yo no estaba segura de por qué creía mi madre que yo era tan delicada que no podía valerme por mí misma. Ella era muchísimo más frágil.

Lancé a Gideon una mirada compasiva.

Él sostuvo en el aire el bolso que me había traído y la mirada calmada y segura que había en su rostro transmitía que se sentía absolutamente cómodo tratando con mi madre. Así que dejé que lo hiciera. Yo no podía enfrentarme a ella hasta tomar mi dosis de café.

Volví a entrar en la habitación de Cary y vi que estaba despierto. Sólo con verlo, las lágrimas brotaron y sentí un nudo en la garganta. Era un hombre muy fuerte y vibrante, lleno de vida y muy revoltoso. Me producía un enorme dolor verlo tan destrozado.

—Hola —murmuró—. Deja de echar lagrimones cada vez que me ves. Me haces sentir como si me fuera a morir o algo así.

¡Caray! Tenía razón. Mis lágrimas no le hacían ningún bien. Además, el poco alivio que me producían suponía una mayor carga para él. Tenía que ser mejor amiga.

—No puedo evitarlo —dije sorbiéndome la nariz—. Qué mal. Alguien se me adelantó y te dio una paliza antes de que pudiera hacerlo yo.

—¿Ah, sí? —Dejó de fruncir el ceño—. ¿Y qué hice ahora?

—No me dijiste lo de Brett y los Six-Ninths.

—Sí... —A sus ojos regresó algo de su antiguo destello—. ¿Qué aspecto tenía?

—Bueno. Muy bueno. —Estaba buenísimo, pero me reservé ese pensamiento—. Aunque ahora mismo puede que no tenga mejor aspecto que tú.

Le conté lo del beso y la pelea de después.

—Cross le dio una paliza, ¿eh? —Cary negó con la cabeza, hizo después un gesto de dolor y se quedó quieto—. Hay que tener pelotas para enfrentarse a Brett. Es un matón de bar al que le gustan las peleas.

—Y Gideon es un experto en diferentes artes marciales. —Empecé a rebuscar en el bolso que Gideon me había traído—. ¿Por qué no me habías dicho que los Captive Soul habían firmado con una discográfica importante?

—Porque no quería que cayeras en ese agujero otra vez. Hay chicas que pueden salir con estrellas del rock, pero tú no eres una de ellas. Todo el tiempo que pasan en la carretera, todas las fans... Te volverías loca y lo volverías loco a él.

Lo fulminé con la mirada.

—Estoy absolutamente de acuerdo contigo. Pero me ofende que creas que volvería corriendo con él porque tiene éxito.

—Ése no es el motivo. No quería que escucharas su primer sencillo si se podía evitar.

—¿«Rubia»?

—Sí... —Me estudió mientras me dirigía al baño—. ¿Qué te pareció?

—Es mejor que una canción que se titule «Me la tiré».

Soltó una carcajada y esperó a que volviera a salir con la cara lavada y el cabello cepillado

—Entonces... ¿Lo besaste?

—Ése es el principio y el final de la historia —respondí fríamente—. ¿Has hablado con Trey desde el viernes?

—No. Se llevaron mi teléfono. También la cartera, supongo. Cuando recuperé la conciencia, estaba aquí, vestido con esta cosa tan monstruosa —dijo levantándose la bata del hospital.

—Voy a ir por tus cosas. —Volví a meter en el bolso los artículos del baño y, a continuación, fui a sentarme en la silla que había a su lado con mi café en la mano—. Gideon está preparándolo todo para llevarte a casa con una enfermera privada.

—Vaya... Ésa es una fantasía que tengo. ¿Puedes asegurarte de que la enfermera esté buena? ¿Y soltera?

Lo miré sorprendida. Aunque en el fondo me aliviaba ver que su aspecto y su voz empezaban a parecerse más a él mismo.

—Es evidente que te encuentras mejor si estás tan juguetón. ¿Cómo te fue con Trey?

—Bien —contestó con un suspiro—. Me preocupaba que no se encontrara a gusto en la fiesta. Había olvidado que ya conocía a mucha de la gente.

Cary y Trey se habían conocido en una sesión de fotos en la que Cary era el modelo y Trey el ayudante del fotógrafo detrás de la cámara.

—Me alegra saber que la pasaron bien.

—Sí. Él estaba absolutamente decidido a *no* acostarse conmigo.

—Así que lo intentaste... después de haber dicho que no lo harías.

—Es de *mí* de quien estamos hablando. —Puso los ojos en blanco—. Carajo, sí. Lo intenté. Está bueno y es estupendo en la cama....

—... y está enamorado de ti.

Dejó salir en un torrente la respiración que tenía contenida, haciendo una mueca de dolor mientras el pecho se expandía.

—Nadie es perfecto.

Tuve que reprimir una carcajada.

—Cary Taylor, estar enamorado de ti no es un defecto.

—Bueno, tampoco es lo más inteligente. He sido un idiota con él —murmuró contrariado—. Puede aspirar a algo mucho mejor.

—Eso no es una decisión que puedas tomar por él.

—Alguien tiene que hacerlo.

—Y tú te ofreces voluntario porque también lo quieres. —Sonreí—. ¿Tan malo te parece?

—No lo quiero lo suficiente. —De su rostro desapareció todo signo de frivolidad, dejando detrás al hombre herido y solitario al que yo conocía tan bien—. No puedo ser fiel, como él quiere. Solos él y yo. Me gustan las mujeres. De hecho, me encantan. Sería como hacer desaparecer la mitad de mí. Sólo pensarlo hace que me enfade con él.

—Te has esforzado mucho para aceptarte —dije con tono suave, recordando aquella época con algo más que una punzada de tristeza—. Te comprendo perfectamente y no estoy en desacuerdo contigo, pero ¿has probado a hablar de ello con Trey?

—Sí, lo he hablado con él. Me estuvo escuchando. —Se pasó los dedos por la ceja—. Lo entiendo, de verdad. Si me dijera que quiere tirarse a otro tipo mientras está saliendo conmigo, me enojaría mucho.

—¿Pero no si fuera con una mujer?

—No. No lo sé. Mierda. —Sus ojos verdes inyectados en sangre me miraron suplicantes—. ¿Habría alguna diferencia para ti si Cross se estuviera cogiendo a otro tipo? ¿O simplemente a una mujer?

La puerta se abrió y entró Gideon. Le sostuve la mirada mientras respondí:

—Si la verga de Gideon tocara algo aparte de su mano o mi cuerpo, habríamos terminado.

Me miró sorprendido.

—Vaya.

Yo sonreí dulcemente y le guiñé un ojo.

—Hola, campeón.

—Hola, ángel. —Miró a Cary—. ¿Cómo te encuentras esta mañana?

Cary retorció los labios irónicamente.

—Como si me hubiese atropellado un autobús... o un bate.

—Estamos organizándolo todo para instalarte en casa. Parece que lo conseguiremos para el miércoles.

—Tetas grandes, por favor —dijo Cary—. O fuertes músculos. Cualquiera de las dos cosas me sirve.

Gideon me miró.

Yo sonreí.

—Habla del enfermero o la enfermera privada.

—Ah.

—Si es una mujer —continuó Cary—, ¿puedes pedirle que lleve uno de esos vestidos blancos de enfermera que llevan cremallera por la parte frontal?

—Sólo puedo imaginarme el frenesí de los medios de comunicación con la demanda por acoso sexual —respondió Gideon fríamente—. ¿Qué tal en su lugar una colección de porno con enfermeras traviesas?

—Hombre, tú sí que sabes. —Cary le dedicó una amplia sonrisa y, por un momento, se pareció al que solía ser.

Gideon me miró.

—Eva.

Me puse de pie y me incliné para besar a Cary en la mejilla.

—Vuelvo enseguida.

Salimos de la habitación y vi a mi madre manteniendo una conversación con el médico, que parecía deslumbrado por ella.

—Hablé con Garrity esta mañana —dijo Gideon refiriéndose a Mark, mi jefe—. Así que no te preocupes por eso.

No lo estaba porque él había dicho que se ocuparía de ello.

—Gracias. Tendré que ir mañana. Voy a ver si puedo ponerme en contacto con Trey, el novio de Cary. Quizá él pueda quedarse aquí mientras yo voy a trabajar.

—Dime si necesitas alguna ayuda con eso. —Gideon miró su reloj—. ¿Quieres volver a quedarte aquí esta noche?

—Sí, si es posible. Hasta que Cary vuelva a casa.

Tomó mi cara entre sus manos y apretó sus labios contra los míos.

—De acuerdo. Tengo mucho trabajo con el que ponerme al día. Recarga tu teléfono móvil para que pueda llamarte.

Oí un leve zumbido. Gideon se apartó y metió la mano en el bolsillo interior de su chaqueta para sacar el teléfono.

—Tengo que contestar. Hablamos luego —dijo tras mirar la pantalla.

Y entonces, se fue, caminando por el pasillo con la misma rapidez con la que había venido.

—Va a casarse contigo —dijo mi madre, apareciendo a mi lado—. Lo sabes, ¿verdad?

No, no lo sabía. Yo seguía sintiendo un pequeño destello de gratitud cada mañana cuando me despertaba y me daba cuenta de que seguíamos juntos.

—¿Por qué dices eso?

Mi madre me miró con sus ojos azul cielo. Era uno de los pocos rasgos físicos que no compartíamos.

—Te ha absorbido por completo y ha tomado el control de todo.

—Simplemente porque ése es su carácter.

—Es el carácter de los hombres poderosos —aclaró extendiendo los brazos para arreglarme mi absurda cola de caballo—. Y te va a mimar porque está haciendo una inversión en ti. Eres un activo para él. Eres guapa, de buena educación y bien relacionada, y rica sin él. También estás enamorada de él y no puede apartar los ojos de ti. Apuesto a que tampoco puede apartar las manos de encima de ti.

—Mamá, por favor. —No estaba de mucho humor para una de sus lecciones sobre cómo cazar a un hombre rico y casarse con él.

—Eva Lauren —me reprendió mirándome directamente a los ojos—. No me importa si me escuchas porque soy tu madre y tienes que hacerlo o porque estás enamorada de él y no quieres perderlo, pero *vas* a escucharme.

—No tengo otra opción —murmuré.

—Ahora eres un activo —repitió—. Debes cuidar que las decisiones que tomes en tu vida no te conviertan en un bien pasivo.

—¿Te refieres a Cary? —La rabia hizo que mi voz se volviera más aguda.

—Me refiero a la magulladura que tiene Gideon en la mandíbula. Dime que no tiene nada que ver contigo.

Me ruboricé.

Chasqueó la lengua.

—Lo sabía. Sí, es tu amante y ves un lado íntimo de él que pocos pueden ver, pero no olvides nunca que también es Gideon Cross. Tienes todo lo que necesitas para convertirte en la esposa perfecta de un hombre de su altura, pero aun así, eres sustituible, Eva. Lo que él ha construido, no. Si pones en peligro su imperio, te dejará.

Apreté los dientes.

—¿Ya terminaste?

Me pasó los dedos por las cejas, con mirada perspicaz y calculadora. Supe que en su mente me estaba haciendo una pequeña transformación, pensando en modos de mejorar lo que me había dado al nacer.

—Crees que soy una cazafortunas sin corazón, pero lo que me mueve es la maternidad, lo creas o no. Deseo con toda mi alma que estés con un hombre que tenga el dinero y los medios para protegerte con todo lo que tenga, así sabré que estás a salvo. Y quiero que estés con un hombre al que amas.

—Ya lo encontré.

—Y no sabes lo mucho que me alegra. Me encanta que sea joven y aun así, que esté dispuesto a correr riesgos, mostrándose indulgente y comprensivo con tus... peculiaridades. Y *lo sabe todo* —susurró, suavizando la mirada y volviéndose más cristalina—. Pero ten cuidado. Es lo único que trato de decirte. No le des motivos para apartarse de ti.

—Si lo hiciera, no sería amor.

Adoptó una fría sonrisa y me besó en la frente.

—Vamos. Eres mi hija. No puedes ser tan ingenua.

—¡Eva!

Me giré al escuchar mi nombre y sentí un enorme alivio al ver a Trey dirigiéndose a toda prisa hacia mí. Era de estatura media y tenía un cuerpo bonito y musculado y el pelo rubio y despeinado, ojos de color avellana y una nariz algo angulosa que me hizo pensar que se la debió romper alguna vez. Iba vestido con unos vaqueros desgastados y raídos y una camiseta y me sorprendió el hecho de que no fuera del tipo llamativo tan habitual en Cary. Parecía que por una vez la atracción había sido menos superficial.

—Acabo de enterarme —dijo cuando llegó a mi lado—. Esta mañana vinieron unos detectives a mi trabajo a interrogarme. No puedo creer que esto ocurriera el viernes por la noche y yo me esté enterando ahora.

Yo no pude utilizar contra él el mismo tono ligeramente acusatorio.

—Yo misma me enteré a primera hora de esta mañana. Estaba fuera de la ciudad.

Tras una rápida presentación entre mi madre y Trey, ella se excusó para ir a sentarse con Cary, dejando que fuera yo quien le ampliara a Trey la información que le había dado la policía.

Trey se pasó las manos por el cabello, haciendo que pareciera aún más despeinado.

—Esto no habría pasado si me lo hubiese llevado cuando me fui.

—No puedes culparte.

—¿A quién más voy a culpar por el hecho de que esté tirándose a la chica de otro? —Se puso la mano en la nuca—. Soy yo el que no es suficiente para él. Tiene el apetito de un adolescente hormonando y yo estoy en el trabajo o estudiando todo el maldito tiempo.

¡Uf! Eso era mucho más de lo que yo quería saber y traté de no hacer ninguna mueca. Pero comprendí que probablemente Trey no tenía a nadie más con quien poder hablar tranquilamente sobre Cary.

—Es bisexual, Trey —dije con tono suave, levantando una mano tranquilizadora para pasarla por su bíceps.

—No sé cómo vivir con esto.

—¿Por qué no piensas en acudir a un psicólogo? Los dos, quiero decir.

Me miró con ojos angustiados durante un largo rato y, a continuación, dejó caer los hombros.

—No sé. Creo que tengo que decidir si puedo aceptar que me engañe. ¿Tú podrías, Eva? ¿Podrías quedarte en casa esperando a tu hombre sabiendo que está con otra persona?

—No. —Un gélido escalofrío me recorrió el cuerpo al decirlo—. No, no podría.

—Y ni siquiera sé si Cary aceptaría ir a terapia. Siempre intenta alejarme. Me quiere pero, después, no. Se compromete y, a continuación, no lo hace. Quiero entrar en su vida, Eva, del mismo modo que dejó que tú entraras, pero siempre está cerrándome la puerta.

—Yo tardé mucho tiempo en abrirme paso hasta él. Trató de alejarme con el sexo, siempre seduciéndome, provocándome. Creo que el viernes tomaste la decisión correcta al mantenerlo de manera platónica. Cary cree que su valor está en su apariencia y su atractivo sexual. Tienes que demostrarle que no es sólo su cuerpo lo que quieres.

Trey dejó escapar un suspiro y cruzó los brazos.

—¿Es así como se hicieron tan amigos? ¿Porque no te acostabas con él?

—En parte. Sobre todo es porque soy un desastre. Ahora no resulta tan obvio como cuando nos conocimos, pero él sabe que no soy perfecta.

—¡Yo tampoco lo soy! ¿Quién lo es?

—Cree que eres mejor que él, que te mereces algo mejor. —Sonreí—. Y en cuanto a mí... bueno, apuesto a que una parte de él cree que lo merezco. Que nos merecemos el uno al otro.

—Qué cabrón —murmuró.

—Así es él —confirmé—. Por eso es por lo que lo queremos, ¿no? ¿Quieres entrar a verlo? ¿O quieres irte a casa a pensar en ello?

—No. Quiero verlo. —Trey echó los hombros hacia atrás a la vez que elevaba el mentón—. No me importa qué es lo que lo haya traído hasta aquí. Quiero estar con él mientras esté pasando por esto.

—Me alegra oírlo. —Pasé mi brazo por el suyo y le llevé a la habitación de Cary.

Entramos con el sonido de la risa vibrante y juvenil de mi madre. Estaba sentada en el filo de la cama y Cary le sonreía con adoración. Para él era su madre tanto como lo era para mí y la quería mucho por ello. Su propia madre lo había odiado, había abusado de él y había permitido que otros también lo hicieran.

Levantó los ojos y nos vio y las emociones que pasaron por su cara en ese momento me hicieron sentir una presión en el pecho. Oí que a Trey se le entrecortaba la respiración nada más ver el estado de Cary. Me odié por no haberle avisado con antelación de que no cometiera el error de ponerse a llorar como hice yo.

Trey se aclaró la garganta.

—Eres la reina del drama —dijo con hosco afecto—. Si querías flores, no tenías más que pedirlas. Esto es demasiado.

—Y nada efectivo, al parecer —replicó Cary con voz ronca, claramente tratando de recobrar la compostura—. No veo flor ninguna.

—Yo veo toneladas. —Trey pasó brevemente la vista por la habitación y, a continuación, volvió a mirar a Cary—. Sólo quería saber a qué me enfrentaba, para así derrocar a mis oponentes.

Fue imposible no ver el doble sentido de aquella afirmación.

Mi madre se levantó de la cama. Se inclinó y besó a Cary en la mejilla.

—Me llevo a Eva a desayunar. Volveremos dentro de una hora o así.

—Denme un segundo y dejaré de molestarlos, chicos —dije pasando junto a la cama rápidamente.

Cogí mi teléfono y el cargador del bolso y lo puse en un enchufe junto a la ventana.

En cuanto se encendió la pantalla, envié un rápido mensaje compartido a Shawna y a mi padre que simplemente decía: «Luego te llamo». Después, me aseguré de que el teléfono estuviera en modo silencio y lo dejé en el alféizar de la ventana.

—¿Lista? —preguntó mi madre.

—Más que nunca.

13

El martes por la mañana tuve que levantarme antes del amanecer. Le dejé una nota a Cary donde la viera al despertarse y, después, salí a tomar un taxi que me llevara a nuestra casa. Me duché, hice café y traté de convencerme de que no pasaba nada malo. Estaba estresada y sufría la falta de sueño, lo cual siempre conduce a pequeños brotes de depresión.

Me dije a mí misma que no tenía nada que ver con Gideon, pero el nudo que sentía en el estómago me indicaba lo contrario.

Miré el reloj y vi que eran las ocho pasadas. Tendría que salir pronto porque Gideon no me había llamado ni me había enviado ningún mensaje diciéndome que me llevaría él. Habían pasado casi veinticuatro horas desde la última vez que lo había visto o tan siquiera hablado con él de verdad. La llamada que le hice a las nueve de la noche anterior había sido menos que breve. Estaba en medio de algo y apenas nos dijimos hola y adiós.

Yo sabía que él tenía mucho trabajo. Sabía que no debía enfadarme con él por tener que pagar con horas extra por el tiempo que estuvimos fuera para poder ponerse al día. Me había ayudado mucho para enfrentarme a la situación de Cary, más de lo que cualquiera hubiese esperado. A mí me tocaba averiguar cómo me sentía al respecto.

Me terminé el café, enjuagué la taza y, después, cogí el bolso para salir. Mi calle bordeada de árboles estaba tranquila, pero el resto de Nueva York se había despertado con su incesante energía, emitiendo un zumbido con una fuerza tangible. Mujeres con elegante ropa de trabajo y hombres con traje trataban de parar los taxis que pasaban a toda velocidad, antes de conformarse con autobuses llenos de gente o con el metro. Había puestos de flores que explotaban con colores brillantes y ver aquello siempre conseguía alegrarme por las mañanas, al igual que la visión y el olor procedente de la panadería del barrio, que a esas horas estaba en pleno funcionamiento.

Había bajado un poco por Broadway cuando sonó mi teléfono.

La pequeña emoción que atravesó mi cuerpo al ver el nombre de Gideon hizo que acelerara el paso.

—Hola, extraño.

—¿Dónde demonios estás? —preguntó bruscamente.

Un escalofrío de desasosiego echó por tierra mi emoción.

—Voy camino al trabajo.

—¿Por qué? —Habló con alguien tapándose el auricular y continuó después—: ¿Estás en un taxi?

—Voy andando. Dios mío. ¿Te levantaste con el pie izquierdo o qué?

—Debías haber esperado a que te recogieran.

—No he tenido noticias tuyas y no quería llegar tarde después de no haber ido ayer a trabajar.

—Me podrías haber llamado en lugar de irte sin más. —Su voz sonaba grave y enfadada.

Yo también me enfadé.

—La última vez que te llamé estabas demasiado ocupado como para concederme más de un minuto de tu tiempo.

—Tengo cosas que atender, Eva. Dame un respiro.

—Claro. ¿Qué tal ahora? —Colgué y dejé caer el teléfono de nuevo en el bolso.

Empezó a sonar de nuevo inmediatamente y no le hice caso. Me hervía la sangre. Cuando el Bentley se detuvo a mi lado unos minutos después, yo seguí caminando. Se puso en marcha otra vez mientras se bajaba la ventanilla delantera.

Angus se inclinó hacia ese lado.

—Por favor, señorita Tramell.

Me detuve y lo miré.

—¿Estás solo?

—Sí.

Con un suspiro, entré en el coche. Mi teléfono seguía sonando sin parar, así que lo cogí y lo puse en silencio. Una manzana después escuché la voz de Gideon por los altavoces del coche.

—¿La recogiste?

—Sí, señor —contestó Angus.

La línea se cortó.

—¿Qué diablos le pasa? —pregunté mirando a Angus por el espejo retrovisor.

—Tiene muchas cosas en las que pensar.

Lo que quiera que fuera, estaba claro que no era yo. No podía creer que estuviese siendo tan imbécil. La noche anterior también había estado seco, pero no grosero.

Pocos minutos después de llegar al trabajo, Mark apareció en mi puesto.

—Siento lo de tu compañero de apartamento —dijo colocando una taza de café recién hecho sobre mi escritorio—. ¿Se pondrá bien?

—Sí. Cary es fuerte. Se recuperará. —Dejé mis cosas en el cajón de

abajo de mi escritorio y cogí agradecida la taza humeante—. Gracias.
Y gracias también por lo de ayer.

Sus ojos oscuros me miraron con preocupación y calidez.

—Me sorprende verte hoy aquí.

—Necesito trabajar. —Conseguí poner una sonrisa a pesar de que
en mi interior sentía que todo estaba del revés y dolorido. Nada iba bien
en mi vida cuando las cosas entre Gideon y yo tampoco iban bien—.
Ponme al día con lo que me he perdido.

La mañana pasó rápidamente. Tenía una lista de cosas que revisar desde
la semana anterior y Mark tenía hasta las once y media para darle la
vuelta a una licitación de un fabricante de productos de promoción.
Cuando hubimos enviado la licitación, volví a la rutina dispuesta a olvidar el mal humor de Gideon de esa mañana. Me pregunté si habría
tenido otra pesadilla y no había dormido bien. Decidí llamarle cuando
llegara la hora del almuerzo, por si acaso.

Y entonces, miré en mi bandeja de entrada.

La alerta de Google que había establecido con el nombre de Gideon
me estaba esperando. Abrí el correo electrónico esperando hacerme una
idea de en qué estaría trabajando. Las palabras «antigua prometida» en
algunos de los titulares aparecieron ante mí. El nudo que había sentido
en el estómago esa misma mañana regresó, con más fuerza que antes.

Entré en el primer enlace, que me llevó a un blog de chismes donde
había fotografías de Gideon y Corinne cenando en Tableau One. Estaban sentados muy juntos en la ventana de la fachada y la mano de ella
descansaba íntimamente sobre el antebrazo de él. Gideon tenía puesto
el traje que el día anterior había llevado en el hospital, pero, de todos
modos, comprobé la fecha, esperando desesperadamente que las fotos
fueran antiguas. No lo eran.

Las palmas de las manos me empezaron a sudar. Me torturé entrando en todos los enlaces y estudiando cada fotografía que encon-

traba. Él sonreía en algunas de ellas y parecía especialmente contento para tratarse de un hombre cuya novia estaba en un hospital con su mejor amigo apaleado casi hasta morir. Sentí ganas de vomitar. O de gritar. O de irrumpir en el despacho de Gideon y preguntarle qué demonios pasaba.

Él me había ninguneado cuando yo lo llamé la noche anterior... para ir a cenar con su ex.

Di un brinco cuando sonó mi teléfono. Lo cogí recitando con voz inexpresiva: «Despacho de Mark Garrity, le habla Eva Tramell».

—Eva —Era Megumi, de recepción, y sonaba tan alegre como siempre—. Hay alguien que pregunta por ti abajo. Brett Kline.

Me quedé en silencio un momento largo, dejando que aquello penetrara en mi febril cerebro. Reenvié el resumen de la alerta al correo electrónico de Gideon para que él supiera que yo lo sabía.

—Ahora mismo bajo —contesté.

Vi a Brett en el vestíbulo nada más pasar por los torniquetes de seguridad. Llevaba unos jeans negros y una camiseta de los Six-Ninths. Unas gafas de sol ocultaban sus ojos, pero el pelo de punta con las puntas teñidas llamaba la atención, al igual que su cuerpo. Brett era alto y musculoso, más que Gideon, que era fuerte sin ser una mole.

Brett se sacó las manos de los bolsillos al ver que me acercaba y enderezó su postura.

—Hola. Qué guapa estás.

Bajé la mirada a mi vestido de manga japonesa con su favorecedor plisado y me di cuenta de que él nunca me había visto vestida con ropa elegante.

—Me sorprende que sigas en la ciudad.

Más me sorprendía que me fuera a buscar, pero no lo dije. Me alegraba de que lo hiciera porque había estado preocupada por él.

—Vendimos todas las entradas del teatro Jones Beach durante el fin de semana, y luego tocamos en el Meadowlands anoche. Me escapé de los chicos porque quería verte antes de que nos fuéramos para el sur. Te busqué por internet, vi dónde trabajas y vine.

«¡Caray con Google!», pensé con tristeza.

—Me hace mucha ilusión que todo te esté yendo bien. ¿Tienes tiempo para comer algo?

—Sí.

Pronunció su respuesta de forma rápida y ferviente, lo que hizo que saltara cierta alarma en mí. Estaba enfadada, muy dolida y deseando poder vengarme de Gideon, pero no quería engañar a Brett. Aun así, no pude resistir llevarlo al restaurante donde una vez nos habían fotografiado juntos a Cary y a mí, con la esperanza de que los *paparazzi* volvieran a descubrirme. Así vería Gideon lo que se sentía.

En el taxi, Brett me preguntó por Cary y no se sorprendió al saber que mi mejor amigo se había venido a este lado del país conmigo.

—Los dos eran siempre inseparables —dijo—. Excepto cuando se iba a dormir. Salúdalo de mi parte.

—Claro. —No mencioné que Cary estaba en el hospital porque me parecía que era algo demasiado íntimo como para decirlo.

Hasta que estuvimos sentados en el restaurante, Brett no se quitó las gafas, y fue entonces la primera vez que pude ver el moratón que abarcaba desde la ceja hasta la mejilla.

—¡Dios mío! —susurré con una mueca de dolor—. Lo siento mucho.

Él se encogió de hombros.

—Con el maquillaje no se me ve en el escenario. Y tú me has visto en peores condiciones. Además, yo también di un par de golpes buenos, ¿no?

Recordé las magulladuras en la mandíbula y en la espalda de Gideon y asentí.

—Es verdad.

—Así que... —Hizo una pausa cuando llegó el camarero para

dejar dos vasos y una botella de agua fría—. Estás saliendo con Gideon Cross.

Me pregunté por qué siempre parecía surgir esa pregunta cuando yo no estaba segura de si la relación iba a continuar.

—Hemos estado saliendo.

—¿Va en serio?

—A veces parece que sí —contesté con sinceridad—. ¿Tú estás saliendo con alguien?

—Ahora no.

Nos dimos un tiempo para leer el menú y pedir. El restaurante estaba concurrido y había mucho ruido. Apenas podía escucharse la música de fondo por encima del zumbido de las conversaciones y el repiqueteo de los platos procedente de la cocina, que estaba al lado. Nos miramos a través de la mesa, evaluándonos. Sentí las vibraciones de la atracción que había entre los dos. Cuando él se mojó los labios con la punta de la lengua, supe que él también lo había notado.

—¿Por qué escribiste «Rubia»? —pregunté de repente, incapaz de contener la curiosidad un minuto más. Tanto con Gideon como con Cary había simulado que no significaba nada, pero me estaba volviendo loca.

Brett se apoyó en el respaldo de la silla.

—Porque pienso mucho en ti. La verdad es que no puedo dejar de hacerlo.

—No entiendo por qué.

—Estuvimos juntos seis meses, Eva. Es lo máximo que he estado con nadie.

—Pero *no* estábamos juntos —argüí. Bajé la voz—. Aparte de sexualmente.

Apretó los labios.

—Sé lo que yo era para ti, pero eso no quiere decir que no me doliera.

Me quedé mirándolo un largo rato y el corazón me empezó a latir con fuerza en el pecho.

—Debo estar borracha o algo parecido. Tal y como yo lo recuerdo, nos acostábamos después de los conciertos y luego tú te ibas por tu cuenta. Y si yo no estaba por allí, te ibas con otra.

Él se inclinó hacia delante.

—Tonterías. Yo quería que saliéramos. Siempre te pedía que te quedaras.

Respiré profunda y rápidamente un par de veces para tranquilizarme. Apenas podía creer que ahora, casi cuatro años después, Brett Kline estuviera hablándome como entonces había deseado que lo hiciera. Estábamos juntos en un lugar público, almorzando, casi como en una cita. Me estaba haciendo un lío, y ya me sentía bastante confusa y atolondrada por Gideon.

—Yo estaba muy enamorada de ti, Brett. Escribía tu nombre con corazoncitos alrededor, como una adolescente loca de amor. Deseaba con todas mis fuerzas ser tu novia.

—¿Estás de broma? —Extendió la mano y agarró la mía—. Entonces, ¿qué diablos pasó?

Bajé la mirada hacia donde él daba vueltas distraídamente al anillo que Gideon me había regalado.

—¿Te acuerdas de cuando fuimos a la sala de billar?

—Sí, ¿cómo iba a olvidarlo? —Se mordió el labio de abajo, claramente recordando la cogida que le había echado en el asiento de atrás de su coche, decidida a que fuera la mejor que hubiese echado nunca para que dejara de fijarse en otras chicas—. Creía que había llegado el momento en que íbamos a empezar a vernos fuera del bar, pero me plantaste en el momento en que entramos.

—Fui al baño —contesté en voz baja, recordando el dolor y la vergüenza, como si aquello acabara de ocurrir—, y cuando salí, tú y Darrin estaban cambiando monedas para las mesas de billar. Me estabas dando la espalda, así que no me viste. Los oí hablar... y reírse.

Respiré hondo y retiré la mano.

En su favor, debo decir que la expresión de Brett era de clara vergüenza.

—No recuerdo exactamente lo que dijimos, pero.... Carajo, Eva.
Tenía veintiún años. El grupo empezaba a hacerse famoso. Había chicas por todas partes.

—Lo sé —contesté con frialdad—. Yo era una de ellas.

—Para entonces, ya había estado contigo varias veces. Al llevarte
conmigo a la sala de billar estaba dejando claro a los demás que las cosas
entre nosotros estaban avanzando. —Se frotó la ceja en un gesto muy
típico de él—. No tuve huevos de admitir lo que sentía por ti. Hice que
girara en torno al sexo, pero no era verdad.

Levanté mi vaso y bebí, haciendo que se deshiciera el nudo que sentía en la garganta. Él dejó caer la mano sobre el brazo del sillón.

—Así que la fastidié por bocón. Por eso me dejaste tirado esa noche.
Por eso no volviste a ir conmigo a ningún otro sitio.

—Estaba desesperada, Brett —admití—, pero no quería que se me
notara.

El camarero nos trajo la comida. Me pregunté por qué había pedido
algo. Estaba demasiado nerviosa como para comer.

Brett empezó a cortar su filete atacándolo de verdad. De repente,
dejó en la mesa el cuchillo y el tenedor.

—Metí la pata entonces, pero ahora todos saben lo que tengo en la
cabeza. «Rubia» es nuestra canción más conocida. Es lo que nos ha permitido firmar con Vidal.

Ver cómo se cerraba el círculo me hizo sonreír.

—Es una canción preciosa y tu voz suena impresionante cuando la
cantas. Me alegra de verdad que hayas venido a verme antes de irte.
Significa mucho para mí que hayamos hablado de esto.

—¿Y si no quiero irme? —Respiró hondo y soltó el aire de pronto—.
Has sido mi musa durante los últimos años, Eva. Gracias a ti he escrito
las mejores canciones que tiene el grupo.

—Eso es muy halagador... —empecé a decir.

—Saltaban chispas cuando estábamos juntos. Todavía ocurre. Sé que lo sientes así. Por el modo en que me besaste la otra noche...

—Aquello fue un error. —Entrelacé las manos por debajo de la mesa. No podía soportar más dramatismos. No podía pasar otra noche como la del viernes—. Y tú debes pensar en el hecho de que Gideon tiene el control de tu discográfica. No querrás tener problemas ahí.

—Que se joda. ¿Qué va a hacer? —Golpeteaba con los dedos sobre la mesa—. Quiero volver a intentarlo contigo.

Negué con la cabeza y cogí mi bolso.

—Eso es imposible. Aunque no tuviera novio, no soy la chica más adecuada para tu estilo de vida, Brett. Soy difícil de complacer.

—Lo recuerdo —dijo toscamente—. Dios, cómo lo recuerdo.

Me ruboricé.

—No me refería a eso.

—Y no es eso lo único que quiero. Puedo estar a tu lado. Mírame ahora. El grupo está en la carretera pero tú y yo estamos juntos. Puedo dedicarte tiempo. Quiero hacerlo.

—No es tan fácil. —Saqué dinero de mi cartera y lo dejé sobre la mesa—. No me conoces. No tienes ni idea de lo que implicaría tener una relación conmigo, del esfuerzo que requiere.

—Ponme a prueba —me retó.

—Soy exigente, dependiente y muy celosa. Te volvería loco en una semana.

—Siempre me has vuelto loco. Eso me gusta. —Su sonrisa desapareció—. No sigas huyendo, Eva. Dame una oportunidad.

Lo miré a los ojos y le sostuve la mirada.

—Estoy enamorada de Gideon.

Me miró sorprendido. Pese a estar destrozado, su cara era imponente.

—No te creo.

—Lo siento. Tengo que irme. —Me puse de pie dispuesta a marcharme.

Me agarró del codo.

—Eva...

—Por favor, no montes una escena —susurré, arrepintiéndome de mi impetuosa decisión de ir a comer a un lugar tan concurrido.

—No has comido.

—No puedo. Tengo que irme.

—Bien. Pero no me voy a rendir. —Me soltó—. Cometo errores, pero aprendo de ellos.

Me incliné sobre él y le hablé con firmeza.

—No tienes ninguna posibilidad. Ninguna.

Brett clavó el tenedor en su filete.

—Demuéstramelo.

EL Bentley me estaba esperando en la calle cuando salí del restaurante. Angus salió y me abrió la puerta de atrás.

—¿Cómo sabías dónde estaba? —le pregunté, inquieta ante su inesperada aparición.

Su respuesta fue una sonrisa amable y un toque en la visera de su gorra de chófer.

—Es espeluznante, Angus —me quejé mientras subía al asiento de atrás.

—Estoy de acuerdo con usted, señorita Tramell. Simplemente hago mi trabajo.

Le envié un mensaje a Cary en el camino de vuelta al Crossfire: «Comí con Brett. Quiere otra oportunidad conmigo».

Cary contestó: «Las desgracias nunca vienen solas...».

«Todo el día = Mierda», escribí. «Quiero que empiece de nuevo».

El teléfono sonó. Era Cary.

—Nena —dijo arrastrando las palabras—. Quiero ser comprensivo, de verdad, pero este triángulo de amor es muy excitante. La estrella de rock empeñada y el millonario posesivo. ¡Guau!

—Ay, Dios. Tengo que colgar.

—¿Te veo esta noche?

—Sí. Por favor, no hagas que me arrepienta. —Colgué mientras lo escuchaba reírse, encantada en el fondo de oírle tan feliz. La visita de Trey había hecho maravillas.

Angus me dejó en la acera frente al edificio Crossfire y yo fui corriendo para huir del calor hacia el fresco vestíbulo. Conseguí entrar en un ascensor antes de que se cerraran las puertas. Había media docena de personas conmigo en la cabina divididas en dos grupos que charlaban entre sí. Yo me quedé en el rincón de delante y traté de sacar de mi mente mi vida privada. No podía pensar en ella en el trabajo.

—Vaya, nos hemos pasado de planta —dijo la chica que había a mi lado.

Miré el indicador que había encima de la puerta.

El tipo que estaba junto al panel de los botones pulsó repetidamente todos los botones, pero ninguno de ellos se encendía... a excepción del de la planta superior.

—Los botones no funcionan.

El pulso se me aceleró.

—Utiliza el teléfono de emergencia —propuso una de las otras chicas.

El ascensor seguía subiendo rápidamente y las mariposas de mi estómago aumentaban conforme iba pasando cada planta. Por fin, el ascensor se detuvo en el piso superior y se abrieron las puertas.

Gideon estaba en el umbral y su rostro era una máscara hermosa e impasible. Sus ojos eran de un azul brillante... y fríos como el hielo. Al verlo, me quedé sin respiración.

En el ascensor, nadie dijo nada. Yo no me moví, rogando que las puertas se cerraran rápidamente. Gideon metió el brazo, me agarró del codo y me sacó. Yo me resistí, demasiado furiosa como para querer algo que tuviera que ver con él. Las puertas se cerraron detrás de mí y él me soltó.

—Tu comportamiento de hoy ha sido vergonzoso —gruñó.

—¿Mi comportamiento? ¿Y qué me dices del tuyo?

Me di la vuelta para pulsar el botón y bajar. No se encendió.

—Te estoy hablando, Eva.

Miré las puertas de seguridad de Cross Industries y sentí alivio al ver que el recepcionista pelirrojo no estaba en su puesto.

—¿Ah, sí? —Lo miré y me odié por seguir encontrándolo tan irresistiblemente atractivo cuando se estaba portando tan mal—. Es curioso que eso no haga que me entere de nada, como por ejemplo, que saliste anoche con Corinne.

—No deberías fisgonear en internet cosas sobre mí —espetó—. Intentas buscar de forma deliberada algo por lo que enfadarte.

—Así que tu comportamiento no es el problema —respondí sintiendo la presión de las lágrimas en mi garganta—. Pero el hecho de que yo me entere de él sí.

Cruzó los brazos.

—Tienes que confiar en mí, Eva.

—¡Haces que eso sea imposible! ¿Por qué no me dijiste que ibas a salir a cenar con Corinne?

—Porque sabía que no te gustaría.

—Y aun así lo hiciste. —Y eso me dolió. Después de todo lo que habíamos hablado durante el fin de semana... después de que él dijera que comprendía lo que se sentía.

—Y tú saliste con Brett Kline sabiendo que a mí no me gustaría.

—¿Qué te dije? Eres tú quien sienta los precedentes con respecto a cómo me relaciono con mis antiguos amantes.

—¿Ojo por ojo? ¡Menuda demostración de madurez!

Me aparté de él con un traspiés. No había nada del Gideon que yo conocía en el tipo que tenía delante. Era como si el hombre al que yo quería hubiese desaparecido y el que tenía delante fuera un completo extraño en el cuerpo de Gideon.

—Estás consiguiendo que te odie —susurré—. Déjalo ya.

Algo cruzó brevemente por la cara de Gideon, pero desapareció antes de que me diera tiempo a saber qué era. Dejé que su lenguaje corporal se expresara por él. Estaba lejos de mí, con los hombros rígidos y la mandíbula apretada.

Sentí lástima y bajé los ojos.

—No puedo estar a tu lado ahora mismo. Deja que me vaya.

Gideon se acercó a los otros ascensores y pulsó el botón de llamada. Dándome la espalda y mirando el indicador, dijo:

—Angus te recogerá todas las mañanas. Espéralo. Y prefiero que almuerces en tu mesa. Será mejor que no andes dando vueltas por ahí ahora mismo.

—¿Por qué no?

—Estoy muy ocupado en este momento...

—¿Cenando con Corinne?

—... y no puedo estar preocupándome por ti —continuó, ignorando mi interrupción—. Creo que no estoy pidiéndote demasiado.

Algo no iba bien.

—Gideon, ¿por qué no hablas conmigo? —Extendí la mano y le acaricié el hombro, pero él se apartó como si le hubiese quemado. Más que cualquier otra cosa, el modo en que rechazó mi caricia me hirió profundamente—. Dime qué está pasando. Si hay algún problema...

—¡El problema es que no sé dónde demonios estás la mitad del tiempo! —exclamó, girándose para reprenderme cuando las puertas del ascensor se abrieron—. Tu compañero de apartamento está en el hospital. Tu padre viene de visita. Simplemente... concéntrate en eso.

Entré en el ascensor con los ojos ardiendo. Aparte de para sacarme del ascensor cuando llegué, Gideon no me había tocado. No me había pasado los dedos por la mejilla ni había hecho ningún intento de besarme. Y no hizo mención a que quisiera verme después, pasando por encima del resto del día para decirme que Angus me estaría esperando por la mañana.

Nunca había estado tan confundida. No podía imaginar qué estaba pasando, por qué de repente había aquel enorme abismo entre nosotros, por qué Gideon estaba tan tenso y enfadado, por qué no parecía importarle que hubiese estado almorzando con Brett.

Por qué no parecía importarle nada.

Las puertas empezaron a cerrarse. *Confía en mí, Eva.*

¿Había susurrado esas palabras un segundo antes de que las puertas se cerraran? ¿O simplemente yo deseaba que lo hubiese hecho?

En cuanto entré en la habitación de Cary, supo que yo iba falta de energías. Había aguantado una sesión de Krav Maga con Parker, luego pasé por el apartamento sólo el rato suficiente para ducharme y comer unos insípidos fideos chinos. La descarga de la sal y los carbohidratos en mi cuerpo tras un día sin comer fue más que suficiente para agotarme más allá del punto de no retorno.

—Tienes un aspecto horrible —dijo tras silenciar la televisión.

—Mira quién fue a hablar —respondí, demasiado sensible como para soportar ninguna crítica.

—A mí me golpearon con un bate de béisbol. ¿Cuál es tu excusa?

Coloqué la almohada y la áspera manta en mi cama y, a continuación, le conté cómo había sido mi día de principio a fin.

—Y no he tenido noticias de Gideon desde entonces —terminé con voz cansada—. Incluso Brett se ha puesto en contacto conmigo después de comer. Dejó un sobre en el mostrador de seguridad con su número de teléfono.

También incluía el dinero que dejé en el restaurante.

—¿Vas a llamarlo? —preguntó Cary.

—¡No quiero pensar en Brett! —Me tumbé boca arriba en la cama y me pasé las manos por el pelo—. Quiero saber qué le pasa a Gideon. ¡Sufrió un trasplante completo de personalidad en las últimas treinta y seis horas!

—Puede que sea por esto.

Levanté la cabeza de la almohada y vi que apuntaba a algo que había en su mesa de noche. Poniéndome de pie, vi lo que era... Una revista homosexual.

—Trey la trajo hoy —dijo.

La foto de Cary ocupaba la primera página con la noticia de su asalto e incluía especulaciones sobre que podría haberse tratado de un delito con agravante de discriminación. Mencionaban el hecho de que viviera conmigo y de que yo estuviese viviendo una relación romántica con Gideon Cross sin ninguna razón, aparte de dar un toque jugoso a la noticia.

—Está también en la página web —añadió en voz baja—. Supongo que alguien de la agencia se ha ido de la lengua y la noticia se ha extendido convirtiéndose en una estupidez política para alguien. Sinceramente me cuesta mucho imaginar que a Cross no le importa...

—¿Tu orientación sexual? No, no le importa. Él no es así.

—Pero su equipo de Relaciones Públicas puede pensar otra cosa. Puede que sea por eso por lo que quiere tenerte dentro de su radar. Y si está preocupado porque alguien pueda ir detrás de ti para llegar hasta mí, puede que eso explique por qué quiere que estés escondida y apartada de la calle.

—¿Y por qué no me lo dice? —Dejé la revista en la mesa—. ¿Por qué está siendo tan estúpido? Cuando estuvimos fuera todo era maravilloso. *Él* era maravilloso. Creía que habíamos dado un paso adelante. Creía que no era el hombre que había conocido al principio y ahora resulta que es peor. Se ha convertido en este... no sé. Ahora se encuentra a un millón de kilómetros de distancia de mí. No lo comprendo.

—No soy yo a quien debes preguntar, Eva. —Cary me agarró la mano y la apretó—. Es él quien tiene las respuestas.

—Tienes razón. —Fui por mi bolso y tomé el teléfono—. Vuelvo en un momento.

Fui al pequeño balcón cerrado que estaba al lado de la sala de espera de los visitantes y llamé a Gideon. El teléfono sonó una y otra vez y, al

REFLEJADA EN TI · 251

final, conectó con el buzón de voz. Probé con el número de su casa. Tras el tercer toque, Gideon respondió.

—¿Sí? —dijo con voz cortante.

—Hola.

Hubo un silencio que duró lo que un latido del corazón y, a continuación:

—Espera.

Oí que se abría una puerta. El sonido del teléfono cambió. Había salido de dondequiera que estuviese.

—¿Va todo bien? —preguntó.

—No. —Me froté mis cansados ojos—. Te echo de menos.

Suspiró.

—Yo... no puedo hablar ahora, Eva.

—¿Por qué no? No entiendo por qué estás siendo tan frío conmigo. ¿Hice algo malo? —Oí un murmullo y me di cuenta de que había tapado el auricular para hablar con otra persona. Una terrible sensación de traición se aferró en mi pecho haciendo que me costara respirar—. Gideon, ¿quién está contigo en tu casa?

—Tengo que colgar.

—¡Dime quién está contigo!

—Angus estará a las siete en el hospital. Duerme un poco, ángel.

La línea se cortó.

Bajé la mano y me quedé mirando el teléfono, como si de algún modo pudiera revelarme qué coño acababa de ocurrir.

Regresé a la habitación de Cary, sintiéndome débil y triste cuando abrí la puerta.

Cary me miró y soltó un suspiro.

—Parece como si acabara de morirse tu cachorrito, nena.

El dique se abrió. Empecé a llorar.

14

APENAS DORMÍ EN toda la noche. Di vueltas, me sacudí, dormitando de manera intermitente. Las frecuentes visitas de la enfermera para ver a Cary también me despertaron. Su escáner cerebral y los informes del laboratorio eran buenos y no había nada importante por lo que preocuparse, pero yo no había estado a su lado cuando lo agredieron. Sentía que tenía que estar ahí ahora, durmiera o no.

Justo antes de las seis, me rendí y me levanté de la cama.

Cogí mi tableta y el teclado inalámbrico y me dirigí a la cafetería por un café. Retiré una silla de una de las mesas y me dispuse a escribirle una carta a Gideon. En el poco tiempo que había conseguido estar con él durante el último par de días no había sido capaz de comunicarle lo que pensaba. Tendría que hacerlo a través de la escritura. Manteniendo una comunicación regular y abierta era la única forma en que podríamos sobrevivir como pareja.

Le di un sorbo al café y empecé a escribir, dándole las gracias por el precioso fin de semana que habíamos pasado fuera y por lo mucho que había significado para mí. Le dije que pensaba que nuestra relación había dado un paso importante hacia delante durante ese viaje, lo que hacía que la recaída durante esta semana fuera más difícil de soportar...

—Eva. ¡Qué agradable sorpresa!

Giré la cabeza y vi al doctor Terrence Lucas de pie detrás de mí, sosteniendo una taza de café desechable como la que yo me había servido. Iba vestido para trabajar, con pantalones informales, corbata y una bata blanca.

—Hola —lo saludé, esperando ocultar mi recelo.

—¿Te importa si me siento contigo? —preguntó dando la vuelta.

—En absoluto.

Vi cómo tomaba el asiento que había a mi lado y volví a recordar el momento de su aparición. Tenía el pelo completamente blanco, sin una brizna de gris, pero su atractivo rostro no tenía arruga alguna. Sus ojos eran de un tono verdoso poco usual y reflejaban inteligencia. Su sonrisa era tan confiada como encantadora. Supuse que sería popular entre sus pacientes... y entre sus madres.

—Debe haber algún motivo especial —empezó a decir— para que te encuentres en el hospital mucho antes de las horas de visita.

—Mi compañero de apartamento está aquí. —No le ofrecí más información, pero él lo adivinó.

—Así que Gideon Cross ha hecho uso de su dinero y ha conseguido un buen arreglo para ti. —Negó con la cabeza y dio un sorbo a su café—. Y tú le estás agradecida. Pero ¿qué coste tendrá para ti?

Me apoyé en el respaldo de mi silla, ofendida en nombre de Gideon por el hecho de que su generosidad quedara reducida a tener una motivación posterior.

—¿Por qué se tienen tanta aversión?

Sus ojos perdieron toda dulzura.

—Le hizo daño a una persona muy cercana a mí.

—A tu esposa. Me contó. —Estoy segura de que aquello le

sorprendió—. Pero ése no fue el comienzo, ¿verdad? Sino la consecuencia.

—¿Sabes lo que hizo y aun así sigues con él? —Lucas apoyó los codos sobre la mesa—. Está haciendo lo mismo contigo. Pareces agotada y deprimida. Eso forma parte del juego para él, ¿sabes? Es un experto a la hora de adorar a una mujer como si la necesitara para respirar. Y luego, de repente, no puede soportar verla.

Aquella declaración fue una descripción dolorosamente exacta de mi actual situación con Gideon. El pulso se me aceleró.

Su mirada bajó por mi cuello y, después, de nuevo a mi cara. Su boca se curvó en una sonrisa burlona y cómplice.

—Has sufrido esto de lo que te estoy hablando. Va a seguir jugando contigo hasta que dependas de su estado de ánimo para medir el tuyo. Entonces, se aburrirá y te dejará.

—¿Qué ocurrió entre ustedes? —Volví a preguntarle sabiendo que ésa era la clave.

—Gideon Cross es un sociópata narcisista —continuó como si yo no hubiese dicho nada—. Estoy convencido de que es un misógino. Utiliza su dinero para seducir a las mujeres y, a continuación, las desprecia por ser lo suficientemente superficiales como para sentirse atraídas por su riqueza. Utiliza el sexo para controlar y nunca se sabe en qué estado de ánimo te lo vas a encontrar. Eso forma parte de su ataque. Cuando siempre te preparas para lo peor, te mentalizas para sentir una oleada de alivio cuando está de buenas.

—No lo conoces —dije con tono suave, negándome a morder el anzuelo—. Ni tampoco tu mujer.

—Ni tú. —Se apoyó en el respaldo y se bebió el café, aparentando tanta serenidad como yo trataba de tener—. Nadie lo conoce. Es un experto manipulador y un mentiroso. No lo subestimes. Es un hombre retorcido y peligroso, capaz de todo.

—El hecho de que no quieras contar de dónde viene su rencor hacia ti me hace pensar que el culpable eres tú.

—No deberías hacer tantas suposiciones. Hay cuestiones sobre las que no tengo libertad para hablar.

—Qué conveniente.

Soltó un suspiro.

—No soy tu adversario, Eva. Y Cross no necesita que nadie pelee sus batallas. No tienes por qué creerme. Francamente, estoy tan resentido que ni siquiera yo me creería si estuviese en tu lugar. Pero tú eres una joven guapa e inteligente.

Últimamente no lo había sido, pero arreglar eso o marcharme, era cosa mía.

—Si te retiras un poco —continuó— y ves lo que te está haciendo, lo que piensas de ti misma desde que estás con él, si de verdad te satisface su relación, sacarás tus propias conclusiones.

Se oyó un zumbido y se sacó el teléfono del bolsillo de la bata.

—Ah, mi último paciente acaba de llegar al mundo.

Se puso de pie y me miró, colocando la mano sobre mi hombro.

—Serás tú la que lo deje. Eso me alegra.

Vi cómo salía con paso alegre de la cafetería y caí sobre el respaldo de mi silla en el momento en que desapareció de mi vista, desinflándome por el agotamiento y la confusión. Miré la pantalla oscurecida de mi tableta. No tenía fuerzas para acabar la carta.

Recogí y me fui para prepararme para la llegada de Angus.

—¿TE apetece comida china?

Levanté la vista del diseño para el anuncio de café con sabor a arándanos que había sobre mi escritorio y vi los cálidos ojos marrones de mi jefe. Me di cuenta de que era miércoles, nuestro día habitual para salir a comer con Steven.

Por un segundo, consideré la posibilidad de excusarme y comer en mi escritorio para contentar a Gideon. Pero con la misma rapidez supe que me arrepentiría si lo hacía. Aún estaba tratando de hacerme una vida en Nueva York, lo cual incluía hacer amigos y tener planes aparte de la vida que compartiera con él.

—Nunca digo que no a la comida china —contesté. Mi primera comida con Mark y Steven había sido de un chino para llevar y la tomamos en la oficina, una noche en la que estuvimos trabajando hasta bien pasada la hora de salida y Steven pasó para darnos de comer.

Mark y yo salimos a mediodía y yo me negué a sentirme culpable por algo que me gustaba tanto. Steven nos estaba esperando en el restaurante, sentado en una mesa redonda con una bandeja giratoria lacada en el centro.

—Hola —me saludó con un gran abrazo y, a continuación, apartó una silla para mí. Me observó mientras los dos nos sentábamos—. Pareces cansada.

Supuse que debía de tener un aspecto realmente malo, puesto que todo el mundo me lo decía.

—Está siendo una semana difícil.

La camarera se acercó y Steven pidió un aperitivo de *dim sum* y los mismos platos que habíamos compartido en aquella primera cena tardía: pollo *kung pao* y ternera con brócoli.

—No sabía que tu compañero de apartamento fuera homosexual. ¿Nos lo habías contado? —dijo Steven cuando volvimos a quedarnos solos.

—En realidad, es bisexual. —Me di cuenta de que Steven, o alguien a quien él conocía, debía haber visto la misma publicación que Cary me había enseñado—. No creo que haya surgido el tema.

—¿Qué tal está? —preguntó Mark con auténtica preocupación.

—Mejor. Puede que vuelva hoy a casa. —Lo cual era algo a lo que le había estado dando vueltas toda la mañana, puesto que Gideon no me había llamado para decirme definitivamente si era así.

—Dinos si necesitas ayuda —se ofreció Steven, abandonando el anterior tono de frivolidad—. Estamos a tu disposición.

—Gracias. No se trató de un delito por discriminación —aclaré—.

No sé de dónde ha sacado eso el periodista. Yo respetaba antes a los periodistas. Ahora, sólo unos pocos hacen sus deberes y aún menos saben escribir con objetividad.

—Estoy seguro de que debe ser duro vivir bajo los focos de los medios de comunicación. —Steven me apretó la mano por encima de la mesa. Era un tipo sociable y bromista, pero bajo esa capa de diversión había un hombre formal y de buen corazón—. Pero es algo que debes esperarte cuando haces juegos malabares con estrellas del rock y millonarios.

—Steven —lo reprendió Mark con el ceño fruncido.

—¡Uf! —exclamé arrugando la nariz—. Shawna les contó.

—Por supuesto que sí —contestó Steven—. Es lo menos que podía hacer después de no haberme invitado a ir con ella al concierto. Pero no te preocupes. No es chismosa. No se lo va a contar a nadie más.

Asentí, sin sentir preocupación alguna al respecto. Shawna era buena gente. Pero aun así, me daba vergüenza que mi jefe supiera que había besado a un hombre mientras estaba saliendo con otro.

—No está mal que Cross pruebe su propia medicina —murmuró Steven.

Yo lo miré confundida. Después, vi la mirada compasiva de Mark.

Me di cuenta de que la revista gay no era lo único que habían leído. Debían haber visto también las fotos de Gideon y Corinne. Sentí que la cara se me enrojecía de la humillación.

—La saboreará aunque tenga que hacérsela tragar —murmuré.

Steven me miró sorprendido y, después, soltó una carcajada dándome golpes en la mano.

—Hazlo, chica.

Acababa de llegar a mi mesa cuando sonó el teléfono.

—Despacho de Mark Garrity. Le habla Eva...

—¿Por qué te resulta tan jodidamente difícil seguir órdenes? —preguntó Gideon con tono severo.

Yo me quedé inmóvil, mirando el *collage* de fotos que él me había regalado, fotografías en las que parecíamos conectados y enamorados.

—¿Eva?

—¿Qué quieres de mí, Gideon? —pregunté en voz baja.

Hubo un momento de silencio y, después, él suspiró.

—Cary vuelve esta tarde a su apartamento bajo la supervisión de su médico y de una enfermera privada. Estará allí cuando vuelvas a casa.

—Gracias. —Hubo otro momento de silencio en la línea, pero no colgó. Por fin, yo pregunté—: ¿Hemos terminado?

Aquella pregunta tenía un doble significado. Me pregunté si él lo habría entendido o si, al menos, le importaba.

—Angus te llevará a casa.

Apreté la mano que sostenía el teléfono.

—Adiós, Gideon.

Colgué y volví al trabajo.

COMPROBÉ el estado de Cary justo al llegar a casa. Habían apartado su cama a un lado apoyándola en vertical sobre la pared para dejar espacio para una cama de hospital que él pudiera ajustar a su gusto. Estaba dormido cuando entré. Su enfermera estaba sentada en un nuevo sillón abatible leyendo su libro electrónico. Era la misma enfermera que había visto la primera noche en el hospital, aquélla tan guapa y de aspecto exótico que no podía apartar los ojos de Gideon.

Me pregunté cuándo habría hablado con ella, si lo había hecho él mismo u otra persona, y si ella habría aceptado por el dinero, por Gideon o por las dos cosas.

El que yo estuviera demasiado cansada como para que me importara si había sido de una forma u otra decía mucho de mi propia desconexión. Quizá hubiera gente por ahí cuyo amor podría sobrevivir a todo, pero el mío era frágil. Tenía que nutrirse para poder prosperar y crecer.

Me di una ducha larga y caliente y, después, me metí en la cama. Me puse la tableta electrónica en el regazo y traté de continuar con mi carta a Gideon. Quería expresar mis pensamientos y mis reservas de un modo maduro y convincente. Quería que le resultara fácil comprender mis reacciones ante algunas de las cosas que él hacía y decía, para que pudiese verlo desde mi punto de vista.

Al final, no tuve fuerzas. Pero escribí:

No voy a seguir explicándome, porque si continúo, voy a suplicar. Y si no me conoces lo suficientemente bien como para saber que me estás haciendo daño, una carta no va a solucionar nuestros problemas.

Estoy desesperada por ti. Estoy triste sin ti. Pienso en el fin de semana y en las horas que pasamos juntos y no sé qué podría hacer para volver a tenerte así. Y sin embargo, tú pasas el tiempo con ELLA mientras yo paso sola mi cuarta noche sin ti.

Aun a sabiendas de que has estado con ella, quiero arrastrarme de rodillas ante ti y suplicarte que me des las sobras. Una caricia. Un beso. Una palabra tierna. Has hecho que me vuelva así de débil.

Odio verme así. Odio necesitarte tanto. Odio estar tan obsesionada contigo.

Odio estar enamorada de ti.

Eva.

Adjunté la carta a un correo electrónico con el asunto «Mis pensamientos... sin censura», y lo envié.

—No te asustes.

Me desperté al escuchar estas tres palabras en una completa oscuridad. El colchón se hundió cuando Gideon se sentó a mi lado, inclinándose sobre mí y abrazando mi cuerpo y las mantas que nos separaban. Una crisálida y una barrera que permitió que mi mente se despertara sin temor. La deliciosa e inconfundible fragancia de su jabón y de su champú se mezclaban con el olor de su piel, tranquilizándome junto con su voz.

—Ángel. —Tomó mi boca llevando sus labios hacia los míos

Yo le acaricié el pecho con los dedos y noté su piel desnuda. Él gimió y se levantó, inclinándose sobre mí de modo que su boca permaneciera unida a la mía mientras apartaba las mantas.

A continuación, se puso encima de mí y noté su cuerpo desnudo y caliente al acariciarlo. Su boca ardiente bajó por mi cuello y sus manos subían por mi camiseta para poder llegar hasta mis pechos. Sus labios rodearon mis pezones y los chupó y, mientras apoyaba su peso en el colchón sobre un brazo, con la otra mano separaba mis piernas.

Cogió mi sexo en la palma de su mano y deslizó un dedo por el satén hasta el borde de los labios. Movió la lengua por encima de mi pezón poniéndolo duro y tenso, hundiendo los dientes ligeramente dentro de la carne apretada.

—¡Gideon! —Las lágrimas caían como ríos por mis sienes y la insensibilidad a modo de protección que había sentido antes desapareció, dejándome expuesta. Me había estado marchitando sin él, el mundo que me rodeaba estaba perdiendo su dinamismo y el cuerpo me dolía por estar separado del suyo. Tenerlo conmigo... tocándome... era como la lluvia para la sequía. Mi alma se desplegó para él, abriéndose para absorberlo.

Lo amaba tanto.

Su pelo me hacía cosquillas en la piel mientras su boca abierta se deslizaba por mi escote, su pecho se expandía al respirarme, acariciándome con la nariz y regodeándose con mi olor. Llegó a la punta de mi otro pecho con una fuerte y profunda succión. El placer me recorrió todo el cuerpo, provocando que mi sexo se apretara contra su dedo provocador.

Bajó por mi torso, lamiéndolo y mordisqueándolo mientras se abría camino a lo largo de mi vientre, mientras la anchura de sus hombros me obligaba a abrir las piernas hasta que su aliento caliente sopló por encima de mi coño resbaladizo. Apretó la nariz contra el húmedo satén, acariciándolo. Aspiró con un gruñido.

—*Eva*. Estaba hambriento de ti.

Con dedos impacientes, Gideon apartó la entrepierna de mis bragas y colocó la boca sobre mí. Me abría con los pulgares y me azotaba el palpitante clítoris con la lengua. Arqueé la espalda con un grito y todos mis sentidos se agudizaron sin poder ver. Inclinó la cabeza y se clavó dentro de aquel temblor abriéndome el sexo, follándome cadenciosamente, provocándome con zambullidas superficiales.

—¡Dios mío! —Me retorcí de placer y mi coño se apretaba y se abría con los primeros zumbidos del orgasmo.

Me vine con un violento torrente mientras el sudor me humedecía la piel y los pulmones me quemaban y se esforzaban por respirar. Sus labios rodeaban mi temblorosa abertura, chupando y hurgando con su lengua. Me estaba comiendo con una intensidad contra la que yo me sentía indefensa. La carne que había entre mis piernas estaba inflamada y sensible, vulnerable a su hambre feroz. Iba a tener otro orgasmo en pocos momentos e hinqué las uñas en las sábanas.

Tenía los ojos abiertos y cegados por la oscuridad cuando él me quitó la ropa interior y se colocó sobre mí. Sentí cómo el ancho capullo de su verga entraba en los labios de mi sexo y, entonces, embistió entrando hasta el fondo de mí con un gemido animal. Grité, sorprendida por su agresividad y poniéndome más caliente.

Gideon se apartó mientras mis muslos estaban abiertos sobre los suyos. Me agarró de la cadera, elevándola, inclinándome hasta el ángulo que él buscaba. Balanceó su cadera moviendo la polla dentro de mí, empujándome contra él hasta que yo ahogué un grito de dolor por lo profundo que había entrado. Los labios de mi sexo se aferraron a la misma base de su pene, abriéndose para abarcar la gruesa raíz. Me lo metió todo, cada centímetro, y yo me sentía llena y me encantaba. Llevaba varios días vacía, tan sola que me dolía.

Él gimió diciendo mi nombre y se vino lanzando un chorro caliente y denso y ese calor cremoso se extendió a lo largo de su verga porque no quedaba espacio dentro de mí. Se sacudió con violencia y sobre mi piel cayeron gotas de sudor que me inundaron.

—Por ti, Eva —dijo jadeando—. Cada gota.

Saliéndose de pronto, me dio la vuelta, me puso boca abajo y me levantó la cadera. Yo me agarré al cabecero de la cama apretando mi cara húmeda contra la almohada. Esperé a que él se metiera en mí y me estremecí cuando sentí su aliento contra mis nalgas. Después, di una fuerte sacudida al notar que lamía la costura de mi culo. Me lamió con la punta de la lengua estimulando la arrugada abertura de mi ano.

Un sonido entrecortado salió de mi cuerpo. *No practico sexo anal, Eva.*

El apretado anillo del músculo se flexionó al recordar sus palabras, reaccionando sin poder contenerse al delicado revoloteo. En nuestra cama no había nada más aparte de nosotros. Nada podía afectarnos cuando nos estábamos tocando.

Gideon apretó mis dos nalgas entre sus manos, inmovilizándome en ese mismo momento. Yo me abrí en dos para él en todos los sentidos, completamente expuesta a su beso exuberante y oscuro.

—¡Ah! —Todo el cuerpo se puso en tensión. Tenía la lengua dentro de mí, clavándomela. Mi cuerpo empezó a temblar con aquella sensación, apretando los dedos de los pies y expandiendo y contrayendo mis pulmones mientras él me poseía sin pudor ni reserva—. *Ah... Dios.*

Me acerqué a su boca y me entregué a él. La afinidad que había entre los dos era brutal y salvaje, casi insoportable. Sentí cómo su deseo me abrasaba, la piel se me volvía febril y el pecho me daba sacudidas con sollozos que no podía controlar.

Metió la mano por debajo de mí y apretó los dedos contra mi dolorido clítoris, frotándolo y masajeándolo. Su lengua me estaba volviendo loca. El orgasmo que se estaba formando dentro de mí lo alentó el hecho de saber que él ya no veía barreras en mi cuerpo. Haría lo que quisiera... poseerlo, usarlo, disfrutarlo. Enterré la cara en la almohada y grité al venirme, con un éxtasis tan salvaje que mis piernas se rindieron y yo caí sobre el colchón.

Gideon se deslizó sobre mi espalda, empujando con su rodilla para que abriera las piernas y cubriendo mi cuerpo con el suyo resbaladizo por el sudor. Me montó metiendo la verga dentro de mí, entrelazando sus dedos con los míos y clavando mis manos a la cama. Yo estaba llena de él, que se mecía sobre mí y se deslizaba hacia dentro y hacia fuera.

—Te necesito desesperadamente —dijo con voz ronca—. Soy un desgraciado sin ti.

Yo me puse en tensión.

—No te burles de mí.

—Yo te necesito igual. —Acarició mi pelo con su nariz mientras me cogía despacio y tranquilo—. Estoy igual de obsesionado. ¿Por qué no confías en mí?

Cerré los ojos con fuerza y unas cálidas lágrimas empezaron a brotar de ellos.

—No te comprendo. Me estás destrozando.

Giró la cabeza y me clavó los dientes en el hombro. Un gruñido de dolor retumbó en mi pecho y sentí que se venía, dando sacudidas con su verga mientras bombeaba dentro de mí y me llenaba de un semen abrasador.

Relajó la mandíbula y me soltó. Jadeó y siguió agitando la cadera.

—Tu carta me destrozó.

—No quieres hablar conmigo... No quieres escucharme...

—No puedo —se quejó, apretando los brazos alrededor de mi cuerpo de forma que quedaba completamente a su merced—. Es que... tiene que ser así.

—Yo no puedo vivir así, Gideon.

—Yo también estoy sufriendo, Eva. A mí también me está matando esto. ¿No lo ves?

—No —grité, mientras la almohada se iba mojando bajo mi mejilla.

—¡Entonces deja de darle tantas vueltas y siéntelo! ¡Siénteme!

La noche pasó en una nube borrosa. Yo lo castigué con manos y dientes codiciosos, pasando las uñas por su piel y sus músculos sudorosos hasta que soltó un bufido de dolor placentero.

Su deseo era frenético e insaciable, con un matiz de desesperación que me asustaba porque parecía desesperado. Lo sentí como una despedida.

—Necesito tu amor —susurró contra mi piel—. Te necesito.

Me acariciaba todo el cuerpo. Entraba constantemente en mí con su verga, sus dedos o su lengua.

Los pezones me ardían, abiertos de tanto chupar. El sexo me latía con fuerza y lo sentía magullado por sus salvajes y fuertes embestidas. Tenía la piel irritada por la barba de tres días que asomaba en su mandíbula. La mía me dolía de chupar su gruesa verga. Mi último recuerdo era de él abrazado a mi espalda, con el brazo sobre mi cintura mientras me llenaba por detrás, los dos doloridos, agotados e incapaces de parar.

—No me dejes —supliqué tras jurarle que yo no lo haría.

Cuando me desperté, vi alarmada que se había ido.

15

ME DETUVE JUNTO a la habitación de Cary antes de salir para el trabajo el jueves por la mañana. Abrí la puerta y asomé la cabeza. Cuando vi que estaba dormido, me dispuse a salir.

—Hola —murmuró parpadeando.

—Hola. —Entré—. ¿Cómo estás?

—Contento de estar en casa. —Se tocó el rabillo de los ojos—. ¿Va todo bien?

—Sí... Sólo quería verte antes de irme a trabajar. Volveré sobre las ocho. Compraré algo de cenar cuando venga de camino, así que espero un mensaje tuyo a eso de las siete diciendo qué te apetece... —Me interrumpí con un bostezo.

—¿Qué tipo de vitaminas toma Cross?

—¿Cómo?

—Yo siempre estoy cachondo, pero aun así no puedo estar claván-
dola de esa forma toda la noche. Pensaba todo el rato: «Ahora sí que
terminó». Y entonces, empezaba otra vez.

Me ruboricé y cambié el peso de un pie a otro.

Se rio a carcajadas.

—Aquí está oscuro, pero sé que te pusiste colorada.

—Deberías haberte puesto los auriculares —farfullé.

—No te preocupes por eso. Me alegra saber que mi equipo sigue
funcionando. No se me había puesto dura desde antes del asalto.

—No seas asqueroso, Cary. —Me dispuse a salir de la habitación—.
Mi padre viene esta noche. Prácticamente mañana. Su vuelo aterriza a
las cinco.

—¿Vas a recogerlo?

—Claro.

Su sonrisa desapareció.

—Vas a matarte como sigas así. No has dormido en toda la semana.

—Ya lo recuperaré. Hasta luego.

—Oye, ¿lo de anoche significa que tú y Cross vuelven a estar bien?

Me apoyé en el quicio de la puerta con un suspiro.

—Hay algo que va mal y no quiere contármelo. Le escribí una carta
vomitándole prácticamente todas mis inseguridades y neuras.

—*Nunca* pongas cosas así por escrito, nena.

—Sí, en fin... Lo único que he conseguido ha sido que me coja hasta
casi morirme sin saber nada más de cuál es el problema. Dijo que tiene
que ser así. Ni siquiera sé qué significa eso.

Asintió.

—Parece que tú sí lo entiendes.

—Creo que entiendo lo del sexo.

Eso hizo que me recorriera un escalofrío por la espalda.

—¿Sexo para desahogarse?

—Es posible —asintió suavemente.

Cerré los ojos y dejé que aquella confirmación no me afectara. Entonces, me incorporé.

—Tengo que irme. Hablamos luego.

Lo malo de las pesadillas es que una no puede prepararse para ellas. Aparecen de repente, cuando eres más vulnerable, provocando estragos y caos cuando estás completamente indefensa.

Y no siempre suceden cuando estás durmiendo.

Yo estaba sentada, aturdida y angustiada mientras Mark y el señor Waters repasaban los detalles de los anuncios del vodka Kingsman, dolorosamente consciente de que Gideon estaba presidiendo la mesa vestido con un traje negro, camisa blanca y corbata.

Me había ignorado deliberadamente desde el momento en que entré en la sala de conferencias de Cross Industries, aparte de un rápido apretón de manos cuando el señor Waters nos presentó. Aquella breve caricia de su piel contra la mía había provocado una descarga por todo mi cuerpo, que inmediatamente lo reconoció como la persona que le había dado placer durante toda la noche. Gideon no pareció detectar ese contacto en absoluto, dirigiendo la mirada por encima de mi cabeza cuando dijo: «Señorita Tramell».

El contraste con la última vez que habíamos estado en aquella sala era enorme. En aquella ocasión no había sido capaz de apartar los ojos de mí. Su mirada había sido abrasadora y descarada y cuando salimos de la habitación, me dijo que quería cogerme y que eliminaría cualquier cosa que se interpusiera en su camino impidiéndole hacerlo.

Esta vez, se puso de pie de repente cuando terminó la reunión, dio un apretón de manos a Mark y al señor Waters y salió por la puerta dedicándome una breve e indescifrable mirada. Sus dos directoras salieron a toda prisa detrás de él, las dos morenas y atractivas.

Mark me dirigió una mirada inquisitiva desde el otro lado de la mesa. Yo negué con la cabeza.

Volví a mi escritorio. Trabajé aplicadamente el resto del día. Durante mi descanso para almorzar, me quedé en la oficina y busqué cosas que podía hacer con mi padre. Me decidí por tres posibilidades: el edificio del Empire State, la Estatua de la Libertad y un espectáculo de Broadway, reservando la excursión a la Estatua de la Libertad por si tenía verdadero interés en ir. Imaginé que también podíamos saltarnos el trayecto en ferry y simplemente verla desde la orilla. Su estancia en la ciudad iba a ser corta y no quería sobrecargarle teniendo que correr de un lado a otro.

En mi último descanso del día, llamé al despacho de Gideon.

—Hola, Scott —dije saludando a su secretario—. ¿Sería posible hablar con tu jefe rápidamente?

—Espera un momento. Voy a ver.

Casi esperaba que rechazara mi llamada, pero un par de minutos después, me pasó.

—¿Sí, Eva?

Dediqué el tiempo que dura un latido del corazón para saborear el sonido de su voz.

—Siento molestarte. Probablemente sea una pregunta estúpida, considerando cómo están las cosas, pero... ¿vas a venir a cenar mañana para conocer a mi padre?

—Allí estaré —contestó con aspereza.

—¿Vas a llevar a Ireland? —Me sorprendió que la voz no me temblara, teniendo en cuenta el abrumador alivio que sentí.

Hubo una pausa.

—Sí —dijo después.

—OK.

—Hoy tengo una reunión hasta tarde, así que tendré que verte en la consulta del doctor Petersen. Angus te llevará. Yo iré en taxi.

—De acuerdo. —Me dejé caer en la silla sintiendo un destello de esperanza. Que quisiera continuar con la terapia y conocer a mi padre no podían ser más que señales positivas. Gideon y yo estábamos peleados. Pero él no se había rendido aún—. Te veo allí.

ANGUS me dejó en la puerta de la consulta del doctor Petersen a las seis menos cuarto. Entré y el doctor Petersen me saludó con la mano a través de la puerta abierta de su consulta, levantándose de la silla de detrás de su mesa para estrecharme la mano.

—¿Cómo estás, Eva?

—He estado mejor.

Recorrió mi rostro con sus ojos.

—Pareces cansada.

—Eso me dice todo el mundo —contesté con frialdad.

Miró por detrás de mí.

—¿Dónde está Gideon?

—Tenía una reunión a última hora, así que hemos venido por separado.

—De acuerdo. —Señaló el sofá—. Ésta es una buena ocasión para que podamos hablar a solas. ¿Hay algo en particular de lo que te gustaría hablar antes de que llegue?

Me acomodé en el sofá y le conté todo al doctor Petersen: el maravilloso viaje a las Outer Banks y, después, la extraña e inexplicable semana que habíamos tenido desde entonces.

—Simplemente no lo comprendo. Creo que tiene problemas, pero no puedo conseguir que me cuente nada. Me ha aislado por completo emocionalmente. La verdad es que empieza a hacerme daño. También me preocupa que su cambio de comportamiento se deba a Corinne. Cada vez que nos damos contra uno de estos muros es por ella.

Me miré los dedos, que estaban retorcidos entre sí. Me recordó a la costumbre de mi madre de retorcer el pañuelo y me obligué a relajar las manos.

—Es como si ejerciera algún control sobre él y Gideon no pudiese liberarse de ello, por mucho amor que sienta por mí.

El doctor Petersen levantó la vista de sus notas y me observó.

—¿Te dijo que no iba a asistir a su cita del martes?

—No. —Aquella noticia me golpeó duro—. No me dijo nada.

—Tampoco me lo dijo a mí. No me parece un comportamiento propio de él, ¿verdad?

Negué con la cabeza.

El doctor Petersen cruzó las manos sobre su regazo.

—A veces, uno de ustedes, o los dos, pueden retroceder un poco. Eso es de esperar, teniendo en cuenta la naturaleza de su relación. No sólo están trabajando en su relación, sino también como personas individuales para poder formar una pareja.

—Pero yo no puedo seguir con esto. —Respiré hondo—. No puedo seguir con esta dinámica de sube y baja. Me está volviendo loca. La carta que le envié... Fue terrible. Todo lo que había en ella era cierto, pero terrible. Hemos pasado unos momentos realmente bonitos juntos. Me dijo que...

Tuve que parar un momento y, cuando continué, mi voz sonó entrecortada.

—Me dijo cosas maravillosas. No quiero perder esos recuerdos bajo otros más feos. Sigo pensando si debería dejarlo mientras pueda, pero estoy resistiendo porque le prometí a él... y a mí misma... que no huiría más. Que iba a clavar mis pies en el suelo y que iba a luchar por esto.

—¿Eso es algo en lo que sigues trabajando?

—Sí, así es. Y no es fácil. Porque algunas de las cosas que hace... Yo reacciono de formas que he aprendido a evitar. ¡Para no perder el juicio! Hay un momento en el que hay que saber decir que has hecho todo lo que has podido pero que no ha funcionado, ¿no es así?

El doctor Petersen tenía la cabeza ladeada.

—Y si no, ¿qué es lo peor que puede pasar?

—¿Me lo pregunta a mí?

—Sí. El peor de los casos.

—Pues... —extendí los dedos sobre mis piernas—, que él se distancie de mí, que eso provoque que yo me enganche aún más y pierda toda la autoestima. Y que terminemos volviendo él a su vida tal y como era antes y yo volviendo a someterme a terapia para tratar de recuperar el juicio.

Él seguía mirándome y había algo en su paciente atención que hacía que continuara hablando.

—Temo que no me deje marchar cuando llegue el momento y que yo no sepa cómo hacerlo, que siga enganchada a ese barco que se hunde y termine hundiéndome con él. Simplemente desearía poder confiar en que él le pondrá fin, si llega el momento.

—¿Crees que tiene que ser así?

—No lo sé. Puede. —Aparté la mirada del reloj de la pared—. Pero considerando que son casi las siete y que nos ha dejado plantados a los dos, parece probable.

ME pareció una locura que *no* me sorprendiera ver el Bentley esperando en la puerta de mi apartamento a las cinco menos cuarto de la mañana. El conductor que apareció de detrás del volante cuando yo salí no me era familiar. Era mucho más joven que Angus; imaginé que tendría treinta y pocos años. Parecía latino, con un tono de caramelo en la piel, y pelo y ojos oscuros.

—Gracias —le dije cuando dio la vuelta por la parte delantera del vehículo—, pero voy a coger un taxi.

Al oír aquello, el portero de noche de mi edificio salió a la calle para llamar a uno.

—El señor Cross me dijo que debo llevarla al aeropuerto de La-Guardia —dijo el conductor.

—Puede decirle al señor Cross que no voy a necesitar su servicio de transporte ni ahora ni en el futuro. —Me acerqué al taxi que el portero había detenido, pero me detuve y me di la vuelta—. Y dígale también que se vaya a la mierda.

Entré en el taxi y me acomodé mientras se ponía en marcha.

ADMITO que no soy muy imparcial cuando digo que mi padre destaca entre la multitud, pero eso no hace que sea menos cierto.

Cuando salió de la zona de seguridad, Victor Reyes llamó la atención. Medía más de un metro ochenta, estaba en forma, era corpulento y tenía la presencia autoritaria de alguien que lleva una placa de policía. Su mirada rastreó la zona más próxima que le rodeaba, comportándose siempre como un policía incluso cuando no estaba de servicio. Llevaba un bolso de viaje colgado al hombro y vestía jeans azules con camisa negra. Tenía el pelo oscuro y ondulado y ojos tormentosos y grises, como los míos. Estaba realmente atractivo con su aire taciturno y peligroso de chico malo y traté de imaginarlo junto a la frágil y altiva belleza de mi madre. Nunca los había visto juntos, ni siquiera en fotos, y lo cierto es que deseaba hacerlo. Aunque sólo fuera una vez.

—¡Papá! —grité moviendo la mano en el aire.

Su rostro se iluminó al verme y en su boca se dibujó una amplia sonrisa.

—Aquí está mi chica. —Me tomó con un abrazo y me levantó los pies del suelo—. Te he echado muchísimo de menos.

Empecé a llorar. No podía evitarlo. Estar de nuevo con él era ya la última gota que colmaba el vaso de mi estado emocional.

—Oye. —Me balanceó—. ¿A qué vienen esas lágrimas?

Apreté los brazos alrededor de su cuello, agradecida por tenerlo conmigo, sabiendo que los demás problemas de mi vida quedarían a un lado mientras él estuviera cerca.

—Yo también te he echado muchísimo de menos —dije sorbiéndome la nariz.

Tomamos un taxi de vuelta a mi casa. Durante el camino, mi padre me hizo las mismas preguntas sobre el ataque a Cary que me había hecho la policía en el hospital. Traté de tenerlo distraído con esa conversación cuando nos detuvimos en la puerta de mi edificio, pero no funcionó.

Los ojos de lince de mi padre miraron el saliente moderno de cristal anexo a la fachada de ladrillo del edificio. Se quedó mirando al portero, Paul, quien se tocó la visera de su gorro y nos abrió la puerta. Observó la recepción y a la conserje y se meció en sus tacones mientras esperábamos al ascensor.

No dijo nada y mantuvo el rostro impasible, pero yo sabía que estaba pensando en lo mucho que debía costar mi alojamiento en una ciudad como Nueva York. Cuando le enseñé el interior del apartamento, echó un vistazo a toda la casa. Las grandes ventanas tenían una sensacional vista de la ciudad y la televisión de pantalla plana que estaba anclada a la pared era sólo uno de los muchos aparatos de primera calidad que había a la vista.

Él sabía que yo no me podía permitir esa casa por mí misma. Sabía que el marido de mi madre corría con gastos míos que él nunca podría costear. Y me pregunté si pensaba en mi madre y en que lo que ella necesitaba quedaba más allá de sus posibilidades.

—La seguridad aquí es muy estricta —le expliqué—. Es imposible pasar la recepción si no estás en la lista y no puede responder un vecino por ti.

Mi padre dejó escapar un suspiro.

—Eso está bien.

—Sí. No creo que mamá pudiera dormir por las noches de no ser así.

Eso hizo que desapareciera algo de tensión de sus hombros.

—Deja que te enseñe tu habitación. —Le conduje por el pasillo hasta la habitación de invitados. Tenía su propio baño y un minibar con nevera. Vi que se fijaba en esas cosas antes de dejar su bolsa de viaje en la enorme cama—. ¿Estás cansado?

Me miró.

—Sé que tú sí lo estás. Y hoy tienes que trabajar, ¿no? ¿Por qué no dormimos un poco antes de que te tengas que ir?

Contuve un bostezo, sabiendo que podía utilizar esas dos horas para descansar.

—Suena bien.

—Despiértame cuando te levantes —dijo echando los hombros hacia atrás—. Te prepararé el café mientras te arreglas.

—Estupendo. —La voz me salió ronca al tratar de aguantar las lágrimas. Gideon tenía casi siempre café esperándome los días en que se quedaba a pasar la noche, porque se levantaba antes que yo. Echaba de menos ese ritual nuestro.

De algún modo, tendría que aprender a vivir sin ello.

Me puse de puntillas y besé a mi padre en la mejilla.

—Estoy muy contenta de que estés aquí, papá.

Cerré los ojos y me apreté a él cuando me abrazó.

SALÍ del pequeño mercado con las bolsas de comida para la cena y fruncí el ceño al ver a Angus parado en el bordillo. Había rechazado que me llevaran por la mañana y, de nuevo, cuando salí del edificio Crossfire, pero continuaba siguiéndome como una sombra. Era ridículo. No pude evitar preguntarme si Gideon ya no me quería como novia, pero que su neurótico deseo de mi cuerpo implicaba que no quería que me tuviera nadie más, es decir, Brett.

De camino a casa, me entretuve pensando qué pasaría si invitaba a Brett a cenar, imaginándome a Angus teniendo que hacer esa llamada a Gideon cuando Brett entrara en mi casa. No fue más que una rápida fantasía vengativa, puesto que no quería dar a Brett falsas esperanzas y, de todas formas, estaba en Florida, pero con eso me bastó.

Dejé todas las cosas de la cena en la cocina y, a continuación, fui a ver a mi padre. Estaba en la habitación de Cary entretenido con un videojuego. Cary manejaba un mando con una mano, pues la otra la tenía escayolada.

—¡Vaya! —gritó mi padre—. ¡Toma!

—Debería darte vergüenza —le espetó Cary—, aprovechándote de un inválido.

—Oh, qué pena me das.

Cary me vio en la puerta y me guiñó un ojo. Lo quise tanto en ese momento que no pude evitar acercarme a él y darle un beso en su magullada frente.

—Gracias —susurré.

—Dame las gracias con una cena. Estoy hambriento.

Me incorporé.

—Traje ingredientes para hacer enchiladas.

Mi padre me miró, sonriendo, porque sabía que necesitaría su ayuda.

—¿Sí?

—Cuando hayas terminado —le dije—. Voy a darme una ducha.

Cuarenta y cinco minutos después, mi padre y yo estábamos en la cocina enrollando queso y pollo, que había comprado ya asado —mi pequeña trampa para ahorrar tiempo—, en tortillas de maíz empapadas en manteca. En el salón, el reproductor de CD pasó al siguiente disco y la enternecedora voz de Van Morrison sonó a través de los altavoces de sonido envolvente.

—¡Oh, sí! —exclamó mi padre agarrándome de la mano y apartándome de la barra—. Ta-ri-rá, ta-ri-rá, *moondance* —cantó con su profunda voz de barítono, dándome la vuelta.

Yo me reí, encantada.

Colocando la parte posterior de la mano sobre mi espalda para no tocarme con los dedos grasientos, me hizo bailar alrededor de la isla de la cocina mientras los dos cantábamos la canción y nos reíamos. Estábamos en nuestro segundo giro cuando me di cuenta de que había dos personas de pie junto al mostrador de desayuno.

Mi sonrisa desapareció y tropecé, obligando a que mi padre me cogiera.

—Qué mal bailas —se mofó con sus ojos fijos sólo en mí.

—Eva baila de maravilla —intervino Gideon, con esa máscara implacable en su rostro que yo tanto detestaba.

Mi padre se giró y su sonrisa también desapareció.

Gideon rodeó la barra y entró en la cocina. Se había vestido para la ocasión, con unos jeans y una camiseta del equipo de los Yankees. Una elección apropiada e informal y un buen comienzo de conversación, pues mi padre era un acérrimo admirador del equipo de los Padres de San Diego.

—No me había dado cuenta de que también es buena cantando. Soy Gideon Cross —se presentó con la mano extendida.

—Victor Reyes. —Mi padre le enseñó los dedos grasientos—. Estoy un poco sucio.

—No importa.

Encogiéndose de hombros, mi padre le estrechó la mano y lo examinó.

Yo les lancé un paño a los dos y me acerqué a Ireland, que estaba resplandeciente. Sus ojos azules brillaban y tenía las mejillas enrojecidas de placer.

—Me alegra mucho que hayas podido venir —le dije abrazándola con cuidado—. ¡Estás preciosa!

—¡Tú también!

Era mentira, pero lo agradecí igualmente. No me había hecho nada en la cara ni en el pelo después de la ducha porque sabía que a mi padre no le importaría y no esperaba que apareciera Gideon. Al fin y al cabo, la última vez que había tenido noticias suyas había sido cuando dijo que me vería en la consulta del doctor Petersen.

Ireland miró al mostrador donde yo lo había dispuesto todo.

—¿Puedo ayudar?

—Claro. Pero no te pongas a contar calorías o la cabeza te explotará.

—Le presenté a mi padre, que fue mucho más cálido con ella de lo que había sido con Gideon, y después la llevé al fregadero para que se lavara.

De inmediato, la puse a ayudarme a enrollar las últimas enchiladas mientras mi padre metía en la nevera las ya frías cervezas Dos Equis que había traído Gideon. Ni siquiera me molesté en preguntarme cómo sabía Gideon que iba a preparar comida mexicana para la cena. Sólo quería saber por qué había dedicado su tiempo a saberlo cuando estaba muy claro que tenía otras cosas que hacer, como dejar plantadas a sus citas.

Mi padre fue a su habitación para lavarse. Gideon se acercó a mí por detrás y me puso las manos en la cintura, rozando sus labios contra mi sien.

—Eva.

Yo me contuve ante el deseo casi irresistible de dejarme caer sobre él.

—No —susurré—. Prefiero que no finjamos.

Me despeinó al dejar escapar el aire con fuerza. Sus dedos apretaron mi cintura masajeándola durante un momento. Entonces noté que su teléfono vibraba, me soltó y se retiró para mirar la pantalla.

—Perdona —dijo con brusquedad y salió de la cocina antes de contestar.

Ireland se acercó sigilosamente y susurró.

—Gracias. Sé que has sido tú quien lo obligó a que me trajera.

Yo conseguí mirarla con una sonrisa.

—Nadie puede obligar a Gideon a que haga nada si él no quiere.

—Tú sí. —Zarandeó la cabeza echándose por encima del hombro su pelo moreno, lacio, que le llegaba hasta la cintura—. No viste cómo te miraba mientras bailabas con tu padre. Le brillaban los ojos. Creí que iba a llorar. Y mientras subíamos en el ascensor, traó de disimularlo, pero estoy completamente segura de que estaba nervioso.

Bajé la mirada hacia la lata de salsa de enchilada que tenía en las manos, sintiendo que el corazón se me partía un poco más.

—Estás enfadada con él, ¿verdad? —preguntó Ireland.

Me aclaré la garganta.

—Algunas personas es mejor que sean sólo amigas.

—Pero tú dijiste que lo querías.

—Eso no siempre es suficiente. —Me di la vuelta para tomar el abrelatas y vi a Gideon en el otro lado de la isla, mirándome. Me quedé petrificada.

Se retorció un músculo de su mandíbula antes de que lo relajara.

—¿Quieres una cerveza? —preguntó en tono brusco.

Asentí. También me habría venido bien un trago. Quizá unos cuantos.

—¿Quieres vaso?

—No.

Miró a Ireland.

—¿Tienes sed? Hay soda, agua, leche...

—¿Y una de esas cervezas? —respondió, lanzándole una encantadora sonrisa.

—En otra ocasión —contestó él con ironía.

Observé a Ireland y noté cómo relucía cuando Gideon la miraba. No podía creer que él no viera el cariño que le tenía su hermana. Quizá ahora se basara en cosas superficiales, pero estaba ahí y, con un poco de estímulo, iría a más. Esperaba que él se esforzara en conseguirlo.

Cuando Gideon me pasó la cerveza fría, sus dedos acariciaron los míos. Los mantuvo ahí un momento mirándome a los ojos. Yo sabía que estaba pensando en la otra noche.

Ahora me parecía un sueño, como si su visita no hubiese ocurrido nunca en realidad. Casi creí que me la había inventado en un delirio desesperado, tan deseosa de sus caricias y de su amor que no pude pasar un minuto más sin darle a mi mente un alivio de tanta locura de deseo y ansia. Si no fuese por el ligero dolor que aún sentía dentro de mí, no sabría distinguir entre lo real y una simple y falsa esperanza.

Tomé la cerveza de sus manos y me di la vuelta. No quería decir que habíamos terminado, pero ahora estaba claro que necesitábamos un descanso el uno del otro. Gideon tenía que saber qué estaba haciendo, qué buscaba y si yo podía ocupar un lugar importante en su vida porque este viaje en montaña rusa en el que nos encontrábamos iba a terminar destrozándome y yo no podía dejar que eso ocurriera. No lo haría.

—¿Puedo ayudar en algo? —preguntó.

Le respondí sin mirarle, porque hacerlo era demasiado doloroso.

—¿Puedes ver si podemos traer a Cary aquí? Tiene una silla de ruedas.

—De acuerdo.

Salió de la habitación y, de repente, pude respirar tranquila.

Ireland se me acercó enseguida.

—¿Qué le pasó a Cary?

—Te lo contaré mientras ponemos la mesa.

ME sorprendió ver que podía comer. Creo que estaba demasiado fascinada por el silencioso enfrentamiento entre mi padre y Gideon como para darme cuenta de que me estaba metiendo comida en la boca. En un extremo de la mesa, Cary cautivaba a Ireland a base de carcajadas que me hicieron sonreír. En el otro extremo, mi padre presidía la mesa, Gideon estaba sentado a su izquierda y yo a su derecha.

Estaban hablando. La conversación había empezado con el béisbol, tal y como yo esperaba, y luego pasó al golf. Desde fuera, los dos hombres parecían relajados, pero la atmósfera que había entre ambos estaba muy cargada. Noté que Gideon no se había puesto su reloj caro. Había planeado cuidadosamente tener una apariencia lo más «normal» posible.

Pero nada de lo que Gideon hiciera por fuera podría cambiar quién era por dentro. Era imposible ocultar lo que era —un macho dominante, un magnate de los negocios, un hombre privilegiado—. Se veía en cada gesto suyo, en cada palabra que decía, en cada mirada.

Así pues, él y mi padre estaban dispuestos a luchar por saber quién era el macho alfa y sospeché que mi suerte pendía de un hilo, como si mi vida estuviera en las manos de cualquiera excepto en las mías.

Aun así, comprendí que a mi padre sólo se le había permitido en realidad *ser* un padre en los últimos cuatro años y no estaba dispuesto a rendirse. Sin embargo, Gideon estaba compitiendo por un puesto que yo ya no estaba dispuesta a concederle.

Pero llevaba el anillo que yo le había regalado. Traté de no sacar ninguna conclusión, pero quería tener esperanzas. Quería creer.

Todos terminamos el primer plato y me estaba poniendo de pie para despejar la mesa para el postre cuando sonó el portero automático. Respondí.

—¿Eva? Están aquí los detectives Graves y Michna del Departamento de Policía de Nueva York —me informó la chica de recepción.

Miré a Cary, preguntándome si la policía habría descubierto quién le había atacado. Di permiso para que subieran y volví corriendo a la mesa.

Cary me miró sorprendido, curioso.

—Es la policía —les expliqué—. Quizá traigan noticias.

La atención de mi padre cambió de inmediato.

—Yo los recibo.

Ireland me ayudó a quitar las cosas. Acabábamos de dejar las copas en el fregadero cuando sonó el timbre de la puerta. Me sequé las manos con un trapo de cocina y salí a la sala de estar.

Los dos policías que llegaron no eran los que yo esperaba, porque no se trataba de los que habían interrogado a Cary en el hospital el lunes.

Gideon salió del pasillo metiéndose el teléfono en el bolsillo.

Me pregunté quién estaría llamándolo toda la noche.

—Eva Tramell —dijo la detective a la vez que entraba en el apartamento. Se trataba de una mujer delgada de rostro severo y unos ojos azules, inteligentes y agudos que eran su mejor rasgo. Tenía el pelo castaño y rizado y llevaba la cara sin maquillar. Vestía pantalones y zapatos planos y oscuros, una camisa de popelina y una chaqueta ligera que no ocultaba la placa de policía ni la pistola sujeta al cinturón—. Soy la detective Shelley Graves, del Departamento de Policía de Nueva York. Éste es mi compañero, el detective Richard Michna. Sentimos molestarla un viernes por la noche.

Michna era mayor, más alto y corpulento. Tenía el pelo grisáceo por las sienes y escaso por arriba, y también un rostro duro y unos ojos oscuros que echaron un vistazo a la habitación mientras Graves se centraba en mí.

—Hola —los saludé.

Mi padre cerró la puerta y hubo algo en su modo de moverse o comportarse que llamó la atención de Michna.

—¿Pertenece al cuerpo?

—En California —confirmó mi padre—. Estoy visitando a Eva, mi hija. ¿De qué se trata?

—Sólo queremos hacerle unas preguntas, señorita Tramell —dijo Graves. Miró a Gideon—. Y también a usted, señor Cross.

—¿Tiene esto algo que ver con el ataque que sufrió Cary? —pregunté. Lo miró.

—¿Por qué no nos sentamos?

Pasamos todos a la sala de estar, pero sólo Ireland y yo terminamos tomando asiento. Todos los demás permanecieron de pie, con mi padre empujando la silla de ruedas de Cary.

—Tiene una bonita casa —observó Michna.

—Gracias. —Miré a Cary preguntándome qué demonios estaba pasando.

—¿Cuánto tiempo va a estar en la ciudad? —le preguntó el detective a mi padre.

—Sólo el fin de semana.

Graves me sonrió.

—¿Va mucho a California a ver a su padre?

—Me acabo de mudar desde allí hace un par de meses.

—Yo fui una vez a Disneylandia de pequeña —dijo—. De eso hace mucho tiempo, claro. He querido volver alguna vez.

Fruncí el ceño sin comprender por qué estábamos hablando de esas tonterías.

—Sólo necesitamos hacerle un par de preguntas —intervino Michna, sacando un cuaderno del bolsillo interior de su chaqueta—. No queremos entretenerlos más tiempo del necesario.

Graves asintió con sus ojos aún puestos en mí.

—¿Puede decirnos si conoce a un hombre llamado Nathan Barker, señorita Tramell?

La habitación empezó a dar vueltas. Cary maldijo y se puso de pie tambaleándose, dando unos cuantos pasos hasta llegar al asiento que había a mi lado. Me agarró de la mano.

—¿Señorita Tramell? —Graves se sentó en el otro extremo del sofá.

—Es su antiguo hermanastro —contestó Cary bruscamente—. ¿Qué es todo esto?

—¿Cuándo fue la última vez que vio a Barker? —preguntó Michna.

En un tribunal... Traté de tragar saliva, pero tenía la boca seca como el serrín.

—Hace ocho años —continué con voz ronca.

—¿Sabía usted que estaba aquí, en Nueva York?

Dios mío. Negué moviendo la cabeza con fuerza.

—¿Adónde quiere llegar? —preguntó mi padre.

Miré con desesperación a Cary y, después, a Gideon. Mi padre no sabía lo de Nathan. Y yo no quería que lo supiese.

Cary me apretó la mano. Gideon ni siquiera me miraba.

—Señor Cross —dijo Graves—, ¿y usted?

—¿Yo, qué?

—¿Conoce a Nathan Barker?

Supliqué con los ojos a Gideon que no dijera nada delante de mi padre, pero no miró ni una sola vez hacia donde yo estaba.

—No me haría esa pregunta si no supiese ya la respuesta —contestó.

El estómago me dio un vuelco. Una fuerte sacudida me atravesó el cuerpo. Aun así, Gideon no me miró. Mi cerebro trataba de procesar qué estaba ocurriendo... qué significaba aquello... qué pasaba...

—¿Hay algún motivo para estas preguntas? —preguntó mi padre.

La sangre me zumbaba en los oídos. El corazón me latía con algo parecido al terror. La simple idea de que Nathan estuviese tan cerca era suficiente para que me entrara el pánico. Empecé a jadear. La habitación daba vueltas ante mis ojos. Creí que me iba a desmayar.

Graves me miraba con atención.

—¿Puede decirnos dónde estuvo ayer, señorita Tramell?

—¿Que dónde estuve? —repetí—. ¿Ayer?

—No respondas —me ordenó mi padre—. Esta entrevista no va a continuar hasta que sepamos qué ocurre.

Michna asintió, como si esperase aquella interrupción.

—Encontraron muerto a Nathan Barker esta mañana.

16

En cuanto el detective Michna terminó la frase, mi padre acabó con el interrogatorio.

—Esto se ha acabado —dijo con tono serio—. Si tienen más preguntas pidan una cita para que mi hija acuda con un abogado.

—¿Y usted, señor Cross? —la mirada de Michna se dirigió a Gideon—. ¿Le importaría decirnos dónde estuvo ayer?

Gideon se movió de su posición detrás del sofá.

—¿Por qué no hablamos mientras los acompaño a la puerta?

Yo me quedé mirándolo, pero él siguió sin prestarme atención.

¿Qué más no quería que yo supiera? ¿Cuántas cosas me estaba ocultando?

Ireland entrelazó sus dedos con los míos. Cary estaba sentado a un lado mío y Ireland al otro, mientras que el hombre al que amaba estaba a varios metros de distancia y no me había mirado en casi media hora. Sentí como si en el estómago se me hubiese instalado una roca fría.

Los detectives tomaron nota de mi número de teléfono y, a continuación, salieron con Gideon. Vi cómo salían los tres y también cómo mi padre observaba a Gideon con una mirada reflexiva.

—Puede que estuviese comprándote un anillo de compromiso y no quiere que le echen por tierra la sorpresa —susurró Ireland.

Le apreté la mano por mostrarse tan dulce y por pensar tan bien de su hermano. Esperé que él nunca la decepcionara ni la desilusionara del mismo modo que yo había perdido ahora la ilusión. Si era sincera conmigo misma, Gideon y yo no éramos nada, no teníamos nada.

¿Por qué no me había hablado de Nathan?

Soltando a Cary y a Ireland, me puse de pie y fui a la cocina. Mi padre me siguió.

—¿Quieres explicarme qué está pasando? —me preguntó.

—No tengo ni idea. Me acabo de enterar.

Apoyó la cadera en el mostrador y me observó.

—¿Qué es lo que pasó entre tú y Nathan Barker? Al escuchar su nombre parecía que ibas a desmayarte.

Empecé a enjuagar los platos y a meterlos en el lavavajillas.

—Era un matón, papá. Eso es todo. No le gustaba que su padre se hubiese vuelto a casar y, sobre todo, no le gustaba que esa nueva madrastra tuviera una hija.

—¿Por qué iba Gideon a tener algo que ver con él?

—Ésa es una muy buena pregunta. —Agarrándome al filo del fregadero, bajé la cabeza y cerré los ojos. Era eso lo que había abierto una brecha entre Gideon y yo. *Nathan.* Lo sabía.

—¿Eva? —Mi padre colocó las manos sobre mis hombros y masajeó los duros y doloridos músculos—. ¿Estás bien?

—Yo... estoy cansada. No he dormido bien últimamente. —Corté el agua y dejé el resto de los platos donde estaban. Fui al armario donde guardaba las vitaminas y los medicamentos sin receta y saqué dos analgésicos para la noche. Quería dormir profundamente y sin sueños. Lo necesitaba, para poder despertarme en un buen estado para decidir qué tenía que hacer.

Miré a mi padre.

—¿Puedes ocuparte de Ireland hasta que vuelva Gideon?

—Desde luego. —Me besó en la frente—. Hablaremos por la mañana.

Ireland me encontró antes de que yo la viera a ella.

—¿Estás bien? —me preguntó entrando en la cocina.

—Voy a acostarme, si no te importa. Sé que es una grosería.

—No, no te preocupes.

—De verdad, lo siento. —La acerqué para darle un abrazo—. Repetiremos esto. ¿Qué te parece un día de chicas en un *spa* o de compras?

—Claro. ¿Me llamarás?

—Lo haré. —La solté y atravesé la sala de estar para ir hacia el pasillo.

Se abrió la puerta de la calle y entró Gideon. Nuestras miradas se cruzaron y se mantuvieron así durante un rato. No podía leer nada en sus ojos. Aparté la mirada, fui a mi cuarto y cerré la puerta con pestillo.

ME levanté a las nueve de la mañana siguiente, aturdida y de mal humor pero ya no tan terriblemente cansada. Sabía que tenía que llamar a Stanton y a mi madre, pero primero necesitaba cafeína.

Me lavé la cara, me cepillé los dientes y salí arrastrando los pies hacia la sala de estar. Casi había llegado a la cocina —el origen del delicioso olor a café— cuando sonó el timbre de la puerta. El corazón me dio un vuelco. No podía evitar esa reacción instintiva al pensar en Gideon, que era una de las tres personas que tenían mi permiso en la recepción para pasar.

Pero cuando abrí la puerta, era mi madre. Esperé no parecer demasiado decepcionada aunque, de todos modos, creo que no se dio cuenta.

Pasó por mi lado con un vestido verde agua que parecía pintado y que ella lucía como muy pocas mujeres podrían hacerlo, consiguiendo de algún modo que pareciera seductor y elegante y también apropiado para su edad. Desde luego, parecía lo suficientemente joven como para ser mi hermana.

Echó un vistazo a mi cómodo pantalón de ejercicio de la Universidad de San Diego y a la camiseta que llevaba antes de decir:

—Dios mío, Eva, no tienes ni idea...

—Nathan está muerto. —Cerré la puerta y miré nerviosa por el pasillo en dirección a la habitación de invitados, rezando porque mi padre estuviera aún con el horario de la costa oeste y siguiera durmiendo.

—Ah. —Se giró para mirarme y por primera vez me gustó su mirada. Tenía los labios apretados por la preocupación y una mirada de angustia—. ¿Vino ya la policía? Acaban de salir de nuestra casa.

—Estuvieron aquí anoche. —Fui hacia la cocina y directa a la cafetera.

—¿Por qué no nos llamaste? Deberíamos haber estado contigo. Debías haber avisado a *un abogado,* al menos.

—Fue una visita muy rápida, mamá. ¿Quieres un poco? —dije sosteniendo la jarra.

—No, gracias. No deberías beber tanto de eso. No es bueno para ti.

Volví a soltarla y abrí la nevera.

—Dios santo, Eva —murmuró mi madre observándome—. ¿Te das cuenta de la cantidad de calorías que tiene la media crema?

Dejé una botella de agua delante de ella y me di la vuelta para aclarar el café.

—Estuvieron aquí unos treinta minutos y después se fueron. No les dije nada aparte de que Nathan había sido mi hermanastro y que no le había visto desde hacía ocho años.

—Gracias a Dios que no dijiste nada más. —Abrió la botella.

Yo cogí una taza.

—Vamos a la sala de estar de mi dormitorio.

—¿Qué? ¿Por qué? Tú nunca te sientas allí.

Tenía razón, pero yéndonos allí evitaríamos un encuentro sorpresa entre mis padres.

—Pero *a ti* te gusta —contesté. Entramos en la habitación y cerré la puerta, dejando escapar un suspiro de alivio.

—Sí que me gusta —dijo mi madre girándose para mirarlo todo.

Claro que le gustaba. La había decorado ella. A mí también me gustaba, pero en realidad no la utilizaba. Había pensado en convertirla en un dormitorio contiguo para Gideon, pero ahora todo podría cambiar. Se había apartado de mí, me había ocultado lo de Nathan y la cena con Corinne. Yo quería una explicación y, dependiendo de cuál fuera, volveríamos a comprometernos para continuar adelante o daríamos los pasos dolorosos para separarnos.

Mi madre se acomodó elegantemente en el diván y me miró.

—Debes tener mucho cuidado con la policía, Eva. Si quieren volver a hablar contigo, díselo a Richard para que sus abogados estén presentes.

—¿Por qué? No entiendo por qué debo preocuparme por lo que diga o no diga. Yo no he hecho nada malo. Ni siquiera sabía que estaba en la ciudad. —Vi cómo apartaba rápidamente los ojos de mí, y continué hablando con tono firme—. ¿Qué está pasando, mamá?

Bebió un poco antes de contestar.

—Nathan apareció en el despacho de Richard la semana pasada. Quería dos millones y medio de dólares.

De repente, sentí un zumbido en los oídos.

—*¿Qué?*

—Quería dinero —dijo con frialdad—. Mucho dinero.

—¿Por qué demonios iba a pensar que se lo iban a dar?

—Tiene... *tenía* fotos, Eva. —Su labio inferior empezó a temblar—. Y vídeos. Tuyos.

—Dios mío. —Dejé a un lado el café con manos temblorosas y me eché hacia delante colocando la cabeza entre las rodillas—. Dios, voy a vomitar.

Y Gideon había visto a Nathan. Lo había confesado cuando respondió a las preguntas de la policía. Si había visto las fotografías... se habría enfadado... y eso explicaría por qué se había distanciado de mí, por qué estaba tan atormentado cuando vino a mi cama. Puede que aún me quisiera, pero quizá no era capaz de vivir con las imágenes que ahora inundaban su cabeza.

Tiene que ser así, me había dicho.

Un sonido terrible salió de mí. Ni siquiera podía imaginar qué era lo que había grabado Nathan. No quería saberlo.

Estaba claro que Gideon no podía soportar mirarme. Cuando me hizo el amor por última vez había sido en una absoluta oscuridad, en la que podía oírme y olerme, pero no verme.

Reprimí un grito de dolor mordiéndome el brazo.

—¡Cariño, no! —Mi madre cayó de rodillas delante de mí, haciendo que me bajara de la silla al suelo para que ella pudiera acunarme—. Ya acabó todo. Está muerto.

Me acurruqué en su regazo, sollozando y dándome cuenta de que realmente había acabado. Había perdido a Gideon. Se odiaría a sí mismo por apartarse de mí, pero yo entendía que posiblemente no pudiese evitarlo. Cuando me mirara ahora le recordaría a su propio pasado cruel, ¿cómo iba a soportar eso Gideon? ¿Cómo iba a soportarlo yo?

Mi madre me acarició el pelo. Noté que ella también lloraba.

—Mi pequeña, estoy aquí. Yo cuidaré de ti. —Me calmaba con voz temblorosa.

Al final no me quedaron más lágrimas para llorar. Estaba vacía, pero con ese vacío llegó una nueva lucidez. No podía cambiar lo que había sucedido, pero sí podía hacer lo que fuese necesario para asegurarme de que ninguno de mis seres queridos sufriera por ello.

Me incorporé y me froté los ojos.

—No deberías hacer eso —me reprendió mi madre—. Si te frotas los ojos así te saldrán arrugas.

Por algún motivo, su preocupación por mis futuras patas de gallo me pareció graciosísima. Traté de contenerme, pero se me escapó una carcajada.

—¡Eva Lauren!

Su indignación me pareció igual de divertida. Me reí un poco más y, una vez que había empezado, no podía parar. Me reí hasta que me dolió la cara y me caí.

—¡Basta! —exclamó dándome un empujón en el hombro—. No tiene gracia.

Me reí hasta que conseguí sacar unas cuantas lágrimas más.

—¡Eva, de verdad! —Pero estaba empezando a sonreír.

Seguí riéndome hasta que la risa empezó a convertirse de nuevo en sollozos, secos y silenciosos. Oí que mi madre se reía tontamente y, de algún modo, eso se combinaba a la perfección con mi incontrolable dolor. No podía explicarlo, pero al sentirme tan mal y desesperada, la presencia de mi madre, con todas sus pequeñas rarezas y amonestaciones que me volvían loca, era justo lo que necesitaba.

Llevándome la mano al estómago lleno de calambres, respiré hondo.

—¿Lo hizo? —pregunté en voz baja.

Su sonrisa se desvaneció.

—¿Quién? ¿Richard? ¿Hacer qué? ¿Lo del dinero? *Ah...*

Esperé.

—¡No! —exclamó enérgicamente—. Él no haría nunca algo así. Su mente no funciona así.

—Está bien. Simplemente tenía que saberlo. —Yo tampoco me imaginaba a Stanton ordenando que dieran una paliza. Pero Gideon...

Por sus pesadillas, yo sabía que su deseo de venganza estaba teñido de violencia. Y lo había visto pelearse con Brett. Aquel recuerdo estaba marcado a fuego en mi mente. Gideon sí era capaz de hacerlo y con su historial...

Tomé aire y, a continuación, lo expulsé.

—¿Qué es lo que sabe la policía?

—Todo. —Su mirada se había ablandado y humedecido, llena de culpa—. El precinto de los antecedentes de Nathan se rompió al morir.

—¿Y cómo murió?

—Eso no lo dijeron.

—Supongo que no es importante. Nosotros teníamos un móvil. —Me pasé la mano por el pelo—. Probablemente no importe que no tuviésemos la ocasión de hacerlo en persona. Te pidieron que justifiques lo que hacías en ese momento, ¿no? ¿Y a Stanton?

—Sí. ¿A ti también?

—Sí. —Pero no sabía si a Gideon. No es que importara. Nadie se esperaría que unas personas como Gideon y Stanton se fueran a manchar las manos deshaciéndose de un problema como Nathan.

Teníamos más de un móvil. El soborno y la venganza por lo que me había hecho. Y también medios. Y esos medios nos proporcionaban la oportunidad de hacerlo.

Volví a cepillarme el pelo y me eché agua en la cara mientras pensaba en cómo iba a sacar a mi madre de mi apartamento sin que se diera cuenta. Cuando la vi hurgando en el vestidor de mi dormitorio, preocupada como siempre por mi estilo y mi apariencia, supe qué tenía que hacer.

—¿Recuerdas esa falda que compré en Macy's? —le pregunté—. ¿La verde?

—Ah, sí. Muy bonita.

—No he podido ponérmela porque no se me ocurre nada con lo que pueda ir bien. ¿Me ayudas a buscar algo?

—Eva —dijo con exasperación—, ya deberías haberte decidido por un estilo personal... ¡Y que no sea de sudaderas!

—Échame una mano, mamá. Vuelvo enseguida. —Cogí la taza de café para tener un motivo para dejarla allí—. No te vayas a ningún sitio.

—¿Adónde iba a ir? —contestó con la voz amortiguada, pues se había adentrado aún más en el vestidor.

Miré rápidamente en la sala de estar y en la cocina. No vi a mi padre por ningún sitio y la puerta de su dormitorio estaba cerrada, al igual que la de Cary. Volví rápidamente a mi habitación.

—¿Qué tal esto? —preguntó sosteniendo una blusa de seda de color champán. La combinación resultaba preciosa y elegante.

—¡Me encanta! Eres estupenda. Gracias. Pero seguro que tienes que irte ya, ¿no? No quiero entretenerte.

Mi madre me miró frunciendo el ceño.

—No tengo ninguna prisa.

—¿Y Stanton? Tiene que estar preocupado con todo esto. Y es sábado. Él siempre se reserva los fines de semana para ti. Tiene que dedicarte tiempo.

Dios mío, sí que me sentía fatal por la presión que le causábamos. Stanton había dedicado una gran cantidad de tiempo y dinero a asuntos relacionados conmigo y con Nathan durante los cuatro años que llevaba casado con mi madre. Aquello era mucho pedir, pero no nos había fallado. Durante el resto de mi vida me sentiría en deuda con él por querer tanto a mi madre.

—Esto también está suponiendo una gran preocupación para ti —protestó—. Quiero estar a tu lado, Eva. Quiero ayudarte.

Sentí un nudo en la garganta al darme cuenta de que estaba tratando de compensarme por lo que me había pasado, porque era incapaz de perdonarse.

—No pasa nada —respondí con la voz quebrada—. Estaré bien. Y sinceramente, me sentiría fatal alejándote de Stanton después de todo lo que ha hecho por nosotras. Tú eres su recompensa, su pequeño paraíso al final de su infinita semana laboral.

En sus labios se formó una encantadora sonrisa.

—Qué cosa tan hermosa has dicho.

Sí, yo también había pensado lo mismo las veces en que Gideon me había dicho cosas parecidas.

Me parecía imposible que sólo una semana antes hubiéramos estado en la casa de la playa, locamente enamorados y dando pasos firmes y seguros en nuestra relación.

Pero esa relación se había roto y ahora sabía por qué. Yo estaba enfadada y dolida por el hecho de que Gideon me hubiese ocultado algo tan importante como que Nathan estaba en Nueva York. Me enfurecía que no me hubiese hablado de lo que pensaba y sentía. Pero también lo comprendía. Era una persona que durante años había evitado hablar de algo que fuese personal y nosotros no llevábamos juntos el tiempo suficiente como para que cambiara esa costumbre de toda una vida. No podía culparle por ser quien era, lo mismo que tampoco podía culparle por haber decidido que no podía vivir con lo que yo era.

Con un suspiro, me acerqué a mi madre y la abracé.

—Tenerte aquí... es lo que necesitaba, mamá. Llorar, reír y simplemente sentarme contigo. Nada podría haber sido mejor que eso. Gracias.

—¿De verdad? —Me abrazó con fuerza y la sentí pequeña y delicada entre mis brazos, pese a que éramos de la misma estatura y sus tacones la hacían más alta—. Creía que te estabas volviendo loca.

Me separé de ella y sonreí.

—Creo que fue así durante un momento, pero tú hiciste que me recuperara. Y Stanton es un hombre bueno. Le agradezco todo lo que ha hecho por nosotras. Por favor, díselo de mi parte.

Pasando mi brazo bajo el suyo, hice que se levantara de la cama y la llevé hasta la puerta de la calle. Ella me volvió a abrazar acariciándome la espalda arriba y abajo.

—Llámame esta noche y mañana. Quiero estar segura de que te encuentras bien.

—De acuerdo.

Me observó.

—Y planeemos un día de *spa* para la semana que viene. Si al médico no le parece bien que Cary vaya, haremos que vengan aquí los masajistas. Creo que a todos nos vendrá bien un poco de mimos y cuidados.

—Ésa es una forma agradable de decir que tengo un aspecto horrible. —Las dos necesitábamos un buen repaso, aunque ella lo ocultaba mucho mejor que yo. Nathan seguía gravitando sobre nosotras como una nube oscura, aún capaz de destrozar nuestras vidas y alterar nuestra paz. Pero fingiríamos que nos encontrábamos mucho mejor de lo que estábamos. Así era como hacíamos las cosas—. Pero tienes razón. Nos vendrá bien y hará que Cary se sienta mucho mejor, aunque sólo le puedan hacer una manicura y una pedicura.

—Yo me encargo de organizarlo. ¡Qué ilusión! —Mi madre mostró su luminosa sonrisa tan propia de ella...

...que fue lo que vio mi padre cuando abrí la puerta de la calle. Estaba en el umbral con las llaves de Cary en la mano y lo había sorprendido justo en el momento en que iba a meterlas por la cerradura. Iba vestido con pantalones cortos para correr y zapatos deportivos, con la camiseta sudada echada despreocupadamente sobre el hombro. Aún tenía la respiración acelerada y el sudor le brillaba sobre la piel bronceada y los músculos tensos. Victor Reyes era todo un monumento.

Y miraba a mi madre de un modo absolutamente indecente.

Aparté la mirada de mi atractivo padre para mirar a mi glamorosa madre y me sorprendió ver que ella miraba a mi padre del mismo modo que él la miraba a ella.

Menudo día para darme cuenta de que mis padres estaban enamorados el uno del otro. Bueno, yo había sospechado que mi madre le había roto el corazón a mi padre, pero creía que ella se avergonzaba de él, como si se hubiese tratado de una gran equivocación, de un error del pasado.

—Monica —La voz de mi padre sonó más baja y profunda de lo que yo la había oído nunca y con más acento.

—Victor. —Mi madre se había quedado sin aliento—. ¿Qué estás haciendo aquí?

Él la miró sorprendido.

—Visitando a mi hija.

—Y ahora mamá tiene que irse —dije dándole a ella un codazo, dividida entre la novedad de ver a mis padres juntos y la lealtad hacia Stanton, que era exactamente lo que mi madre necesitaba—. Te llamo luego, mamá.

Mi padre se quedó inmóvil un momento, deslizando la mirada por el cuerpo de mi madre desde la cabeza hasta los pies y, a continuación, subiéndola otra vez. Respiró hondo y se hizo a un lado.

Mi madre salió al pasillo y se dirigió hacia el ascensor y, después, en el último momento, se dio la vuelta. Colocó la mano sobre el pecho de mi padre y se puso de puntillas, dándole dos besos en las mejillas.

—Adiós —susurró.

La vi caminar con paso inseguro hacia el ascensor y pulsar el botón con la espalda vuelta hacia nosotros. Mi padre no apartó la mirada hasta que las puertas del ascensor se cerraron cuando ella entró.

Dejó escapar un suspiro y entró en el apartamento.

Cerré la puerta.

—¿Cómo es que yo no sabía que ustedes dos están locamente enamorados el uno del otro?

Resultaba doloroso ver la mirada en sus ojos, el verdadero dolor como en una herida abierta.

—Porque eso no significa nada.

—No lo creo. El amor lo es todo.

—No lo conquista todo, como suelen decir —contestó con un bufido—. ¿Ves a tu madre siendo la esposa de un policía?

Hice una mueca.

—Ahí está —dijo secamente, secándose la frente con la camiseta—. A veces, el amor no es suficiente. Y si no lo es, ¿qué tiene de bueno?

El resentimiento que escuché en sus palabras era algo que yo cono-cía muy bien por mí misma. Pasé por su lado y fui a la cocina.

Mi padre me siguió.

—¿Estás enamorada de Gideon Cross?

—¿No es evidente?

—¿Él está enamorado de ti?

Como no tenía fuerzas, dejé la taza en el fregadero y saqué otras limpias para mí y para mi padre.

—No lo sé. Sé que me quiere y que, a veces, me necesita. Creo que haría lo que fuese por mí si se lo pidiera, porque he entrado en su corazón.

Pero no podía decirme que me quería. No me hablaba de su pasado. Y, al parecer, no podía vivir con las pruebas del *mío*.

—Tienes la cabeza sobre los hombros.

Saqué café en grano de la nevera para preparar una nueva cafetera.

—Eso es muy debatible, papá.

—Eres sincera contigo misma. Eso es una virtud. —Me sonrió cuando yo giré la cabeza para mirarlo—. Utilicé tu tableta electrónica para ver mi correo. Estaba en la mesita. Espero que no te importe.

Negué con la cabeza.

—Úsala cuando quieras.

—Busqué en internet cuando la tomé. Quería ver qué salía sobre Cross.

Sentí un pequeño vacío en el estómago.

—No te gusta.

—Me reservo mi opinión. —La voz de mi padre fue desvanecién-dose a medida que entraba en la sala de estar y, a continuación, volvió a sonar con fuerza cuando volvió con la tableta en la mano.

Mientras yo molía el café, él abrió la funda protectora de la tableta y empezó a dar toques en la pantalla.

—Anoche pasé un mal rato mientras le echaba un vistazo. Sólo que-ría un poco más de información. Encontré algunas fotos de ustedes dos juntos que parecían prometedoras. —Tenía los ojos sobre la pantalla—. Después vi otra cosa.

Le dio la vuelta a la pantalla para que yo la viera.

—¿Puedes explicarme esto? ¿Es otra hermana suya?

Dejé de moler café para sentarme, me acerqué con la vista puesta en el artículo que mi padre había encontrado en la web de la revista *Page Six*. La foto era de Gideon y Corinne en una especie de fiesta. Había puesto el brazo alrededor de la cintura de ella y la actitud de los dos era de familiaridad e intimidad. Estaban muy cerca y los labios de él casi rozaban la sien de ella, que tenía una copa en la mano y se reía.

Cogí la tableta y leí el pie de foto: «Gideon Cross, director general de Cross Industries, y Corinne Giroux en la fiesta de promoción de Vodka Kingsman».

Los dedos me temblaron mientras subía a la parte superior de la página y leía el breve artículo buscando más información. Me quedé muda cuando vi que la fiesta se había celebrado el jueves, de seis a nueve, en uno de los locales de Gideon, uno que yo conocía demasiado bien. Me había cogido allí, tal y como había hecho con docenas de mujeres.

Gideon me había dado plantón en nuestra cita con el doctor Petersen para llevar a Corinne al hotel que le servía de picadero.

Era *eso* lo que había querido contarle a los policías y que no quería que yo escuchara: su coartada era una velada, quizá toda la noche, en compañía de otra mujer.

Solté la tableta con más cuidado del necesario y dejé escapar la respiración que había estado conteniendo.

—Ésa no es hermana suya.

—Eso pensaba yo.

Lo miré.

—¿Me haces el favor de terminar de preparar el café? Tengo que hacer una llamada.

—Claro. Luego me daré una ducha. —Extendió una mano y la puso sobre la mía—. Vamos a salir a olvidarnos de esta mañana. ¿Te parece bien?

—Me parece perfecto.

Cogí el teléfono de la base y volví a mi dormitorio. Pulsé la marcación rápida del celular de Gideon y esperé a que contestara. Cuando sonó la tercera llamada descolgó.

—¿Diga? —contestó, aunque en la pantalla ya habría visto que era yo—. No puedo hablar ahora.

—Entonces, simplemente escúchame. Seré breve. Un minuto. Un maldito minuto de tu tiempo. ¿Me concedes eso?

—La verdad es que...

—¿Acudió Nathan a ti con unas fotografías mías?

—No es...

—¿Lo hizo? —insistí con brusquedad.

—Sí —espetó.

—¿Las viste?

Hubo una larga pausa.

—Sí.

Solté un suspiro.

—Muy bien. Creo que eres un completo imbécil por haber dejado que fuera a la consulta del doctor Petersen cuando sabías que no ibas a ir porque pensabas salir con otra mujer. Es despreciable, Gideon. Y lo que es peor, fueron a la fiesta de Kingsman, lo cual debía tener *algún* valor sentimental para ti, considerando que fue así como...

Se oyó el fuerte chirrido de una silla arrastrándose. Yo me apresuré a seguir hablando, desesperada por soltar lo que necesitaba decir antes de que él colgara.

—Creo que eres un cobarde por no venir directamente y decirme que hemos terminado, sobre todo antes de empezar a cogerte a otra.

—Eva. Maldita sea.

—Pero quiero que sepas que pese a que el modo en que has actuado en esto ha sido jodidamente *malo* y que me has roto el corazón en mil pedazos y que te he perdido el respeto, no te culpo por lo que sientes después de haber visto esas fotografías mías. Lo comprendo.

—Basta. —Su voz era poco más que un susurro, lo cual hizo que me preguntara si Corinne estaba con él incluso en ese momento.

—No quiero que te culpes, ¿de acuerdo? Después de lo que tú y yo hemos pasado, aunque no es que yo sepa qué es lo que tú has sufrido puesto que nunca me lo has contado. Pero de todos modos... —Suspiré y en mi rostro apareció una mueca de dolor al ver lo temblorosa que me salía la voz. Y lo que es peor, cuando volví a abrir la boca, mis palabras estaban inundadas en lágrimas—. No te culpes. Yo no lo hago. Sólo quiero que lo sepas.

—Dios mío —dijo en voz baja—. Por favor, no sigas, Eva.

—Ya terminé. Espero que encuentres... —Apreté la mano en mi regazo—. Da igual. Adiós.

Colgué y dejé caer el teléfono en la cama. Me desnudé de camino a la ducha y dejé en el mueble el anillo que Gideon me había regalado. Abrí el grifo poniendo el agua todo lo caliente que mi cuerpo podía aguantar y me hundí aturdida en el suelo de la ducha.

No me quedaba nada.

17

El resto del sábado y del domingo mi padre y yo dimos brincos por toda la ciudad. Me aseguré de que disfrutara de las comidas llevándolo a Junior's para que probara la tarta de queso, al Gray's Papaya por los perritos calientes y a John's por la *pizza*, que nos llevamos al apartamento para compartirla con Cary. Subimos a lo alto del Empire State, con lo que quedó satisfecha la opción de ir a la Estatua de la Libertad por lo que a mi padre respecta. Disfrutamos de un espectáculo de Broadway por la tarde. Fuimos paseando hasta Times Square, que estaba abarrotado y olía fatal, pero donde vimos a unos artistas callejeros interesantes y medio desnudos. Tomé algunas fotos con el teléfono y se las envié a Cary para que se riera.

Mi padre se quedó impresionado con la presencia del servicio de emergencias en la ciudad y le gustó tanto como a mí ver oficiales de policía a caballo. Dimos una vuelta por Central Park en un carro tirado por caballos y nos adentramos juntos en el metro. Lo llevé al Rockefeller Center, a Macy's y al Crossfire, del cual admitió que era un edificio extraordinario capaz de competir con otros edificios impresionantes. Pero durante todo el tiempo, simplemente estuvimos juntos. La mayor parte del rato caminando, charlando y sencillamente haciéndonos compañía.

Por fin supe cómo había conocido a mi madre. Al elegante deportivo de ella se le había pinchado una rueda y terminó en el taller de coches donde él trabajaba. Aquella historia me recordó al viejo éxito de Billy Joel, «Uptown Girl», y se lo dije. Mi padre se rio y dijo que era una de sus canciones preferidas. Me contó que aún podía verla saliendo de detrás del volante de su caro cochecito de juguete poniendo su mundo del revés. Era la cosa más bonita que había visto nunca... hasta que llegué yo.

—¿Estás resentido con ella, papá?

—Antes sí. —Me pasó el brazo por encima de los hombros—. Nunca le perdonaré que no te pusiera mi apellido cuando naciste. Pero ya no estoy enfadado por la cuestión del dinero. Nunca podré hacerla feliz a largo plazo y ella se conocía lo suficientemente bien como para saberlo.

Asentí, y me compadecí de todos nosotros.

—Y lo cierto es que —soltó un suspiro y apoyó la mejilla sobre mi cabeza un momento—, por mucho que desearía darte todas las cosas que sus maridos pueden proporcionarte, me alegra saber que las estás recibiendo. No soy tan orgulloso como para no apreciar que tu vida es mejor por las decisiones que ella ha tomado. Y no me siento mal por mi parte. Tengo una buena vida que me hace feliz y una hija de la que me siento terriblemente orgulloso. Me considero un hombre rico porque no hay nada en este mundo que desee y que no tenga.

Me detuve para abrazarlo.

—Te quiero, papá. Estoy muy contenta de que hayas venido.

Me rodeó con sus brazos y pensé que al final me pondría bien. Tanto mi madre como mi padre tenían una vida plena sin la persona a la que amaban.

Yo también podría tenerla.

CUANDO mi padre se fue caí en una depresión. Los siguientes días pasaron sin más. Todos los días me decía que no esperaba ninguna forma de contacto por parte de Gideon, pero cuando por la noche me arrastraba hasta la cama, lloraba hasta quedarme dormida porque había pasado otro día sin tener noticias suyas.

La gente que me rodeaba estaba preocupada. Steven y Mark se mostraron excesivamente solícitos durante la comida del miércoles. Fuimos al restaurante mexicano donde trabajaba Shawna y los tres se esforzaron por hacerme reír y porque disfrutara. Así lo hice, porque me encantaba pasar el tiempo con los tres y odiaba la preocupación que veía en sus miradas, pero había un agujero dentro de mí y no había nada que pudiera llenarlo, además de la exasperante preocupación por la investigación de la muerte de Nathan.

Mi madre me llamaba todos los días para preguntarme si la policía se había puesto en contacto conmigo otra vez —no lo habían hecho— y para informarme de si habían contactado con ella o con Stanton ese día.

Me preocupaba que estuvieran dando vueltas alrededor de Stanton, pero tenía que creer que puesto que mi padrastro era evidentemente inocente, no había nada que pudiesen encontrar. Aun así... me preguntaba si terminarían encontrando algo. Claramente había sido un homicidio o, de lo contrario, no estarían investigando. Como Nathan era nuevo en la ciudad, ¿a quién conocía que quisiera matarlo?

En el fondo, no podía evitar pensar que Gideon lo había organizado. Eso hacía que me resultara más difícil pasar página, porque había una parte de mí, la niña pequeña que había sido antes, que durante mucho tiempo había deseado la muerte de Nathan, que había deseado que sufriera lo mismo que él me había hecho sufrir durante años. Perdí mi inocencia con él, al igual que mi virginidad. Había perdido mi autoestima y el respeto por mí misma. Y, al final, había perdido un bebé en un terrible aborto cuando no era más que una niña.

Fui pasando cada día minuto a minuto. Me obligué a ir a las clases de Krav Maga de Parker, a ver la televisión, a sonreír y a reír cuando tocara —la mayoría de las veces con Cary— y a levantarme cada mañana para enfrentarme a un nuevo día. Trataba de no hacer caso a lo muerta que me sentía por dentro. Nada me parecía real más allá del sufrimiento que vibraba en todo mi cuerpo como un dolor constante y sordo. Perdía peso y dormía mucho sin estar cansada.

El jueves, sexto día sin Gideon, segunda ronda: dejé un mensaje a la recepcionista del doctor Petersen para decirle que Gideon y yo ya no íbamos a regresar a nuestras sesiones. Esa noche, le pedí a Clancy que pasara por el edificio de apartamentos de Gideon para dejarle en la recepción el anillo que me había regalado y la llave de su apartamento en un sobre cerrado. No dejé ninguna nota porque ya había dicho todo lo que tenía que decirle.

El viernes, uno de los auxiliares de cuentas contrató a un ayudante y Mark me preguntó si podía ayudarle a que se instalara. Se llamaba Will y me gustó de inmediato. Tenía el pelo oscuro, rizado pero corto. Llevaba patillas largas y unas gafas de montura cuadrada que le favorecían mucho. Bebía soda en lugar de café y seguía saliendo con su novia del instituto.

Pasé buena parte de la mañana enseñándole las oficinas.

—¿Te gusta esto? —preguntó.

—Me encanta —contesté sonriendo.

Will me devolvió la sonrisa.

—Me alegro. Al principio, no estaba seguro. No parecías tan entusiasta, aunque lo que decías sonaba bien.

—Perdona. Estoy pasando por una dura ruptura. —Traté de quitarle importancia—. Me resulta difícil emocionarme por lo que sea ahora mismo, incluso con cosas que me vuelven loca. Este trabajo es una de ellas.

—Siento lo de tu ruptura —dijo con sus ojos oscuros llenos de compasión.

—Sí, yo también.

Para el sábado, Cary se encontraba mejor y tenía mejor aspecto. Tenía todavía las costillas vendadas y el brazo iba a seguir escayolado un tiempo, pero caminaba sin ayuda y ya no necesitaba a la enfermera.

Mi madre trajo un equipo de belleza a nuestro apartamento —seis mujeres vestidas con bata blanca que se adueñaron de mi sala de estar—. Cary se sentía en el paraíso. No puso ningún reparo en absoluto al hecho de disfrutar de un día de balneario. Mi madre parecía cansada, lo cual no era propio de ella. Yo sabía que estaba preocupada por Stanton. Y quizá estaba pensando también en mi padre. Me parecía imposible que no lo hiciera después de haberlo visto por primera vez en veinticinco años. El deseo que él sentía por ella me había parecido fuerte y vivo. No podía imaginarme qué le habría hecho sentir a ella.

En cuanto a mí, era estupendo estar rodeada de dos personas que me querían y me conocían lo suficiente como para no sacarme el tema de Gideon ni hacérmelo pasar mal dándome lata por haber salido con él. Mi madre me trajo una caja de Knipschildt, mis trufas favoritas, y las saboreé despacio. Aquél era el único exceso por el que nunca me reprendía. Incluso estaba de acuerdo en que una mujer tenía derecho a tomar chocolate.

—¿Qué te van a hacer a ti? —me preguntó Cary mirándome con un montón de mejunje negro por toda la cara. Le estaban recortando el pelo con su habitual estilo atractivo y flexible y también las uñas de los pies, limándoselas perfectamente redondeadas.

Me lamí el chocolate de mis dedos y pensé en la respuesta. La última vez que tuvimos una sesión de *spa* acepté tener una aventura con Gideon. Era nuestra primera cita y yo sabía que íbamos a tener sexo. Elegí un paquete elaborado para la seducción, haciendo que mi piel se volviera suave y fragante con aromas que supuestamente tenían propiedades afrodisíacas.

Ahora todo era diferente. En cierto sentido, se me daba una segunda oportunidad para volver a hacer las cosas. La investigación de la muerte de Nathan constituía una preocupación para todos nosotros, pero el hecho de que hubiese desaparecido de mi vida para siempre me liberó de un modo que no me había dado cuenta cuánto necesitaba. En algún lugar profundo de mi mente, el miedo debía haber estado oculto. Siempre existía la posibilidad de que pudiera volver a verlo mientras estuviese vivo. Ahora era libre.

También tenía una nueva oportunidad de abrazar mi vida en Nueva York de una forma que no había hecho antes. No tenía que rendirle cuentas a nadie. Podría ir adonde fuera con quien fuera. Podría *ser* cualquiera. ¿Quién era la Eva Tramell que vivía en Manhattan y tenía el trabajo de sus sueños en una agencia de publicidad? Aún no lo sabía. Hasta ahora había sido la recién llegada de San Diego que había entrado en la órbita de un hombre enigmático y poderoso. *Esa* Eva estaba viviendo su octavo día sin Gideon, segunda ronda, acurrucada en un rincón, lamiéndose las heridas. Y así sería durante mucho tiempo. Quizá para siempre, porque no podía imaginar que pudiera enamorarme otra vez como me había pasado con Gideon. Para bien o para mal, él era mi alma gemela. Mi otra mitad. En muchos sentidos, era mi reflejo.

—¿Eva? —Cary me dio un codazo mientras me observaba.

—Quiero que me hagan de todo —respondí con determinación—. Quiero un nuevo corte de pelo. Algo corto, coqueto y elegante. Quiero que me pinten las uñas de un rojo brillante e intenso, las de las manos y las de los pies. Quiero ser una nueva Eva.

Cary me miró sorprendido.

—Uñas, sí. Pelo, quizá. No se deben tomar decisiones radicales cuando se está lastimado por un tipo. Terminan obsesionándote.

Lo miré desafiante.

—Voy a hacerlo, Cary Taylor. Puedes ayudarme o cerrar la boca y mirar.

—¡Eva! —mi madre prácticamente me chilló—. ¡Vas a estar impresionante! Sé exactamente qué es lo que tienes que hacerte en el pelo. ¡Te va a encantar!

Los labios de Cary se retorcieron.

—De acuerdo, nena. Veamos cómo es esa nueva Eva.

La nueva Eva resultó ser un bombonazo ligeramente provocador. El que había sido un pelo largo, liso y rubio ahora quedaba a la altura del hombro y cortado en capas, con reflejos de platino y enmarcándome la cara. También me habían maquillado para ver qué tipo de aspecto iba bien con mi nuevo peinado y vi que el gris ahumado para mis ojos era el más adecuado junto con un brillo de labios rosa suave.

Al final no me habían pintado las uñas de rojo y en su lugar, elegí el color chocolate. Me encantaba. Al menos, por ahora. Estaba dispuesta a admitir que quizá estaba atravesando una fase.

—De acuerdo, lo retiro —dijo Cary—. Está claro que sabes llevar bien las rupturas.

—¿Ves? —alardeó mi madre sonriendo—. ¡Te lo dije! Ahora tienes un aspecto urbano y sofisticado.

—¿Así es como se llama? —Estudié mi reflejo en el espejo, sorprendida ante la transformación. Parecía un poco más mayor. Decididamente más elegante. Y claramente más atractiva. Me subió el ánimo ver que me devolvía la mirada otra persona aparte de la joven de ojos hundidos que llevaba viendo desde hacía casi dos semanas. En cierto modo, mi rostro más delgado y mis ojos tristes combinaban bien con este estilo más atrevido.

Mi madre insistió en que saliéramos a cenar, ya que todos teníamos tan buen aspecto. Llamó a Stanton y le dijo que se preparara para salir por la noche y por lo que oí de la conversación, puedo decir que ella le estaba haciendo disfrutar con su excitación infantil. Dejó que fuera él quien eligiera el lugar y se encargara de todo. Después, continuó con mi transformación escogiendo un vestidito negro de mi armario. Mientras yo me lo ponía, ella sostuvo en la mano uno de mis vestidos de cóctel de color marfil.

—Póntelo —le dije, encontrando divertido y bastante sorprendente que mi madre fuera capaz de ponerse ropa de alguien veinte años más joven.

Cuando estuvimos arregladas, fue a la habitación de Cary y le ayudó a prepararse.

Yo miraba desde la puerta cómo mi madre se ocupaba de él, hablándole todo el rato con esa forma tan suya que no necesitaba de una conversación recíproca. Cary estaba allí de pie, con una dulce sonrisa en la cara, siguiéndola con los ojos por la habitación con algo parecido a la felicidad.

Ella le pasó las manos por los anchos hombros, alisándole la camisa y, a continuación, le anudó la corbata con manos expertas y dio un paso atrás para ver el resultado. La manga de su brazo escayolado estaba sin abotonar y remangada y aún tenía magulladuras amarillas y púrpuras en la cara, pero nada restaba méritos al efecto general que provocaba Cary Taylor vestido para una elegante salida nocturna.

La sonrisa de mi madre iluminó la habitación.

—Impresionante, Cary. Simplemente impresionante.

—Gracias.

Dando un paso adelante, le dio un beso en la mejilla.

—Casi tan guapo por fuera como lo eres por dentro.

Vi que él pestañeaba y me miraba, con sus ojos verdes llenos de confusión. Yo me apoyé en el quicio de la puerta.

—Algunos podemos ver tu interior, Cary Taylor. Esas miradas de hombre guapo no nos engañan. Sabemos que hay un precioso y enorme corazón dentro de ti —dije.

—¡Vamos! —exclamó mi madre agarrándonos a los dos de la mano y tirando de nosotros para salir de la habitación.

Cuando bajamos al vestíbulo, vimos que la limusina de Stanton nos esperaba. Mi padrastro bajó del asiento de atrás y rodeó con sus brazos a mi madre, besándola suavemente en la mejilla, pues sabía que ella no querría estropearse el lápiz de labios. Stanton era un hombre atractivo, de pelo blanco y ojos azules. Su rostro reflejaba algunos indicios de su edad, pero seguía siendo un hombre atractivo que se conservaba en forma y activo.

—¡Eva! —Me abrazó también y me besó en la mejilla—. Estás deslumbrante.

Sonreí, no muy segura de si estar «deslumbrante» significaba que iba a deslumbrar a alguien o si esperaba que me deslumbraran a mí.

Stanton estrechó la mano de Cary y le dio una suave palmada en el hombro.

—Me alegra ver que vuelves a estar de pie, joven. Nos diste un buen susto a todos.

—Gracias. Por todo.

—No tienes que dármelas —respondió Stanton con un movimiento de la mano.

Mi madre respiró hondo y, a continuación, dejó salir el aire. Sus ojos brillaban mientras miraba a Stanton. Vio que yo la miraba y sonrió, y era una sonrisa tranquila.

Terminamos en un club privado con una orquesta y dos cantantes excelentes, un hombre y una mujer. Se fueron intercambiando a lo largo de la noche, proporcionando el acompañamiento perfecto a una cena con velas servida en un reservado con respaldo alto y de terciopelo como si estuviese directamente sacado de una fotografía de la alta sociedad del Manhattan clásico. No pude evitar sentirme encantada.

Entre la cena y el postre, Cary me sacó a bailar. Habíamos asistido juntos a clases de baile de salón por insistencia de mi madre, pero teníamos que ir con cuidado con las heridas de Cary. Básicamente nos limitamos a balancearnos en el sitio, disfrutando de la satisfacción que nos daba terminar un día feliz con una buena cena compartida con nuestros seres queridos.

—Míralos —dijo Cary mientras veía a Stanton llevando hábilmente a mi madre por la pista de baile—. Está loco por ella.

—Sí. Y ella es buena para él. Se dan lo que necesitan.

Bajó los ojos hacia mí.

—¿Estás pensando en tu padre?

—Un poco. —Levanté el brazo y le pasé los dedos por el pelo, pensando en otros mechones más largos y oscuros que al tacto eran como la seda gruesa—. Nunca me he considerado una persona romántica. Es decir, me gusta el romanticismo y los gestos especiales y esa sensación achispada que te entra cuando te enamoras mucho de alguien. Pero toda esa fantasía del príncipe azul y lo de casarse con el amor de tu vida no era lo mío.

—Nena, tú y yo estamos demasiado hastiados. Sólo queremos tener sexo estupendo con gente que sepa que estamos jodidos y que lo acepten.

Torcí el gesto con sarcasmo.

—Hubo un momento en que me engañé a mí misma pensando que Gideon y yo podríamos tenerlo todo. Que estar enamorados era lo único que necesitábamos. Supongo que fue porque, en realidad, nunca pensé que me iba a enamorar de esa forma; y luego está el famoso mito de que cuando te pasa, se supone que vas a vivir feliz por siempre jamás.

Cary presionó sus labios contra mi frente.

—Lo siento, Eva. Sé que la estás pasando mal. Ojalá yo pudiera arreglarlo.

—No sé por qué nunca he podido encontrar a alguien con quien ser feliz.

—Una pena que no queramos coger tú y yo. Seríamos perfectos.

Me reí y apoyé la mejilla en su pecho.

Cuando terminó la canción nos separamos y nos dirigimos hacia nuestra mesa. Sentí unos dedos que me rodeaban por la cintura y giré la cabeza.

Me encontré mirando a los ojos de Christopher Vidal, hijo, el hermanastro de Gideon.

—Quiero que me concedas el siguiente baile —dijo con la boca curvada formando una sonrisa infantil. No había rastro del hombre malvado que había visto en un vídeo secreto que Cary había grabado durante una fiesta en la residencia de los Vidal.

Cary se me acercó esperando que yo le diera alguna indicación.

Mi primer instinto fue el de rechazar a Christopher, pero, entonces, miré a mi alrededor.

—¿Has venido solo?

—¿Importa eso? —Me atrajo hacia sus brazos—. Es contigo con quien quiero bailar. Me quedo con ella —le dijo a Cary, y me llevó con él.

La primera vez que nos vimos fue justo así, con él sacándome a bailar. Yo estaba teniendo mi primera cita con Gideon y las cosas ya habían empezado a ir mal en ese momento.

—Estás fantástica, Eva. Me encanta tu peinado.

Conseguí poner una sonrisa tensa.

—Gracias.

—Tranquila —dijo—. Estás muy rígida. No te voy a morder.

—Perdona. Sólo quiero estar segura de que no voy a ofender a quien sea que esté aquí contigo.

—Sólo mis padres y el representante de un cantante que quiere firmar con Vidal Records.

—Ah. —Mi sonrisa se amplió convirtiéndose en otra más sincera. Eso era justo lo que esperaba oír.

Mientras bailábamos, seguí inspeccionando la sala. Lo consideré una señal cuando terminó la canción y Elizabeth Vidal se puso de pie atrayendo mi atención. Se excusó en su mesa y yo me excusé con Christopher, que protestó.

—Tengo que refrescarme —le dije.

—De acuerdo. Pero insisto en invitarte una copa cuando vuelvas.

Salí detrás de su madre, pensando si terminaría diciéndole a Christopher que era un verdadero mierda de proporciones colosales. No sabía si Magdalene le había hablado del vídeo y, en caso de que no lo hubiese hecho, supuse que probablemente habría un motivo para ello.

Esperé a Elizabeth en la puerta del baño. Cuando volvió a aparecer, me vio en el pasillo y sonrió. La madre de Gideon era una mujer hermosa, de cabello oscuro, largo y liso y los mismos y alucinantes ojos azules que tenían su hijo y Ireland. Sólo con mirarla, sentí dolor. Echaba mucho de menos a Gideon. Para mí suponía una batalla continua conmigo misma el no ponerme en contacto con él y quedarme como estaba.

—Eva. —Me saludó dando besos en el aire junto a mis dos mejillas—. Christopher dijo que eras tú. Al principio no te reconocía. Estás muy distinta con el pelo así. Me parece precioso.

—Gracias. Necesito hablar con usted. En privado.

—Ah. —Frunció el ceño—. ¿Algo va mal? ¿Es por Gideon?

—Venga conmigo. —Hice una señal para que entráramos por el pasillo hacia la salida de emergencia.

—¿Qué es lo que pasa?

Cuando nos apartamos de los baños, le conté.

—¿Recuerda si Gideon le dijo de niño que habían abusado de él o lo habían violado?

Su rostro empalideció.

—¿Te lo contó?

—No. Pero he presenciado sus pesadillas. Sus terribles, desagradables y salvajes pesadillas donde pide compasión. —El tono de mi voz era bajo, pero vibraba lleno de rabia. Aquello era lo único que podía hacer para contener mis manos mientras ella estaba allí, avergonzada y violenta—. ¡Su deber era protegerlo y apoyarlo!

Me miró desafiante.

—Tú no sabes...

—Usted no tiene la culpa de lo que ocurrió antes de que lo supiese —dije enfrentándome a ella y sintiendo satisfacción cuando dio un paso atrás—. Pero la culpa de lo que ocurriera después de que él se lo contara es únicamente suya.

—Vete a la mierda —me espetó—. No sabes de lo que estás hablando. ¿Cómo te atreves a venir a mí de esa forma y decirme estas cosas cuando no tienes ni idea de nada?

—Sí que me atrevo. Su hijo está gravemente herido por lo que le ocurrió y su negativa a creerle hizo que se convirtiera en algo un millón de veces peor.

—¿Crees que yo iba a tolerar abusos sobre mi propio hijo? —Tenía el rostro encendido de la rabia y los ojos le brillaban—. Hice que dos pediatras diferentes examinaran a Gideon buscando... traumatismos. Hice todo lo que se esperaba que podía hacer.

—Excepto creerle, que es lo que debería haber hecho su madre.

—También soy la madre de Christopher y él estaba allí. Jura que no ocurrió nada. ¿A quién se supone que tenía que creer cuando no tenía pruebas? Nadie pudo encontrar nada que demostrara lo que Gideon decía.

—Él no debía aportar pruebas. ¡Era un niño! —La rabia que sentía me recorría todo el cuerpo. Apreté los puños conteniendo el deseo de darle un puñetazo. No sólo por lo que Gideon había perdido, sino por lo que habíamos perdido los dos—. Se supone que debía haberse puesto de su lado pasara lo que pasara.

—Gideon era un chico problemático sometido a terapia desde la muerte de su padre y deseoso de llamar la atención. No sabes cómo era entonces.

—Sé cómo es ahora. Un hombre destrozado y dolido que no cree que merezca la pena amar. Y usted le ha ayudado en eso.

—Vete al infierno. —Se fue enojada.

—Ya estoy en él —grité a sus espaldas—. Y también su hijo.

∽

PASÉ todo el domingo siendo la antigua Eva.

Trey tenía el día libre y se llevó a Cary a comer por ahí y a ver una película. Yo estaba encantada de verlos juntos, entusiasmada porque los dos se estuviesen esforzando. Cary no había invitado a venir a casa a ninguna de las personas que llamaban a su teléfono móvil y me pregunté si estaría replanteándose sus amistades. Supuse que muchas eran relaciones superficiales, con las que divertirse mucho pero sin ninguna seriedad.

Al contar con el apartamento entero para mí sola, dormí mucho, me alimenté de comida basura y no me molesté en quitarme el pijama. Lloré por Gideon en la intimidad de mi habitación, mirando el *collage* de fotos que tenía antes en mi mesa del trabajo. Echaba de menos el peso de su anillo en el dedo y el sonido de su voz. Echaba de menos notar sus manos y sus labios en mi cuerpo y la forma tierna y posesiva con que cuidaba de mí.

Cuando llegó el lunes salí del apartamento como la nueva Eva. Con ojos ahumados, labios rosas y mi nuevo y alegre corte de pelo decapado, sentía que podía fingir ser otra persona durante todo el día. Alguien que no tuviese el corazón destrozado, ni estuviera perdida y furiosa.

Cuando salí vi el Bentley, pero Angus no se molestó en salir del coche, sabiendo que yo no aceptaría que me llevara. Me desconcertaba que Gideon lo tuviera perdiendo el tiempo por ahí sólo por si yo quería que me llevara a algún sitio. No tenía sentido, a menos que Gideon se sintiese culpable. Yo odiaba la culpa, odiaba que ésta afligiera a tantas personas que formaban parte de mi vida. Deseaba que simplemente la ignoraran y siguieran adelante. Como yo intentaba hacer.

La mañana en Waters Field & Leaman pasó rápidamente porque tenía a Will, el nuevo asistente, que también me ayudaba a hacer mi trabajo habitual. Me alegraba que no tuviese miedo a hacer montones de preguntas, porque así me mantenía ocupada y evitaba que contara los segundos, minutos y horas desde la última vez que había visto a Gideon.

—Tienes buen aspecto, Eva —dijo Mark la primera vez que fui a verlo a su despacho—. ¿Estás bien?

—La verdad es que no. Pero lo estaré.

Se inclinó hacia delante apoyando los codos en su mesa.

—Steven y yo rompimos una vez, cuando llevábamos alrededor de año y medio de relación. Habíamos pasado un par de semanas malas y decidimos terminar. Fue terrible —dijo con vehemencia—. Odié cada minuto. Levantarme por las mañanas era una verdadera hazaña y para él fue lo mismo. Así que, bueno... Si necesitas algo...

—Gracias. Lo mejor que puedes hacer por mí ahora mismo es mantenerme ocupada. No quiero tener tiempo para pensar en nada que no sea trabajo.

—Eso puedo hacerlo.

Cuando llegó la hora del almuerzo, Will y yo recogimos a Megumi y fuimos a una pizzería cercana. Megumi me puso al tanto de su relación con su cita a ciegas y Will nos habló de sus aventuras en Ikea y de que él y su novia estaban equipando su *loft* con muebles que estaban montando ellos mismos. Me alegré de poder hablar de mi día de tratamientos de belleza.

—Vamos a ir a los Hamptons este fin de semana —dijo Megumi cuando volvíamos al Crossfire—. Los abuelos de mi chico tienen una casa allí. ¿No les parece estupendo?

—Mucho. —Pasé a su lado por los torniquetes de la entrada—. Me da envidia que puedas huir del calor.

—Lo sé.

—Mejor que montar muebles —murmuró Will siguiendo a un grupo de personas que subían en uno de los ascensores—. Estoy deseando acabar.

Las puertas empezaron a cerrarse y, entonces, se abrieron de nuevo.

Gideon entró en el ascensor después de nosotros. La energía familiar y palpable que siempre fluía entre nosotros me llegó con fuerza. Un estremecimiento me bajó por la columna vertebral y estalló hacia fuera, haciendo que la carne de gallina recorriera mi piel. El pelo de la nuca me picaba.

Megumi me miró y yo negué con la cabeza. Sabía que era mejor no mirarle directamente. No estaba segura de no terminar haciendo algo imprudente o desesperado. Lo deseaba con toda mi alma y había pasado mucho tiempo desde que me había tenido. Antes tenía derecho a tocarlo, a agarrarlo de la mano, a echarme sobre él, a pasarle los dedos por el pelo. En mi interior sentí el terrible dolor de que ya no se me permitiera hacer esas cosas. Tuve que morderme el labio para sofocar un gemido de agonía por volver a estar tan cerca de él.

Mantuve la cabeza agachada, pero *sentí* los ojos de Gideon puestos en mí. Seguí hablando con mis compañeros de trabajo, obligándome a centrarme en la conversación de los muebles y los acuerdos necesarios para vivir con alguien del sexo opuesto.

A medida que el ascensor siguió con su subida y sus frecuentes paradas, el número de gente en la cabina se redujo. Yo era plenamente consciente de dónde estaba Gideon, sabiendo que nunca montaba en ascensores tan llenos de gente, sospechando, esperando y rezando porque simplemente quisiera verme, estar conmigo, aunque sólo fuese de este modo tan terriblemente impersonal.

Cuando llegamos a la planta número veinte respiré hondo y me dispuse a salir, odiando la inevitable separación de la única persona en el mundo que me hacía sentir realmente viva.

Las puertas se abrieron.

—Espera.

Cerré los ojos. Me detuvo aquella orden proferida con su voz ronca y baja. Yo sabía que tenía que continuar caminando como si no le hubiese oído. Sabía que iba a sufrir mucho más si le daba más de mí, aunque sólo fuera un minuto más de mi vida. Pero ¿cómo iba a resistirme? Nunca sería capaz de hacerlo cuando se trataba de Gideon.

Me hice a un lado para que mis compañeros pudiesen salir. Will frunció el ceño cuando yo no los seguí, confundido, pero Megumi tiró de él para que saliera. Las puertas se cerraron. Yo me fui a un rincón con el corazón acelerado. Gideon esperó en el lado opuesto, irradiando expectación y necesidad. Mientras subíamos a la planta superior, mi cuerpo reaccionó ante su deseo casi palpable. Los pechos se me hincharon y me volví pesada. El sexo se me agrandó y se volvió húmedo. Estaba ávida de él. Necesitada. La respiración se me aceleró.

Ni siquiera me había tocado y yo casi jadeaba de deseo.

El ascensor se detuvo. Gideon sacó la llave de su bolsillo y la metió en el panel dejando el ascensor sin servicio. Entonces, se acercó a mí.

Había apenas unos centímetros entre los dos. Yo mantuve la cabeza agachada mirando sus resplandecientes zapatos de tacón bajo. Oí su respiración, profunda y rápida como la mía. Olí el sutil aroma masculino de su piel y el corazón me dio un brinco.

—Date la vuelta, Eva.

Un escalofrío me recorrió el cuerpo al escuchar aquel conocido y querido tono autoritario. Cerré los ojos, me giré y, a continuación, ahogué un grito cuando inmediatamente se echó sobre mi espalda, aplastándome contra la pared de la cabina. Entrelazó sus dedos con los míos sujetándome las manos por encima de los hombros.

—Estás muy guapa —susurró acariciando mi pelo con la nariz—. Me duele al mirarte.

—Gideon, ¿qué estás haciendo?

Sentí el deseo que salía de él y me envolvía. Su poderosa constitución era fuerte y caliente y vibraba por la tensión. Estaba duro y su gruesa verga ejercía una firme presión contra la que no pude evitar apretarme. Lo deseaba. Lo quería dentro de mí. Llenándome. Completándome. Estaba vacía sin él.

Respiró hondo con una fuerte sacudida. Flexionaba los dedos nerviosamente entre los míos, como si quisiera tocarme por todas partes pero se contuviese.

Sentí el anillo que le había regalado clavándose en mi carne. Giré la cabeza para verlo y me puse tensa cuando lo vi, confundida y angustiada.

—¿Por qué? —susurré—. ¿Qué quieres de mí? ¿Un orgasmo? ¿Quieres cogerme, Gideon? ¿Es eso? ¿Venirte dentro de mí?

Soltó un bufido al oír esas crudas palabras en su cara.

—No sigas.

—¿No quieres que le ponga nombre a lo que es esto? —dije cerrando los ojos—. De acuerdo. Simplemente hazlo. Pero no te pongas ese anillo ni actúes como si fuera lo que no es.

—Nunca me lo quito. Ni me lo quitaré. *Nunca.* —Su mano derecha soltó la mía y se la metió en el bolsillo. Vi cómo deslizaba de nuevo en mi dedo el anillo que me había regalado y, a continuación, se llevó mi mano a la boca. La besó y, después, apretó sus labios sobre mi sien rápido, con fuerza y con furia.

—Espera —dijo bruscamente.

Entonces, se fue. El ascensor empezó a bajar. Mi mano derecha se cerró en un puño y yo me aparté de la pared, respirando con dificultad.

Esperar. ¿A qué?

18

C UANDO SALÍ DEL ascensor en la planta veinte iba con paso sereno y decidido. Megumi me vio a través de las puertas de seguridad y se puso de pie.

—¿Va todo bien?

Me detuve en su mesa.

—No tengo la más puta idea. Ese hombre es toda una experiencia.

Me miró con sorpresa.

—Mantenme informada.

—Lo que debería hacer es escribir un libro —murmuré, volviendo a retomar mi camino hacia mi cubículo y preguntándome por qué demonios todo el mundo estaba tan interesado en mi vida amorosa.

Cuando llegué a mi mesa dejé el bolso en el cajón y me senté para llamar a Cary.

—Hola —dije cuando contestó—. Por si te aburres...

—¿Por si? —bufó.

—¿Recuerdas esa carpeta con información sobre Gideon que reco-pilaste? ¿Puedes hacerme una igual sobre el doctor Terrence Lucas?

—De acuerdo. ¿Lo conozco?

—No. Es un pediatra.

Hubo una pausa.

—¿Estás embarazada? —preguntó después.

—¡No! Por Dios. Y si lo estuviese, necesitaría a un obstetra.

—¡Uf! OK. Deletréame su nombre.

Le di a Cary lo que necesitaba y, después, busqué la consulta del doctor Lucas y pedí una cita para verlo.

—No voy a necesitar rellenar ningún papel como paciente nuevo —le dije al recepcionista—. Sólo quiero una consulta rápida.

Después de eso, llamé a Vidal Records y le dejé un mensaje a Christopher para que me llamara.

—Cuando Mark volvió del almuerzo, fui a su despacho y llamé a su puerta abierta.

—Hola. Necesito pedirte una hora por la mañana para asistir a una cita. ¿Te parece bien si vengo a las diez y me quedo hasta las seis?

—De diez a cinco está bien, Eva. —Me miró con atención—. ¿Va todo bien?

—Cada día mejor.

—Bien. —Sonrió—. Me alegra mucho oírlo.

Volvimos a sumergirnos en el trabajo, pero Gideon seguía ocupando mi mente. No paraba de mirarme el anillo, recordando lo que había dicho la primera vez que me lo dio: «Las equis son mi forma de afe-rrarme a ti».

Esperar. ¿A él? ¿Esperar a que vuelva a mí? ¿Por qué? No entendía por qué se había apartado de mí de la forma en que lo había hecho y que, después, esperara volver a recuperarme. Sobre todo, estando Co-rinne en escena.

Pasé el resto de la tarde repasando mentalmente las últimas sema-nas, recordando conversaciones que había mantenido con Gideon, cosas que él había dicho o hecho, buscando respuestas. Cuando salí del Crossfire al final de la jornada, vi el Bentley esperando en la puerta y saludé con la mano a Angus, quien me respondió con una sonrisa. Yo tenía problemas con su jefe, pero Angus no tenía la culpa de ellos.

En la calle hacía calor y bochorno. Terrible. Fui a la tienda de la esquina a comprar una botella de agua fría para bebérmela de camino a casa y un paquete de minichocolatinas para comérmelas después de la clase de Krav Maga. Cuando salí de la tienda, Angus estaba esperando justo en el bordillo de delante, siguiéndome de cerca. Al girar la esquina de nuevo en dirección hacia el edificio Crossfire para volver a casa, vi que Gideon salía a la calle con Corinne. Tenía la mano apoyada en la parte inferior de la espalda de ella y la acercaba a un elegante automóvil negro de marca Mercedes que reconocí como uno de los suyos. Ella sonreía. La expresión de él era indescifrable.

Horrorizada, no podía moverme ni apartar la mirada. Me quedé allí, en mitad de la acera abarrotada de gente, con el estómago retorciéndose por el dolor, la rabia y una terrible y espantosa sensación de traición.

Él levantó la vista y me vio, quedándose inmóvil en el sitio igual que yo. El chófer latino al que conocí el día que llegó mi padre abrió la puerta de atrás y Corinne desapareció en el interior del coche. Gideon continuó donde estaba, con sus ojos fijos en los míos.

Era imposible que no viera cómo levantaba la mano y le sacaba el dedo.

De repente, me asaltó una idea.

Le di la espalda a Gideon, me hice a un lado y me puse a buscar el teléfono en el bolso. Cuando lo encontré pulsé la marcación automática de mi madre.

—Ese día que salimos a comer con Megumi tú te asustaste cuando volvíamos al Crossfire —le dije cuando contestó—. Lo viste, ¿verdad? A Nathan. Viste a Nathan en el Crossfire.

—Sí —admitió—. Por eso Richard decidió que sería mejor pagarle lo que quería. Nathan dijo que se mantendría alejado de ti siempre que consiguiera el dinero para irse del país. ¿Por qué lo preguntas?

—No se me había ocurrido hasta ahora mismo que Nathan fue el motivo por el que reaccionaste de aquel modo. —Volví a darme la vuelta y empecé a caminar rápidamente en dirección a casa. El Mercedes había desaparecido, pero mi mal humor iba en aumento—. Tengo que dejarte, mamá. Te llamo luego.

—¿Va todo bien? —me preguntó preocupada.

—Todavía no, pero estoy en ello.

—Estoy aquí para lo que necesites.

Solté un suspiro.

—Lo sé. Estoy bien. Te quiero.

Cuando llegué a casa, Cary estaba sentado en el sofá con el computador portátil en las piernas y los pies descalzos sobre la mesita.

—Hola —dijo con la mirada aún en la pantalla.

Yo dejé mis cosas y me quité los zapatos de una patada.

—¿Sabes una cosa?

Levantó los ojos hacia mí por debajo de un mechón de pelo que había caído sobre ellos.

—¿Qué?

—Creía que Gideon me había dejado por culpa de Nathan. Todo iba bien y, de repente, ya no. Y poco después, la policía vino a contarnos lo de Nathan. Supuse que las dos cosas estaban relacionadas.

—Tiene sentido —dijo frunciendo el ceño—. Supongo.

—Pero Nathan estuvo en el Crossfire el lunes antes de que te atacaran. Sé que fue allí a ver a Gideon. *Lo sé.* Nathan no iría allí para verme a mí. No a un lugar con tanta seguridad y tantas personas que conozco a mi alrededor.

Él se apoyó en el respaldo.

—Muy bien. Entonces, ¿qué significa?

—Significa que Gideon estaba bien después de ver a Nathan.

—Levanté las manos—. Estuvo bien toda la semana. Estuvo mejor que bien ese fin de semana que nos fuimos juntos. Estaba bien el lunes por la mañana después de que volviéramos. Y luego... ¡pum!... Se le fue la cabeza y se volvió loco conmigo el lunes por la noche.

—Te sigo.

—Entonces, ¿qué pasó el lunes?

Cary me miró sorprendido.

—¿Me lo preguntas a mí?

—Carajo. —Me agarré el pelo con las manos—. Se lo pregunto al maldito universo. A Dios. A quien sea. ¿Qué demonios le pasó a mi novio?

—Pensaba que habíamos acordado que se lo ibas a preguntar.

—He tenido dos respuestas suyas: «Confía en mí» y «Espera». Hoy me volvió a dar mi anillo. —Le enseñé la mano—. Y él sigue llevando el que yo le regalé. ¿Tienes idea de lo confuso que es todo esto? No son simples anillos, son promesas. Son símbolos de propiedad y compromiso. ¿Por qué sigue llevando el suyo? ¿Por qué es tan importante para él que yo lleve el mío? ¿De verdad cree que lo voy a esperar mientras se tira a Corinne para desahogarse?

—¿Eso es lo que crees que está haciendo? ¿De verdad?

Cerré los ojos y dejé caer la cabeza hacia atrás.

—No. Y no sé si eso me convierte en una ingenua o en una ilusa testaruda.

—¿El tal doctor Lucas tiene algo que ver con esto?

—No. —Me incorporé y me senté con él en el sofá—. ¿Has encontrado algo?

—Nena, es un poco difícil cuando no sé qué es lo que estoy buscando.

—Se trata tan sólo de un presentimiento. —Miré la pantalla—. ¿Qué es eso?

—La transcripción de una entrevista que le hicieron ayer a Brett en una radio de Florida.

—Ah. ¿Y para qué la lees?

—Estaba escuchando la canción de «Rubia», decidí buscar cosas sobre ella y apareció esto.

Traté de leer, pero era difícil desde mi ángulo.

—¿Qué dice?

—Le preguntaron si de verdad existe una Eva y él contestó que sí, que existe, que recientemente se volvió a poner en contacto con ella y que espera que funcione esta segunda vez.

—¿Qué? ¡No!

—Sí. —Cary sonrió—. Así que ya tienes sustituto en caso de que Cross no se aclare.

Me puse de pie.

—Me da igual. Tengo hambre. ¿Quieres algo?

—Si te ha vuelto el apetito, es una buena señal.

—Todo vuelve —dije—. Y con ganas.

A LA mañana siguiente esperé a Angus en la acera. Apareció y Paul, el portero de mi edificio, me abrió la puerta de atrás.

—Buenos días, Angus —lo saludé.

—Buenos días, señorita Tramell. —Me miró a través del espejo retrovisor y sonrió.

Mientras ponía el coche en marcha me incliné hacia delante entre los dos asientos delanteros.

—¿Sabes dónde vive Corinne Giroux?

Me miró.

—Sí.

Yo me apoyé en el respaldo de mi asiento.

—Ahí es adonde quiero ir.

CORINNE vivía a la vuelta de la esquina de la calle de Gideon. Estaba segura de que no se trataba de una casualidad.

Dije mi nombre en la recepción y esperé veinte minutos hasta que me dieron permiso para subir a la décima planta. Llamé al timbre de su apartamento y la puerta se abrió apareciendo una Corinne ruborizada y despeinada, vestida con una bata de seda negra que le llegaba a los pies. Estaba realmente guapa con su pelo negro y sedoso y sus ojos de aguamarina y se movía con una ágil elegancia que admiré en ella. Yo iba con mi vestido favorito gris y sin mangas y me alegré de haberlo hecho. Ella me hacía sentir muy poco atractiva.

—Eva —dijo con voz entrecortada—. Qué sorpresa.

—Siento irrumpir sin haber sido invitada. Sólo necesito hacerte una pregunta rápida.

—Ah. —Mantuvo la puerta parcialmente cerrada y se apoyó en el quicio.

—¿Puedo pasar? —pregunté con voz firme.

—Pues... —Miró hacia atrás—. Será mejor que no lo hagas.

—No me importa si estás acompañada y te prometo que no tardaré más de un minuto.

—Eva. —Se lamió los labios—. ¿Cómo te lo puedo decir...?

Las manos me temblaban y mi estómago no paraba de agitarse mientras mi cerebro se mofaba de mí con imágenes de Gideon desnudo detrás de ella y el acostón de la mañana interrumpido por una exnovia que no se enteraba. Yo sabía muy bien lo mucho que le gustaba el sexo por las mañanas. Lo conocía lo suficiente como para decir:

—Déjate de idioteces, Corinne.

Abrió los ojos de par en par.

Yo adopté una sonrisa burlona.

—Gideon está enamorado de mí. No está cogiendo contigo.

Ella se recuperó enseguida.

—Tampoco está cogiendo contigo. Lo sabría, puesto que pasa todo su tiempo libre conmigo.

Bien. Hablaríamos de ello en el rellano.

—Lo conozco. No siempre lo comprendo, pero eso es otra historia.

Sé que te habrá dicho directamente que tú y él no van a ninguna parte porque no quiere engañarte. Ya te hizo daño antes. No volvería a hacerlo.

—Todo esto es fascinante. ¿Sabe él que estás aquí?

—No, pero se lo vas a decir tú. Y no me importa. Sólo quiero saber qué estabas haciendo en el Crossfire aquel día que saliste con aspecto de recién cogida igual que ahora.

Su sonrisa era afilada.

—¿Qué *crees* tú que estaba haciendo?

—No con Gideon —respondí con decisión, pese a que en silencio rezaba por no estar comportándome como una verdadera imbécil—. Me viste, ¿verdad? Desde el vestíbulo, tenías una vista directa del otro lado de la calle y me viste. Gideon te dijo en la cena del Waldorf que yo era de las celosas. ¿Echaste una cogida con alguien de los otros despachos? ¿O te revolviste el pelo antes de salir?

Vi la respuesta en su cara. Fue tan rápido como un rayo, apareció y desapareció, pero lo vi.

—Las dos opciones son absurdas —contestó.

Yo asentí, saboreando un momento de profundo alivio y satisfacción.

—Escucha. Nunca vas a conseguirlo del modo que quieres. Y sé lo mucho que eso duele. Llevo dos semanas sufriéndolo. Lo siento por ti. De verdad.

—Pueden irse a la mierda tú y tu compasión —espetó—. Ahórratela para ti. Soy yo la que pasa su tiempo con él.

—Y eso es lo que te salva, Corinne. Si prestas atención, sabrás que te está haciendo sufrir ahora mismo. Sé su amiga. —Me dirigí de nuevo a los ascensores—. Que tengas un buen día —dije mirando hacia atrás.

Cerró de un portazo.

Cuando regresé al Bentley, le dije a Angus que me llevara a la consulta del doctor Terrence Lucas. Él se detuvo mientras cerraba la puerta y se me quedó mirando.

—Gideon se va a enfadar, Eva.

REFLEJADA EN TI · 329

Asentí, dándome por avisada.

—Ya me encargaré de eso cuando ocurra.

El edificio donde estaba la consulta privada del doctor Lucas era sencillo, pero su consulta era cálida y acogedora. La sala de espera estaba recubierta de madera oscura y las paredes llenas con retratos mezclados de niños y bebés. Había revistas destinadas a padres sobre las mesas y bien ordenadas en estantes, mientras que la zona dedicada a juegos estaba limpia y vigilada.

Me presenté y tomé asiento, pero apenas me había sentado cuando me llamó la enfermera. Me llevó al despacho del doctor Lucas, no a una sala de reconocimiento médico, y cuando entré, él se levantó de la silla y rodeó la mesa rápidamente.

—Eva. —Extendió la mano y se la estreché—. No tenías por qué pedir cita.

—No sabía de qué otra forma ponerme en contacto contigo.

—Siéntate.

Me senté, pero él permaneció de pie, prefiriendo apoyarse en la mesa y agarrarse al filo con las dos manos. Aquélla era una postura de poder y me pregunté por qué sentía que necesitaba hacer uso de él conmigo.

—¿Qué puedo hacer por ti? —preguntó. Tenía una actitud de tranquilidad y seguridad y una sonrisa amplia y abierta. Con su buena apariencia y su comportamiento afable estuve segura de que cualquier madre confiaría en sus aptitudes y su integridad.

—Gideon Cross fue paciente tuyo, ¿verdad?

Su expresión cambió al instante y se volvió tensa.

—No tengo libertad para hablar de mis pacientes.

—Cuando en el hospital me hablaste de esa falta de libertad para hablar no até cabos como debería haber hecho. —Mis dedos golpeaban el brazo del sillón—. Le mentiste a su madre. ¿Por qué?

Él volvió al otro lado de la mesa, dejando que el mueble se interpusiera entre los dos.

—¿Eso te dijo él?

—No. Lo estoy dilucidando sobre la marcha. Hipotéticamente hablando, ¿por qué ibas a mentir sobre los resultados de un examen médico?

—No lo haría nunca. Tienes que irte.

—Vamos. —Me apoyé en el respaldo y crucé las piernas—. Esperaba más de ti. ¿Dónde están esas afirmaciones de que Gideon es un monstruo desalmado empeñado en corromper a las mujeres de todo el mundo?

—Hice lo que debía y te advertí. —Su mirada era dura y tenía los labios encorvados con gesto de desdén. Ya no estaba tan atractivo—. Si sigues echando tu vida a perder no hay nada que yo pueda hacer al respecto.

—Voy a averiguarlo. Sólo necesitaba ver tu cara. Quería saber si tenía razón.

—No la tienes. Cross no fue nunca paciente mío.

—Cuestión de semántica. Su madre acudió a ti. Y mientras te dedicas a estar furioso por el hecho de que tu mujer se hubiese enamorado de él, piensa en lo que le hiciste a un niño pequeño que necesitaba ayuda. —Mi voz adoptó un tono de impaciencia a medida que iba brotando la rabia. No podía pensar en lo que le había ocurrido a Gideon sin desear emplear la violencia contra alguien que había contribuido a su sufrimiento.

Descrucé las piernas y me puse de pie.

—Lo que pasó entre él y tu mujer ocurrió entre dos adultos que sabían lo que hacían. Lo que le pasó a él cuando era niño fue un delito y la forma en que tú contribuiste a ello fue una farsa.

—Vete.

—Con mucho gusto. —Abrí la puerta y casi me choco con Gideon, que estaba apoyado contra la pared justo al lado del despacho. Su mano me agarró por la parte superior del brazo, pero sus ojos estaban dirigidos al doctor Lucas, una mirada gélida llena de furia y odio.

—Mantente alejado de ella —dijo con tono áspero.

La sonrisa de Lucas se llenó de malicia.

—Fue ella la que me buscó.

La sonrisa que le devolvió Gideon me estremeció.

—Si ves que ella se acerca, te sugiero que salgas corriendo en la dirección opuesta.

—Qué curioso. Ése es el consejo que yo le di a ella con respecto a ti.

Le hice una seña obscena al buen doctor.

Con un bufido, Gideon me agarró de la mano y tiró de mí por el vestíbulo.

—¿Qué es eso de ir haciéndole señas obscenas a la gente?

—¿Qué? Es un clásico.

—¡No puede irrumpir aquí sin más! —exclamó la recepcionista cuando pasamos junto al mostrador.

Él la miró.

—Puede anular esa llamada a los de seguridad, ya nos vamos.

Salimos al pasillo.

—¿Me delató Angus? —murmuré tratando de soltar mi brazo.

—No. Y deja de escabullirte. Todos los coches tienen localización por GPS.

—Estás loco. ¿Lo sabes?

Pulsó el botón del ascensor con un golpe y me miró.

—¿Yo? ¿Y tú? Estás por todos lados. Con mi madre, con Corinne, con el maldito doctor Lucas. ¿Qué carajos estás haciendo, Eva?

—No es asunto tuyo —contesté desafiante—. Terminamos, ¿recuerdas?

Apretó la mandíbula. Estaba allí con su traje, con un aspecto tan pulcro y urbano, mientras irradiaba una energía salvaje y febril. El contraste entre lo que veía cuando lo miraba y lo que sentía provocaba mi deseo. Me gustaba que me hubiese tocado a mí el hombre que había dentro de ese traje. Cada delicioso e indomable centímetro de su cuerpo.

El ascensor llegó y entramos en él. La excitación me recorría de arriba abajo. Había venido por mí. Eso lo volvía muy atractivo. Introdujo una llave en el tablero de botones del ascensor.

—¿Hay algo en Nueva York que no te pertenezca? —refunfuñé.

Se echó sobre mí al instante, haciendo que me pusiera de puntillas para que el contacto fuera mayor.

Hundió los dientes en mi labio inferior con la suficiente fuerza como para hacerme daño.

—¿Crees que diciendo unas cuantas palabras vas a terminar con lo nuestro? No vamos a terminar, Eva.

Me empujó contra un lado de la cabina. Estaba clavada por un hombre de un metro noventa muy excitado.

—Te echo de menos —susurré agarrándole el culo y atrayéndolo a mí con más fuerza.

—Ángel —respondió con un gemido.

Me estaba besando. Besos profundos y descaradamente desesperados que hicieron que apretara los dedos de los pies dentro de mis zapatos.

—¿Qué estás haciendo? —susurró—. Vas por ahí revolviéndolo todo.

—Me sobra tiempo desde que dejé al estúpido de mi novio —contesté jadeando también.

Él soltó un gruñido de intensa pasión y me tiraba del pelo con tanta fuerza que me dolía.

—No puedes arreglar esto con un beso o una cogida, Gideon. Esta vez no. —Me costaba dejarlo marchar, era casi imposible tras varias semanas en las que se me había negado el derecho y la oportunidad de tocarlo. Lo necesitaba.

Apretó la frente contra la mía.

—Tienes que confiar en mí.

Coloqué las manos sobre su pecho y lo empujé. Él me dejó, buscando mis ojos con los suyos.

—No si no me hablas. —Levanté la mano, saqué la llave del panel y se la di. El ascensor empezó a descender—. Me has sometido a un infierno. Adrede. Me has hecho sufrir. Y no veo un final a la vista. No sé qué coño haces, campeón, pero esta mierda del doctor Jekyll y Mister Hyde no va conmigo.

Se metió la mano en el bolsillo con movimientos lentos y contenidos, que era cuando se volvía más peligroso.

—Eres imposible de controlar.

—Cuando estoy vestida. Vete acostumbrando. —Las puertas del ascensor se abrieron y salí. Me puso la mano en la espalda y un escalofrío recorrió mi cuerpo. Aquella caricia inofensiva por encima de varias capas de tejido me incitaba a la lujuria desde el principio—. Si vuelves a poner la mano en la espalda de Corinne como haces ahora, te rompo los dedos.

—Sabes que no quiero a ninguna otra —murmuró—. No puedo. Me consume el deseo que tengo de ti.

Tanto el Bentley como el Mercedes esperaban en la calle. El cielo se había oscurecido mientras estuve dentro, como si estuviera pensativo, como el hombre que estaba a mi lado. Había en el aire una fuerte expectación, como una señal de que se avecinaba una tormenta de verano.

Me detuve bajo la marquesina de la puerta y miré a Gideon.

—Diles que vayan juntos. Tenemos que hablar.

—Ése era el plan.

Angus se tocó la visera de su gorra y se colocó tras el volante. El otro conductor se acercó a Gideon y le dio unas llaves.

—Señorita Tramell —dijo a modo de saludo.

—Eva, él es Raúl.

—Ya nos conocemos —dije—. ¿Le diste el mensaje que te dejé la última vez?

Los dedos de Gideon se apretaron contra mi espalda.

—Lo hizo.

Sonreí.

—Gracias, Raúl.

Raúl pasó al asiento del pasajero del Bentley mientras Gideon me acompañaba al Mercedes y me abría la puerta. Sentí un pequeño estremecimiento cuando él se sentó tras el volante y ajustó el asiento para adecuarlo a sus largas piernas. Puso en marcha el motor y se unió al tráfico, conduciendo con destreza y confianza el potente coche a través de la locura de las calles de la ciudad de Nueva York.

—Verte conducir hace que te desee —le dije, notando cómo sus manos se aferraban con más fuerza al volante.

—Dios mío. —Me miró—. Tienes un fetiche relacionado con los coches.

—Tengo un fetiche relacionado con Gideon. —Bajé la voz—. Han pasado semanas.

—Y he odiado cada segundo de ellas. Esto supone un tormento para mí, Eva. No puedo concentrarme. No puedo dormir. Pierdo los estribos con el más mínimo fastidio. Mi vida es un infierno sin ti.

Yo nunca quise que sufriera, pero mentiría si dijera que mi tristeza no se aliviaba al saber que me echaba de menos tanto como yo a él.

Me giré en mi asiento para mirarlo.

—¿Por qué nos estás haciendo esto?

—Tuve una oportunidad y la aproveché. —Su mandíbula se endureció—. Esta separación es el precio. No será para siempre. Necesito que seas paciente.

Negué con la cabeza.

—No, Gideon. No puedo. No más.

—*No* me vas a dejar. No voy a permitírtelo.

—Ya lo hice. ¿No te das cuenta? Estoy haciendo mi vida y tú no estás en ella.

—Estoy en todos los aspectos que puedo estar ahora mismo.

—¿Diciéndole a Angus que mi siga por ahí? Por favor. Eso no es una relación. —Apoyé la mejilla en el asiento—. Al menos, no la que yo quiero.

—Eva. —Dejó escapar el aire con fuerza—. Mi silencio es el menor de dos males. Tengo la sensación de que tanto si te lo cuento como si no, te estoy apartando de mí, pero las explicaciones acarrean un riesgo mayor. Crees que quieres que te las dé, pero si lo hago, te arrepentirás. Confía en mí cuando te digo que hay ciertos aspectos de mi vida que no quieres conocer.

—Tienes que darme algo para aguantar. —Coloqué la mano sobre su muslo y sentí cómo se le tensaba el músculo y, a continuación, se retorcía respondiendo a mi caricia—. Ahora mismo no tengo nada. Estoy vacía.

Puso su mano sobre la mía.

—Confía en mí. A pesar de que creas lo contrario, has llegado a confiar en lo que sabes. Eso es mucho, Eva. Para los dos. Para nosotros.

—No existe un nosotros.

—Deja de decir eso.

—Querías mi confianza ciega y la tienes, pero eso es todo lo que puedo darte. Has compartido conmigo una parte muy pequeña de ti y yo lo he aceptado porque te tenía. Y ahora no...

—Me tienes —protestó.

—No de la forma en que te necesito. —Levanté un hombro encogiéndolo de una forma torpe—. Me has dado tu cuerpo y yo he estado ávida de él porque era el único modo en que te abrías ante mí. Y ahora no lo tengo. Y cuando miro lo que sí tengo, son sólo promesas. No es suficiente para mí. En tu ausencia, lo único que tengo es un montón de cosas que no me quieres contar.

Él miraba fijamente hacia delante, manteniendo el perfil rígido. Retiré la mano de debajo de la suya y me giré hacia el otro lado, dándole la espalda mientras miraba por la ventanilla la pululante ciudad.

—Eva, si te pierdo me quedaré sin nada —dijo con voz quebrada—. Todo lo que he hecho ha sido para no perderte.

—Necesito más. —Apoyé la frente en el cristal—. Si no puedo tener tu exterior, necesito tu interior, pero no me dejas entrar.

Avanzamos en silencio, arrastrándonos por el tráfico de la mañana. Una gruesa gota de lluvia golpeó el parabrisas seguida de otra más.

—Después de que mi padre muriera la pasé mal teniendo que enfrentarme a los cambios —dijo en voz baja—. Recuerdo que la gente lo apreciaba, que le gustaba estar cerca de él. Los estaba haciendo ricos a todos. Y luego, de repente, el mundo se puso boca abajo y todo el mundo lo odió. Mi madre, que había sido muy feliz durante toda aquella época, lloraba sin parar. Y ella y mi padre se peleaban todos los días. Eso es lo que más recuerdo, los gritos y los chillidos constantes.

Lo miré, estudiando su pétreo perfil, pero no dije nada, temerosa de echar a perder aquel momento.

—Ella se volvió a casar enseguida. Nos fuimos de la ciudad. Quedó embarazada. Yo nunca sabía cuándo me cruzaba con alguien a quien mi padre había jodido y tragué mucha mierda de otros niños. De sus padres. De profesores. Era la gran noticia. Incluso hoy la gente sigue hablando de mi padre y de lo que hizo. Yo estaba furioso. Con todos. Tenía pataletas constantemente. Rompía cosas.

Se detuvo en un semáforo respirando con dificultad.

—Cuando llegó Christopher, fui peor, y cuando cumplió cinco años, me imitaba, con berrinches en la cena y empujando su plato en la mesa para tirarlo al suelo. Mi madre estaba embarazada de Ireland en aquel entonces y ella y Vidal decidieron que había llegado el momento de llevarme a terapia.

Las lágrimas caían por mi rostro al imaginar aquella escena que había descrito del niño que había sido, asustado, sufriendo y sintiéndose como un extraño en la nueva vida de su madre.

—Vinieron a casa, la psiquiatra y el estudiante de doctorado al que ella supervisaba. Empezaron enseguida. Los dos eran agradables, atractivos y pacientes. Pero pronto la psiquiatra empezó a pasar más tiempo tratando a mi madre, que estaba teniendo un embarazo difícil, además de dos hijos pequeños que estaban fuera de control. Me dejaban solo con él cada vez con mayor frecuencia.

Gideon se detuvo y aparcó. Sus manos agarraban el volante con enorme fuerza y la garganta se le movía. El continuo tamborileo de la lluvia se calmó para dejarnos a solas con nuestras dolorosas verdades.

—No tienes por qué contarme nada más —susurré, desabrochándome el cinturón de seguridad y extendiendo los brazos hacia él. Le acaricié la cara con los dedos húmedos por las lágrimas.

Sus fosas nasales se ensancharon al inhalar aire con fuerza.

—Me obligaba a que me viniera. Cada maldita vez, no paraba hasta que me venía, y de ese modo podía decir que me había gustado.

Me quité los zapatos y retiré su mano del volante para así poder montarme a horcajadas en su regazo y abrazarlo. Me agarró con una fuerza terrible, pero no me quejé. Estábamos en una calle muy concurrida, con multitud de coches que pasaban con gran estruendo por un lado y con montones de peatones por el otro, pero a ninguno de los dos nos importó. Él temblaba con gran violencia, como si estuviese llorando de forma descontrolada, pero no emitía ningún ruido ni derramaba ninguna lágrima.

El cielo lloraba por él y la lluvia caía con fuerza y rabia, convirtiéndose en vapor al llegar al suelo.

Agarrando su cabeza entre mis manos, apreté mi cara húmeda contra la suya.

—Ya está, cariño. Te entiendo. Sé lo que se siente, el modo en que se regodean después. Y la vergüenza, la confusión y la sensación de culpa. No es culpa tuya. Tú no querías. No disfrutabas.

—Al principio, dejé que me tocara —susurró—. Decía que era mi edad... las hormonas... que necesitaba masturbarme y así me tranquilizaría. Que estaría menos enfadado. Me tocaba, decía que me iba a enseñar a hacerlo bien. Que yo lo hacía mal...

—Gideon, no. —Me retiré para mirarle, imaginándome cómo seguiría a partir de ahí, las cosas que le debió decir para que pareciera que era Gideon el instigador de su propia violación—. Eras un niño en manos de un adulto que conocía los botones adecuados que debía pulsar. Quieren que sea culpa nuestra para así no ser culpables de su delito, pero no es verdad.

Sus ojos me miraban enormes y oscuros en su pálido rostro. Acerqué suavemente mis labios a los suyos saboreando mis lágrimas.

—Te quiero. Y te creo. Y nada de esto ha sido culpa tuya.

Las manos de Gideon estaban en mi pelo, agarrándome mientras él saqueaba mi boca con besos desesperados.

—No me dejes.

—¿Dejarte? Voy a casarme contigo.

Inspiró bruscamente. Después, me atrajo más a él y sus manos se deslizaron por mi cuerpo de forma despreocupada y violenta.

Un golpeteo impaciente contra la ventana hizo que diera un brinco de sorpresa. Un policía con chubasquero y chaleco reflectante nos miraba a través del cristal sin tintar del asiento delantero, frunciendo el ceño bajo la visera de su gorra.

—Tienen treinta segundos para marcharse o los denunciaré a los dos por escándalo público.

Avergonzada y con el rostro encendido bajé hasta mi asiento y caí sobre él de una forma poco elegante. Gideon esperó a que me abrochara el cinturón y, a continuación, puso el coche en marcha. Se dio un toque en la frente a modo de saludo al oficial y volvió a unirse al tráfico.

Me tomó la mano y se la llevó a los labios, besándome las yemas de los dedos.

—Te amo.

Me quedé inmóvil y el corazón se me aceleró.

Entrelazando los dedos, los puso sobre su muslo. Los limpiaparabrisas se movían a uno y otro lado, y su ritmo cadencioso imitaba los latidos de mi corazón.

—Dilo otra vez —susurré tragando saliva.

Él se detuvo en un semáforo. Girando la cabeza, Gideon me miró. Parecía agotado, como si toda su habitual y vibrante energía se hubiese acabado y estuviese echando humo. Pero sus ojos eran cálidos y brillantes y la sonrisa de su boca encantadora y esperanzada.

—Te amo. Sigue sin ser la expresión correcta, pero sé que quieres oírla.

—Necesito oírla —confirmé en voz baja.

—Mientras entiendas la diferencia. —El semáforo cambió y el coche siguió avanzando—. La gente se olvida del amor. Pueden vivir sin él, pueden seguir adelante. El amor se puede perder y volver a encontrarse. Pero a mí no me pasará eso. Yo no podré sobrevivirte, Eva.

Se me cortó la respiración cuando vi su cara y cómo me miraba.

—Estoy obsesionado contigo, ángel. Soy adicto a ti. Eres todo lo que he querido y he necesitado siempre, todo lo que he soñado. Lo eres *todo*. Vivo y respiro por ti. Por ti.

Coloqué mi otra mano sobre las nuestras ya unidas.

—Hay muchas otras cosas ahí afuera para ti, sólo que no lo sabes todavía.

—No necesito nada más. Me levanto de la cama todas las mañanas y me enfrento al mundo porque tú estás en él. —Giró por una calle y se detuvo en la puerta del Crossfire detrás del Bentley. Paró el motor, soltó su cinturón de seguridad y respiró hondo.

—Por ti, el mundo cobra un sentido para mí que no tenía antes. Ahora ocupo un lugar, contigo.

De repente, comprendí por qué había trabajado tan duro, por qué había tenido un éxito tan enorme siendo tan joven. Había luchado por buscar su lugar en el mundo, para ser algo más que un intruso.

Pasó los dedos por mi mejilla. Había echado tanto de menos aquel tacto que mi corazón se desangró al volver a sentirlo.

—¿Cuándo vas a volver conmigo? —pregunté con tono suave.

—En cuanto pueda. —Se inclinó hacia delante y apretó sus labios contra los míos—. Espérame.

19

C UANDO LLEGUÉ A mi mesa encontré un mensaje de Christopher en mi contestador. Durante un momento consideré si debía continuar buscando la verdad. Christopher no era una persona a la que me apeteciera tener más presente en mi vida.

Pero me angustió la mirada que había visto en el rostro de Gideon cuando me habló de su pasado, así como el sonido de su voz, tan quebrada al recordar la vergüenza y el sufrimiento.

Sentía su dolor como si fuese mío.

Al final, no tuve otra opción. Le devolví la llamada a Christopher y le pedí que saliéramos a comer.

—¿Almorzar con una mujer guapa? —Adiviné una sonrisa en su voz—. Por supuesto.

—Cualquier momento que tengas libre esta semana me vendrá bien.

—¿Qué te parece hoy? —sugirió—. De vez en cuando, me dan ganas de ir a ese restaurante al que me llevaste.

—Me parece bien. ¿A las doce?

Confirmamos la hora y colgué justo cuando Will pasaba junto a mi mesa. Me miró con ojos de cachorrito.

—Ayúdame —dijo.

—Claro —contesté esforzándome por sonreír.

Las dos horas pasaron volando. Cuando llegó la hora del mediodía, bajé y me encontré a Christopher esperando en el vestíbulo. Llevaba su pelo rojizo despeinado lleno de ondas cortas y sueltas y sus ojos verdes grisáceos brillaban. Vestía pantalones negros y camisa blanca con los puños remangados y tenía un aspecto seguro y atractivo. Me saludó con una sonrisa infantil y entonces, lo pensé: no podía preguntarle por lo que le había dicho a su madre hacía mucho tiempo. Él era un niño que vivía en un hogar disfuncional.

—Me hizo mucha ilusión que me llamaras —dijo—. Pero debo admitir que siento curiosidad por saber el motivo. Me pregunto si tiene algo que ver con el hecho de que Gideon haya vuelto con Corinne.

Aquello me dolió. Tuve que tomar aire y, a continuación, soltarlo para dejar que la tensión se fuera. Sabía lo que tenía que pensar. No tenía dudas. Pero fui lo suficientemente honesta como para admitir que quería ser la dueña de Gideon. Quería reivindicarlo, poseerlo, que todos supiesen que era mío.

—¿Por qué lo odias tanto? —pregunté pasando por delante de él en la puerta giratoria. A lo lejos se oía el estruendo de unos truenos, pero la lluvia caliente y torrencial había cesado, dejando las calles inundadas de agua sucia.

Se unió a mí en la acera y colocó la mano en la parte inferior de mi espalda. Sentí que un escalofrío de repulsión me recorría el cuerpo.

—¿Por qué? ¿Quieres que intercambiemos datos?

—Claro. ¿Por qué no?

Cuando terminamos de comer yo ya me había hecho una idea de qué era lo que alimentaba el odio de Christopher. Lo único que le importaba era el hombre al que veía en el espejo. Gideon era más atractivo, más rico, más poderoso, más seguro... simplemente *más*. Y estaba claro que a Christopher se lo comían los celos. Sus recuerdos de Gideon estaban teñidos por la creencia de que había recibido todas las atenciones cuando era pequeño. Lo cual podría haber sido verdad, considerando lo problemático que era. Y lo que era peor, aquella rivalidad fraternal había pasado al terreno de sus vidas profesionales cuando Cross Industries adquirió una participación mayoritaria de Vidal Records. Me escribí una nota mental para preguntarle a Gideon por qué lo había hecho.

Nos detuvimos en la puerta del Crossfire para separarnos. Un taxi que pasaba a toda velocidad por un enorme charco me lanzó un montón de gotas de agua. Maldiciendo entre dientes, esquivé las gotas y casi tropecé contra el cuerpo de Christopher.

—Me gustaría salir contigo alguna vez, Eva. ¿A cenar quizás?

—Yo te llamaré —dije tratando de evitar una respuesta—. Mi compañero de apartamento está muy enfermo en estos momentos y tengo que estar a su lado el mayor tiempo posible.

—Tienes mi número. —Sonrió y me besó en la mano, un gesto que estoy segura de que le parecía encantador—. Y seguiremos en contacto.

Entré por la puerta giratoria del Crossfire y me dirigí a los torniquetes de entrada.

Uno de los guardias de seguridad que había en la recepción vestido con traje negro me detuvo.

—Señorita Tramell —dijo con una sonrisa—. ¿Podría venir conmigo, por favor?

Curiosa, lo seguí al despacho del personal de seguridad donde me habían dado mi tarjeta de identificación cuando me contrataron. Abrió la puerta para que yo pasara y Gideon estaba esperando en el interior.

Apoyado en la mesa con los brazos cruzados, tenía un aspecto atractivo, cogible e irónicamente divertido. La puerta se cerró cuando entré y él suspiró negando con la cabeza.

—¿Hay más personas de mi vida a las que tengas planeado acosar en mi nombre? —preguntó.

—¿Estás espiándome otra vez?

—Echándote un ojo protector.

Lo miré sorprendida.

—¿Y cómo sabes si lo he estado acosando o no?

Su débil sonrisa se hizo más grande.

—Porque te conozco.

—Pues no lo he estado acosando. De verdad. No lo he hecho —contesté cuando él me miró incrédulo—. Iba a hacerlo, pero no. ¿Y por qué estamos en esta habitación?

—¿Has emprendido alguna especie de cruzada, ángel?

Estábamos tratando de convencernos el uno al otro y no estaba segura de por qué. Y tampoco me importaba, porque me había venido a la mente algo más importante.

—¿Te das cuenta de que tu reacción ante mi almuerzo con Christopher está siendo muy calmada? ¿Y también la mía con respecto a que estés pasando tiempo con Corinne? Los dos estamos reaccionando de una forma completamente diferente a como lo habríamos hecho hace un mes.

Él estaba distinto. Sonrió, y había algo único en el modo cálido en que curvó sus labios.

—Confiamos el uno en el otro, Eva. Es una buena sensación, ¿verdad?

—Que confíe en ti no significa que sienta menos confusión ante lo que está pasando entre los dos. ¿Por qué nos escondemos en este despacho?

—Se llama negación plausible. —Gideon se incorporó y se acercó a mí. Cogiendo mi cara entre sus manos, me inclinó la cabeza hacia atrás y me besó dulcemente—. Te amo.

—Se te está dando bien decirlo.

Me pasó los dedos por mi nuevo flequillo.

—¿Recuerdas aquella noche que tuviste la pesadilla y yo me fui? Te preguntaste dónde había ido.

—Aún me lo pregunto.

—Estuve en el hotel, limpiando la habitación. Mi picadero, como tú lo llamaste. Explicarte eso cuando tú estabas vomitándolo todo no me pareció lo más oportuno.

La respiración se me entrecortó de pronto. Era un alivio saber dónde había estado. Y otro aún mayor saber que el picadero ya no era tal cosa.

Sus ojos me miraban con dulzura.

—Me había olvidado por completo de ello hasta que surgió con el doctor Petersen. Los dos sabemos que nunca más lo voy a volver a utilizar. Mi chica prefiere los vehículos de transporte a las camas.

Sonrió y se fue. Yo me quedé mirándolo.

El guardia de seguridad apareció en la puerta y yo dejé a un lado mis turbios pensamientos para revisarlos más adelante, cuando tuviese tiempo de comprender de verdad adónde me estaban llevando.

De camino a casa, compré una botella de jugo de manzana con gas en lugar de champán. Vi el Bentley de vez en cuando, siguiéndome, siempre dispuesto a detenerse para recogerme. Antes me molestaba, porque la conexión latente que representaba hacía aún mayor mi confusión con respecto a mi ruptura con Gideon. Ahora, cuando lo veía, me hacía sonreír.

El doctor Petersen tenía razón. La abstinencia y un poco de espacio me habían aclarado las ideas. En cierto modo, la distancia entre Gideon y yo nos había vuelto más fuertes, había hecho que nos apreciáramos más el uno al otro y que no diéramos las cosas por sentado. Lo amaba ahora más de lo que lo había amado nunca y sentí aquello mientras planeaba una noche a solas con mi compañero de piso sin tener ni idea de dónde estaría Gideon ni con quién podría estar. No me importaba. Sabía que yo estaba en sus pensamientos, en su corazón.

Mi teléfono sonó y lo saqué del bolso. Al ver el nombre de mi madre en la pantalla, respondí:

—Hola, mamá.

—¡No entiendo qué es lo que están buscando! —Se quejó con voz furiosa y llorosa—. No dejan a Richard en paz. Fueron hoy a su despacho e hicieron copias de las grabaciones de seguridad.

—¿La policía?

—Sí. Son incansables. ¿Qué es lo que quieren?

Giré la esquina que daba a mi calle.

—Cazar a un asesino. Probablemente sólo quieran ver a Nathan entrando y saliendo. Comprobar las horas o algo así.

—¡Eso es ridículo!

—Sí. Pero es sólo una suposición. No te preocupes. No van a encontrar nada porque Stanton es inocente. Todo saldrá bien.

—Ha sido muy bueno con todo esto, Eva —dijo suavizando la voz—. Es muy bueno conmigo.

Dejé escapar un suspiro mientras escuchaba el tono de súplica que había en su voz.

—Ya lo sé, mamá. Lo he captado. Papá también lo comprende. Estás donde debes estar. Nadie te está juzgando. Todos estamos bien.

Tardé en calmarla lo que duró el trayecto hasta mi puerta. Y durante ese tiempo me pregunté qué vería la policía si pedían también las grabaciones de seguridad del Crossfire. El historial de mi relación con Gideon podría ser narrado a través de las veces que yo había estado en el vestíbulo de Cross Industries con él. La primera vez que se me declaró fue allí, dejando claro cuáles eran sus deseos sin ningún rodeo. Me había inmovilizado contra la pared allí, justo después de que yo aceptara salir con él en exclusiva. Y había rechazado mi caricia aquel día terrible en que empezó a separarse de mí. La policía lo vería todo si retrocedían en el tiempo lo suficiente, aquellos momentos privados y personales.

—Llámame si me necesitas —dije mientras dejaba el bolso en el mostrador del desayuno—. Estaré en casa toda la noche.

Colgamos y vi un impermeable desconocido colgado de uno de los taburetes. Grité para que Cary me oyera.

—¡Cariño, estoy en casa!

Puse la botella de jugo de manzana en la nevera y me dirigí hacia el pasillo camino de mi habitación para darme una ducha. Estaba en la puerta de mi dormitorio cuando se abrió la puerta de Cary y salió Tatiana. Abrí los ojos de par en par al ver su disfraz de enfermera traviesa que iba acompañado de ligas y medias de rejilla.

—Hola, guapa —dijo con petulancia. Estaba increíblemente alta con sus tacones mirándome desde arriba. Como modelo de éxito, Tatiana Cherlin tenía el tipo de rostro y de cuerpo que podría detener el tráfico—. Cuídamelo.

Parpadeando, vi a aquella rubia de largas piernas desaparecer por la sala de estar. Oí que la puerta de la calle se cerraba poco después.

Cary apareció en su puerta, despeinado, colorado y vestido tan sólo con sus calzoncillos bóxer. Se apoyó en el quicio de la puerta con una sonrisa relajada y de satisfacción.

—Hola.

—Hola. Parece que has pasado un buen día.

—De escándalo.

Aquello me hizo sonreír.

—No pretendo juzgarte, pero había supuesto que Tatiana y tú habían terminado.

—Yo nunca he creído que hayamos empezado nada. —Se pasó una mano por el pelo, alborotándoselo—. Pero se presentó hoy aquí toda preocupada deshaciéndose en disculpas. Ha estado en Praga y no se había enterado de lo mío hasta esta mañana. Se presentó enseguida vestida así, como si hubiese leído mi mente perversa.

Yo también me apoyé en la puerta.

—Supongo que te conoce.

—Supongo que sí. —Se encogió de hombros—. Ya veremos adónde

nos lleva esto. Sabe que Trey está en mi vida y que espero que continúe en ella. Pero Trey... Sé que no le va a gustar.

Sentí lástima por los dos. Iban a tener que transigir en muchas cosas para que su relación funcionara.

—¿Y si nos olvidamos por una noche de las personas más importantes de nuestras vidas y disfrutamos de una maratón de películas de acción? Traje champán sin alcohol.

—¿Qué tiene eso de divertido? —Preguntó con mirada de sorpresa.

—Ya sabes que no puedes mezclar las medicinas con el alcohol —contesté fríamente.

—¿No vas a Krav Maga hoy?

—Lo recuperaré mañana. Me apetece relajarme contigo. Quiero tumbarme en el sofá y comer *pizza* con palillos y comida china con los dedos.

—Nena, eres toda una rebelde —dijo sonriendo—. Y tienes una cita.

PARKER cayó sobre la esterilla con un resoplido y yo grité, encantada de mi propio éxito.

—Sí —dije levantando el puño. Aprender a tirar a un hombre tan pesado como Parker no era ninguna tontería. Buscar el equilibrio adecuado para poder hacer palanca me había llevado más tiempo del que probablemente debería porque me había costado mucho concentrarme en las últimas dos semanas.

No había equilibrio en mi vida cuando mi relación con Gideon estaba torcida.

Riéndose, Parker me extendió la mano para que lo levantara. Lo agarré del antebrazo y tiré de él para que se pusiera de pie.

—Bien. Muy bien —dijo elogiándome—. Esta noche estás a pleno rendimiento.

—Gracias. ¿Quieres que probemos otra vez?

—Descansa diez minutos y bebe agua —dijo—. Tengo que hablar con Jeremy antes de que se vaya.

Jeremy era uno de los compañeros instructores de Parker, un hombre gigante al que los estudiantes tenían que mirar desde abajo. No podía imaginarme esquivando nunca a un asaltante de su tamaño, pero había visto a mujeres realmente pequeñas hacerlo en su clase.

Tomé mi toalla y mi botella de agua y me dirigí a la gradería de aluminio que se alineaba en la pared. Mis pasos vacilaron cuando vi a uno de los policías que habían venido a mi casa. Pero la detective Shelley Graves no iba vestida con su ropa de trabajo. Llevaba una camiseta de deporte y unos pantalones a juego con zapatos deportivos y su cabello moreno y rizado recogido en una coleta.

Como ella estaba entrando en el edificio y la puerta se encontraba al lado de las gradas, me vi caminando hacia ella. Me obligué a aparentar despreocupación cuando lo que sentía era todo lo contrario.

—Señorita Tramell —me saludó—. Qué casualidad encontrármela aquí. ¿Lleva mucho tiempo con Parker?

—Alrededor de un mes. Me alegra verla, detective.

—No, no se alegra. —Adoptó un gesto irónico—. Por lo menos, no lo piensa. Aún. Y puede que siga sin alegrarse cuando hayamos terminado de hablar.

Fruncí el ceño, confundida ante aquel enredo de palabras. Pero una cosa estaba clara:

—No puedo hablar con usted sin la presencia de mi abogado.

Ella extendió los brazos.

—No estoy de servicio. Pero de todos modos, usted no tiene que decir nada. Seré yo la que hable.

Graves señaló las gradas y, a regañadientes, me senté. Tenía una muy buena razón para mostrarme recelosa.

—¿Y si nos ponemos un poco más arriba? —Subió a lo alto y yo me puse de pie y la seguí.

Una vez acomodadas, colocó los antebrazos sobre las rodillas y miró a los alumnos que había abajo.

—Por las noches esto es diferente. Normalmente vengo a las sesiones diurnas. Me había prometido a mí misma que si alguna vez me encontraba con usted sin estar de servicio, le diría algo. Suponía que las posibilidades de que eso ocurriera eran nulas y, mire por dónde, aquí está. Debe ser una señal.

Yo no me estaba creyendo aquella explicación adicional.

—No me parece que sea de las personas que creen en las señales.

—Ahí me ha atrapado, pero por esta vez haré una excepción. —Frunció los labios un momento, como si estuviera pensando seriamente en algo. A continuación, me miró—. Creo que su novio mató a Nathan Barker.

Yo me puse tensa y recobré el aliento de forma audible.

—Nunca podré probarlo —dijo con gravedad—. Es demasiado inteligente. Demasiado cuidadoso. Todo ha sido premeditado al detalle. En el momento en que Gideon Cross tomó la decisión de asesinar a Nathan Barker, lo tenía todo bien organizado.

Yo no sabía si debía irme o quedarme ni cuáles serían las consecuencias de cualquiera de las dos decisiones. Y durante ese momento de indecisión, ella continuó hablando.

—Creo que empezó el lunes siguiente al ataque que sufrió su compañero de piso. Cuando registramos la habitación de hotel donde se descubrió el cadáver de Barker, vimos unas fotos. Muchas fotos de usted, pero de las que le estoy hablando eran de su compañero de piso.

—¿De Cary?

—Si yo presentara esto al ayudante del fiscal del distrito para pedir una orden de arresto, diría que Nathan Barker atacó a Cary Taylor como una forma de intimidar y amenazar a Gideon Cross. Yo creo que Gideon Cross no estaba cediendo al chantaje de Barker.

Retorcí las manos en la toalla. No podía soportar la idea de que Cary estuviese sufriendo todo aquello por mi culpa.

Graves me miró con ojos afilados y rotundos. Ojos de policía. Mi padre también los tenía.

—En ese momento, creo que Gideon pensó que usted corría un peligro mortal. ¿Y sabe qué? Tenía razón. He visto las pruebas que recopilamos en la habitación de Barker: fotografías, notas pormenorizadas de su agenda diaria, recortes de prensa... incluso parte de su basura. Normalmente, cuando encontramos este tipo de cosas es demasiado tarde.

—¿Nathan me estaba vigilando? —Sólo de pensarlo un fuerte escalofrío me recorrió el cuerpo.

—La estaba acechando. El chantaje que hizo a su padrastro y a Cross no fue más que una intensificación de lo mismo. Creo que Cross se estaba acercando demasiado a usted y Barker se sintió amenazado por esa relación. Estoy segura de que esperaba que Cross se alejara cuando conociera su pasado.

Me llevé la toalla a la boca, por si el mareo que estaba sintiendo me hacía vomitar.

—Así que, esto es lo que creo que ocurrió. —Graves se dio golpecitos en las yemas de los dedos mientras su atención parecía dirigirse a los agotadores ejercicios que se desarrollaban más abajo—: Cross cortó con usted. Con eso consiguió dos cosas, que Barker se relajara y que desapareciera el móvil de Cross para matarlo. ¿Por qué iba a asesinar a un hombre por una mujer a la que había dejado? Eso lo preparó bastante bien y no se lo contó a usted, que reforzó la mentira con sus sinceras reacciones.

Empezó a dar golpes con el pie además de con los dedos y su esbelto cuerpo irradió una agitada energía.

—Cross no encargó el trabajo a otro. Eso habría sido una estupidez. No quiere que haya un rastro de dinero ni un sicario que lo puedan delatar. Además, esto era un asunto personal. *Usted* es un asunto personal. Quiere que la amenaza desaparezca sin ninguna duda. Organiza una fiesta en el último momento en una de sus propiedades para una empresa de vodka que le pertenece. Así, consigue tener una coartada bien sólida. Incluso la prensa está allí para tomar fotos. Y sabe exactamente dónde está usted y que su coartada es igual de sólida.

Mis dedos se retorcían en la toalla. *Dios mío...*

Los sonidos de los cuerpos golpeando las colchonetas, el murmullo de las instrucciones que se daban y los gritos triunfantes de los alumnos se desvanecieron convirtiéndose en un zumbido uniforme dentro de mis oídos. Había una gran actividad desarrollándose justo delante de mí y mi cerebro no podía procesarla. Tenía la sensación de estar alejándome por un túnel infinito y de que mi realidad iba encogiéndose hasta un punto negro y diminuto.

Abriendo su botella de agua, Graves dio un largo trago y, después, se secó la boca con el reverso de la mano.

—Debo admitir que lo de la fiesta me confundió un poco. ¿Cómo romper una coartada como ésa? Tuve que volver al hotel tres veces hasta que supe que esa noche hubo un incendio en la cocina. Nada importante, pero todo el hotel tuvo que ser evacuado durante casi una hora. Todos los huéspedes se arremolinaron en la acera. Cross salía y entraba del hotel haciendo lo que sea que hace un propietario en esas circunstancias. Hablé con media docena de empleados que lo vieron o que hablaron con él en esos momentos, pero ninguno de ellos podía establecer las horas con exactitud. Todos estaban de acuerdo en que fue un caos. ¿Quién iba a seguir el rastro de un hombre en medio de todo ese jaleo?

Yo misma negué con la cabeza, como si la detective me estuviese haciendo la pregunta a mí.

Echó los hombros hacia atrás.

—Cronometré los pasos desde la entrada de servicio, donde vieron a Cross hablando con los bomberos, hasta el hotel de Barker, que estaba a dos manzanas. Quince minutos de ida y otros quince de vuelta. A Barker lo liquidaron con una sola puñalada en el pecho. Justo en el corazón. Debió bastar menos de un minuto. No había heridas de forcejeo y lo encontraron justo detrás de la puerta. Mi teoría es que le abrió la

puerta a Cross y éste lo mató antes de que pudiese pestañear. Y fíjese...
Ese hotel es propiedad de una filial de Cross Industries. Y resulta que
las cámaras de seguridad del edificio estaban apagadas por unas mejoras
que llevaban varios meses en proceso.

—Una coincidencia —dije con la voz quebrada. El corazón me latía
con fuerza. En un lugar escondido de mi cerebro, yo era consciente de
que había una docena de personas a pocos metros de distancia que seguían con sus vidas sin tener ni idea de que otro ser humano, en aquella
misma sala, estaba atravesando un momento de catástrofe.

—Claro. ¿Por qué no? —Graves se encogió de hombros, pero sus
ojos la delataban. Ella *sabía* la verdad. No podía demostrarlo, pero lo
sabía—. Así que, esto es lo que hay: puedo seguir buscando y perdiendo
el tiempo con este caso mientras tengo otros sobre mi mesa. Pero ¿qué
sentido tiene? Cross no es un peligro para la sociedad. Mi compañero
le diría que no está bien tomarse la justicia por su mano. Y en la mayoría de los casos, yo estoy de acuerdo. Pero Nathan Barker iba a matarla.
Puede que no fuera en una semana. Puede que tampoco en un año. Pero
algún día lo haría.

Se puso de pie y se alisó los pantalones, cogió su botella de agua y
su toalla e ignoró el hecho de que yo estuviese llorando de forma incontrolable.

Gideon...

Me apreté la toalla contra la cara, abrumada.

—Quemé mis notas —continuó—. Mi compañero cree también que
hemos llegado a un callejón sin salida. A nadie le importa que Nathan
Barker haya dejado de respirar. Incluso su padre me dijo que para él su
hijo había muerto hacía años.

Levanté la vista hacia ella, pestañeando para hacer desaparecer la
neblina que las lágrimas me provocaban en los ojos.

—No sé qué decir.

—Usted rompió con él el sábado siguiente a que interrumpiéramos
su cena, ¿verdad? —Ella asintió conmigo—. Él estuvo después en la

comisaría prestando declaración. Salió de la sala, pero yo lo pude ver a través del cristal de la puerta. La única vez que he visto un dolor así es cuando tengo que informar a los parientes cercanos. Si le soy sincera, ésa es la razón por la que le estoy contando esto ahora, para que pueda volver con él.

—Gracias. —Nunca había pronunciado esa palabra con más sentimiento que entonces.

Negó con la cabeza y empezó a bajar las escaleras. Entonces, se detuvo, se giró y me miró.

—No es a mí a quien debe dárselas.

De algún modo, terminé en el apartamento de Gideon.

No recuerdo haber salido del estudio de Parker ni de decirle a Clancy adónde me tenía que llevar. No recuerdo haberme presentado en la recepción ni haberme dirigido al ascensor. Cuando me vi en el vestíbulo privado ante la puerta de Gideon, tuve que detenerme un momento, sin saber cómo había llegado desde las gradas hasta allí.

Llamé al timbre y esperé. Cuando no hubo respuesta, me hundí en el suelo y apoyé la espalda en la puerta.

Gideon me encontró allí. Las puertas del ascensor se abrieron y él salió, deteniéndose de repente al verme. Iba vestido con ropa de deporte y aún tenía el pelo húmedo por el sudor. Nunca estuvo más maravilloso.

Se me quedó mirando, inmóvil.

—Ya no tengo llave —le dije.

No me puse de pie porque no estaba segura de que mis piernas pudieran con mi peso.

Se agachó.

—Eva, ¿qué pasa?

—Esta noche me encontré con la detective Graves. —Tragué saliva, a pesar del nudo que sentía en la garganta—. Abandonan el caso.

Su pecho se expandió respirando hondo.

Con aquel sonido lo supe.

Una oscura desolación ensombreció los hermosos ojos de Gideon. Sabía que yo lo sabía. La verdad planeaba pesadamente entre nosotros, casi como si pudiésemos tocarla.

Mataría por ti, dejaría todo lo que tengo por ti... pero no te abandonaré.

Gideon cayó de rodillas sobre el frío y duro mármol. Con la cabeza agachada. Esperando.

Yo me moví, imitando su posición. Le levanté el mentón. Le acaricié la cara con mis manos y mis labios. Susurrándole por la piel mi gratitud por su regalo.

—Gracias... gracias... gracias.

Me agarró apretando los brazos con fuerza alrededor de mi cuerpo. Apretó su rostro contra mi cuello.

—¿Qué va a pasarnos ahora?

—Lo que tenga que pasarnos. Juntos.